LAS MARCAS DE LA MUERTE

RBA MOLINO

VERONICA ROTH

LAS MARCAS DE LA MUERTE

RBA

Este libro es una obra de ficción. Cualquier referencia a hechos históricos o personas reales se ha usado de manera ficticia. Los nombres, personajes, lugares y situaciones son producto de la imaginación de la autora y se utilizan ficticiamente. Cualquier parecido con hechos o lugares o personas reales, vivas o muertas, es pura coincidencia.

Título original inglés: *Carve the Mark*.

Diagonal, 189 - 08018 Barcelona.
rbalibros.com

Arte de la cubierta: Jeff Huang
Diseño de la cubierta: Joel Tippie
Ilustración del mapa: Virginia Allyn
Otros elementos de diseño: Tipografía por Joel Tippie

Primera edición: enero de 2017.

RBA MOLINO
REF.: MONL379
ISBN: 978-84-272-1158-2
DEPÓSITO LEGAL: B-24.127-2016

COMPOSICIÓN • ANGLOFORT, S.A.

Impreso en España - *Printed in Spain*

PARA INGRID Y KARL:

PORQUE NO HAY VERSIÓN VUESTRA QUE NO ME ENAMORE

Nave de la Asamblea
Barrera del flujo de la corriente · Barrera del flujo de la corriente
Barrera del flujo de la corriente · Barrera del flujo de la corriente
Ogra
Tepes
Kollande
Essander
Trella
Sol
Othyr
Zold
Pitha
Thuvhe
P1104
Los exteriores

1

CAPÍTULO 1 | AKOS

Las flores del silencio abrían sus pétalos en la noche más larga. La ciudad al completo celebraba el día en que se desplegaban y dejaban ver su intenso color rojo; en parte, porque las flores del silencio eran la savia de la nación, y en parte, pensaba Akos, para que no se volvieran todos locos por culpa del frío.

Aquel día, el día del ritual de la Floración, sudaba dentro de su abrigo mientras esperaba a que el resto de la familia se arreglara, así que decidió salir al patio para refrescarse. La casa de los Kereseth formaba un círculo alrededor de un horno, y todas las paredes, tanto interiores como exteriores, describían una curva. Se suponía que daba buena suerte.

Al abrir la puerta, los ojos le empezaron a picar por culpa del aire helado. Se bajó las gafas de seguridad, y el calor de su piel empañó al instante el cristal. Después cogió como pudo el atizador metálico con la mano enguantada y lo metió bajo la campana del horno. Allí dentro, las piedras de quemar inmóviles parecían bultos negros antes de que la fricción las encendiera y lanzaran chispas de distintos colores, dependiendo de la sustancia con la que las hubieran espolvoreado.

Las piedras de quemar se rozaron y adquirieron un brillo de color rojo sangre. No estaban allí fuera para calentar ni para iluminar nada, sino que se suponía que eran un recordatorio de la corriente. Como si no bastara con el zumbido que le recorría el cuerpo a Akos. La corriente fluía a través de todos los seres vivos y se manifestaba en el cielo en sus múltiples colores, como las piedras de quemar; como las luces de los vehículos flotantes, que volaban en lo alto de camino a la ciudad propiamente dicha. Si los habitantes de otros planetas creían que el de Akos no era más que un manto de nieve, era porque nunca lo habían pisado.

El hermano mayor de Akos, Eijeh, asomó la cabeza.

—Tienes ganas de congelarte, ¿eh? Venga, que mamá ya casi está.

Su madre era la que más tardaba en arreglarse cuando iban al templo, ya que, al fin y al cabo, era el oráculo y todos la estarían mirando.

Akos dejó el atizador y entró en la casa mientras se quitaba las gafas y se bajaba la máscara protectora hasta el cuello.

Su padre y su hermana mayor, Cisi, estaban de pie junto a la puerta principal, envueltos en sus abrigos más gruesos. Todos tenían capucha y estaban fabricados con el mismo material, piel de kutyah, que no absorbía los tintes, así que siempre era de un gris blancuzco.

—¿Ya estás listo, Akos? Bien. —Su madre, que se estaba cerrando el abrigo, miró hacia las viejas botas de su padre—. En algún lugar, las cenizas de tu padre se estremecen al unísono al ver lo sucios que llevas los zapatos, Aoseh.

—Lo sé, por eso me empeño en ensuciarlos —respondió su padre con una sonrisa.

—Bien —repuso ella, casi canturreando, de hecho—. Me gustan más así.

—Te gusta todo lo que no le gustaba a mi padre.

—Eso es porque a ese hombre no le gustaba nada.

—¿Podemos subir al flotante antes de que se enfríe? —preguntó Eijeh casi gimoteando—. Ori nos está esperando junto al monumento conmemorativo.

Su madre terminó de abrocharse el abrigo y se puso la máscara protectora, y todos salieron al camino de entrada de la casa, que estaba climatizado, envueltos en pieles, gafas y guantes. Una nave achaparrada y redonda los esperaba, suspendida en el aire a la altura de las rodillas, justo encima del banco de nieve. La puerta se abrió al tocarla su madre, y la familia entera subió a bordo. Cisi y Eijeh tuvieron que tirar de Akos, cada uno de un brazo, porque era demasiado bajo para subir solo. Nadie se molestó en ponerse el cinturón de seguridad.

—¡Al templo! —gritó su padre alzando un puño.

Siempre lo decía cuando iban al templo, como si estuviera animando una conferencia aburrida o una cola muy larga para votar.

—Ojalá pudiéramos embotellar ese entusiasmo y enviárselo a todos los habitantes de Thuvhe. A la mayoría solo los veo una vez cada estación, y eso porque hay comida y bebida, que si no... —se quejó su madre mientras esbozaba una débil sonrisa.

—Pues esa es la solución —repuso Eijeh—: atraerlos con comida toda la estación.

—La sabiduría de los niños —dijo su madre al pulsar el botón de encendido con el pulgar.

El vehículo flotante se elevó con una sacudida e inició su camino, de modo que todos cayeron unos encima de otros. Eijeh apartó a Akos de un empujón entre risas.

Las luces de Hessa titilaban a lo lejos. Su ciudad rodeaba una colina, con la base militar a los pies, el templo en la cima y los demás edificios en medio. El templo, que era adonde se dirigían, era una gran estructura de piedra con una cúpula justo en el centro, compuesta por cientos de paneles de cristal de colores. Cuando el sol brillaba sobre ella, el pico de Hessa se iluminaba en un tono rojo anaranjado. Lo que significaba que casi nunca lo hacía.

El flotante descendió sobre la colina y se deslizó sobre la pétrea Hessa, tan antigua como su planeta nación, Thuvhe. Así era como todos lo llamaban, salvo sus enemigos: una palabra tan escurridiza que a los otros planetas se les atragantaba. La mitad de las estrechas casas estaban enterradas en ventisqueros. Casi todas estaban vacías. La población en pleno iba al templo aquella noche.

—¿Has visto algo interesante hoy? —le preguntó su padre a su madre mientras el primero viraba el vehículo para esquivar un anemómetro más alto de lo habitual que se alzaba hacia el cielo y daba vueltas en círculo.

Por el tono de voz de su padre, Akos sabía que estaba preguntándole a su madre por las visiones. Cada planeta de la galaxia contaba con tres oráculos, uno que se alzaba, uno sedente y otro que caía. Akos no entendía bien lo que significaba, pero sí que la corriente le susurraba el futuro al oído a su madre y que la gente la contemplaba con asombro.

—Puede que viera a tu hermana el otro día... —empezó a decir su madre—, aunque dudo que quiera saberlo.

—Ya sabes que ella cree que el futuro debe tratarse con el debido respeto.

Su madre paseó brevemente la mirada por Akos, Eijeh y Cisi.

—Supongo que es lo que sucede cuando te casas con alguien de una familia de militares —dijo al fin—: queréis reglamentarlo todo, incluso mi don.

—Te habrás dado cuenta de que me rebelé contra las expectativas familiares y decidí hacerme agricultor, no capitán militar —respondió su padre—. Y mi hermana no tiene mala intención, es que es un tema que la pone nerviosa, nada más.

—Ya —repuso su madre como si hubiera algo más.

Cisi empezó a canturrear una melodía que Akos había oído antes, aunque no recordaba dónde. Su hermana miraba por la ventanilla sin prestar atención a la riña, y unos cuantos segundos después, sus padres dejaron de discutir y solo se oyó el sonido del canturreo. A su padre le gustaba decir que Cisi tenía algo especial. Contagiaba paz.

El templo estaba iluminado por dentro y por fuera, con tiras de farolillos del tamaño de los puños de Akos colgadas del arco de la entrada principal. Cintas con luces de colores se enrollaban en torno a los gordos vientres de los vehículos flotantes que había por todas partes, aparcados en grupos en la ladera o dando vueltas alrededor de la cúpula en busca de un hueco en el que tocar tierra. Su madre conocía los lugares secretos que rodeaban el templo, así que indicó a su marido un rincón en sombras cercano al comedor y los condujo a la carrera hasta una puerta lateral que tuvo que abrir con ambas manos.

Recorrieron un oscuro pasillo de piedra cubierto de alfombras tan gastadas que se veía a través de ellas y pasaron frente al monumento iluminado con velas con el que se recordaba a los thuvhesitas fallecidos durante la invasión de Shotet, antes de que naciera Akos.

Frenó un poco para contemplar las titilantes velas al pasar junto al monumento. Eijeh lo agarró de los hombros por detrás, y el sobresalto le arrancó un grito ahogado. Se ruborizó en cuanto se dio cuenta de quién era, y Eijeh le clavó un dedo en la mejilla mientras se reía.

—¡Se te ve lo rojo que estás incluso a oscuras!

—¡Cállate! —repuso Akos.

—Eijeh, no te metas con tu hermano —lo riñó su madre.

Su madre debía decirlo continuamente, pues Akos tenía la sensación de que siempre se ruborizaba por todo.

—Si era una broma...

Llegaron hasta el centro del edificio, donde se había congregado una multitud en la entrada de la Sala de la Profecía. La gente se quitaba las botas y los abrigos, se ahuecaba el cabello aplastado por las capuchas y se echaba el aliento en los dedos helados para calentarlos. Los Kereseth formaron una pila con sus abrigos, gafas, guantes, botas y máscaras protectoras en un nicho oscuro, justo debajo de una ventana morada que llevaba grabado el carácter thuvhesita para designar la corriente. Justo cuando se dirigían a la Sala de la Profecía, Akos oyó una voz conocida.

—¡Eij! —gritaba Ori Rednalis, la mejor amiga de Eijeh, mientras corría hacia ellos por el pasillo.

Era desgarbada y de aspecto torpe, todo rodillas, codos y melena despeinada. Akos no la había visto antes con vestido, pero ese día se había puesto uno de tela rojo púrpura abotonado en los hombros, como si fuera un uniforme militar de gala.

Ori tenía los nudillos rojos de frío. Se detuvo frente a Eijeh.

—Por fin. Ya he tenido que aguantar dos veces las diatribas de mi tía sobre la Asamblea y estoy a punto de estallar.

Akos ya había sido antes testigo de las diatribas de la tía de Ori, en las que despotricaba contra la Asamblea (el organismo que dirigía la galaxia) porque solo valoraba a Thuvhe por su producción de flores del hielo y restaba importancia a los ataques de Shotet, que consideraba «disputas civiles». Tenía algo de razón, pero Akos siempre se sentía incómodo cuando los adultos despotricaban; nunca sabía qué decir.

Ori siguió hablando.

—Hola, Aoseh, Sifa, Cisi, Akos. Feliz Día de la Floración. Venga, vamos, Eij.

Lo había dicho todo de un tirón, sin apenas pararse a respirar.

Eijeh miró a su padre, que agitó la mano.

—Venga, vete. Nos veremos después.

—Y si te pillamos con una pipa en la boca, como la estación pasada —añadió su madre—, te obligaremos a comerte lo que tenga dentro.

Eijeh arqueó las cejas. Era un sinvergüenza, nunca se ruborizaba por nada, ni siquiera cuando los chicos del colegio se burlaban de él por su voz (que era más aguda de lo habitual en los varones) o por ser rico, algo poco popular en Hessa. Tampoco replicaba; se le daba bien protegerse del exterior y dejarlo entrar solo cuando así lo deseaba.

Agarró a Akos por el codo y tiró de él para correr detrás de Ori. Cisi se quedó con sus padres, como siempre. Eijeh y Akos persiguieron a Ori hasta la Sala de la Profecía.

Al llegar, Ori ahogó un grito, y cuando Akos vio lo que había dentro de la Sala estuvo a punto de imitarla: alguien había colgado cientos de farolillos (espolvoreados de flores del silencio para teñirlos de rojo) desde lo más alto de la cúpula hasta los muros exteriores, en todas direcciones, de modo que sobre ellos pendía un dosel de luz. Hasta los dientes de Eijeh brillaron con un resplandor rojo cuando sonrió a Akos. En el centro de la habitación, que solía estar vacía, había una plancha de hielo que medía de ancho lo que un hombre de alto. En su interior crecían docenas de capullos de flores del silencio a punto de abrirse.

Más farolillos con piedras de quemar del tamaño del pulgar de Akos flanqueaban la plancha de hielo en la que las flores del silencio esperaban la hora de eclosionar. Estas piedras emitían un brillo blanco, seguramente para que todos pudieran ver el verdadero color de las flores del silencio, un rojo más intenso que el de cualquier farolillo. Tan intenso como la sangre, decían algunos.

Había muchas personas por allí, y todas lucían sus mejores ropajes: vestidos sueltos que lo cubrían todo salvo las manos y la cabeza, cerrados con elaborados botones de cristal en distintos colores; chalecos hasta las rodillas revestidos de flexible piel de elte y bufandas con dos vueltas. Todo ello en colores intensos y oscuros, cualquier cosa menos gris o blanco, para contrastar con los abrigos. La chaqueta de Akos era verde oscuro, herencia de Eijeh, aunque todavía le quedaba demasiado grande en los hombros; la de Eijeh era marrón.

Ori los condujo directamente a la comida. Allí estaba su tía de rostro avinagrado, ofreciendo platos a los viandantes, aunque no miró a Ori. A Akos le daba la sensación de que a Ori no le gustaban sus tíos y que por eso se pasaba casi todo el tiempo en casa de los Kereseth, aunque ignoraba lo que les había sucedido a sus padres. Eijeh se metió un panecillo en la boca y estuvo a punto de ahogarse con las migajas.

—Cuidado, la muerte por pan no es nada digna —le advirtió Akos.

—Al menos moriré haciendo lo que más me gusta —respondió Eijeh con la boca llena de pan.

Akos se rio.

Ori le rodeó el cuello a Eijeh con el codo para obligarlo a acercar la cabeza.

—No mires ahora, pero os observan por la izquierda.

—¿Y? —preguntó Eijeh escupiendo migas de pan.

Sin embargo, Akos notó que el calor empezaba a subirle por el cuello y se arriesgó a mirar a la izquierda, por encima del hombro de su hermano: allí había un grupito de adultos en silencio, siguiéndolos con la mirada.

—Ya deberías estar acostumbrado, Akos —le dijo Eijeh—. Total, nos pasa siempre.

—Son ellos los que ya deberían estar acostumbrados —repuso Akos—. Llevamos aquí toda la vida y hemos sido predestinados toda la vida, así que ¿qué es lo que miran?

Todos tenían un futuro, pero no todos tenían un destino... Al menos, es lo que le gustaba decir a su madre. Solo algunos miembros de ciertas familias «privilegiadas» recibían destinos; al nacer, los oráculos de todos los planetas recitaban en secreto esos destinos. A la vez. Su madre explicaba que, cuando llegaban esas visiones, eran tan fuertes que la despertaban del sueño más profundo.

Eijeh, Cisi y Akos tenían destinos, aunque desconocían cuáles eran, a pesar de que su madre era una de las personas que los había Visto. Siempre afirmaba que no era necesario contárselos, ya que el mundo lo haría por ella.

Se suponía que los destinos determinaban los movimientos de los mundos. Si Akos pensaba demasiado en ello, se mareaba.

Ori se encogió de hombros.

—Mi tía dice que la Asamblea últimamente critica a los oráculos en los agregadores de noticias, así que será lo que todo el mundo tiene en la cabeza.

—¿Que los ha criticado? ¿Por qué? —preguntó Akos.

Eijeh no prestó atención a ninguno de los dos.

—Venga, vamos a buscar un buen sitio.

Ori se animó.

—Sí, vamos. No quiero acabar con la cara pegada a los culos de la gente, como la estación pasada.

—Creo que esta estación has crecido por encima de sus culos —repuso Eijeh—. Ahora les llegas a la mitad de la espalda, más o menos.

—Ah, estupendo, porque he dejado que mi tía me ponga este vestido para poder contemplar un puñado de espaldas —dijo Ori elevando la mirada al cielo.

Esta vez, Akos abrió la marcha entre el gentío de la Sala de la Profecía, metiéndose debajo de copas de vino y brazos gesticulantes hasta llegar al frente, justo al lado de la plancha de hielo y las flores encerradas. Y llegaron justo a tiempo, porque su madre ya se había colocado al lado del hielo y se había quitado los zapatos, aunque allí hacía un frío temible. Decía que se le daba mejor ser un oráculo cuando estaba más cerca del suelo.

Unos segundos antes había estado riendo con Eijeh, pero a medida que la multitud iba guardando silencio, Akos también lo hizo.

Eijeh se acercó para susurrarle al oído:

—¿Lo notas? El zumbido de la corriente es tremendo. Es como si me vibrara el pecho.

Akos no lo había notado, pero Eijeh tenía razón: sí que parecía que le vibraba el pecho, como si la sangre le cantara. Sin embargo, antes de poder responder, su madre empezó a hablar; no en voz muy alta, ya que no era necesario: todos conocían aquellas palabras de memoria.

—La corriente fluye por todos los planetas de la galaxia y nos ofrece su luz para recordarnos su poder.

Como si siguieran una señal, los presentes levantaron la vista hacia el flujo de la corriente, que se veía en el cielo a través del cristal rojo de la cúpula. En aquella época de la estación, casi siempre era rojo oscuro, igual que las flores del silencio. El flujo era la demostración palpable de la corriente que circulaba a través de todos ellos, de todos los seres vivos. Serpenteaba por la galaxia y unía a los planetas entre sí como si fueran cuentas de un solo collar.

—La corriente fluye a través de todo lo que tiene vida —siguió diciendo Sifa—. Crea un espacio para que la vida medre. La corriente fluye a través de todas las personas que respiran y emerge de un modo distinto tras pasar por el tamiz de cada una de esas mentes. La corriente fluye a través de todas las flores que brotan en el hielo.

No solo Akos, Eijeh y Ori, sino la sala al completo se apiñó hombro con hombro para poder ver lo que sucedía con las flores del silencio atrapadas en la plancha de hielo.

—La corriente fluye a través de todas las flores que brotan en el hielo —repitió Sifa— y les proporciona la fuerza suficiente para abrir sus pétalos en la oscuridad más profunda. La corriente presta más ayuda a la flor del silencio, la que marca nuestras horas, la que nos da la muerte y la paz.

Los presentes guardaron silencio durante un instante, y no resultó raro, como cabría haber supuesto. Era como si todos vibraran-cantaran juntos mientras percibían la fuerza que alimentaba el universo, igual que la fricción entre las partículas alimentaba las piedras de quemar.

Y, de repente, empezó el movimiento: un pétalo que se agitaba; un tallo que crujía. Un estremecimiento recorrió el pequeño campo de flores del silencio que crecía ante ellos. Nadie se movía en la sala.

Akos levantó la vista hacia el cristal rojo y el dosel de farolillos una sola vez, y estuvo a punto de perderse el momento en que todas las flores se abrían a la vez. Los pétalos rojos se desplegaron al unísono para mostrar su reluciente centro y dejarse caer sobre el tallo. La plancha de hielo rebosaba color.

Todos ahogaron un grito y aplaudieron. Akos también aplaudió hasta que le escocieron las palmas de las manos. Su padre se acercó a coger las manos de su madre y darle un beso. Para los demás era intocable: Sifa Kereseth, el oráculo, la persona a la que el flujo de la corriente le regalaba visiones del futuro. Sin embargo, su padre siempre la estaba tocando, acariciándole con la punta del dedo el hoyuelo que le aparecía al sonreír, poniéndole en su sitio los mechones de pelo rebeldes que se le escapaban del moño, dejándole huellas amarillas de harina en los hombros cuando terminaba de amasar el pan.

Su padre no podía ver el futuro, pero sí arreglar cosas con los dedos, como los platos rotos, la grieta en la pantalla de la pared o el dobladillo deshilachado de una falda vieja. A veces daba la impresión de que también era capaz de arreglar a las personas si se metían en líos, así que cuando se acercó a Akos y lo cogió en brazos, al chico ni siquiera le dio vergüenza.

—¡El más pequeño de mis retoños! —gritó su padre mientras se lo echaba al hombro—. Oooh, la verdad es que ya no es tan pequeño. Ya casi no puedo contigo.

—Eso no es porque yo sea grande, sino porque tú eres viejo —contestó Akos.

—¡Menuda respuesta! De mi propio hijo —dijo su padre—. Me pregunto qué castigo se merece una lengua tan afilada...

—No...

Pero era demasiado tarde: su padre ya lo había echado hacia atrás y lo había dejado resbalar hasta sujetarlo por los tobillos. Colgado cabeza abajo, Akos se sujetó la camisa y la chaqueta contra el cuerpo, pero no pudo evitar reírse. Aoseh lo bajó y solo lo soltó una vez el chico estuvo a salvo en el suelo.

—Que te sirva de lección por ser tan insolente —le dijo su padre inclinado sobre él.

—¿La insolencia hace que se te suba la sangre a la cabeza? —preguntó Akos mientras parpadeaba con aire inocente.

—Exacto —repuso Aoseh sonriendo—. Feliz Día de la Floración.

Akos le devolvió la sonrisa.

—Igualmente.

Aquella noche se quedaron levantados hasta tan tarde que Eijeh y Ori se durmieron con la cabeza apoyada en la mesa de la cocina. Su madre llevó a Ori hasta el sofá de la sala, donde últimamente pasaba la mitad de las noches, y su padre despertó a Eijeh. Cada uno se fue por su lado, salvo Akos y su madre, que siempre eran los últimos en subir.

Su madre encendió la pantalla para tener de fondo el murmullo del agregador de noticias de la Asamblea. Había diez planetas nación en la Asamblea, los más grandes o más importantes. Técnicamente, cada planeta nación era independiente, pero la Asamblea regulaba el comercio, las armas, los tratados y los desplazamientos, y aplicaba las leyes en el espacio sin regular. Las noticias repasaban un planeta nación tras otro: restricciones de agua en Tepes, una nueva innovación médica en Othyr, piratas que habían asaltado una nave en la órbita de Pitha.

Su madre abría latas de hierbas secas. Al principio, Akos creyó que iba a preparar una bebida relajante para ayudarlos a ambos a descansar, pero se dirigió al armario del vestíbulo para sacar el tarro de flores del silencio, que se encontraba en el estante más alto para que no lo cogiera nadie.

—Se me ha ocurrido que esta noche podría darte una lección especial —dijo Sifa.

Akos pensaba en ella por su nombre, y no como «mamá», cuando le enseñaba cosas sobre las flores del hielo. Hacía dos estaciones que ella había empezado, de broma, a llamar «lecciones» a aquellas sesiones de preparación de brebajes a las que se dedicaban a altas horas de la noche, pero, en aquel momento, a Akos le pareció que hablaba muy en serio. Costaba saberlo con una madre como la suya.

—Saca una tabla de cortar y pícame un poco de raíz de harva —le pidió mientras se ponía unos guantes—. Ya hemos usado la flor del silencio otras veces, ¿verdad?

—En el elixir somnífero —respondió Akos.

Después hizo lo que le pedía: se colocó a su izquierda con la tabla de cortar, el cuchillo y la polvorienta raíz de harva, que era de un blanco pálido y estaba cubierta de una fina capa de pelusilla.

—Y en aquel mejunje recreativo —añadió ella—. Creo haberte dicho que te resultaría útil algún día en las fiestas. Cuando seas mayor.

—Lo hiciste —respondió Akos—. Y entonces también dijiste lo de «cuando seas mayor».

Sifa curvó un poco la comisura de los labios hacia el interior de la mejilla. Era lo más parecido a una sonrisa que se le podía sacar la mayoría de las veces.

—Los mismos ingredientes que una versión mayor de ti podría

usar con fines recreativos, también pueden utilizarse para preparar un veneno —explicó ella seria—. Siempre que dobles la cantidad de flores del silencio y reduzcas a la mitad la raíz de harva. ¿Entendido?

—¿Por qué...? —empezó a preguntar Akos, pero su madre ya estaba cambiando de tema.

—En fin —dijo mientras colocaba un pétalo de flor del silencio en su propia tabla de cortar. Todavía estaba rojo, pero arrugado, y era del tamaño de su pulgar—, ¿qué ocupa tus pensamientos esta noche?

—Nada —respondió Akos—. Bueno, puede que la gente que nos miraba en el ritual de la Floración.

—Es la fascinación que provocan los agraciados con un destino. Me encantaría poder decirte que dejarán de observarte algún día —añadió suspirando—, pero me temo que tú... Tú siempre atraerás todas las miradas.

Quería preguntarle por qué precisamente él, pero procuraba tener cuidado con su madre durante sus lecciones: si le planteaba la pregunta equivocada, ella daba por concluida la lección de repente. Si le planteaba la correcta, descubría cosas que se suponía que no debía saber.

—¿Y tú? —le preguntó él—. Me refiero a qué ocupa tus pensamientos esta noche.

—Ah —dijo ella mientras picaba con precisión las hierbas y golpeaba rítmicamente con el cuchillo la tabla; él estaba mejorando, aunque todavía cortaba trozos que no pretendía cortar—. Esta noche no dejo de pensar en la familia Noavek.

Iba descalza, y los dedos de los pies se le encogían de frío. Los pies de un oráculo.

—Son la familia regente de Shotet —añadió—. La tierra de nuestros enemigos.

Los shotet eran un pueblo, no un planeta nación, y su ferocidad y brutalidad eran de sobra conocidas. Cada vez que arrebataban una vida, se grababan una línea en el brazo y entrenaban en el arte de la guerra incluso a los niños. Además, vivían en Thuvhe, el mismo planeta que Akos y su familia (aunque los shotet no llamaban así al planeta, ni se consideraban thuvhesitas), al otro lado de una vasta extensión de hierba pluma. La misma hierba pluma que se asomaba a las ventanas de la casa de la familia de Akos.

Su abuela por parte de padre había muerto en una de las invasiones de los shotet, armada tan solo con un cuchillo de pan, o eso decían las historias que contaba su padre. Y la ciudad de Hessa todavía lucía las cicatrices de la violencia invasora: los nombres de las víctimas tallados en bajos muros de piedra; ventanas rotas remendadas en vez de sustituidas, de modo que todavía se veían las grietas.

Justo detrás de la hierba pluma. A veces, los shotet parecían estar lo bastante cerca como para tocarlos.

—La familia Noavek también está predestinada, ¿lo sabías? Igual que tú y tus hermanos —siguió explicando Sifa—. Los oráculos no siempre ven los destinos de ese linaje, solo ha sucedido durante mi tiempo. Y los Noavek usaron esa ventaja sobre su gobierno para hacerse con el control de los shotet, que está en sus manos desde entonces.

—No sabía que eso pudiera ocurrir. Me refiero a que una nueva familia obtenga destinos, de repente.

—Bueno, los que recibimos el don de ver el futuro no decidimos quién resulta agraciado con un destino —respondió su madre—. Vemos cientos de futuros, de posibilidades, pero un destino es algo que sucede a una persona concreta en todas las versiones del futuro que vemos, lo que resulta muy poco frecuente. Y son esos destinos los que determinan quiénes son las familias agraciadas con ellos, no al revés.

Nunca lo había visto de ese modo. La gente siempre decía que los oráculos concedían los destinos como si fueran regalos a las personas especiales o importantes, pero, según explicaba su madre, era al revés: los destinos convertían en importantes a ciertas familias.

—Así que has visto sus destinos. Los destinos de los Noavek.

Ella asintió.

—Solo del hijo y de la hija: Ryzek y Cyra. Él es el mayor; ella es de tu edad.

Akos ya había oído antes sus nombres, junto con algunos rumores ridículos: historias en las que se aseguraba que echaban espuma por la boca, que guardaban los ojos de sus enemigos en tarros o que las marcas de sus asesinatos ya les cubrían desde la muñeca hasta el hombro. Bueno, quizá aquel último rumor no fuera tan ridículo.

—A veces resulta sencillo ver por qué la gente se convierte en lo que es —dijo su madre en voz baja—. Ryzek y Cyra, hijos de un tirano. Su padre, Lazmet, hijo de una mujer que asesinó a sus propios hermanos. La violencia infecta a una generación tras otra. —Empezó a mover la cabeza arriba y abajo, y su cuerpo la acompañó, meciéndola—. Y yo lo veo. Lo veo todo.

Akos le cogió la mano y se la sostuvo.

—Lo siento, Akos —añadió ella, y el chico no supo bien si sentía haber dicho demasiado u otra cosa, pero tampoco importaba.

Los dos permanecieron allí un rato, escuchando el murmullo del agregador de noticias, y la noche más oscura pareció, de algún modo, incluso más oscura que antes.

CAPÍTULO 2 | AKOS

—Sucedió en plena noche —decía Osno mientras sacaba pecho—. Tenía un arañazo en la rodilla y, de repente, empecé a sentir una quemazón… Cuando aparté las mantas, ya no estaba.

El aula tenía una pared en curva y dos rectas. En el centro había un gran horno lleno de piedras de quemar, y la profesora siempre daba vueltas a su alrededor mientras les impartía una clase, haciendo rechinar las botas en el suelo. A veces, Akos contaba cuántas vueltas daba a lo largo de una clase. Nunca eran pocas.

Alrededor del horno había sillas metálicas con pantallas de cristal fijadas frente a ellas en ángulo, como si fueran tableros de mesas. Brillaban, listas para la lección del día, pero su profesora todavía no había llegado.

—Pues enséñanoslo —le dijo otra compañera, Riha, que siempre llevaba bufandas con mapas de Thuvhe bordados, como una verdadera patriota, y nunca confiaba en la palabra de nadie. Cuando alguien afirmaba algo, ella arrugaba su pecosa nariz hasta que esa persona demostraba su afirmación.

Osno se acercó una navajita al pulgar y se pinchó con ella. La sangre formó una burbuja en la herida, e incluso Akos, sentado solo al otro lado del aula, vio que la piel empezaba a cerrarse como una cremallera.

Todo el mundo obtenía un don de la corriente al hacerse mayor, cuando el cuerpo empezaba a cambiar; a juzgar por lo pequeño que era Akos a sus catorce estaciones, eso significaba que todavía le quedaba un tiempo para recibir el suyo. A veces los dones iban por familias y a veces no. A veces eran útiles y a veces no. El de Osno era útil.

—Asombroso —dijo Riha—. Estoy deseando que llegue el mío. ¿Te imaginabas lo que sería?

Osno era el chico más alto de la clase y, cuando hablaba con alguien, procuraba acercarse mucho para que su interlocutor no olvidara ese detalle. No hablaba con Akos desde la última estación y, en aquel momento, la madre de Osno había comentado mientras se alejaba: «Para ser uno de los agraciados con un destino, no es gran cosa, ¿no?».

Osno había contestado: «Es bastante agradable».

Pero Akos no era «agradable»; así llamaba la gente a las personas que hablaban poco.

Osno echó un brazo sobre el respaldo de la silla y se apartó de los ojos un mechón de pelo oscuro.

—Mi padre dice que cuanto mejor te conoces, menos te sorprende tu don.

Riha asintió con la cabeza para darle la razón, y la trenza se le deslizó por la espalda. Akos apostaba lo que fuera a que Riha y Osno empezarían a salir antes de que acabara la estación.

En aquel momento, la pantalla que estaba colgada cerca de la puerta parpadeó y se apagó. Las lámparas de la habitación se apagaron, también, al igual que las del pasillo, cuya luz entraba por debajo de la puerta. A Riha se le quedó la frase paralizada entre los labios. Akos oyó una voz alta que procedía del pasillo, además del chirrido de su silla cuando la echó hacia atrás.

—¡Kereseth…! —le susurró Osno a modo de advertencia.

Sin embargo, Akos no entendía por qué debía darle miedo asomarse al pasillo; tampoco es que le fuera a saltar un monstruo encima.

Abrió la puerta lo justo para pasar y se inclinó para ver lo que había en el pasillo de fuera. El edificio era circular, como muchos de los edificios de Hessa: los despachos de los profesores estaban en el centro y las aulas alrededor de la circunferencia; el pasillo servía como separación entre ambas zonas. Cuando se apagaron las luces, estaba tan oscuro que Akos solo veía gracias a las luces de emergencia, que despedían un resplandor naranja en lo alto de cada una de las escaleras.

—¿Qué está pasando?

Reconoció la voz: era Ori. La chica entró en el círculo de luz naranja junto a la escalera este. De pie frente a ella estaba su tía Badha, más desaliñada de lo que Akos la había visto nunca: varios mechones de pelo, que se le habían soltado del moño, le colgaban a ambos lados de la cara y llevaba los botones del jersey mal abrochados.

—Estás en peligro —dijo Badha—. Ha llegado el momento de hacer lo que hemos estado practicando.

—¿Por qué? —quiso saber Ori—. Vienes aquí, me sacas de clase, y quieres que lo deje todo y a todos…

—Todos los predestinados están en peligro, ¿lo entiendes? Te han descubierto y debes irte.

—¿Y los Kereseth? ¿Es que ellos no corren peligro?

—No tanto como tú —respondió Badha mientras agarraba a Ori por el codo y la conducía al rellano de la escalera este.

Akos no le veía la cara a Ori, así que no pudo distinguir su reacción. Sin embargo, justo antes de que doblara la esquina, Ori se volvió, el pelo le cayó sobre la cara y el jersey se le deslizó por el hombro, dejando la clavícula al descubierto.

Estaba bastante seguro de que entonces Ori lo había mirado con los ojos muy abiertos y temerosos, pero costaba saberlo con certeza. Entonces, alguien llamó a Akos por su nombre.

Cisi salió corriendo de una de las oficinas centrales. Llevaba un grueso vestido gris y botas negras, y apretaba los labios.

—Vamos —dijo—, nos han ordenado acudir al despacho del director. Papá va a venir a recogernos y podemos esperarlo allí.

—¿Qué...? —empezó a preguntar Akos, pero hablaba demasiado bajo, como de costumbre, y casi nadie lo escuchaba.

—Vamos —insistió Cisi mientras se metía de nuevo por la puerta de la que acababa de salir.

La mente de Akos corría en mil direcciones distintas. Ori era una predestinada. Se había ido la luz. Su padre iba a recogerlos. Ori estaba en peligro. Él estaba en peligro.

Cisi no dejaba de desaparecer y reaparecer bajo las luces naranjas de emergencia. Y entonces: una puerta abierta, un farol encendido y Eijeh, que se volvía hacia ellos.

El director estaba sentado frente a él. Akos desconocía su nombre; lo llamaban simplemente «el director», y solo lo veían cuando le tocaba anunciar algo o cuando iba de camino a otra parte. Akos no le prestaba ninguna atención.

—¿Qué está pasando? —le preguntó a Eijeh.

—Nadie me lo quiere decir —respondió él mientras miraba al director.

—La política de este colegio estipula que dejemos este tipo de situaciones en manos de los padres —comentó el director.

Los críos a veces bromeaban diciendo que el director tenía maquinaria por dentro, en vez de carne; que, si alguien lo abriese, saldrían cables volando. Al menos, es lo que parecía cuando hablaba.

—¿Y no nos puede decir de qué tipo de situación se trata? —le preguntó Eijeh como habría hecho su madre de haber estado allí.

«¿Y dónde está mamá?», pensó Akos. Su padre iba a ir buscarlos, pero nadie había comentado nada sobre su madre.

—Eijeh —dijo Cisi con un susurro que tranquilizó a Akos.

Era como si hablara directamente al zumbido de la corriente de su interior para devolverle el equilibrio. El embrujo duró un momento, y el director, Eijeh, Cisi y Akos guardaron silencio, a la espera.

—Empieza a hacer frío —comentó Eijeh al fin.

Una corriente entraba por debajo de la puerta y le estaba dejando los tobillos helados a Akos.

—Lo sé, he tenido que cortar la electricidad —dijo el director—. Pretendo esperar hasta que estéis a salvo en vuestra casa antes de volver a conectarla.

—¿Ha cortado la luz por nosotros? ¿Por qué? —preguntó Cisi con un tono de voz dulce.

Era la misma voz mimosa que utilizaba cuando quería quedarse despierta hasta tarde o una golosina más de postre. No funcionaba con sus padres, pero el director se derritió como una vela; a Akos no le habría extrañado ver aparecer un charco de cera debajo de su escritorio.

—El único modo de apagar las pantallas durante las alertas de emergencia de la Asamblea es cortar la luz —respondió el director en voz baja.

—Así que ha habido una alerta de emergencia —dijo Cisi con el mismo tono.

—Sí, la ha ordenado el líder de la Asamblea esta misma mañana.

Eijeh y Akos se miraron. Cisi sonreía, tranquila, con las manos cruzadas sobre las rodillas. Con aquella luz y los rizos enmarcándole el rostro, era la hija de Aoseh, simple y llanamente. Su padre también era capaz de conseguir lo que deseaba mediante sonrisas y carcajadas, y siempre ponía paz en los corazones de las personas y en las situaciones difíciles.

Un fuerte puño aporreó la puerta del director y evitó que el hombre de cera se siguiera derritiendo. Akos sabía que era su padre porque el pomo de la puerta cayó al suelo con el último golpe, y la placa que lo sujetaba a la madera se resquebrajó por el centro. No podía controlar su genio, y su don lo dejaba claro: su padre siempre estaba arreglando cosas, pero la mitad de las veces era porque él mismo las había roto.

—Lo siento —masculló Aoseh al entrar en el cuarto.

Colocó de nuevo el pomo en su sitio y recorrió la grieta con la punta de un dedo. La placa se quedó un poco torcida, pero estaba casi como nueva. Su madre insistía en que no siempre arreglaba bien las cosas y prueba de ello eran todos los platos cojos y tazas con el asa torcidas que tenían.

—Señor Kereseth —empezó a decir el director.

—Gracias por reaccionar con tanta rapidez, director —lo interrumpió su padre.

No sonreía en absoluto. Más que los pasillos a oscuras, los gritos de Ori o los labios apretados de Cisi, fue su seriedad lo que asustó a Akos. Su padre siempre sonreía, incluso cuando no pegaba; su madre decía que era su mejor armadura.

—Venga, retoño pequeño, retoño más pequeño y retoño menor —dijo Aoseh sin mucho entusiasmo—. Vámonos a casa.

Se pusieron en pie y marcharon hacia la entrada del colegio en cuanto oyeron que decía «casa». Fueron directos a las perchas de los abrigos para buscar entre aquellas bolas de pelo grises, idénticas entre ellas, las que tenían grabado su apellido en el cuello: Kereseth, Kereseth, Kereseth. Cisi y Akos se confundieron un segundo y tuvieron que cambiarse los abrigos; el de Akos le quedaba a Cisi un poco corto de brazos, y el de ella era demasiado largo para la estatura de su hermano.

El vehículo flotante esperaba fuera con la puerta todavía abierta. Era un poco más grande que la mayoría, aunque también achaparrado y circular, y el exterior de metal oscuro estaba manchado. El agregador de noticias, que solía disparar su chorro de palabras dentro de los flotantes, no estaba encendido, como tampoco lo estaba la pantalla del navegador, así que fue el mismo Aoseh quien tuvo que pulsar los botones, mover las palancas y encargarse de los controles sin que el vehículo le dijera lo que estaba haciendo. No se pusieron los cinturones; a Akos le parecía que era una estupidez perder el tiempo con eso.

—Papá —empezó a decir Eijeh.

—Esta mañana, la Asamblea ha decidido anunciar los destinos de las familias agraciadas —explicó su padre—. Los oráculos informaron a la Asamblea de los destinos hace ya varias estaciones, en secreto, como gesto de buena voluntad. Normalmente, el destino de una persona no se hace público hasta que muere; solo lo conocen esa persona y su familia. Pero ahora... —Los miró a todos, uno a uno—. Ahora todo el mundo conoce vuestros destinos.

—¿Cuáles son? —preguntó Akos en un susurro, justo cuando Cisi preguntaba:

—¿Por qué es eso peligroso?

Su padre respondió la pregunta de su hermana, no la de él.

—No es peligroso para todos los predestinados, pero algunos destinos son más... reveladores que otros.

Akos pensó en la tía de Ori, que se la había llevado a rastras por el codo hasta las escaleras: «Te han descubierto y debes irte».

Ori tenía un destino, un destino peligroso. Sin embargo, por lo que recordaba Akos, no había ninguna familia Rednalis en la lista de familias agraciadas. Debía de ser un apellido falso.

—¿Cuáles son nuestros destinos? —preguntó Eijeh, y Akos lo envidió por su voz clara y alta.

A veces, cuando pretendían quedarse despiertos hasta más tarde de lo permitido, Eijeh intentaba susurrar, pero su padre o su madre aparecían enseguida en la puerta para ordenarles que se callaran. No como Akos: él procuraba mantener los secretos bien cerca, como si fueran una segunda piel, y por eso no les había contado todavía a los demás lo de Ori.

El vehículo flotante pasó volando sobre los campos de flores del hielo que cuidaba su padre. Se extendían a lo largo de varios kilómetros en todas direcciones, divididos por alambradas bajas: amarillas flores de celos, purezas blancas, verdes enredaderas de harva, marrones hojas de sendes y por último, protegidas por una jaula metálica atravesada por la corriente, las rojas flores del silencio. Antes de que las metieran en la jaula, la gente solía quitarse la vida corriendo al interior de los campos de flores del silencio para morir entre los relucientes pétalos, pues el veneno producía una soñolienta muerte al cabo de unos cuantos alientos. En realidad, no parecía una mala forma de marcharse, pensó Akos: quedarse dormido entre flores, bajo el blanco cielo.

—Os los contaré cuando estéis a salvo —respondió su padre, que intentaba sonar alegre.

—¿Dónde está mamá? —preguntó Akos, y esta vez su padre lo oyó.

—Vuestra madre…

Aoseh apretó los dientes, y una enorme raja se abrió en el asiento que tenía debajo, como cuando la parte de arriba del pan se resquebrajaba en el horno. Soltó una palabrota y pasó la mano por encima del asiento para arreglarlo. Akos parpadeó, asustado: ¿por qué se había enfadado tanto?

—No sé dónde está vuestra madre —dijo Aoseh al fin—. Seguro que se encuentra bien.

—¿No te advirtió de esto? —preguntó Akos.

—Quizá no lo supiera —susurró Cisi.

Pero todos sabían lo equivocada que estaba: Sifa siempre lo sabía todo.

—Vuestra madre tiene sus razones para todo lo que hace. A veces no llegamos a conocerlas —explicó Aoseh algo más calmado—. Pero debemos confiar en ella, aunque cueste.

Akos no estaba seguro de que su padre se lo creyera, ya que lo estaba diciendo como si quisiera recordárselo a sí mismo.

Aoseh guio el flotante hasta su patio de entrada, aplastando las matas de hierba y los tallos moteados de hierba pluma que había debajo. Detrás de su casa, la hierba pluma llegaba hasta donde alcanzaba la vista de Akos. A la gente a veces le ocurrían cosas raras en la hierba. Oían susurros o veían formas oscuras entre los tallos; se alejaban del camino y se los tragaba la tierra. De vez en cuando oían historias sobre el tema o alguien veía un esqueleto completo desde su vehículo flotante. Como Akos vivía muy cerca de la hierba, se había acostumbrado a no hacer caso de los rostros que corrían hacia él por todas partes, susurrando su nombre. A veces eran tan claros que los lograba identificar: sus abuelos muertos; su madre o su padre, con el rostro retorcido como si fueran cadáveres; chicos que se portaban mal con él en el colegio, burlándose.

Sin embargo, cuando Akos salió del flotante y fue a tocar las matas de hierba, se dio cuenta, sobresaltado, de que ya no veía ni oía nada.

Se detuvo y examinó la hierba en busca de algún rastro de las alucinaciones, pero no había ninguna.

—¡Akos! —lo llamó Eijeh.

«Qué raro».

Siguió a Eijeh hasta la puerta principal. Aoseh abrió con la llave y todos entraron de golpe en el vestíbulo para quitarse los abrigos. En cuanto respiró el cálido aire del interior, Akos se dio cuenta de que algo iba mal. Su casa siempre olía a especias, como el pan que a su padre le gustaba hacer para desayunar en los ciclos más fríos, pero en aquel momento olía a aceite de motor y sudor. Las entrañas de Akos se habían convertido en una tensa cuerda que se retorcía por momentos.

—Papá —dijo cuando Aoseh pulsaba un botón para encender las luces.

Eijeh chilló. Cisi ahogó un grito. Y Akos se quedó paralizado.

Había tres hombres en su salón. Uno era alto y delgado; otro, más alto y más ancho de hombros; y el tercero, bajo y corpulento. Los tres vestían armaduras que brillaban a la luz amarillenta de la piedra de quemar: eran tan oscuras que parecían negras, aunque en realidad se trataba de un azul muy oscuro. Blandían hojas de corriente; llevaban los cuchillos bien sujetos en el puño, y los negros tentáculos de la corriente se les enroscaban en las manos, uniéndolos a sus armas. Akos ya había visto antes armas como aquellas, pero solo en las manos de los soldados que patrullaban Hessa. En su casa no tenían hojas de corriente, ya que era el hogar de un agricultor y de un oráculo.

Akos lo supo sin saberlo de verdad: aquellos hombres eran shotet, enemigos de Thuvhe. Sus enemigos. Personas como ellos eran las responsables de todas y cada una de las velas encendidas en el monumento que se había erigido en homenaje a los caídos en la invasión de los shotet; habían dañado los edificios de Hessa, habían reventado sus cristales hasta fracturar sus imágenes; habían sacrificado a los más valientes, a los más fuertes y a los más feroces, y habían dejado a sus familias para llorarlos. La abuela de Akos y su cuchillo de pan entre ellos, por lo que contaba su padre.

—¿Qué hacéis aquí? —preguntó Aoseh tenso.

La sala parecía intacta: los cojines todavía estaban colocados alrededor de la mesa baja y la manta de pelo seguía enrollada junto al fuego, donde Cisi la había puesto para leer. El fuego se había convertido en ascuas que todavía brillaban y el aire era frío. Su padre se situó de modo que su cuerpo cubriera a los tres chicos.

—No está la mujer —dijo uno de los tres hombres a sus compañeros—. ¿Dónde se habrá metido?

—Es un oráculo —respondió otro—. No es tan fácil cogerlos.

—Sé que habláis nuestro idioma —dijo Aoseh esta vez más serio—. Dejad de parlotear como si no me comprendierais.

Akos frunció el ceño. ¿Es que su padre no los había escuchado hablar sobre su madre?

—Qué desafiante, este —dijo el más alto; Akos se percató de que tenía los ojos dorados, como el metal fundido—. ¿Cómo se llamaba?

—Aoseh —respondió el más bajo.

Tenía cicatrices por toda la cara, pequeños cortes en una y otra dirección. La piel que rodeaba la cicatriz de mayor tamaño, junto al ojo, estaba arrugada. El nombre de su padre sonaba torpe en sus labios.

—Aoseh Kereseth —dijo el hombre de ojos dorados, y esta vez su voz sonó... distinta. Como si de repente hablara con un fuerte acento, cosa que antes no había ocurrido. ¿Cómo era posible?—. Me llamo Vas Kuzar.

—Sé quién eres —repuso Aoseh—. No vivo con la cabeza enterrada en un agujero.

—Cogedlo —ordenó el hombre llamado Vas, y el más bajo se abalanzó sobre Aoseh.

Cisi y Akos dieron un salto hacia atrás cuando su padre y el soldado shotet iniciaron el forcejeo, agarrándose por los brazos. Aoseh apretó los dientes. El espejo de la sala se rompió y los fragmentos salieron volando; después, el marco de la foto que se hallaba sobre la chimenea, el del día de la boda de sus padres, se partió por la mitad. Sin embargo, el soldado shotet consiguió agarrar a Aoseh, meterlo en la sala y dejar expuestos a los tres chicos.

El soldado más bajo obligó a su padre a hincarse de rodillas mientras le ponía una hoja de corriente en el cuello.

—Asegúrate de que los niños no escapen —le dijo Vas al delgado.

Justo entonces, Akos recordó la puerta que tenía detrás, de modo que cogió el pomo y lo giró, pero cuando empezaba a tirar de la puerta, unas bastas manos lo sujetaron por los hombros y el shotet lo levantó en el aire con un brazo. Akos sintió un pinchazo en el hombro; le dio una fuerte patada al soldado en la pierna, pero el hombre se limitó a reírse.

—Niñito de piel fina —le escupió el shotet—. Será mejor que tanto tú como el resto de tu lamentable familia os rindáis ya.

—¡No somos lamentables! —exclamó Akos.

Era una estupidez, algo que diría un niño pequeño cuando no sabía qué otra cosa decir para ganar una discusión, pero, por algún motivo, todos se quedaron helados. No solo el hombre que le sujetaba el brazo, sino también Cisi, Eijeh y Aoseh. Todos se quedaron mirando a Akos («maldita sea») y el chico sintió que el calor le subía al rostro; el rubor menos oportuno que había sufrido en su vida, que ya era mucho decir.

Entonces, Vas Kuzar se rio.

—Tu hijo menor, supongo —le dijo a Aoseh—. ¿Sabías que hablaba shotet?

—Yo no hablo shotet —contestó Akos con voz débil.

—Acabas de hacerlo. Me pregunto cómo es que la familia Kereseth tiene un hijo por cuyas venas corre sangre shotet…

—Akos —susurró Eijeh, sorprendido, como si le estuviera preguntando algo.

—¡No tengo sangre shotet! —exclamó Akos, y los tres soldados se rieron al unísono.

Entonces fue cuando Akos lo oyó: oyó las palabras que salían de su boca, su claro significado y las duras sílabas, con sus pausas repentinas y sus vocales cerradas. Estaba hablando shotet, un idioma que nunca había aprendido y que no se parecía en nada al elegante thuvhesita, que era como el viento que se llevaba los copos de nieve hacia el cielo.

Estaba hablando en shotet. Hablaba igual que los soldados, pero ¿cómo? ¿Cómo podía hablar un idioma que nunca había aprendido?

—¿Dónde está tu mujer, Aoseh? —le preguntó Vas volviendo a concentrar su atención en el padre. Después le dio la vuelta al cuchillo y los tentáculos negros se movieron sobre su piel—. Podríamos preguntarle si tuvo un devaneo con un shotet o si comparte nuestro excelente linaje y no le pareció oportuno comentártelo. Seguro que un oráculo sabe que su hijo menor domina la lengua profética.

—No está aquí —respondió Aoseh con brusquedad—, como ya habréis observado.

—¿El thuvhesita se cree muy listo? —preguntó Vas—. Diría que hacerse el listo delante de tus enemigos te acaba matando.

—Seguro que dirías muchas estupideces —repuso Aoseh y, de algún modo, a pesar de ser el que estaba en el suelo a sus pies, consiguió que fuera Vas el primero en apartar la mirada—. Criado de los Noavek, eres como la porquería que me saco de las uñas.

Vas golpeó a su padre en la cara con tanta fuerza que cayó de lado. Eijeh gritó e intentó acercarse, pero lo interceptó el shotet que todavía sujetaba a Akos por el brazo. Sujetaba sin esfuerzo a los dos hermanos, de hecho, como si no le costara nada, aunque Eijeh, con dieciséis estaciones, casi había alcanzado ya el tamaño de un adulto.

La mesa baja de la sala se rajó por el centro, de un extremo al otro, y los dos pedazos cayeron al suelo. Todas las cosas que tenía encima (una taza vieja, un libro, unas astillas de madera de algo que tallaba su padre) se desperdigaron por todas partes.

—Yo en tu lugar mantendría ese don bajo control, Aoseh —le advirtió Vas en voz baja.

Aoseh se llevó las manos a la cara un instante, pero después se abalanzó sobre el soldado más bajo, el de las cicatrices, que estaba a un lado, y le retorció con fuerza la muñeca hasta que soltó un poco el arma. Entonces aprovechó para coger el cuchillo por el puño y quitárselo, y después volverlo contra su dueño, arqueando las cejas.

—Adelante, mátalo —dijo Vas—. Hay muchos otros como él, pero tú tienes un número limitado de hijos.

Aoseh tenía el labio hinchado y ensangrentado, pero se lamió la sangre con la punta de la lengua y volvió la vista para mirar a Vas.

—No sé dónde está —dijo—. Deberíais haberla buscado en el templo. Este es el último sitio por el que aparecería si supiera que ibais a venir.

Vas sonrió mirando el cuchillo.

—Supongo que da igual —dijo en shotet mirando al soldado que sujetaba a Akos con una mano mientras con la otra empujaba a Eijeh contra la pared—. Nuestra prioridad es el niño.

—Sabemos quién es el menor —contestó el soldado en el mismo idioma, al tiempo que volvía a tirarle del brazo a Akos—. Pero ¿cuál de los otros dos es el segundo?

—Papá —dijo Akos desesperado—, quieren saber quién es el retoño más pequeño. Quieren saber cuál de ellos es el menor...

El soldado soltó a Akos, pero solo para pegarle un bofetón con el dorso de la mano en el pómulo. Akos retrocedió dando tumbos y se estrelló contra la pared, y Cisi ahogó un sollozo antes de inclinarse sobre él y acariciarle la cara.

Aoseh gritó entre dientes y después atacó a Vas con el cuchillo robado y se lo clavó en el cuerpo, justo bajo la armadura.

Vas ni parpadeó. Se limitó a esbozar una sonrisa torcida, agarrar la empuñadura del cuchillo y sacárselo. Aoseh estaba demasiado pasmado para detenerlo. La sangre manaba de la herida y le empapaba a Vas los pantalones oscuros.

—¿Me conoces por mi nombre, pero ignoras mi don? —preguntó Vas en voz baja—. No siento dolor, ¿recuerdas?

Agarró de nuevo a Aoseh por el codo, le tiró del brazo y le clavó el cuchillo en la parte carnosa para después bajar, haciéndole gruñir de un modo que Akos no había oído nunca. La sangre salpicó el suelo. Eijeh gritó de nuevo y pataleó, y a Cisi se le torció el rostro, pero no emitió sonido alguno.

Akos no soportaba ver aquello. Se levantó de un salto, aunque todavía le dolía la cara, aunque no tenía sentido moverse y no podía hacer nada al respecto.

—Eijeh —dijo tranquilo—, huye.

Y entonces se abalanzó sobre Vas, dispuesto a meterle los dedos en la herida cada vez más hondo, hasta arrancarle los huesos y el corazón.

Forcejeos, gritos, sollozos. Todas las voces se mezclaban en los oídos de Akos, preñadas de horror. Le propinó un inútil puñetazo a la armadura que cubría el costado de Vas. El golpe le dejó la mano palpitando, y el soldado de las cicatrices fue a por él y lo lanzó al suelo como si fuera un saco de harina. Después le pisó la cara con la bota; el chico notó el roce de la tierra en la piel.

—¡Papá! —gritaba Eijeh—. ¡Papá!

Akos no podía mover la cabeza, pero cuando levantó la mirada vio a su padre en el suelo, a medio camino entre la pared y la puerta, con el codo doblado en un ángulo extraño. La sangre formaba una especie de halo alrededor de su cabeza. Cisi estaba agachada al lado de Aoseh, y sus manos temblorosas flotaban sobre la herida de su cuello. Vas estaba junto a ella con un cuchillo ensangrentado en la mano.

Akos se quedó sin fuerzas.

—Deja que se levante, Suzao —ordenó Vas.

Suzao, el que le pisaba la cara a Akos, levantó el pie y tiró de él para levantarlo. Akos no lograba apartar la vista del cuerpo de su padre, de su piel abierta como la mesa de la sala, de la cantidad de sangre que lo rodeaba (¿cómo podía una persona llevar dentro tanta sangre?) y de su color, de un oscuro tono entre marrón, rojo y naranja.

Vas todavía sostenía el cuchillo manchado de sangre junto al costado, y tenía las manos mojadas.

—¿Todo despejado, Kalmev? —le preguntó Vas al shotet alto.

Kalmev gruñó a modo de respuesta. Había agarrado a Eijeh para ponerle unas esposas en las muñecas. Si su hermano se había resistido antes, ya no lo hacía; simplemente contemplaba a su padre, que seguía tirado sobre el suelo de la sala.

—Gracias por responder a mi pregunta sobre cuál era el hermano que buscábamos —le dijo Vas a Akos—. Al parecer, vosotros dos vendréis con nosotros, gracias a vuestros destinos.

Suzao y Vas flanquearon a Akos y lo empujaron para que avanzara. En el último segundo, el chico se liberó, cayó de rodillas al lado de su padre y le tocó la cara. Aoseh estaba caliente y húmedo. Todavía tenía los ojos abiertos, pero la vida se le escapaba por segundos, como el agua por un desagüe. Dirigió brevemente la mirada hacia Eijeh, que estaba casi en la puerta, apremiado por los soldados shotet.

—Lo traeré de vuelta a casa —dijo Akos mientras le movía un poco la cabeza a su padre de modo que lo mirara—. Lo haré.

Akos no estaba allí cuando la vida abandonó por fin a su padre. Akos estaba entre la hierba pluma, en manos de sus enemigos.

2

CAPÍTULO 3 | CYRA

Solo tenía seis estaciones cuando partí en mi primera travesía.

Cuando salí al exterior, esperaba encontrarme con la luz del sol. En vez de eso, caminaba bajo la sombra de la nave de la travesía, que cubría por completo la ciudad de Voa, capital de Shotet, como una nube enorme. Era más larga que ancha, con el morro acabado en una suave punta con paneles de cristal irrompible por encima. Su vientre cubierto de metal estaba machacado tras diez estaciones de viajes espaciales, pero parte de las planchas superpuestas brillaban en aquellos puntos en los que se habían sustituido. Pronto estaríamos dentro, como comida masticada en el estómago de un gran animal. Cerca de los reactores traseros se encontraba el extremo abierto por el que subiríamos a bordo.

La mayoría de los niños shotet tenían permiso para ir en su primera travesía (nuestro rito más significativo) al llegar a las ocho estaciones. Sin embargo, como hija del soberano, Lazmet Noavek, yo estaba preparada para mi primer viaje por la galaxia dos estaciones antes. Seguiríamos el flujo de la corriente a lo largo de los límites de la galaxia hasta que adquiriera el más oscuro de los azules y entonces descenderíamos a la superficie del planeta para nuestra búsqueda, la segunda parte del rito.

La tradición dictaba que el soberano y su familia entraran primero en la nave de la travesía o, al menos, así había sido desde que lo instaurara mi abuela, la primera Noavek que se convertía en líder de nuestro pueblo.

—Me pica el pelo —le dije a mi madre mientras me daba toquecitos con la punta del dedo en las apretadas trenzas que me habían sujetado a un lado de la cabeza. Solo había unas cuantas, tirantes y entretejidas para que el pelo no me cayera en la cara—. ¿Qué tiene de malo mi pelo normal?

Mi madre me sonrió. Llevaba un vestido hecho de hierba pluma, en el que los tallos se cruzaban sobre el corpiño y seguían subiendo para enmarcarle el rostro. Otega (mi tutora, entre otras cosas) me había enseñado que los shotet plantaron un mar de hierba pluma entre nuestros enemigos, los thuvhesitas, y nosotros, para evitar que invadieran nuestra tierra. Con su vestido, mi madre estaba conmemorando aquel ingenioso ardid. Mi madre procuraba que todos sus actos nos recordaran nuestra historia.

—Hoy es el primer día que te verá la mayoría de los shotet, por no mencionar el resto de la galaxia. Es preferible que no se concentren en tu pelo. Al recogerlo de este modo, lo hacemos invisible, ¿lo entiendes?

No lo entendía, pero no insistí en el tema. Estaba observando el pelo de mi madre: era oscuro, como el mío, aunque con una textura distinta; el de ella era tan tupido que atrapaba los dedos, mientras que el mío era lo bastante resbaladizo como para escapar de ellos.

—¿El resto de la galaxia?

En teoría, sabía lo grande que era la galaxia, que contenía nueve planetas importantes e incontables planetas periféricos, además de estaciones incrustadas en los impasibles peñones de las lunas rotas y naves en órbita que eran tan grandes como planetas nación. Sin embargo, para mí, los planetas siempre parecían tan grandes como la casa en la que había pasado casi toda mi vida, nada más.

—Tu padre autorizó que se enviara el vídeo de la Procesión al agregador de noticias general, al que acceden todos los planetas de la Asamblea —contestó mi madre—. Todo el que sienta curiosidad por nuestras ceremonias estará observándonos.

A pesar de mi corta edad, no daba por sentado que el resto de los planetas fuera como el nuestro. Sabía que éramos los únicos que perseguíamos la corriente por la galaxia, que nuestro desapego por lugares y posesiones era singular. Por supuesto, los demás planetas sentían curiosidad por nosotros; puede que incluso envidia.

Los shotet salían de travesía una vez por estación desde el principio de su existencia. Otega me había dicho una vez que la travesía honraba la tradición, mientras que la búsqueda, que venía después, era un canto a la renovación: el pasado y el futuro, todo en el mismo ritual. Pero yo había escuchado decir a mi padre que «sobrevivíamos gracias a la basura de los otros planetas». Mi padre sabía cómo arrebatarles la belleza a las cosas.

Mi padre, Lazmet Noavek, caminaba delante de nosotros. Fue el primero en cruzar las grandes puertas que separaban la mansión de los Noavek de las calles de Voa y, al hacerlo, levantó una mano para saludar. La enorme multitud enfebrecida que se había reunido junto a nuestra casa prorrumpió en vítores al verlo; era una muchedumbre tan densa que no podía ver la luz entre los hombros de las personas que teníamos delante, ni tan siquiera oír mis pensamientos a través de la cacofonía de gritos. Allí, en el centro de la ciudad de Voa, a pocas calles del anfiteatro donde se celebraban los desafíos en la arena, las calles estaban limpias y las piedras, intactas bajo mis pies. Los edificios de aquella zona eran un mosaico que mezclaba lo nuevo y lo viejo: mampostería sencilla y puertas estrechas y altas combinadas con intrincada artesanía en metal y cristal. Era una combinación ecléctica que me resultaba tan natural como mi propio cuerpo. Sabíamos cómo mantener la belleza de lo antiguo frente a la belleza de lo nuevo, sin perder ninguna de las dos cosas.

Fue mi madre, no mi padre, la que arrancó los gritos más potentes del mar de súbditos. Acercaba las manos a las personas que intentaban tocarla y les rozaba las puntas de los dedos con las suyas mientras sonreía. Yo la observaba, desconcertada, viendo que a la gente se le empañaban los ojos con tan solo mirarla y que las voces canturreaban su nombre: «Ylira, Ylira, Ylira». Se arrancó un tallo de hierba pluma de los bajos de su falda y se lo puso detrás de la oreja a una niñita. «Ylira, Ylira, Ylira».

Corrí para alcanzar a mi hermano, Ryzek, que era diez estaciones mayor que yo. Llevaba una armadura de pega, ya que todavía no se había ganado la de piel de Blindado, que era un símbolo de estatus entre los nuestros, de modo que parecía más corpulento de lo normal, seguramente a propósito. Mi hermano era alto, pero delgado como un junco.

—¿Por qué repiten su nombre? —pregunté a Ryzek mientras daba tumbos por la calle, intentando seguirle el ritmo.

—Porque la adoran —respondió Ryz—. Como nosotros.

—Pero si no la conocen…

—Cierto —reconoció—, pero creen que la conocen, y a veces basta con eso.

Los dedos de mi madre estaban manchados de pintura tras tocar decenas de manos extendidas y decoradas. Pensé que a mí no me habría gustado tocar a tanta gente a la vez.

Estábamos flanqueados por soldados con armadura que nos abrían un estrecho pasillo entre los cuerpos, pero, en realidad, no los necesitábamos: la multitud se apartaba para que pasara mi padre, como si él fuera un cuchillo que los atravesara. Quizá no gritaran su nombre, pero sí que inclinaban la cabeza ante él y apartaban los ojos. Por primera vez, me di cuenta de lo fina que era la línea que separaba el miedo del amor, la reverencia de la adoración: era la línea que dividía a mis dos progenitores.

—Cyra —dijo mi padre.

Tensé el cuerpo y me quedé casi paralizada cuando se volvió hacia mí. Después me ofreció la mano y se la di, aunque no quería; mi padre era de esa clase de hombres a los que hay que obedecer sin más.

Entonces me cogió en volandas, deprisa y con fuerza, arrancándome una carcajada. Me sostuvo contra su costado con un brazo, como si yo no pesara nada. Tenía el rostro muy cerca del mío, y el suyo olía a hierbas y a quemado; la barba de la mejilla me rozaba. Mi padre, Lazmet Noavek, soberano de Shotet. Mi madre lo llamaba Laz cuando pensaba que nadie la oía y hablaba con él usando poemas en shotet.

—Supuse que querrías ver a nuestra gente —me dijo mi padre mientras me hacía rebotar un poco al pasar mi peso al hueco de su codo.

En el otro brazo, que dejó caer al costado, exhibía marcas de cicatrices desde el hombro a la muñeca, teñidas con tinte oscuro para que resaltaran. Una vez me había contado que aquellas marcas eran un registro de vidas, pero entonces yo no sabía lo que significaba. Mi madre también tenía unas cuantas, aunque ni la mitad que mi padre.

—Esta gente anhela la fuerza —añadió mi padre—. Y tu madre, tu hermano y yo se la proporcionaremos algún día. Y tú también, ¿verdad?

—Sí —respondí en voz baja, aunque no tenía ni idea de cómo iba a hacer semejante cosa.

—Bien; ahora, saluda.

Un poco temblorosa, levanté una mano e imité a mi padre. Me quedé mirando, asombrada, cuando la multitud me devolvió el saludo.

—Ryzek —dijo mi padre.

—Vamos, pequeña Noavek —me llamó mi hermano.

No hacía falta que mi padre le pidiera que me cogiera en brazos: lo comprendió por su postura, igual que yo lo sentí en cómo cambiaba el peso de sitio, inquieto. Rodeé con los brazos el cuello de Ryzek y me subí a su espalda mientras apoyaba las piernas en las correas de su armadura.

Miré abajo, hacia su mejilla salpicada de granos, que lucía el hoyuelo de una sonrisa.

—¿Lista para correr? —me preguntó alzando la voz para que lo oyera por encima del ruido de la multitud.

—¿Correr? —pregunté agarrándome con más fuerza.

A modo de respuesta, me apretó las rodillas contra sus costados y salió disparado, entre risas, por el camino que nos habían abierto los soldados. El rebotar de sus pasos me arrancó una risita, y entonces toda la gente que nos rodeaba (nuestra gente, mi gente) se unió a nosotros; veía sonrisas por todas partes.

Vi una mano extendida hacia mí más adelante y la rocé con los dedos, como habría hecho mi madre. Se me humedeció la piel de sudor y descubrí que no me importaba tanto como temía. Me sentía plena.

CAPÍTULO 4 | CYRA

En la mansión de los Noavek había pasadizos ocultos en las paredes, construidos por los criados para ir de un lado a otro sin molestarnos ni a nosotros ni a nuestros invitados. A menudo caminaba por ellos y aprendía los códigos que empleaban los criados para orientarse, grabados en las esquinas de las paredes y en la parte de arriba de las entradas y salidas. A veces, Otega me regañaba por llegar a sus lecciones cubierta de telarañas y suciedad, pero, en general, a nadie le importaba lo que hacía con mi tiempo libre, siempre que no molestara a mi padre.

Con siete estaciones recién cumplidas, mis andaduras me llevaron hasta las paredes del despacho de mi padre. Había llegado hasta allí siguiendo un ruido metálico, pero al oír la airada voz de mi padre me detuve en seco y me agaché.

Por un momento contemplé la idea de dar media vuelta y salir corriendo por donde había venido para estar a salvo en mi cuarto. Cuando mi padre alzaba la voz no se podía esperar nada bueno. La única capaz de calmarlo era mi madre, y ni siquiera ella lograba controlarlo.

—Repítemelo —decía mi padre; pegué la oreja a la pared para oírlo mejor—. Repíteme exactamente lo que le dijiste.

—Cre-creía…

Reconocí la voz de Ryz, que temblaba como si estuviera a punto de echarse a llorar. Eso tampoco era bueno, ya que mi padre odiaba las lágrimas.

—Creía que, como está entrenado para ser mi criado, sería de confianza…

—¡Que me repitas lo que le dijiste! —ordenó mi padre.

—Le dije que… Le dije que mi destino, el anunciado por los oráculos, era… era ser derrotado por la familia Benesit. Que es una de las dos familias thuvhesitas. Nada más.

Me aparté de la pared. Una telaraña se me pegó a la oreja. Hasta entonces desconocía el destino de Ryzek. Sabía que mis padres se lo habían explicado cuando se lo contaban a la mayoría de los predestinados: cuando desarrolló su don. Yo lo descubriría unas cuantas estaciones más adelante, pero conocer el de Ryzek, saber que su destino era caer derrotado ante la familia Benesit, que se había mantenido oculta durante tantos años que ni siquiera conocíamos sus alias ni su planeta de residencia… Era un regalo poco habitual. O una carga.

—Imbécil. ¿Cómo que «nada más»? —se burló su padre—. ¿Crees que puedes permitirte confiar en alguien con un destino como el tuyo? ¡Debes mantenerlo en secreto! ¡Si no, sucumbirás a tu debilidad!

—Lo siento —respondió Ryz aclarándose la garganta—. No lo olvidaré. No lo haré nunca más.

—En eso no te equivocas. No lo harás. —Mi padre hablaba en un tono más profundo, aunque sin alzar la voz. Eso era casi peor—. Tendremos que encontrar el modo de evitarlo, ¿verdad? De los cientos de futuros que existen, encontraremos uno en el que no seas una pérdida de tiempo. Y, mientras tanto, trabajarás con ahínco para parecer lo más fuerte posible, incluso ante tus conocidos más íntimos. ¿Lo entiendes?

—Sí, señor.

—Bien.

Me quedé allí agachada, escuchando sus voces amortiguadas a través de las paredes, hasta que el polvo del túnel me dio ganas de estornudar. Me pregunté cuál sería mi futuro, si me alzaría al poder o me haría caer. Sin embargo, aquella conversación hizo que lo temiera más que antes. Lo único que deseaba mi padre era conquistar Thuvhe, y Ryzek estaba destinado al fracaso, abocado a decepcionar a mi padre.

Era muy peligroso hacer enfadar a mi padre por algo que no podías cambiar.

En aquel túnel, mientras buscaba a tientas el camino de vuelta a mi dormitorio, lo sentí mucho por Ryz. Lo sentí por él, aunque no por mucho tiempo.

CAPÍTULO 5 | CYRA

Una estación después, cuando tenía ocho, mi hermano irrumpió en mi cuarto sin aliento y empapado de lluvia. Yo acababa de terminar de colocar la última de mis figuritas en la alfombra que tenía delante de la cama. Las había encontrado en la búsqueda de la travesía a Othyr de la estación anterior, un planeta en el que gustaban mucho los objetos pequeños e inútiles. Derribó algunas al cruzar la habitación hacia mí. Yo protesté con un grito, ya que había destrozado la formación de mi ejército.

—Cyra —me dijo al agacharse a mi lado.

Tenía dieciocho estaciones, los brazos y las piernas demasiado largos, y granos en la frente, pero el terror lo hacía parecer más joven. Le puse una mano en el hombro.

—¿Qué te pasa? —le pregunté mientras se lo apretaba.

—¿Alguna vez te ha llevado nuestro padre a alguna parte solo para… enseñarte algo?

—No. —Lazmet Noavek nunca me llevaba a ninguna parte; apenas me miraba cuando estábamos en la misma habitación juntos. Pero no me molestaba. Incluso entonces, sabía que ser el blanco de las miradas de mi padre no era buena cosa—. Nunca.

—Eso no es muy justo, ¿no crees? —me preguntó Ryz ansioso—.

Tanto tú como yo somos hijos suyos, así que debería tratarnos igual, ¿no te parece?

—Su… supongo. Ryz, ¿qué…?

Pero Ryz se limitó a ponerme una mano en la mejilla.

Mi dormitorio, con sus cortinas azul intenso y sus paneles de madera oscura, desapareció.

—Hoy, Ryzek —decía la voz de mi padre—, tú darás la orden.

Yo estaba en un cuartito oscuro de paredes de piedra y tenía una enorme ventana delante. Mi padre estaba junto a mi hombro izquierdo, pero parecía más bajo de lo normal… En realidad, yo solo le llegaba hasta el pecho, pero en aquel cuarto lo estaba mirando a la cara. Tenía las manos apretadas frente a mí, y mis dedos eran largos y finos.

—Quieres… —Tenía la respiración entrecortada y rápida—. Quieres que…

—Contrólate —gruñó mi padre mientras me agarraba por la pechera de la armadura y me empujaba hacia la ventana.

A través de ella vi a un anciano arrugado y de cabello grisáceo. Estaba demacrado y tenía la mirada vacía; llevaba las manos esposadas. Cuando mi padre dio la señal, los guardias de la habitación de al lado se acercaron al prisionero. Uno de ellos le sujetó por los hombros para mantenerlo inmóvil, mientras que el otro le ponía una cuerda alrededor del cuello y le hacía un nudo en la nuca. El prisionero no se revolvió ni protestó; era como si todas sus extremidades le pesaran más de lo normal, como si le corriera plomo por las venas, en vez de sangre.

Me estremecí, y ya no pude parar.

—Este hombre es un traidor —dijo mi padre—. Conspira contra nuestra familia. Propaga mentiras sobre nosotros, afirmando que robamos la ayuda extranjera para los hambrientos y los enfermos de Shotet. Cuando alguien habla mal de nuestra familia, no basta con matarlo: debe morir despacio. Y tú debes estar dispuesto a ordenarlo. Incluso debes estar dispuesto a matarlo tú mismo, aunque esa lección llegará más tarde.

El miedo me culebreaba en el estómago como un gusano.

Mi padre dejó escapar un gruñido de frustración y me puso algo en la mano: era un frasco sellado con cera.

—Si no puedes calmarte tú solo, esto lo hará por ti —dijo—. Pero de un modo u otro, harás lo que te digo.

Busqué con los dedos el borde del sello de cera, lo retiré y me eché el contenido del frasco en la boca. El tónico calmante me quemó la garganta, pero los latidos de mi corazón tardaron pocos segundos en ralentizarse, a la vez que se diluía un poco el pánico.

Asentí con la cabeza a mi padre, que encendió los amplificadores de la habitación de al lado. Tardé un momento en encontrar la palabra correcta entre la bruma que me abotargaba la mente.

—Ejecutadlo —ordené con una voz que no reconocí como mía.

Uno de los guardias dio un paso atrás y tiró del extremo de la cuerda, que atravesaba un aro de metal colgado en el techo, como si fuera un hilo en el ojo de una aguja. Tiró de ella hasta que los dedos de los pies del prisionero apenas rozaban el suelo. Me quedé contemplando la cara del hombre, que al principio se volvió roja y después morada. Se agitaba. Quería apartar la vista de la escena, pero no pude.

—Para que algo sea efectivo, no siempre debe hacerse en público —dijo mi padre como si nada, mientras apagaba de nuevo los amplificadores—. Los guardias susurrarán sobre lo que estás dispuesto a hacer con los que hablan mal de ti, y los que escuchen esos susurros lo susurrarán a su vez a otros, de modo que tu fuerza y tu poder serán conocidos por todo Shotet.

Un grito crecía en mi interior y se me atragantó en la garganta, como un trozo de comida demasiado grande para tragarlo.

El cuartito oscuro se fue desdibujando.

Me encontraba en una calle iluminada por el sol, repleta de gente. Estaba junto a la cadera de mi madre, aferrándome a su pierna con un brazo. A nuestro alrededor, el polvo se levantaba del suelo: en la capital del planeta nación de Zold (que respondía al aburrido nombre de Ciudad Zoldia), que habíamos visitado en mi primera travesía, todo estaba cubierto por una fina capa de polvo gris en aquella época de la estación. No procedía ni de la roca ni de la tierra, como yo había supuesto, sino de un enorme campo de flores que crecían al este de allí y se desintegraban con el fuerte viento de la estación.

Conocía aquel lugar, aquel momento. De los recuerdos que conservaba de mi madre y de mí, aquel era uno de mis favoritos.

Mi madre inclinaba la cabeza para saludar al hombre que se había reunido con nosotras en la calle y me rozaba el pelo con la mano.

—Gracias, excelencia, por acoger con tanta gentileza nuestra búsqueda —le dijo mi madre—. Haré todo lo que esté en mi mano para asegurarme de que nos llevamos solo aquello que ya no necesitan.

—Se lo agradezco. Durante la última búsqueda me llegaron informes que hablaban del pillaje de los soldados shotet. En un hospital, ni más ni menos —respondió el hombre con brusquedad.

El polvo hacía que le brillara la piel, y casi parecía lanzar destellos a la luz del sol. Yo lo miraba, maravillada. El hombre vestía una larga túnica gris, casi como si quisiera parecer una estatua.

—La conducta de esos soldados fue inadmisible, y fueron castigados en consonancia —respondió mi madre con firmeza. Después se volvió hacia mí—. Cyra, cariño, este es el líder de la capital de Zold. Excelencia, esta es mi hija, Cyra.

—Me gusta el polvo —respondí—. ¿Se le mete en los ojos?

El hombre pareció ablandarse un poco.

—Continuamente. Cuando no tenemos visita, llevamos gafas de seguridad.

Se sacó unas del bolsillo y me las ofreció. Eran grandes, con lentes de pálido cristal verde. Me las probé, pero se me caían hasta el cuello, así que tuve que sujetarlas con una mano. Mi madre se rio, una risa fácil y ligera, y el hombre la imitó.

—Haremos todo lo que podamos por honrar sus tradiciones —le dijo a mi madre—, aunque confieso que no las entiendo.

—Bueno, lo que más nos interesa es la renovación —respondió ella—. Y encontramos material para renovar en lo que los demás desechan. Nada de valor debería malgastarse, seguro que ambos estamos de acuerdo en eso.

Y, de repente, sus palabras empezaron a sonar al revés, las gafas de seguridad se me volvieron a subir hasta los ojos, se me salieron por encima de la cabeza y regresaron a la mano del hombre. Era mi primera búsqueda, y estaba rebobinándose, deshaciéndose en mi mente. Vi el recuerdo entero marcha atrás hasta que desapareció.

Estaba de vuelta en mi dormitorio, con las figuritas a mi alrededor, y supe que había ido en una primera travesía y que había conocido al líder de Ciudad Zoldia, pero no lograba recuperar las imágenes. En su lugar tenía las del prisionero con la cuerda al cuello y la voz de mi padre en los oídos.

Ryz me había robado uno de mis recuerdos y me había dejado el suyo.

Había visto cómo se la hacía una vez a Vas, su amigo y mayordomo, y otra a mi madre. En ambas ocasiones había salido de una reunión con mi padre con aspecto de estar destrozado y le había puesto una mano encima a su mejor amigo o a nuestra madre: un segundo después, se le veía más fuerte, más erguido y más sereno que antes, mientras que ellos parecían… más vacíos, por decirlo de algún modo. Como si hubieran perdido algo.

—Cyra —dijo Ryz con lágrimas en las mejillas—, es lo más justo. Es justo que ambos compartamos esta carga.

Intentó volver a tocarme, pero algo dentro de mí empezó a arder. Cuando me rozó la mejilla con la mano, unas venas oscuras se me extendieron bajo la piel como insectos con muchas patas, como redes de sombras. Se movían y me reptaban por los brazos. Notaba el calor en la cara. Y el dolor.

Grité más fuerte de lo que había gritado en toda mi vida, y la voz de Ryz se me unió, casi en armonía. Las venas negras eran portadoras de dolor; la oscuridad era dolor, y yo estaba hecha de ella, yo era el dolor.

Mi hermano apartó la mano de un tirón, pero las sombras de la piel y el horrible dolor se quedaron conmigo; aquel era mi don, que había despertado antes de tiempo.

Mi madre entró corriendo en mi cuarto con la camisa a medio abotonar y el rostro chorreando de agua que no le había dado tiempo a secarse. Vio las manchas negras en mi piel y corrió hacia mí para ponerme las manos en los brazos, pero al instante tuvo que apartarlas con una mueca: ella también había sentido el dolor. Grité de nuevo e intenté arrancarme las venas negras de la piel.

Mi madre tuvo que medicarme para que me tranquilizara.

Como a Ryz nunca se le había dado bien soportar el dolor, no volvió a ponerme una mano encima, a no ser que no le quedara más remedio. Nadie más volvió a tocarme.

CAPÍTULO 6 | CYRA

—¿Adónde vamos?

Seguía a mi madre a través de los pasillos de suelo pulido que reflejaban mi imagen veteada de negro. Ella avanzaba delante de mí, recogiéndose las faldas, con la espalda recta. Siempre iba muy elegante, mi madre. Llevaba vestidos con placas de Blindados cosidas a los corpiños, pero envueltas en tela para que parecieran ligeras como el aire. Sabía cómo dibujarse una raya perfecta en el párpado para que las pestañas parecieran más largas en el rabillo del ojo. Yo había intentado hacerlo una vez, pero no había logrado mantener la mano lo bastante firme como para dibujar la raya; además, tenía que parar cada pocos segundos para ahogar los gritos de dolor. Ahora prefería la sencillez a la elegancia, las túnicas sueltas y los zapatos sin cordones, los pantalones que no hacía falta abotonar y los jerséis que me cubrían casi toda la piel. Tenía casi nueve estaciones y ya no estaba para frivolidades.

El dolor se había convertido en una parte de mi vida. Tardaba el doble de lo normal en hacer las tareas más simples porque debía detenerme a respirar. La gente había dejado de tocarme, así que tenía que hacerlo todo yo. Probé ineficaces medicinas y pociones de otros planetas con la vana esperanza de que reprimieran mi don, pero siempre me hacían enfermar.

—Calla —me dijo mi madre mientras se llevaba un dedo a los labios.

Después abrió una puerta y salimos a la pista de aterrizaje que se encontraba en el tejado de la mansión de los Noavek. Allí había una nave de transporte posada como un pájaro en pleno vuelo, con las puertas abiertas para nosotras. Echó un vistazo a su alrededor, me cogió del hombro (que estaba cubierto de tela para no hacerle daño) y tiró de mí hacia la nave.

Una vez que estuvimos dentro, me sentó en uno de los asientos y me apretó bien las correas de seguridad sobre el regazo y el pecho.

—Vamos a ver a alguien que quizá pueda ayudarte —me explicó.

El cartel en la puerta del especialista anunciaba que su nombre era «Doctor Dax Fadlan», pero me pidió que lo llamara Dax. Yo lo llamé doctor Fadlan, ya que mis padres me habían educado para demostrar respeto a la gente que ejercía poder sobre mí.

Mi madre era alta y tenía un largo cuello que se inclinaba hacia delante, como si siempre estuviera haciendo una reverencia. En aquel momento, los tendones se le marcaban en la garganta y yo veía el pulso latir en ellos, revoloteando justo a ras de piel.

El doctor Fadlan no dejaba de fijarse en el brazo de mi madre, que llevaba las marcas de sus víctimas al aire. Incluso sus marcas eran preciosas, no brutales; todas las líneas eran rectas, todas a intervalos regulares. No creo que el doctor Fadlan, que era othyrio, viera a muchos shotet en su consulta.

Se trataba de un lugar extraño. Al llegar, me metieron en un cuarto con un puñado de juguetes desconocidos, y yo me entretuve con algunas de las figuritas como hacíamos en casa Ryzek y yo cuando todavía jugábamos juntos: las alineaba como un ejército y marchaba a la batalla contra el gigantesco animal de peluche que estaba en la otra punta de la habitación. Al cabo de una hora, el doctor Fadlan me pidió que saliera, que ya había terminado su evaluación, aunque yo no había hecho nada.

—Ocho estaciones es un poco pronto, por supuesto, pero he visto a niños más pequeños que Cyra desarrollar su don —le explicaba el doctor a mi madre. El dolor aumentó, y yo intenté calmarlo con la respiración, como enseñaban a hacer a los soldados shotet cuando les tenían que coser una herida y no había tiempo para insensibilizar la zona. Había visto grabaciones—. Suele pasar en circunstancias extremas, como medida de protección. ¿Tiene idea de qué circunstancias pueden haber sido? Quizá eso nos ayude a comprender por qué se desarrolló este don en concreto.

—Ya se lo he dicho: no lo sé —respondió mi madre.

Mentía. Yo le había contado lo que me había hecho Ryzek, pero ni se me pasó por la cabeza contradecirla. Cuando mi madre mentía, era por un buen motivo.

—Bueno, siento decirle que el don de Cyra no sigue desarrollándose —concluyó el doctor Fadlan—. Esta parece ser su manifestación completa, y las implicaciones son algo inquietantes.

—¿A qué se refiere?

Aunque me daba la impresión de que mi madre no podía sentarse más erguida, lo hizo.

—La corriente fluye a través de todos nosotros —respondió el doctor Fadlan con mucho tacto—. Y, como el metal líquido que fluye por un molde, adopta una forma distinta en cada uno de nosotros, manifestándose de distintos modos. A medida que una persona se desarrolla, esos cambios pueden alterar el molde por el que fluye la corriente, de modo que el don también cambia... Pero la gente no suele cambiar a un nivel tan básico.

El doctor Fadlan no llevaba marcas en el brazo y no hablaba la lengua profética. Profundas arrugas le surcaban la comisura de los labios y le rodeaban los ojos; al mirarme, esas arrugas se hicieron aún más profundas. Su piel era del mismo tono que la de mi madre, sin embargo, lo que indicaba un linaje común. La sangre de muchos shotet no era pura, así que no resultaba sorprendente; yo misma tenía la piel algo tostada, casi dorada, dependiendo de la luz.

—Que el don de su hija le produzca dolor y proyecte dolor en los demás nos indica algo sobre lo que ocurre en su interior —explicó el doctor—. Sería necesario estudiarlo más a fondo para saber con certeza lo que es, pero una evaluación preliminar sugiere que, en cierto modo, cree merecerlo. Y cree que los demás también lo merecen.

—¿Está diciendo que este don es culpa de mi hija? —El pulso en el cuello de mi madre se aceleró—. ¿Que quiere ser así?

El doctor Fadlan se inclinó hacia delante y me miró a los ojos.

—Cyra, el don procede de ti. Si tú cambias, el don también cambiará.

Mi madre se levantó.

—No es más que una niña. No es culpa suya y no es lo que desea. Siento haberle hecho perder el tiempo. Cyra.

Me ofreció su mano enguantada y yo la acepté con una mueca. No estaba acostumbrada a verla tan alterada; hacía que todas las sombras que yo tenía debajo de la piel se movieran más deprisa.

—Como puede ver —dijo el doctor Fadlan—, empeora cuando se altera.

—Cállese —le espetó mi madre—. No permitiré que le envenene la mente más de lo que ya lo ha hecho.

—Con una familia como la suya, lo que temo es que Cyra ya haya visto demasiado como para que su mente pueda salvarse —replicó él cuando salíamos de la consulta.

Mi madre recorrió a toda prisa los pasillos hasta el muelle de carga. Al llegar a la pista de aterrizaje nos encontramos con unos soldados othyrios que rodeaban nuestra nave. Sus armas me resultaban poca cosa, delgadas barras con corriente oscura enroscada en ellas, preparadas para aturdir, no para matar. Su armadura también era lamentable, fabricada con un mullido material sintético que les dejaba los costados desprotegidos.

Mi madre me ordenó que entrara en la nave y se detuvo a hablar con uno de ellos. Yo me demoré de camino a la puerta para escuchar lo que decían.

—Hemos venido a escoltar su nave hasta que salga del planeta —explicó el soldado.

—Soy la esposa del soberano de Shotet, así que debería dirigirse a mí con más respeto —repuso mi madre.

—Mis disculpas, señora, pero la Asamblea de los Nueve Planetas no reconoce ninguna nación shotet y, por tanto, tampoco a su soberano. Si abandona el planeta de inmediato, no le causaremos problemas.

—Que no reconoce ninguna nación shotet —repitió mi madre riéndose un poco—. Llegará un día en el que deseará no haber dicho eso.

Se agarró las faldas para levantarlas y entró en la nave. Yo corrí al interior y me senté en mi sitio, y ella hizo lo propio a mi lado. La puerta se cerró y, delante de nosotras, el piloto dio la señal de despegue. Esta vez me abroché yo las correas sobre el pecho y el regazo, porque a mi madre le temblaban demasiado las manos para hacerlo.

En aquel momento no lo sabía, evidentemente, pero era la última estación que me quedaba con ella. Falleció después de la siguiente travesía, cuando yo ya tenía nueve estaciones.

Encendimos una pira para ella en el centro de la ciudad de Voa, pero la nave de la travesía transportó sus cenizas al espacio. La gente de Shotet lloró su pérdida junto a nosotros.

«Ylira Noavek navegará para siempre tras la corriente —dijo el sacerdote mientras sus cenizas flotaban detrás de la nave—. La llevará por una senda de maravillas sin par».

Me pasé varias estaciones sin poder pronunciar su nombre. Al fin y al cabo, había muerto por mi culpa.

CAPÍTULO 7 | CYRA

La primera vez que vi a los hermanos Kereseth fue desde el pasadizo de los criados que discurría en paralelo a la Sala de Armas. Yo era varias estaciones mayor, ya cerca de la edad adulta.

Tras un ataque sufrido durante nuestra última travesía, mi padre se había unido a mi madre en la otra vida hacía ya unas cuantas estaciones. Mi hermano, Ryzek, recorría ahora el camino trazado para él por el difunto soberano, el camino hacia la legitimidad de los shotet. Puede que incluso hacia la dominación de los shotet.

Otega había sido la primera en hablarme de los Kereseth, puesto que los criados de la casa estaban susurrando la historia mientras trasteaban con las ollas y las sartenes de la cocina, y ella siempre me contaba lo que cotilleaban.

—Se los llevó el mayordomo de tu hermano, Vas —me dijo mientras revisaba mi trabajo en busca de errores gramaticales.

Todavía me enseñaba literatura y ciencia, aunque yo la había superado en otras asignaturas y ahora estudiaba por mi cuenta cuando ella volvía a ocuparse de nuestras cocinas.

—Creía que Ryzek había enviado soldados para capturar al oráculo. Al mayor —respondí.

—Lo hizo, pero el oráculo mayor se quitó la vida en la pelea para evitar que la capturaran. En cualquier caso, Vas y sus hombres tenían la orden de ir a por los hermanos Kereseth. Vas se los llevó a rastras por la División mientras ellos pataleaban y gritaban, por lo que cuentan. Sin embargo, el menor, Akos, se liberó de sus ataduras de algún modo, robó una hoja y la usó contra uno de los soldados de Vas.

—¿Cuál de ellos? —pregunté.

Conocía a los hombres con los que viajaba Vas. Sabía que a uno le gustaban los caramelos, que otro tenía débil el hombro izquierdo y que otro había amaestrado un pájaro para que comiera de su boca. Resultaba útil estar al corriente de aquel tipo de cosas; por si acaso.

—Kalmev Radix.

El aficionado a los caramelos, entonces.

Arqueé las cejas. Kalmev Radix formaba parte de la élite de confianza de mi hermano y, sin embargo… ¿lo había matado un chico thuvhesita? No era una muerte honorable.

—¿Por qué se llevaron a los hermanos? —pregunté.

—Por sus destinos —respondió Otega subiendo y bajando las cejas—. O eso dicen. Y como, evidentemente, Ryzek es el único que los conoce, es mucho decir.

Yo desconocía los destinos de los hermanos Kereseth; de hecho, no conocía ningún destino salvo el de Ryzek, a pesar de que los habían anunciado hacía unos días en el agregador de noticias de la Asamblea. Ryzek había cortado el agregador un instante después de que el líder de la Asamblea saliera en pantalla. El líder había hecho el anuncio en othyrio y, aunque hacía más de diez estaciones que en nuestro país estaba prohibido hablar y aprender cualquier otro idioma que no fuera shotet, era mejor no arriesgarse.

Mi padre me había informado sobre mi destino después de que se manifestara mi don, y lo había hecho sin grandes preámbulos: «El segundo descendiente de la familia Noavek cruzará la División». Un destino extraño para una hija de las familias agraciadas, pero solo por lo aburrido que era.

Ya no solía vagar tan a menudo por los pasadizos de los criados (en la casa sucedían cosas que no deseaba ver), pero por echarles un vistazo a los Kereseth secuestrados... Bueno, tenía que hacer una excepción.

Lo único que sabía de los thuvhesitas, aparte de que eran nuestros enemigos, era que tenían la piel fina, fácil de atravesar con una hoja, y que se atiborraban de flores del hielo, la savia de su economía. Había aprendido su idioma por insistencia de mi madre (la élite shotet estaba exenta de las prohibiciones de mi padre sobre el aprendizaje de idiomas, por supuesto), y a mi lengua, acostumbrada a los duros sonidos del shotet, le costaba amoldarse a los rápidos tonos quedos del thuvhesita.

Sabía que Ryzek ordenaría que llevaran a los Kereseth a la Sala de Armas, así que me acuclillé en las sombras y deslicé el panel de la pared de modo que solo quedara una rendija para mirar; entonces oí las pisadas.

La habitación era como las demás de la mansión de los Noavek: paredes y suelo de madera oscura tan pulida que parecía cubierta de una capa de hielo. Del techo colgaba una elaborada araña de globos de cristal y metal retorcido. Diminutos insectos fenzu revoloteaban dentro de los globos y proyectaban una fantasmagórica luz cambiante por la sala. El espacio estaba casi vacío, y todos los cojines del suelo (colocados sobre bajos bancos de madera, para mayor comodidad) no hacían más que acumular polvo, de modo que su color crema se había vuelto gris.

Vi a Vas, el mayordomo de mi hermano, antes que a nadie. En un lado de la cabeza llevaba el pelo largo, con mechones grasientos y lacios; en el otro, lo llevaba afeitado y la piel se le veía roja por el efecto de la cuchilla. A su lado caminaba arrastrando los pies un chico mucho más pequeño que yo, con una piel que era un mosaico de moratones. Tenía los hombros estrechos, y era flaco y bajo. Su piel era clara, y se le notaba cierta tensión recelosa en la postura, como si se estuviera preparando.

Tras él se oyeron unos sollozos ahogados; era otro chico de pelo tupido y rizado que avanzaba dando tumbos. Era más alto y ancho que el primer Kereseth, pero iba encogido de miedo, así que casi parecía más pequeño.

Aquellos eran los hermanos Kereseth, los niños predestinados de su generación. No impresionaban demasiado.

Mi hermano, que estaba estirado cuan largo era en los escalones que subían a una plataforma elevada, esperó a que cruzaran la sala. Se había cubierto el pecho con una armadura, pero llevaba los brazos al aire, para que se viera la hilera de marcas de víctimas que le recorría la parte posterior del antebrazo. Habían sido muertes ordenadas por mi padre para contrarrestar los rumores que pudieran propagarse entre las clases inferiores sobre la debilidad de mi hermano. Blandía una pequeña hoja de corriente en la mano derecha, y cada pocos segundos le daba vueltas en la palma de la mano, cogiéndola siempre por el puño. A la luz azulada, la piel se le veía tan pálida que parecía un cadáver.

Sonrió enseñando los dientes cuando vio a sus prisioneros thuvhesitas. Mi hermano era guapo cuando sonreía, aunque eso significara que estaba a punto de matarte.

Se inclinó hacia atrás, apoyó los codos en los escalones y ladeó la cabeza.

—Vaya, vaya —dijo.

Su voz era profunda y ronca, como si acabara de pasarse la noche gritando a pleno pulmón.

—¿Este es el crío del que tanto he oído hablar? —preguntó Ryzek señalando con la cabeza al Kereseth magullado. Hablaba un cuidadoso thuvhesita—. ¿El chico que se ha ganado una marca incluso antes de meterlo en la nave? —dijo riendo.

Entorné los ojos para mirarle el brazo al chico herido: tenía un corte profundo en la parte carnosa del brazo, justo debajo del codo, y una franja de sangre reseca que le manchaba la muñeca y se le metía entre los dedos. Una marca que indicaba una víctima. Una muy nueva cuyo nombre, si los rumores no mentían, era Kalmev Radix. Entonces, aquel era Akos, y el que sollozaba era Eijeh.

—Akos Kereseth, el tercer hijo de la familia Kereseth —dijo Ryzek.

Se levantó, sin dejar de darle vueltas al cuchillo en la palma de la mano, y bajó los escalones. Hasta Vas parecía bajo a su lado. Era como un hombre de estatura normal, pero estirado de tal modo que resultaba más alto y delgado de lo que debía, con los hombros y las caderas demasiado estrechos para soportar su propia estatura.

Yo también era alta, pero ahí acababan las similitudes físicas con mi hermano. No era raro entre los hermanos shotet parecer distintos, dada la mezcolanza de nuestra sangre, pero nosotros dos lo éramos más que la mayoría. El chico, Akos, alzó los ojos hacia Ryzek.

La primera vez que había visto el nombre «Akos» había sido en un libro de historia de los shotet. Se trataba de un líder religioso, un clérigo que había preferido quitarse la vida antes que deshonrar sus creencias blandiendo una hoja de corriente. Así que aquel chico thuvhesita tenía un nombre shotet. ¿Acaso sus padres habían olvidado los orígenes del nombre? ¿O querrían honrar su sangre shotet largo tiempo olvidada?

—¿Por qué estamos aquí? —preguntó Akos en shotet con voz ronca.

La sonrisa de Ryzek se ensanchó.

—Veo que los rumores son ciertos: puedes hablar la lengua profética. Fascinante. Me pregunto cómo conseguirías tu sangre shotet. —Tocó con el dedo el rabillo del ojo de Akos, justo donde tenía un moratón, y el chico hizo una mueca de dolor—. También veo que has recibido un buen castigo por asesinar a uno de mis soldados. Por lo que tengo entendido, tienes las costillas dañadas.

Ryzek se encogió un poco mientras hablaba. Solo alguien que lo conocía desde hacía tanto tiempo como yo lo habría visto, estaba convencida. Mi hermano odiaba ver sufrir a los demás, no por empatía por esas personas, sino porque no le gustaba que le recordaran la existencia del dolor, al que era tan vulnerable como todo el mundo.

—Casi he tenido que cargar con él hasta aquí —comentó Vas—. Y tuve que cargar con él para meterlo en la nave.

—Lo normal es que no hubieras sobrevivido a un gesto de desafío como matar a uno de mis soldados —dijo Ryzek, que hablaba con Akos como si fuera un niño—, pero tu destino es morir sirviendo a la familia Noavek, morir sirviéndome a mí, así que primero prefiero aprovecharte unas cuantas estaciones.

Akos había estado tenso desde que lo había visto entrar. Mientras yo observaba la escena, fue como si toda su fortaleza se fuera derritiendo para dejarlo tan vulnerable como un niño pequeño. Curvó los dedos, pero no para cerrarlos en puños, sino pasivamente, como si durmiera.

Supongo que hasta entonces no había sabido cuál era su destino.

—No es cierto —repuso, como si esperase que Ryzek fuera a aliviar su miedo; me apreté el estómago con la palma de la mano para aguantar una punzada de dolor.

—Oh, te aseguro que lo es. ¿Quieres que te lea la transcripción del anuncio?

Ryzek se sacó un trozo de papel del bolsillo de atrás (estaba claro que había ido a la reunión preparado para sembrar el caos emocional) y lo desdobló. Akos temblaba.

—«El tercer hijo de la familia Kereseth —leyó Ryzek en othyrio. De algún modo, escuchar el destino en el idioma en el que había sido anunciado lo hacía más real. Me preguntaba si Akos, que se estremecía con cada sílaba, sentiría lo mismo— morirá sirviendo a la familia Noavek».

Ryzek dejó caer el papel. Akos lo agarró con tanta fuerza que casi lo rompió. Permaneció agachado mientras lo leía una y otra vez, como si releerlo fuera a cambiarlo. Como si su muerte y su servicio a nuestra familia no estuvieran predestinados.

—No será cierto —dijo Akos esta vez con más fuerza, mientras se levantaba—. Preferiría... Preferiría morir antes que...

—Oh, no creo que sea verdad —lo interrumpió Ryzek, que había bajado tanto la voz que casi era un susurro. Se inclinó para acercarse al rostro de Akos. El muchacho perforó el papel con los dedos aunque, por lo demás, permaneció inmóvil—. Conozco el aspecto que tiene la gente cuando quiere morir; yo mismo he llevado a muchas personas hasta ese punto. Y tú sigues estando desesperado por sobrevivir.

Akos respiró hondo y dirigió la mirada hacia mi hermano con más temple.

—Mi hermano no tiene nada que ver contigo. No tienes derecho a reclamarlo. Deja que se vaya y... no te causaré ningún problema.

—Pareces haber hecho varias suposiciones incorrectas sobre lo que tu hermano y tú estáis haciendo aquí —repuso Ryzek—. Aunque lo hayas dado por sentado, no hemos cruzado la División solo para acelerar tu destino, y tu hermano no es el daño colateral; tú lo eres. Fuimos a buscarlo a él.

—Tú no has cruzado la División —lo corrigió Akos—. Tú te quedaste aquí y enviaste a tus lacayos a hacer todo el trabajo en tu lugar.

Ryzek se volvió y se subió a la plataforma. La pared que había sobre ella estaba cubierta de armas de todos los tamaños y formas, casi todas ellas hojas de corriente tan largas como mi brazo. Seleccionó un cuchillo grande y macizo con una empuñadura robusta, parecido a una cuchilla de carnicero.

—Tu hermano tiene un destino concreto —dijo Ryzek mientras examinaba el cuchillo—. Dado que no conocías tu propio destino, supongo que tampoco conoces el suyo.

Entonces sonrió como sonreía cada vez que estaba convencido de saber algo que los demás ignoraban.

—«Ver el futuro de la galaxia» —citó mi hermano esta vez en shotet—. En otras palabras, ser el siguiente oráculo de este planeta.

Akos guardó silencio.

Me alejé de la rendija de la pared y cerré los ojos para protegerlos de la luz y poder pensar.

Para mi hermano y mi padre, todas las travesías desde que Ryzek era pequeño habían sido búsquedas de un oráculo, y todas ellas habían fracasado, seguramente porque era casi imposible pillar desprevenido a alguien que sabía que ibas a por él. O a alguien que podía quitarse la vida con una hoja para evitar que lo capturaran, como había hecho el oráculo mayor en la misma invasión en la que habían secuestrado a los Kereseth.

Sin embargo, al parecer Ryzek había encontrado por fin la solución: había ido a por dos oráculos a la vez. Uno se había escapado al morir. Y el otro, este Eijeh Kereseth, no sabía lo que era. Todavía era blando y lo bastante maleable como para que la crueldad de los Noavek pudiera moldearlo.

Me acerqué de nuevo para oír a Eijeh, que tenía inclinada hacia delante la cabeza coronada de rizos.

—Akos, ¿qué está diciendo? —preguntó en un vacilante thuvhesita mientras se limpiaba la nariz con el dorso de la mano.

—Está diciendo que no fueron a Thuvhe a por mí —respondió Akos sin volver la mirada. Era raro oír a alguien hablar dos idiomas a la perfección, sin acento. Envidié aquella capacidad—. Fueron a por ti.

—¿A por mí? —Eijeh tenía los ojos de un tono verde pálido, un color poco habitual, como el de las alas iridiscentes de los insectos o el del flujo de la corriente después de la hora adormecida. En contraste con su piel castaño claro, tan parecida a la tierra lechosa del planeta Zold, casi parecían brillar—. ¿Por qué?

—Porque eres el próximo oráculo de este planeta —respondió Ryzek en la lengua materna del chico, tras bajar de la plataforma con el cuchillo en la mano—. Verás el futuro en sus múltiples variedades. Y, en concreto, existe una variedad sobre la que deseo saber más.

Una sombra voló por el dorso de mi mano como un insecto; mi don hacía que me dolieran los nudillos como si se me fueran a romper. Ahogué un gruñido. Sabía qué futuro quería Ryzek: dirigir Thuvhe además de Shotet, conquistar a nuestros enemigos, que la Asamblea lo reconociera como líder legítimo del mundo. Sin embargo, su destino pesaba sobre él tanto como ahora le pesaba a Akos el suyo, ya que el destino de mi hermano era caer ante nuestros enemigos, en vez de reinar sobre ellos. Necesitaba un oráculo si deseaba evitar ese fracaso; y ahora tenía uno.

Yo deseaba tanto como mi hermano que se reconociera a Shotet como nación, que dejara de ser considerada como un grupo de advenedizos rebeldes. Entonces ¿por qué el omnipresente dolor de mi don crecía por momentos?

—No... —empezó a decir Eijeh mientras contemplaba el cuchillo en la mano de Ryzek—. No soy un oráculo, nunca he tenido una visión, no puedo... No podré...

Volví a apretarme el estómago.

Ryzek dejó el cuchillo en equilibrio sobre la palma de su mano y le dio un capirote para girarlo. El arma empezó a moverse en círculo. «No, no, no», me encontré pensando, sin saber bien por qué.

Akos se interpuso entre Ryzek y Eijeh, como si pudiera detener a mi hermano tan solo con la carne de su cuerpo.

Ryzek observaba los giros del cuchillo mientras avanzaba hacia Eijeh.

—Entonces, tendrás que aprender deprisa a ver el futuro —dijo—, porque quiero que encuentres la versión que necesito y que me digas lo que debo hacer para conseguirla. ¿Por qué no empezamos con una versión del futuro en la que sea Shotet la que controle este planeta y no Thuvhe, ¿eh?

Le hizo un gesto con la cabeza a Vas, y este obligó a Eijeh a hincarse de rodillas. Ryzek cogió la hoja por el puño y tocó la cabeza de Eijeh con el filo, justo debajo de la oreja. El chico gimió.

—No puedo... —dijo—. No sé cómo provocar las visiones, no...

Y, entonces, Akos se abalanzó sobre mi hermano desde un lado. No era lo bastante grande para derribarlo, pero lo cogió con la guardia baja y lo hizo tambalear. Después echó el codo atrás para golpearlo. «Qué estúpido», pensé. Ryzek fue mucho más rápido y le dio una patada desde el suelo, acertándole en el estómago. Luego se levantó, agarró a Akos por el pelo, tiró de él para levantarle la cabeza y le rajó la cara desde la oreja a la barbilla. Akos gritó.

Era uno de los lugares preferidos de mi hermano para cortar a la gente. Cuando decidía dejarle una cicatriz a alguien, quería que fuera visible. Insoslayable.

—Por favor —dijo Eijeh—. Por favor, no sé cómo hacer lo que pides; por favor, no le hagas daño, no me hagas daño, por favor...

Ryzek se quedó mirando a Akos, que se sujetaba la cara mientras el cuello se le empapaba de sangre.

—No conozco esa palabra thuvhesita, «por favor» —respondió.

Aquella misma noche, más tarde, oí un grito que retumbó por los silenciosos pasillos de la mansión de los Noavek. Sabía que no pertenecía a Akos porque lo habían enviado con nuestro primo Vakrez para que «se le endureciera la piel», como había dicho Ryzek. Reconocí en aquel grito la voz de Eijeh, alzada en reconocimiento del dolor mientras mi hermano intentaba arrancarle el futuro de la cabeza.

Soñé con aquel grito muchas noches después de aquella.

CAPÍTULO 8 | CYRA

Me desperté con un gruñido: alguien llamaba a la puerta.

Mi dormitorio parecía un cuarto de invitados sin toques personales; toda mi ropa y todos los objetos que valoraba estaban escondidos en cajones o tras las puertas de los armarios. Aquella casa ventosa, con sus suelos de madera pulida y sus majestuosos candelabros, me traía malos recuerdos, como cuando cenas demasiado. La noche anterior, uno de aquellos recuerdos (el del cuello de Akos Kereseth bañado en sangre, hacía dos estaciones) había regresado en sueños.

No quería echar raíces en aquel lugar.

Me senté y me pasé el pulpejo de las manos por las mejillas para secarme las lágrimas. Llamarlo llorar no habría sido preciso; era más bien como un rezumar involuntario provocado por ataques de dolor especialmente fuertes, a menudo mientras dormía. Me pasé los dedos por el pelo y me acerqué dando tumbos a la puerta, donde saludé a Vas con un gruñido.

—¿Qué? —pregunté al apartarme.

A veces ayudaba dar vueltas por el cuarto; me relajaba, como si me mecieran.

—Veo que te he pillado de buen humor —dijo Vas—. ¿Estabas durmiendo? ¿Te das cuenta de que ya es mediodía?

—No espero que lo entiendas —repuse.

Al fin y al cabo, Vas no sentía dolor. Eso significaba que era la única persona de las que conocía que podía tocarme sin protegerse las manos, y a él le gustaba asegurarse de que no se me olvidara. «Cuando seas mayor —me decía a veces, cuando Ryzek no lo oía— quizá acabes apreciando que pueda tocarte, pequeña Cyra». Y yo siempre respondía que preferiría morir sola. Era cierto.

Que no pudiera sentir dolor también significaba que no sabía nada del espacio gris inmediatamente anterior a la consciencia, que hacía el dolor más soportable.

—Ah —dijo Vas—. Bueno, se ha solicitado tu presencia en el comedor esta noche, para una comida con los simpatizantes más cercanos a Ryzek. Ponte un vestido bonito.

—La verdad es que ahora mismo no estoy para compromisos sociales —respondí apretando los dientes—. Hazle llegar mis disculpas.

—He dicho «solicitado», pero quizá debería haber elegido mis palabras con más atención. «Exigido» es la palabra que ha utilizado tu hermano.

Cerré los ojos y dejé de dar vueltas durante un momento. Siempre que Ryzek exigía mi presencia era para intimidar, incluso cuando cenaba con amigos. Había un dicho shotet que rezaba así: «Un buen soldado nunca deja las armas, ni siquiera cuando cena con amigos». Y yo era su arma.

—He venido preparado —añadió Vas mientras sacaba una botellita marrón tapada con cera.

No llevaba etiqueta, pero yo sabía lo que era: el único analgésico lo bastante fuerte como para permitirme un comportamiento adecuado en público. O, por lo menos, para permitirme aparecer en público.

—¿Cómo se supone que voy a cenar si me tomo esa porquería? Vomitaré encima de los invitados.

Aunque quizá eso les viniera bien a algunos.

—No comas —repuso él encogiéndose de hombros—. Pero sin esto no puedes funcionar, ¿verdad?

Le quité la botella de la mano y cerré la puerta con el talón.

Me pasé buena parte de la tarde acuclillada en el baño, bajo un chorro de agua tibia, intentando relajar la tensión de los músculos. No sirvió de nada.

Así que destapé la botella y me la bebí.

A modo de venganza, me puse uno de los vestidos de mi madre para ir al comedor aquella noche. Era azul claro, me llegaba hasta los pies y llevaba unos dibujitos geométricos bordados en el corpiño, que parecían plumas superpuestas. Sabía que a mi hermano le dolería verme con esa ropa, verme con cualquier cosa de mi madre, pero no podría decir nada al respecto. Al fin y al cabo, llevaba un vestido bonito, tal como me había ordenado.

Había tardado diez minutos en abrochármelo, ya que tenía las puntas de los dedos entumecidas por culpa del analgésico. Y, mientras caminaba por los pasillos, mantenía una mano apoyada en la pared para no caerme. Todo se movía, daba vueltas, giraba. Llevaba los zapatos en la otra mano; pensaba ponérmelos justo antes de entrar en la habitación para no resbalar en los suelos de madera pulida.

Las sombras se me extendieron por los brazos desnudos, desde los hombros hasta las muñecas, y después me rodearon los dedos para acabar acumulándose bajo las uñas. El dolor —amortiguado por los fármacos, pero no eliminado— me desgarraba por allí por donde iban pasando las sombras. Sacudí la cabeza para impedir que el guardia que protegía las puertas de entrada al comedor me las abriera y me puse los zapatos.

—Vale, adelante —le dije, y él tiró de las manijas.

El comedor era majestuoso, pero cálido, iluminado por faroles que brillaban sobre la larga mesa y por el fuego que ardía en la pared del fondo. Ryzek estaba de pie, bañado en luz, con una bebida en la mano, e Yma Zetsyvis se encontraba a su derecha. Yma estaba casada con un íntimo amigo de mi madre, Uzul Zetsyvis. Aunque ella era relativamente joven (o, al menos, más joven que Uzul), tenía el cabello de un blanco reluciente y los ojos de un asombroso color azul. Siempre sonreía.

Conocía los nombres de todas las personas que los rodeaban: Vas, por supuesto, a la izquierda de mi hermano. Su primo, Suzao Kuzar, que se reía con ganas de algo que Ryzek acababa de decir; nuestro primo Vakrez, que entrenaba a los soldados, y su marido, Malan, que había vaciado el resto de su bebida de un solo trago; la hija de Uzul e Yma, que ya era adulta y se llamaba Lety, con su trenza larga y lustrosa; y, por último, Zeg Radix, al que había visto por última vez en el funeral de su hermano, Kalmev. El funeral del hombre al que había asesinado Akos Kereseth.

—Ah, aquí está —dijo Ryzek haciendo un gesto para señalarme—. Todos recordaréis a mi hermana Cyra.

—Con la ropa de su madre —comentó Yma—. Encantadora.

—Mi hermano me ha pedido que llevara un vestido bonito —repuse esforzándome por pronunciar bien a pesar de que tenía los labios dormidos—. Y nadie tenía unos vestidos más bonitos que mi madre.

A Ryzek le brillaban los ojos con evidente malicia. Alzó la copa.

—Por Ylira Noavek —dijo—. Que la corriente la lleve por una senda de maravillas sin par.

Todos alzaron las copas y bebieron. Yo rechacé la copa que me ofrecía un criado silencioso: tenía la garganta demasiado cerrada para tragar. El brindis de mi hermano había sido un calco de lo que había dicho el sacerdote en el funeral de mi madre; Ryzek quería recordármelo.

—Ven aquí, pequeña Cyra, y deja que te vea —me pidió Yma Zetsyvis—. Supongo que ya no eres tan pequeña. ¿Cuántas estaciones tienes?

—He pasado por diez travesías —respondí utilizando la referencia temporal de costumbre, con la que se indicaba todo lo que había sobrevivido, más que cuánto tiempo llevaba en este mundo; después añadí, por aclararlo—: Aunque lo cierto es que empecé pronto; cumpliré dieciséis estaciones dentro de unos días.

—Oh, ¡qué alegría ser joven y poder pensar en días! —exclamó Yma entre risas—. Así que todavía eres una niña, a pesar de tu estatura.

Yma tenía un don para insultar con elegancia. Supuse que llamarme «niña» era una de sus pullas más leves. Me acerqué a la luz del fuego esbozando una sonrisita.

—Lety, ya conoces a Cyra, ¿verdad? —le dijo Yma a su hija.

Lety Zetsyvis era una cabeza más baja que yo, aunque varias estaciones mayor, y sobre el hueco de su cuello colgaba un amuleto, un fenzu atrapado en cristal que seguía brillando, a pesar de estar muerto.

—No, no la conocía —respondió la chica—. Te estrecharía la mano, Cyra, pero...

Se encogió de hombros. Mis sombras, como si respondieran a sus palabras, echaron a volar sobre mi pecho y mi cuello. Ahogué un gruñido.

—Esperemos que nunca goces de ese privilegio —respondí con frialdad.

Lety abrió mucho los ojos y todos guardaron silencio. Me di cuenta, aunque demasiado tarde, de que estaba siguiéndole el juego a mi hermano: él quería que me temieran, aunque fueran sus más devotos seguidores, y yo lo estaba consiguiendo.

—Tu hermana tiene los dientes afilados —le dijo Yma a Ryzek—. Pobres de aquellos que se te enfrenten.

—Y también pobres de mis amigos, parecer ser —repuso Ryzek—. Todavía no le he enseñado cuándo no morder.

Lo miré con el ceño fruncido. Sin embargo, antes de que pudiera morder (o hablar) de nuevo, la conversación cambió de rumbo.

—¿Cómo va nuestro último lote de reclutas? —preguntó Vas a mi primo Vakrez.

Vakrez era alto, guapo, pero lo bastante mayor como para que se le formaran patas de gallo alrededor de los ojos incluso cuando no sonreía. Una profunda cicatriz con forma de medio círculo le marcaba el centro de la mejilla.

—Bien —respondió—. Mejor ahora que ya han pasado la primera ronda.

—¿Por eso has venido de visita? —le preguntó Yma.

El ejército entrenaba cerca de la División, a las afueras de Voa, así que Vakrez había hecho un viaje de varias horas para llegar hasta allí.

—No. Tenía que traer a Kereseth —explicó señalando a Ryzek con la cabeza—. Al más joven de los dos Kereseth, quiero decir.

—¿Tiene la piel más dura que cuando te lo llevaron? —le preguntó Suzao, que era bajo, pero fuerte como una armadura y estaba lleno de cicatrices—. Cuando lo atrapamos, era tocarlo y, ¡pum!, moratón.

Los otros se rieron. Yo recordaba el aspecto de Akos Kereseth cuando lo habían arrastrado hasta esta casa mientras su hermano sollozaba a sus pies y recordaba que todavía tenía las manos manchadas de la sangre seca de su primera víctima. A mí no me había parecido débil.

—No tenía la piel tan fina —comentó Zeg Radix en tono hosco—. A no ser que estés insinuando que era fácil matar a mi hermano.

Suzao apartó la vista.

—Estoy seguro de que nadie pretendía insultar a Kalmev, Zeg —dijo Ryzek en tono conciliador—. A mi padre también lo mató alguien que no era digno de él. —Bebió un sorbo de su bebida—. Ahora, antes de que comamos, he organizado un pequeño entretenimiento.

Me puse tensa cuando las puertas se abrieron, segura de que, fuera lo que fuera lo que Ryzek entendía por entretenimiento, sería mucho peor de lo que sonaba. Sin embargo, no era más que una mujer vestida del cuello a los tobillos con una ajustada tela negra que le marcaba todos los músculos y todas las huesudas articulaciones. Llevaba los ojos y los labios pintados con una especie de tiza, pálida pero muy llamativa.

—Mis hermanas y yo, del planeta Ogra, presentamos nuestros respetos a los shotet —dijo la mujer con voz ronca—. Y les ofrecemos nuestro baile.

Tras la última palabra, juntó las manos y dio una fuerte palmada. De repente, el fuego de la chimenea y el brillo cambiante de los fenzu desaparecieron y nos dejaron a oscuras. Ogra, un planeta envuelto en sombras, era un misterio para casi toda la galaxia. No permitían muchos visitantes, y ni siquiera la tecnología de vigilancia más sofisticada era capaz de penetrar en su atmósfera. Lo único que sabíamos de los habitantes de aquel planeta era lo que observábamos en espectáculos como aquel. Por una vez, me alegraba de que Ryzek no dudara en aprovecharse de los regalos de los demás planetas, mientras prohibía al resto de Shotet que hiciera lo mismo. Sin esa hipocresía, nunca habría podido contemplar aquel número.

Ansiosa, me eché hacia delante, de puntillas, y esperé. Unos zarcillos de luz envolvieron las manos unidas de la bailarina de Ogra y se le enredaron en los dedos. Cuando apartó las palmas, las lenguas naranja del fuego de la chimenea se quedaron en una de ellas, mientras que el brillo azulado de los orbes de fenzu permaneció en la otra. La tenue luz hacía destacar la tiza que le rodeaba los ojos y la boca, y cuando sonreía, sus dientes parecían colmillos en la oscuridad.

Las otras dos bailarinas entraron en fila en el cuarto, detrás de ella. Se quedaron quietas unos instantes que se hicieron eternos y, cuando por fin se movieron, lo hicieron despacio. La bailarina que estaba más a la izquierda se dio unos toquecitos en el esternón, pero lo que oímos no fue el sonido de piel sobre piel que procedía de tal gesto, sino el de un resonante tambor. La siguiente bailarina se movía siguiendo aquel ritmo desacompasado, contrayendo el vientre mientras arqueaba la espalda y encogía los hombros. Su cuerpo se convirtió en una forma curva y, entonces, la luz le recorrió el esqueleto y le iluminó la espina dorsal, de modo que todas y cada una de sus vértebras fueron visibles durante unos cuantos segundos vacilantes.

Ahogué un grito, como muchos de los presentes.

La que manipulaba la luz retorció las manos y envolvió la luz de los fenzu con el resplandor del fuego, como si estuviera tejiendo un tapiz con ambas cosas. Su brillo revelaba complejos movimientos, casi mecánicos, en sus dedos y muñecas. Al cambiar el ritmo de la percusionista, la domadora de luz se unió a la tercera, la de los huesos relucientes, en una danza tambaleante y espasmódica. Yo las observaba con el cuerpo en tensión, sin saber si debía sentirme inquieta o asombrada. Cada vez que me parecía que estaban a punto de perder el equilibrio y caer al suelo, se sujetaban las unas a las otras entre balanceos e inclinaciones, elevaciones y giros, todo salpicado de relámpagos de luz de colores.

Cuando acabó la representación, yo estaba sin aliento. Ryzek abrió los aplausos, a los que me uní a regañadientes, ya que no me parecía que aquella ovación estuviera a la altura de lo que había visto. La domadora de luz envió las llamas de vuelta a nuestro fuego y el brillo de vuelta a nuestras luces de fenzu. Las tres mujeres se dieron la mano y nos hicieron una reverencia, sonriendo con los labios cerrados.

Quería hablar con ellas, aunque no sabía bien qué decirles, pero ya se marchaban. Sin embargo, cuando la tercera bailarina se dirigía a la puerta, pellizcó la tela de la falda de mi vestido entre el pulgar y el índice. Sus «hermanas» se detuvieron con ella. La fuerza de todos aquellos ojos a la vez sobre mí, me pareció arrolladora: tenían el iris negro como el carbón y más grande de lo normal, estaba segura. Deseé encoger el cuerpo, cohibida por su presencia.

—Ella también es una pequeña ograna —dijo la tercera bailarina. Los huesos de sus dedos emitieron un parpadeo de luz, igual que las sombras que me envolvían los brazos como si fueran pulseras—. Vestida de oscuridad.

—Es un don —dijo la domadora de luz.

—Es un don —repitió la percusionista.

Yo no estaba de acuerdo.

Del fuego del comedor no quedaban más que las ascuas. Mi plato se había quedado medio lleno (los restos de un ave negra asada, fruta de sal encurtida y una especie de potaje de hojas verdes espolvoreado con especias) y la cabeza me palpitaba. Mordisqueé la punta de un pedazo de pan mientras escuchaba a Uzul Zetsyvis alardear de sus inversiones.

Desde hacía casi cien estaciones, la familia Zetsyvis era la encargada de criar y cosechar los fenzu de los bosques al norte de Voa. En Shotet, a diferencia del resto de la galaxia, preferíamos la luz de aquellos insectos bioluminiscentes a la de los dispositivos que canalizaban la corriente. Era una reliquia de nuestra historia religiosa, cada vez menos popular: los únicos que no utilizaban la corriente a la ligera eran, precisamente, quienes daban más importancia a la religión.

Quizá por la industria familiar de los Zetsyvis, Uzul, Yma y Lety eran muy religiosos y se negaban a tomar flores del silencio, ni siquiera como medicina; decían que cualquier sustancia que alterara el «estado natural» de una persona, incluida la anestesia, desafiaba a la corriente. También se negaban a viajar en motores impulsados por la corriente, ya que lo consideraban un uso demasiado frívolo de tal energía; salvo la nave de la travesía, por supuesto, que para ellos era un rito religioso. Sus copas estaban llenas de agua, no de flor fermentada.

—Evidentemente, ha sido una estación difícil —decía Uzul—. En este punto de la rotación del planeta, el aire no es lo bastante cálido para propiciar el crecimiento de los fenzu, así que tenemos que introducir sistemas de calor ambulantes…

Mientras tanto, a mi derecha, Suzao y Vakrez mantenían una tensa discusión sobre armamento.

—Lo único que digo es que, a pesar de lo que creyeran nuestros antepasados, las hojas de corriente no bastan para todas las formas de combate. El combate de largo alcance o el espacial, por ejemplo…

—Cualquier imbécil puede disparar una ráfaga de corriente —lo interrumpió Suzao—. ¿Quieres que abandonemos las hojas de corriente y nos volvamos blandos y fofos poco a poco, como los planetas nación de la Asamblea?

—No son tan fofos —respondió Vakrez—. Malan traduce del othyrio para el agregador de noticias shotet; me ha enseñado los informes. —La mayoría de los presentes, al ser de la élite de Shotet, hablaban más de un idioma. Fuera de aquella sala estaba prohibido—. Las cosas se están complicando entre los oráculos y la Asamblea, y se rumorea que los planetas están eligiendo bando. En algunos casos se preparan para el mayor conflicto del que hayamos sido testigos. ¿Y quién sabe qué clase de tecnología armamentística poseerán para cuando empiece la guerra? ¿De verdad quieres que nos quedemos atrás?

—Rumores —se burló Suzao—. Confías demasiado en los cotilleos, Vakrez, como siempre has hecho.

—Ryzek desea una alianza con Pitha por un buen motivo, y no es que le gusten los paisajes marinos. Tienen algo que nosotros podemos usar.

—Pues yo creo que tenemos de sobra con el coraje de los shotet.

—Adelante, díselo a Ryzek. Seguro que te hace caso.

Frente a mí, Lety tenía la mirada clavada en las redes oscuras que me teñían la piel y aparecían en un lugar nuevo a cada segundo que pasaba: el interior del codo, la elevación de la clavícula o el borde de la mandíbula.

—¿Qué se siente? —me preguntó cuando vio que la miraba.

—No lo sé, ¿cómo se siente cualquier don? —repuse irritada.

—Bueno, yo solo recuerdo cosas. Lo recuerdo todo. Con nitidez. Así que siento mi don como todo el mundo... Como un zumbido en los oídos, como energía.

—Energía. —O agonía—. Sí, algo así.

Le di un trago a la mezcla de flor del hielo fermentada que tenía en la copa. Su rostro era un punto inmóvil en medio de un remolino de movimiento; me esforcé por concentrarme en ella y se me cayó parte del líquido por la barbilla.

—Tu fasci... —Me detuve. «Fascinación» era una palabra demasiado difícil de pronunciar con tanto analgésico corriéndome por las venas—. Tu curiosidad por mi don me resulta un poco rara.

—La gente te teme —respondió Lety—. Solo quiero saber si yo también debería hacerlo.

Estaba a punto de responder cuando Ryzek se levantó de su asiento en el extremo de la mesa y rodeó con aquellos dedos tan largos su plato vacío. Que él se levantara era la señal para que los presentes se fueran, así que lo hicieron: primero Suzao, después Zeg, a continuación Vakrez y finalmente Malan.

Pero cuando Uzul se acercaba a la puerta, Ryzek lo detuvo con una mano.

—Me gustaría hablar contigo y con tu familia, Uzul —le dijo.

Me puse en pie como pude, apoyándome en la mesa para no caer. Detrás de mí, Vas bloqueó con una barra los tiradores de la puerta y nos dejó encerrados. Me dejó encerrada.

—Ah, Uzul, me temo que esta noche va a ser muy difícil para ti —dijo Ryzek con la sombra de una sonrisa—. Verás, tu esposa me ha contado algo interesante.

Uzul miró a Yma. La sempiterna sonrisa de Yma por fin había desaparecido, y ahora parecía entre acusadora y asustada. Yo estaba convencida de que no temía a Uzul, ya que hasta el aspecto de su marido era inofensivo: tenía una gran barriga, evidencia de su riqueza, y unos pies que se salían un poco hacia fuera al caminar y le regalaban una leve cojera.

—¿Yma? —preguntó débilmente a su mujer.

—No tenía elección —respondió Yma—. Estaba buscando una dirección en la red y vi tu historial de contactos. Vi coordenadas y recordé aquella vez en que me hablaste de la colonia en el exilio...

La colonia en el exilio. Cuando era pequeña se trataba de poco más que un chiste que corría por ahí: que muchos shotet con los que mi padre estaba descontento habían buscado cobijo en otro planeta en el que no podrían descubrirlos. Al crecer, el chiste se convirtió en un rumor bastante serio. Incluso en aquel momento, ante su sola mención, Ryzek tensó la mandíbula como si estuviera intentando arrancar un pedazo de carne dura. Consideraba que los exiliados, al ser enemigos de mi padre e incluso de mi abuela, constituían una de las mayores amenazas a su soberanía. Si no tenía controlados a todos los shotet, nunca se sentiría seguro. Si Uzul se había puesto en contacto con ellos, era traición.

Ryzek apartó una silla de la mesa y le hizo un gesto.

—Siéntate.

Uzul hizo lo que le ordenaba.

—Cyra —me llamó mi hermano—, ven aquí.

Al principio me quedé de pie junto a mi sitio en la mesa, aferrada a la copa de flor del hielo fermentada mientras el cuerpo se me llenaba de sombras, como sangre negra de venas rotas.

—Cyra —repitió Ryzek en voz baja.

No era necesario que me amenazara; dejaría mi copa, me acercaría a él y haría lo que me pidiera. No me quedaba más remedio que obedecer mientras ambos siguiéramos con vida, si no quería que Ryzek le contara a todos lo que yo le había hecho a mi madre. Aquel conocimiento era como una piedra que me pesaba en el estómago.

Dejé la copa y me acerqué, y cuando Ryzek me pidió que le pusiera las manos encima a Uzul Zetsyvis hasta que le contara a Ryzek todo lo que deseara saber, lo hice.

Sentí cómo se establecía la conexión entre Uzul y yo, y sentí también la tentación de descargar en él todas mis sombras, de volverlo negro como el espacio y acabar con mi dolor. Podía matarlo, si así lo deseaba, con tan solo tocarlo. Lo había hecho antes. Quería volver a hacerlo, escapar de aquello, de la horrible fuerza que me corroía los nervios como si fuera ácido.

Yma y Lety estaban abrazadas, llorando. Yma contuvo a Lety cuando intentó atacarme. La miré a los ojos mientras introducía el dolor y la negra oscuridad en el cuerpo de su padre, y lo único que vi en ella fue odio.

Uzul gritó. Se pasó tanto tiempo gritando que el sonido dejó de afectarme.

—¡Para! —gritó al fin y, a un gesto de Ryzek, le quité las manos de la cabeza.

Retrocedí tambaleándome, mientras mi campo visual se llenaba de puntos negros. Vas me puso las manos en los hombros y me sujetó.

—Intenté encontrar a los exiliados —dijo Uzul con el rostro perlado de sudor—. Quería huir de Shotet, llevar una vida libre de esta... tiranía. Me llegó el rumor de que estaban en Zold, pero me falló el contacto que encontré allí. No sabían nada. Así que me rendí, me rendí.

Lety sollozaba, pero Yma Zetsyvis permanecía inmóvil, con un brazo cruzado sobre el pecho de su hija.

—Te creo —dijo Ryzek en voz baja—. Tomo nota de tu sinceridad. Cyra procederá a aplicarte tu castigo.

Deseé poder escurrirme las sombras del cuerpo como si fueran agua en un paño mojado. Deseé que la corriente me abandonara y no regresara jamás (blasfemia). Sin embargo, mi voluntad tenía un límite. Las sombras de la corriente se extendieron bajo la mirada de Ryzek, como si él las controlara más que yo. Y quizá así fuera.

No esperé a que me amenazara. Toqué a Uzul Zetsyvis hasta que sus gritos ocuparon todos los espacios vacíos de mi cuerpo, hasta que Ryzek me ordenó que parara.

CAPÍTULO 9 | CYRA

Solo vislumbraba vagamente dónde me encontraba; percibía el suelo suave bajo uno de mis pies (ahora descalzo, debía de haber perdido un zapato en el comedor) y la cambiante luz de los fenzu reflejada en la madera del suelo y en las redes negras que me recorrían los brazos. Tenía los dedos torcidos, como si me los hubiera roto, pero en realidad no era más que el ángulo en el que estaban doblados, intentando clavarse en el aire como a veces se me clavaban en las palmas.

Oí un grito ahogado que procedía de algún lugar de las entrañas de la mansión de los Noavek, y lo primero que pensé fue en Eijeh Kereseth, aunque llevaba ciclos sin oír su voz.

Solo lo había visto una vez desde su llegada, y de pasada, en un pasillo cercano al despacho de Ryzek. En aquel momento estaba delgado y no quedaba vida en su mirada. Cuando un soldado lo empujó para que siguiera andando, me fijé en los huecos que se le habían formado por encima de las clavículas, que eran como profundas trincheras ya sin carne. O Eijeh Kereseth tenía una voluntad de hierro o de verdad no sabía cómo hacer uso de su don, tal como afirmaba. Yo apostaba por lo segundo.

—Envía a buscarlo —le soltó Ryzek a Vas—. Al fin y al cabo, para eso está.

Rocé la madera oscura con la punta del pie. Vas, el único que podía tocarme, me llevaba de vuelta a mi dormitorio prácticamente en brazos.

—¿Que envíes a buscar a quién? —mascullé, pero no escuché la respuesta, ya que una ola de dolor insoportable me envolvió, y me revolví en brazos de Vas como si eso me pudiera ayudar a escapar de ella.

No funcionó. Evidentemente.

Vas apartó los dedos de mis brazos y me dejó caer. Me quedé a gatas en el suelo de mi dormitorio, sin resuello. Una gota de sudor (o tal vez fuera una lágrima, costaba saberlo) me cayó de la nariz.

—¿Quién…? —pregunté con voz ronca—. ¿Quién gritaba?

—Uzul Zetsyvis. Por lo visto, el efecto de tu don se prolonga en el tiempo.

Apoyé la frente en el frío suelo.

Uzul Zetsyvis coleccionaba caparazones de fenzu. Una vez me había enseñado los más coloridos: los tenía clavados en un tablero de su despacho, etiquetados por estación de cosecha. Eran iridiscentes, multicolores, como si hubieran atrapado hilos del mismísimo flujo de la corriente. Uzul los había tocado como si fueran lo más bello de su casa, que estaba a rebosar de lujos. Era un hombre amable, pero yo… lo había hecho gritar.

Un poco después (no sé cuánto), la puerta volvió a abrirse y vi los zapatos de Ryzek, negros y limpios. Intenté sentarme, pero me temblaban los brazos y las piernas, así que tuve que contentarme con girar la cabeza para mirarlo. En el pasillo, tras él, titubeaba alguien que me sonaba vagamente, como si lo hubiera visto en sueños.

Era alto, casi tanto como mi hermano, y tenía porte de soldado: la espalda recta, seguro de sí mismo. No obstante, y a pesar de la postura, era delgado (demacrado, incluso, con sombras bajo los pómulos) y su rostro de nuevo estaba salpicado de viejos moratones y cortes. Una cicatriz fina le cruzaba la mandíbula, de la oreja a la barbilla, y llevaba el brazo derecho envuelto en una venda blanca; una marca reciente, suponía, que todavía no se había curado.

Alzó sus ojos grises hacia los míos. Fue la desconfianza que vi en ellos, la desconfianza de aquella persona, lo que me ayudó a recordar quién era: Akos Kereseth, tercer hijo de la familia Kereseth, ya prácticamente convertido en hombre.

Todo el dolor que se había estado acumulando dentro de mí regresó de golpe, así que me sujeté la cabeza con ambas manos y ahogué un grito. Apenas veía a mi hermano a través de la bruma de las lágrimas, pero intenté concentrarme en su cara, que estaba pálida como la de un cadáver.

Se hablaba sobre mí por todo Shotet y Thuvhe, rumores alentados por Ryzek, y quizá aquellos rumores hubieran viajado por toda la galaxia, ya que a todos les gustaba cotillear sobre las familias agraciadas con destinos. Hablaban del dolor que podían provocar mis manos, de mi brazo cubierto de marcas de víctimas desde la muñeca hasta el hombro y vuelta a empezar, y de mi mente, tan afectada que al parecer me había hecho perder la razón. Me temían y me odiaban a partes iguales, pero esta versión de mí, esta chica que gimoteaba desplomada en el suelo, no era la misma persona que alimentaba los rumores.

Me ardía el rostro de algo más: humillación. Se suponía que nadie debía verme así. ¿Cómo había sido capaz Ryzek de presentarse con Kereseth cuando sabía perfectamente cómo me sentía después de..., bueno, simplemente después?

Intenté contener la ira para que Ryzek no me la notara en la voz.

—¿Por qué lo has traído?

—No lo retrasemos más —repuso mi hermano, y le hizo un gesto a Akos.

Los dos se me acercaron, Akos con el brazo derecho pegado al cuerpo, como si intentara permanecer lo más lejos posible de mi hermano sin desobedecerlo.

—Cyra, este es Akos Kereseth, el tercer hijo de la familia Kereseth. Nuestro... fiel servidor —añadió con una sonrisa burlona.

Se refería, por supuesto, al destino de Akos, que lo condenaba a morir por nuestra familia. A morir a nuestro servicio, como había proclamado el agregador de la Asamblea hacía dos estaciones. Akos torció los labios al recordarle mi hermano ese destino.

—Akos tiene un don peculiar que creo que te interesará —dijo Ryzek.

Después hizo un gesto con la cabeza a Akos, que se agachó a mi lado y me acercó la mano con la palma hacia arriba para que se la cogiera.

Me quedé mirándola. Al principio, casi ni sabía qué me estaba pidiendo. ¿Quería que le hiciera daño? ¿Por qué?

—Confía en mí —dijo Ryzek—, te va a gustar.

Cuando fui a tocarle la mano, la oscuridad se extendió por mi piel como tinta derramada; lo toqué y esperé su grito.

Sin embargo, lo que ocurrió fue que todas las sombras de la corriente retrocedieron hasta desaparecer, llevándose el dolor con ellas.

No era como el remedio que había tomado horas atrás, que, en el peor de los casos, me provocaba náuseas y, en el mejor, me entumecía los sentidos. Era volver a ser como antes de que se desarrollara mi don; no, ni siquiera entonces me había sentido nunca tan tranquila y en silencio como en aquellos momentos, con mi mano en la suya.

—¿Qué es esto? —le pregunté.

Tenía la piel basta y seca, como un guijarro que la marea no ha terminado de alisar. No obstante, también era cálida. Me quedé mirando nuestras manos unidas.

—Interrumpo la corriente —respondió con una voz que resultaba sorprendentemente grave para su edad, a pesar de los gallos habituales—. En cualquiera de sus manifestaciones.

—El don de mi hermana es esencial —comentó Ryzek—, pero últimamente ha perdido casi toda su utilidad porque la deja incapacitada. Me parece que este es el mejor modo de cumplir tu destino.

—Se inclinó hacia el oído de Akos—. Por supuesto, jamás olvides quién es el que dirige esta casa.

Akos no se movió, aunque puso cara de asco durante un momento.

Me senté sobre los talones procurando no apartar la mano de la de Akos, aunque no era capaz de mirarlo a los ojos. Era como si me hubiera pillado mientras me cambiaba de ropa: había visto más de lo que yo solía permitir ver a la gente.

Cuando me levanté, él lo hizo conmigo. Aunque yo también era alta, solo le llegaba a la nariz.

—¿Qué se supone que vamos a hacer? ¿Ir de la mano a todas partes? —pregunté—. ¿Qué van a pensar?

—Pensarán que es un criado —respondió mi hermano—. Porque eso es lo que es.

Ryzek se acercó a mí y levantó la mano. Retrocedí y aparté la mía de la de Akos, de modo que volví a llenarme de zarcillos negros por todas partes.

—¿Detecto una sombra de ingratitud? —preguntó—. ¿No aprecias los esfuerzos que realizo por garantizar tu comodidad, lo que te estoy ofreciendo al entregarte a nuestro fiel servidor como eterno acompañante?

—Lo aprecio —respondí, ya que debía procurar no provocarlo. Lo que menos deseaba en el mundo era que Ryzek sustituyera más recuerdos míos por los suyos—. Gracias, Ryzek.

—Por supuesto —repuso él sonriendo—. Lo que haga falta por mantener en óptimas condiciones a mi mejor general.

Pero no pensaba en mí como en un general, y yo lo sabía. Los soldados me llamaban «el Azote de Ryzek», su instrumento de tortura y, efectivamente, me miraba igual que a un arma impresionante: para él yo no era más que uno de sus cuchillos.

Me quedé inmóvil hasta que se fue Ryzek, y después, cuando Akos y yo nos quedamos solos, empecé a dar vueltas por el cuarto, desde el escritorio a los pies de la cama, desde los armarios cerrados en los que guardaba la ropa hasta la cama otra vez. Solo mi familia (y Vas) había estado en aquella habitación. No me gustaba cómo lo observaba todo Akos, como si estuviera dejando sus huellas por todas partes.

Me miró con el ceño fruncido.

—¿Cuánto tiempo llevas viviendo así?

—¿Así, cómo? —pregunté en un tono más brusco de lo que pretendía.

En lo único en que podía pensar era en lo que le habría parecido antes, encogida en el suelo, empapada de lágrimas y sudor como si fuera un animal salvaje.

—Así, manteniendo tu dolor en secreto —respondió ablandado por la lástima.

Yo sabía que la lástima no era más que una falta de respeto disfrazada de amabilidad, así que debía cortarla por lo sano lo antes posible o sería muy difícil de manejar. Eso me lo había enseñado mi padre.

—Mi don despertó cuando solo tenía ocho estaciones, y tanto mi hermano como mi padre estuvieron encantados. Acordamos que mantendría mi dolor en privado por el bien de la familia Noavek. Por el bien de Shotet.

Akos resopló. Bueno, al menos ya no le daba pena. No había tardado mucho.

—Dame la mano —le pedí en voz baja.

Mi madre siempre hablaba en voz baja cuando se enfadaba, ya que decía que así la gente le prestaba más atención. Yo no contaba con su sutileza; de hecho, era tan sutil como un puñetazo en la cara. Sin embargo, él me escuchó y alargó la mano con un suspiro de resignación, con la palma hacia arriba, como si fuera a aliviar mi dolor.

Le cogí el interior de la muñeca derecha con la mía, lo agarré por debajo del hombro con la mano izquierda y me giré de golpe. Era como una danza: una mano que cambiaba, otro punto de apoyo, y me encontré detrás de él, retorciéndole con fuerza el brazo mientras lo obligaba a inclinarse.

—Puede que sufra, pero no soy débil —susurré. Él no se movió, aunque noté la tensión que le recorría la espalda y el brazo—. Me resultas útil, pero no eres necesario. ¿Lo entiendes?

No esperé una respuesta. Lo solté, di un paso atrás, y mis sombras regresaron con aquel ardiente dolor que hacía que se me saltaran las lágrimas.

—En la puerta de al lado hay una habitación con una cama —dije—. Vete.

Cuando lo oí marcharse, me apoyé en la cama con los ojos cerrados. No quería aquello; aquello no era en absoluto lo que quería.

CAPÍTULO 10 | CYRA

No esperaba que Akos Kereseth regresara sin que lo arrastrasen hasta allí, pero me lo encontré en la puerta a la mañana siguiente, con una guardia esperando unos pasos por detrás y un gran frasco de líquido rojo púrpura en la mano.

—Mi señora —dijo en tono burlón—. Pensé que como ninguno de los dos desea mantener un contacto físico constante, quizá querrías probar esto. Es lo que queda de mi reserva.

Me erguí. Cuando el dolor estaba en todo su apogeo, yo no era más que un conjunto de partes del cuerpo: tobillo y rodilla, codo y columna, todos funcionando para mantenerme erguida. Me eché la melena enredada por encima del hombro, de repente consciente de lo rara que debía de parecerle, en camisón a mediodía y con una manga de armadura tapándome el antebrazo izquierdo.

—¿Un analgésico? —pregunté—. Los he probado. O no funcionan o son peor que el dolor.

—¿Has probado analgésicos hechos con flor del silencio? ¿En un país al que no le gusta usarla? —me preguntó con las cejas arqueadas.

—Sí —contesté en tono brusco—. Medicinas othyrias, las mejores del mercado.

—Medicinas othyrias —repitió chasqueando la lengua—. Puede que sean las mejores para la mayoría de las personas pero tu problema no es como los que tienen la mayoría de las personas.

—El dolor es el dolor es el dolor.

Aun así, me dio unos golpecitos en el brazo con la base del frasco.

—Pruébalo. Quizá no te quite el dolor del todo, pero sí lo hará más soportable, y no tiene tantos efectos secundarios.

Lo miré entornando los ojos y después llamé a la guardia que esperaba en el pasillo. La mujer se acercó siguiendo mis órdenes y me saludó con la cabeza al llegar al umbral de la puerta.

—¿Puedes probar esto, por favor? —le dije señalando el bote.

—¿Crees que intento envenenarte? —me preguntó Akos.

—Creo que es una de las muchas posibilidades.

La guardia cogió el frasco, muerta de miedo.

—No te preocupes, no es veneno —le dijo Akos.

La mujer se tragó parte del analgésico y se limpió la boca con el dorso de la mano. Esperamos unos segundos a que sucediera algo, lo que fuera. Como no se desmayaba, le quité el frasco; las sombras de la corriente acudieron a mis dedos, que me picaban y me ardían. La guardia se alejó en cuanto lo hice, retrocediendo ante mi presencia como si yo fuera un Blindado.

El analgésico olía a malta y a podrido. Me lo tragué de golpe, convencida de que su sabor sería tan asqueroso como era habitual en aquel tipo de pociones, pero sabía a flores y a especias. Se me deslizó por la garganta y me cayó en el estómago, pesado.

—Debería tardar unos minutos en hacer efecto —dijo Akos—. ¿Te pones eso para dormir? —preguntó señalando la funda de armadura de mi brazo.

Me cubría desde la muñeca hasta el codo y estaba hecha de la piel de un Blindado. En algunas zonas se veían cortes de hojas afiladas. Solo me lo quitaba para bañarme.

—¿Es que esperabas un ataque? —añadió.

—No —respondí mientras le dejaba el frasco vacío en las manos.

—Te cubre las marcas de tus víctimas —dijo frunciendo el ceño—. ¿Por qué iba a querer el Azote de Ryzek ocultar sus marcas?

—No me llames así —respondí mientras empezaba a notar una presión dentro de la cabeza, como si alguien me empujara las sienes desde ambos lados—. Nunca.

El frío se me extendió por el cuerpo partiendo del centro, como si la sangre se me convirtiera en hielo. Al principio creía que era solo rabia, pero la sensación era demasiado física, demasiado... indolora. Cuando me miré los brazos, las manchas de sombra seguían allí, bajo la piel, pero lánguidas.

—El analgésico ha funcionado, ¿verdad? —preguntó.

El dolor permanecía, ardía adondequiera que fueran las sombras de la corriente, pero resultaba más fácil no hacerle caso. Y aunque también empezaba a sentirme algo adormecida, no me importaba. Puede que por fin pudiera disfrutar de una noche de sueño reparador.

—Un poco —reconocí.

—Bien, porque quiero ofrecerte un trato que depende de lo útil que te resulte el analgésico.

—¿Un trato? ¿Crees estar en posición de ofrecerme tal cosa?

—Sí. Por mucho que insistas en que no necesitas mi ayuda con tu dolor, la quieres, lo sé. Y puedes intentar someterme a palos o tratarme como a una persona, escuchar lo que tengo que decir y, quizá, obtener mi ayuda fácilmente. Por supuesto, la elección es tuya, mi señora.

Me resultaba más fácil pensar cuando no notaba el peso de sus ojos en los míos, así que me quedé mirando las líneas de luz que salían de las persianas, que mostraban la ciudad dividida en franjas. Más allá de la valla que mantenía aislada la mansión de los Noavek, la gente estaría paseando por la calle, disfrutando del calor, mientras el polvo flotaba alrededor de todos ellos porque las calles de tierra estaban secas.

Mi relación con Akos había dado comienzo con desventaja para mí, ya que me había encontrado, literalmente, en mi momento más bajo: acurrucada en el suelo a sus pies. Había intentado volver a situarme en una posición de fuerza, pero no funcionaba; no era capaz de borrar algo obvio para cualquiera que me mirara: que estaba cubierta de sombras de la corriente y que, cuanto más sufriera por su culpa, más difícil me resultaría llevar una vida que me sirviera de algo. Quizá aquella fuera mi mejor opción.

—Te escucho —le dije.

—Vale. —Se llevó una mano a la cabeza para tocarse el pelo, que era castaño y bastante tupido, a juzgar por cómo se le enredaban los dedos—. Anoche, esa… maniobra que hiciste… Sabes luchar.

—Por decirlo suavemente.

—¿Me enseñarías si te lo pidiera?

—¿Para qué? ¿Para que sigas insultándome? ¿Para que intentes matar a mi hermano… y fracases?

—¿Supones sin más que quiero matarlo?

—¿No?

Se calló un momento.

—Quiero llevarme a mi hermano a casa —respondió eligiendo con precaución las palabras—. Y, para conseguirlo, para sobrevivir aquí, necesito ser capaz de luchar.

Yo no sabía lo que era amar a un hermano tanto, ya no, y por lo que había visto de Eijeh (un endeble despojo de persona), tampoco merecía la pena el esfuerzo. Sin embargo, Akos, con su postura de soldado y sus manos firmes, parecía convencido.

—¿No sabes luchar ya? —le pregunté—. ¿No te envió Ryzek a mi primo Vakrez hace dos estaciones para enseñarte?

—Soy competente. Quiero ser bueno.

Crucé los brazos.

—Todavía no has llegado a la parte de este trato que me beneficia.

—A cambio de tu instrucción, podría enseñarte a preparar el analgésico que acabas de tomar. No tendrías que depender ni de mí ni de nadie.

Era como si me conociera, como si supiera lo único que podía decir para tentarme. Lo que deseaba sobre todas las cosas no era un alivio del dolor que sufría, sino independencia. Y me la estaba ofreciendo dentro de un frasco de cristal, en forma de poción de flor del silencio.

—De acuerdo. Lo haré.

Poco después de aquello lo conduje por el pasillo hasta un cuartito que se encontraba al final y cuya puerta estaba cerrada con llave. Esta ala de la mansión de los Noavek no estaba modernizada, así que las cerraduras seguían necesitando llaves en vez de abrirse al tocarlas o con un pinchazo en el dedo, como las cerraduras genéticas que daban acceso a las habitaciones en las que Ryzek se pasaba casi todo el día. Me saqué la llave del bolsillo; me había puesto ropa de verdad: pantalones anchos y un jersey.

En la habitación había una larga encimera con estantes por encima y por debajo llenos hasta los topes de frascos, matraces, cuchillos, cucharas y tablas de cortar, además de una larga fila de tarros blancos marcados con los símbolos shotet para las flores del hielo (contábamos con una pequeña reserva, incluso de flor del silencio. Thuvhe no exportaba mercancía a Shotet desde hacía más de veinte estaciones, así que se introducía de manera ilegal, a través de un tercero), además de otros ingredientes rescatados en nuestras búsquedas por toda la galaxia. Encima de los quemadores de la derecha colgaban ollas metálicas de color rojo anaranjado. Las había de todos los tamaños: la mayor era más grande que mi cabeza y la más pequeña, del tamaño de mi mano.

Akos cogió una de las ollas más grandes y la colocó sobre un quemador.

—¿Por qué aprendiste a luchar si puedes hacer daño con tan solo tocar a alguien? —preguntó.

Llenó un matraz de agua del surtidor de la pared y la echó en la olla. Después encendió el quemador que ardía debajo, y cogió una tabla de cortar y un cuchillo.

—Forma parte de la educación shotet. Empezamos de niños.

—Vacilé un momento antes de añadir—: Pero yo seguí porque me gustaba.

—¿Tienes flor del silencio por aquí? —preguntó mientras recorría los tarros con un dedo.

—Arriba a la derecha.

—Pero los shotet no la usáis.

—Los shotet no la usan, pero nosotros somos la excepción —respondí con frialdad—. Aquí tenemos de todo. Los guantes están debajo de los quemadores.

Akos resopló un poco.

—Bueno, mi excepcional señora, tendrás que encontrar el modo de conseguir más. La vamos a necesitar.

—De acuerdo. —Esperé antes de preguntar—: ¿Es que en el entrenamiento militar nadie te enseñó a leer?

Había supuesto que mi primo Vakrez le habría enseñado algo más que las habilidades básicas para la lucha. El idioma escrito, por ejemplo. La «lengua profética» solo se refería al lenguaje hablado, no al escrito; todos habíamos tenido que aprender los caracteres shotet.

—Esas cosas les daban igual —respondió—. Me ordenaban hacer algo y yo lo hacía. Me ordenaban que parara y lo hacía. Y ya está.

—Un blando chico thuvhesita no debería quejarse de que lo hayan convertido en un duro hombre shotet —repuse.

—No puedo convertirme en shotet. Soy thuvhesita y siempre lo seré.

—Que ahora mismo me estés hablando en shotet indica lo contrario.

—Que ahora mismo esté hablando en shotet es cuestión de genética —me soltó—. Nada más.

No me molesté en discutir con él, aunque estaba segura de que cambiaría de idea con el tiempo.

Akos metió la mano en el tarro de flores del silencio y sacó una de ellas sin protegerse los dedos. Le arrancó un trozo a uno de los pétalos y se lo metió en la boca. Yo estaba demasiado pasmada para moverme.

Aquella cantidad de flor del hielo y aquel nivel de concentración deberían haber bastado para dejarlo inconsciente al instante. Tragó, cerró los ojos un momento y se volvió hacia la tabla de cortar.

—También eres inmune a ellas, como a mi don —comenté.

—No, pero no me hacen tanto efecto.

Me pregunté cómo lo habría descubierto.

Le dio la vuelta a la flor y aplastó con la parte plana de la hoja el punto en el que se unían los pétalos. La flor se rompió y Akos separó pétalo a pétalo. Después pasó la punta del cuchillo por el centro de cada uno de ellos, y los pétalos se fueron abriendo hasta quedar lisos sobre la tabla. Parecía magia.

Lo observé mientras la poción hervía, primero roja por la flor del silencio, después naranja al añadir la ambarina fruta de sal y marrón al echar los tallos de sendes; solo los tallos, sin las hojas. Una pizca de polvo de celos y todo el brebaje se tornó de nuevo rojo, lo que no tenía sentido, era imposible. Después pasó la mezcla al quemador de al lado para que se enfriara y se volvió hacia mí.

—Es un arte complejo —dijo mientras movía una mano para señalar los frascos, los matraces, las flores del hielo, las ollas... Todo—. En especial el analgésico, porque utiliza flor del silencio. Si preparas mal un elemento, podrías envenenarte. Espero que sepas ser precisa, además de brutal.

Tocó la olla con la punta del dedo, rozándola apenas. No pude evitar admirar aquel movimiento tan rápido, su forma de apartar la mano justo cuando el calor resultaba excesivo y la reacción de los músculos. Solo con eso ya sabía en qué escuela de combate lo habían entrenado: *zivatahak*, la escuela del corazón.

—Supones que soy brutal porque es lo que has oído —dije—. Bueno, ¿qué pasa con lo que yo he oído de ti? ¿Eres un imbécil, un cobarde de piel fina?

—Eres una Noavek —insistió con tozudez, cruzando los brazos—. Llevas la brutalidad en la sangre.

—Yo no escogí la sangre que corre por mis venas —contesté—.

Igual que tú no escogiste tu destino. Tú y yo nos hemos convertido en lo que debíamos convertirnos.

Al marcharme, golpeé el marco de la puerta con el dorso de la muñeca, de modo que la armadura diera con la madera.

A la mañana siguiente me desperté cuando se pasó el efecto del analgésico, justo después del alba, cuando la luz todavía era pálida. Salí de la cama como solía hacer, empujada por los espasmos, deteniéndome para respirar hondo como si fuera una anciana. Me vestí con mi ropa de entrenamiento, que estaba hecha de tela sintética de Tepes, ligera, pero suelta. Nadie sabía mejor que los tepesares cómo mantener el cuerpo fresco, ya que su planeta estaba tan caliente que nadie había caminado nunca desnudo por su superficie.

Apoyé la frente en una pared mientras me trenzaba el pelo, con los ojos cerrados y los dedos palpando en busca de cada mechón. Ya no me cepillaba la tupida melena negra, al menos no como cuando era niña; entonces lo hacía de un modo meticuloso, esperando que cada pasada de las cerdas formara unos rizos perfectos. El dolor me había arrebatado tales placeres.

Cuando terminé, me llevé una hoja de corriente pequeña (y apagada, de modo que los tentáculos negros de la corriente no se enroscaran en el metal afilado) a la botica del final del pasillo donde Akos había instalado su cama, me puse a su lado y le coloqué el filo en el cuello.

Él se despertó y abrió mucho los ojos. Forcejeó, pero cuando apreté el metal contra su piel, se quedó quieto. Esbocé una sonrisa de suficiencia.

—¿Es que estás loca? —preguntó con la voz todavía ronca de sueño.

—Venga, ¡ya habrás oído los rumores! —exclamé alegremente—. Pero lo más importante es: ¿estás loco tú? Porque aquí te encuentro, durmiendo como un tronco sin tan siquiera molestarte en bloquear la puerta, a un pasillo de distancia de tus enemigos. O es locura o es estupidez, tú eliges.

Levantó de repente la rodilla con la intención de estrellármela en el costado, pero yo doblé el brazo para bloquear el golpe con el codo mientras le apuntaba con el cuchillo a la barriga.

—Ya habías perdido antes de despertar —le dije—. Primera lección: la mejor forma de ganar una pelea es evitarla. Si tu enemigo duerme como un tronco, córtale el cuello antes de que despierte. Si es blando, apela a su compasión. Si está sediento, envenénale la bebida. ¿Lo captas?

—Así que debo tirar el honor por la ventana.

—El honor —repetí resoplando—. El honor no tiene cabida en la supervivencia.

La cita, sacada de un libro ograno que había leído una vez (traducido al shotet, claro; ¿acaso alguien sabía leer ograno?), pareció despejar el sueño de sus ojos de un modo mucho más eficaz que mi ataque.

—Ahora, levanta —le dije.

Me erguí, guardé el cuchillo en la vaina que llevaba en la parte baja de la espalda y salí del cuarto para que pudiera cambiarse.

Para cuando terminamos de desayunar, el sol ya había salido y podía oír a los criados entre las paredes, llevando sábanas y toallas limpias a los dormitorios, corriendo a través de los pasadizos paralelos a todos los pasillos que iban del este al oeste. La casa se había construido para excluir a las personas que la mantenían, como la misma ciudad de Voa, con la mansión de los Noavek en el centro, rodeada de los ricos y poderosos, y el resto alrededor de los extremos, luchando por entrar.

El gimnasio, que se encontraba en el mismo pasillo que mi dormitorio, era luminoso y grande, con una pared de ventanas a un lado y una de espejos al otro. Una lámpara de araña dorada colgaba del techo, y su delicada belleza contrastaba con el suelo negro sintético y las pilas de almohadillas y armas de práctica que se encontraban a lo largo de la pared del fondo. Era la única habitación de la casa que mi madre había permitido modernizar; por lo demás, había insistido en conservar la «integridad histórica» de la mansión, incluso las tuberías, que a veces olían a podrido, y los pomos deslustrados.

Me gustaba practicar; y no porque eso me convirtiera en mejor guerrera, aunque se trataba de un efecto secundario agradable, sino porque me gustaba cómo me hacía sentir: el calor en aumento, el corazón a mil, el dolor productivo de los músculos cansados. Un dolor que elegía yo, no el dolor que me había elegido a mí. Una vez había intentado practicar con los soldados de entrenamiento, como había hecho Ryzek cuando aprendía, pero la tinta de la corriente que me recorría todo el cuerpo les provocaba demasiado dolor, así que a menudo tenía que apañármelas yo sola.

Aquella estación había estado leyendo textos shotet sobre una forma de combate que habíamos olvidado hacía tiempo: la escuela de la mente, *elmetahak*. Como tantas otras cosas en nuestra cultura, era una mezcla de elementos rescatados: habíamos tomado parte de la ferocidad ograna, de la lógica othyria y de nuestro ingenio y habíamos combinado las tres cosas hasta convertirlas en algo inextricable. Cuando Akos y yo entramos en la sala de entrenamiento, me incliné sobre el libro que había dejado cerca de la pared el día anterior, *Principios de elmetahak: Filosofía subyacente y ejercicios prácticos*. Estaba en el capítulo: «Estrategia centrada en el adversario».

—Así que en el ejército te entrenaron en *zivatahak* —le dije, para empezar.

Como me miró con cara de no entenderme, seguí hablando.

—*Altetahak* es la escuela del brazo, *zivatahak* es la escuela del corazón y *elmetahak* es la escuela de la mente. ¿Los que te entrenaron no te explicaron de qué escuela se trataba?

—No se molestaron en enseñarme los nombres de nada —contestó Akos—. Como ya te he dicho.

—Bueno, por la forma en que te mueves, te entrenaron en *zivatahak*.

Aquello pareció sorprenderlo.

—Por la forma en que me muevo —repitió—. ¿Cómo me muevo?

—Supongo que no debería sorprenderme que un thuvhesita se conozca tan poco.

—Conocer cómo es tu forma de luchar no es conocerte a ti mismo —replicó—. Luchar no es importante si la gente con la que vives no es violenta.

—¿Ah, sí? ¿Y qué gente mítica es esa? ¿O es que se trata de un pueblo imaginario? —Negué con la cabeza—. Todos somos violentos. Algunos resisten el impulso y otros no. Mejor reconocerlo y usarlo como punto de acceso al resto de tu ser que mentirte al respecto.

—No me estoy mintiendo... —Se calló y suspiró—. Bah, da igual. ¿Punto de acceso, decías?

—Tú, por ejemplo. —Me daba cuenta de que Akos no estaba de acuerdo conmigo, pero al menos estaba dispuesto a escuchar. Era un avance—. Eres rápido y no demasiado fuerte. Reaccionas, esperas ataques de cualquiera. Eso es *zivatahak*, la escuela del corazón: velocidad. —Me di unos toquecitos en el pecho—. La velocidad requiere resistencia, un corazón robusto. Eso lo tomamos de los ascetas guerreros de Zold. La escuela del brazo, *altetahak*, significa «fortaleza». Es una adaptación de lo que utilizan los mercenarios de la periferia. La última escuela, *elmetahak*, significa «estrategia». La mayoría de los shotet ya no la conocen. Es un mosaico de estilos, de distintos lugares.

—¿Y cuál estudiaste tú?

—Yo las estudio todas. Todo. —Me erguí y me aparté del libro—. Vamos a empezar.

Abrí un cajón de la pared opuesta. Crujía con el roce de madera vieja con madera vieja y el deslucido tirador estaba suelto, pero dentro del cajón había hojas de entrenamiento de un material sintético nuevo que era duro, aunque también flexible. Eran capaces de dejar moratones si se usaban con eficiencia, pero no rasgaban la piel. Le lancé una a Akos y cogí otra para mí, que mantuve alejada del cuerpo.

Akos me imitó. Lo veía adaptarse, doblar las rodillas y cambiar el peso de sitio para parecerse más a mí. Era muy raro sentirme observada por alguien tan ávido de conocimiento, alguien que sabía que su supervivencia dependía de lo mucho que aprendiera. Me hacía sentir útil.

Aquella vez hice yo el primer movimiento, intentando darle en la cabeza. Me retiré antes de tocarlo de verdad, y le espeté:

—¿Es que tus manos te resultan fascinantes?

—¿Qué? No.

—Pues deja de mirártelas y fíjate en tu oponente.

Levantó una mano, el puño hasta la mejilla, e intentó golpearme por el costado con la hoja de entrenamiento. Lo esquivé y me giré deprisa, de modo que le acerté en la oreja con la parte plana del puño del cuchillo. Akos se giró con una mueca e intentó apuñalarme estando desestabilizado. Le agarré el puño y se lo sujeté con fuerza para impedírselo.

—Ya sé cómo vencerte —le dije—. Porque tú sabes que soy mejor que tú, pero todavía estás justo aquí —expliqué abarcando con un gesto la zona enfrente de mi cuerpo—. Esta zona es la que tiene más potencial para herirte, la zona en la que todos mis golpes tendrán más impacto y concentración. Debes tenerme en movimiento para poder atacarme fuera de esa zona. Apártate de mi codo derecho para que me cueste más bloquearte. No te quedes ahí parado, sin más, dejando que te abra en canal.

En vez de replicar con un comentario sarcástico, asintió y levantó de nuevo las manos. Esta vez, cuando me moví para «abrirlo», él se apartó de mi camino y me esquivó. Sonreí un poco.

Seguimos así un rato, dibujando círculos el uno en torno al otro, y cuando me di cuenta de que Akos estaba sin aliento, decidí parar.

—Bueno, háblame de tus marcas —le dije.

Todavía tenía abierto mi libro por el capítulo «Estrategia centrada en el adversario», al fin y al cabo. No había mejor adversario que el que ya te habías marcado en el brazo.

—¿Por qué?

Se agarró la muñeca izquierda. Ya no llevaba la venda, así que se veía una vieja marca de víctima cerca del codo, la misma que le había visto hacía varias estaciones en la Sala de Armas. Ahora, sin embargo, estaba acabada y teñida con el color del ritual de la marca, de un azul tan oscuro que parecía casi negro. A su lado se veía otra marca que todavía no se había curado. Dos cortes en el brazo de un muchacho thuvhesita; algo único.

—Porque conocer a tus enemigos es el inicio de la estrategia —respondí—. Y, al parecer, tú ya te has enfrentado a algunos de tus enemigos, ya que te has marcado dos veces.

Él apartó el brazo del cuerpo para poder mirar los cortes con el ceño fruncido y dijo como si fuera algo aprendido de memoria:

—El primero fue uno de los hombres que asaltaron mi casa. Lo maté mientras nos arrastraban a mi hermano y a mí por la hierba pluma.

—Kalmev —dije.

Kalmev Radix había formado parte de la élite de mi hermano. Era capitán de travesía y traductor de agregadores de noticias, pues hablaba cuatro idiomas, incluido el thuvhesita.

—¿Lo conocías? —preguntó Akos con el gesto algo torcido.

—Sí, era amigo de mis padres. Lo conocía desde niña y vi a su mujer llorar en la cena de su funeral, después de que lo mataras. —Ladeé la cabeza al recordarlo. Kalmev era un hombre duro, pero llevaba caramelos en los bolsillos. Lo había visto metérselos en la boca a escondidas durante las cenas elegantes. Pero no había lamentado su muerte: al fin y al cabo, no era nada mío y no tenía derecho a llorarlo—. ¿Y la segunda marca?

—La segunda…

Tragó saliva. Lo había alterado. Bien.

—… es la del Blindado cuya piel robé para conseguir mejorar mi posición social.

Yo me había ganado mi armadura hacía tres estaciones. Me había ocultado entre las hierbas bajas cerca del campamento del ejército hasta que la luz del día había menguado y después había cazado de noche a una de aquellas criaturas. Me había arrastrado bajo ella mientras dormía y me había arqueado para apuñalarla en el punto blando en que la pata se le unía al cuerpo. Había tardado horas en desangrarse, y sus horribles gemidos me habían provocado pesadillas. Pero nunca se me había ocurrido marcar la muerte del Blindado en mi piel, como había hecho él.

—Las marcas son para las personas que matas —le dije.

—El Blindado bien podría haber sido una persona —respondió en voz baja—. Estaba mirándolo a los ojos. Él sabía lo que yo era. Le di veneno y se quedó dormido al tocarlo. Sentí más su muerte que la del hombre que le había arrebatado a mi hermana dos hermanos y un padre.

Akos tenía una hermana, casi se me había olvidado, aunque me había enterado de su destino gracias a Ryzek: «El primer descendiente de la familia Kereseth sucumbirá a la hoja». Era un destino casi tan sombrío como el de mi hermano. O el del propio Akos.

—Deberías cruzar la marca con otro corte en diagonal, desde arriba. Es lo que hace la gente para marcar pérdidas que no son asesinatos. Bebés abortados, cónyuges muertos por enfermedad, niños que escapan de casa y nunca vuelven… Cualquier… tristeza significativa.

Se limitó a mirarme con curiosidad, aunque sin perder la expresión feroz.

—Entonces, mi padre…

—Tu padre está grabado en el brazo de Vas —lo interrumpí—. No se puede marcar dos veces la misma pérdida.

—Lo que se marca es una muerte —repuso con el ceño fruncido—. Un asesinato.

—No, no lo es. Llamarlas marcas de víctimas resulta poco apropiado. En realidad son registros de pérdidas, no de triunfos.

Sin querer, me llevé la mano derecha al cuerpo para sujetar la protección de mi antebrazo y enganchar los dedos en las correas.

—A pesar de lo que te pueda decir algún shotet estúpido —añadí.

Los pétalos de flor del silencio que había sobre la tabla de cortar que tenía delante estaban bien enrollados. Arrastré el cuchillo por el centro del primero, algo torpe por culpa de los guantes; él no necesitaba ponérselos, pero no todos éramos inmunes a las flores del silencio.

El pétalo no se alisó.

—Tienes que acertar en la vena que está justo en el centro —me dijo—. Busca la veta roja más oscura.

—A mí me parecen todas rojas. ¿Seguro que no te lo inventas?

—Prueba otra vez.

Así respondía cada vez que yo perdía la paciencia, repitiéndome en voz baja: «Prueba otra vez». Me daban ganas de pegarle un puñetazo.

Durante las últimas semanas, habíamos pasado todas las noches junto al mostrador de la botica, y él me había aleccionado sobre las flores del hielo. El cuarto de Akos estaba calentito y en silencio, solo se oía el burbujeo del agua hirviendo y el ruido de su cuchillo al picar. Su cama siempre estaba hecha, las raídas sábanas bien estiradas sobre el colchón, y a menudo dormía sin almohada; la lanzaba a la esquina, donde acumulaba polvo.

Cada flor del hielo debía cortarse con la técnica correcta; a las del silencio había que engatusarlas para que se alisaran, a las de los celos había que cortarlas del modo adecuado para que no estallaran en nubes de polvo, y las indigestas venas duras de la hoja de harva debían primero soltarse y después arrancarse tirando de la base. «No demasiado fuerte. Pero más fuerte de lo que lo estás haciendo», me había dicho Akos mientras yo le lanzaba una mirada asesina.

Se me daba bien el cuchillo, pero no tenía paciencia para las sutilezas con él, y mi nariz era prácticamente inútil como herramienta. En nuestro entrenamiento de combate, la situación era a la inversa: Akos se frustraba si nos pasábamos demasiado tiempo con la teoría o la filosofía, que yo consideraba fundamentales. Era rápido y efectivo cuando conseguía establecer contacto, pero descuidado, con poca aptitud para interpretar a su adversario. Sin embargo, me resultaba más sencillo enfrentarme al dolor de mi don cuando estaba enseñándole o cuando él me enseñaba a mí.

Acerqué la punta del cuchillo a otro de los pétalos de flor del silencio y la desplacé en línea recta. Esta vez, el pétalo se desenrolló y se alisó sobre la tabla. Sonreí. Nuestros hombros se rozaron y yo me aparté; no estaba acostumbrada al contacto físico y dudaba que alguna vez fuera a estarlo de nuevo.

—Bien —dijo Akos mientras echaba un montón de hojas secas de harva en el agua—. Ahora hazlo unas cien veces más y empezará a parecerte sencillo.

—¿Solo cien? Y yo pensando que esto me iba a llevar tiempo —repuse mientras lo miraba de soslayo.

En vez de levantar la mirada al cielo o burlarse, sonrió un poco.

—Te cambio cien cortes de flor del silencio por cien de las flexiones que me obligas a hacer —respondió.

Lo señalé con la punta de un cuchillo manchado de flores.

—Algún día me lo agradecerás.

—¿Yo? ¿Agradecerle algo a un Noavek? Jamás.

Se suponía que era una broma, pero también era un recordatorio. Yo era una Noavek y él era un Kereseth. Yo era noble y él era un preso. Solo nos sentíamos cómodos juntos porque procurábamos ignorar esos hechos. Los dos perdimos la sonrisa y regresamos en silencio a nuestras respectivas actividades.

Un rato después, cuando había terminado cuatro pétalos (¡solo me quedaban noventa y seis!) oí pasos en el exterior. Pasos rápidos y decididos, no los movimientos de un guardia que hacía sus rondas, así que dejé el cuchillo y me quité los guantes.

—¿Qué pasa? —preguntó Akos.

—Viene alguien. Que no descubra lo que estamos haciendo —respondí.

No tuvo tiempo de preguntarme por qué. La puerta de la botica se abrió, y entró Vas seguido de un joven. Reconocí a Jorek Kuzar, hijo de Suzao Kuzar, el primo segundo de Vas. Era bajo y delgado, con una cálida piel morena y algo de pelo en la barbilla. Apenas lo conocía, ya que Jorek había decidido no seguir el camino de su padre como soldado y traductor, por lo que lo consideraban tanto una decepción como un peligro para mi hermano. Cualquiera que no estuviera entusiasmado ante la perspectiva de entrar al servicio de Ryzek era sospechoso.

Jorek me saludó inclinando la cabeza. Yo, que me había cubierto de sombras al ver a Vas, apenas conseguí asentir para responder. Vas entrelazó las manos tras la espalda y contempló con gesto risueño el cuartito, los dedos manchados de verde de Akos y la olla que hervía en el quemador.

—¿Qué te trae hasta la mansión, Kuzar? —le pregunté a Jorek antes de que Vas pudiera soltar algún comentario—. Seguro que no has venido a ver a Vas. No creo que nadie haga eso por gusto.

Jorek miró primero a Vas, que me estaba lanzando una mirada asesina, después a mí, que respondía con una sonrisa, y después a Akos, que estaba decidido a no dejar de contemplarse las manos, con las que se aferraba al borde del mostrador. Al principio no me había dado cuenta de lo tenso que se había puesto Akos al ver aparecer a Vas. Notaba que los músculos de los hombros pugnaban por salírsele de la camisa.

—Mi padre se va a reunir con el soberano —respondió Jorek—. Y se le ha ocurrido que, mientras tanto, Vas podría inculcarme algo de sentido común.

—¿Ah, sí? —respondí entre risas.

—Cyra cuenta con muchas cualidades que le resultan útiles al soberano, pero el sentido común no es una de ellas, así que yo no me tomaría demasiado en serio su opinión sobre mí —dijo Vas.

—Aunque disfruto mucho de nuestras charlas, Vas, ¿por qué no me dices de una vez lo que quieres? —pregunté.

—¿Qué preparas? ¿Un analgésico? —se burló Vas—. Creía que tu analgésico era meterle mano a Kereseth.

—Que qué quieres —repetí más brusca.

—Seguro que te habrás dado cuenta de que el Festival de la Travesía empieza mañana. Ryz quería saber si vas a asistir junto a él a los desafíos en la arena. Quería recordarte, antes de que respondas, que parte del motivo por el que ha puesto a Kereseth a tu servicio es conseguir que te muevas y asistas a acontecimientos como estos, en público.

Los desafíos en la arena. Llevaba años sin verlos; siempre aducía como excusa el dolor, pero en realidad no quería ver a gente matándose por conseguir una mejor posición social, por venganza o por dinero. Era una práctica legal (e incluso celebrada, últimamente), pero eso no quería decir que necesitara añadir aquellas imágenes al resto de imágenes violentas que ya existían dentro de mi cabeza. La de Uzul Zetsyvis con el rostro flácido era una de ellas.

—Bueno, todavía no estoy lo que se dice para moverme —respondí—. Dile que lamento no poder ir.

—De acuerdo —repuso Vas encogiéndose de hombros—. Deberías enseñar a Kereseth a relajarse un poco, si no quieres que sufra un tirón cada vez que me ve.

Miré a Akos, encorvado sobre el mostrador, al que se aferraba con fuerza.

—Meditaré sobre tu consejo.

Más tarde aquel mismo día, cuando los agregadores de noticias hicieron el repaso de todos los planetas, uno tras otro, el del nuestro incluía el comentario: «El famoso productor shotet de fenzu, Uzul Zetsyvis, hallado muerto en su casa. Las investigaciones preliminares indican un posible suicidio por ahorcamiento». Los subtítulos en shotet rezaban: «Shotet lamenta la pérdida del apreciado cuidador de fenzu, Uzul Zetsyvis. Las primeras investigaciones sobre su muerte indican que ha sido asesinado por los thuvhesitas, que pretenden eliminar la principal fuente de energía de Shotet». Por supuesto. Las traducciones siempre contaban mentiras, y solo la gente de verdadera confianza de Ryzek hablaba los idiomas suficientes para darse cuenta.

Era evidente que Ryzek culparía a Thuvhe de la muerte de Uzul, en vez de a sí mismo.

O a mí.

Más tarde recibí un mensaje entregado por la guardia del pasillo. Decía:

> Márcate la pérdida de mi padre. Te pertenece.
>
> LETY ZETSYVIS

Puede que Ryzek hubiera culpado a Thuvhe de la muerte de Uzul, pero su hija sabía bien a quién le pertenecía. A mí, a mi piel.

Cuando se experimentaba mi don durante largos períodos, permanecía en el cuerpo bastante tiempo, incluso después de que yo apartara las manos. Y cuanto más tocaba a alguien, más permanecía; a no ser, por supuesto, que esa persona lo ahogara en flor del silencio. Sin embargo, la familia Zetsyvis no creía en tomarla. Algunas personas, al enfrentarse a la elección entre la muerte y el dolor, elegían la muerte, y Uzul había sido una de ellas. Religioso hasta la autodestrucción.

Me grabé la marca de Uzul en el brazo justo antes de convertir en cenizas el mensaje de Lety. Me pinté la herida recién hecha con extracto de raíz de hierba pluma, que picaba tanto que se me llenaron los ojos de lágrimas, y susurré su nombre, aunque sin atreverme a recitar el resto de las palabras del ritual porque formaban una plegaria. Y soñé con él por la noche. Oí sus gritos y vi sus ojos, enormes e inyectados en sangre. Me persiguió por un bosque oscuro iluminado por la luz de los fenzu, hasta llegar a una cueva en la que me esperaba Ryzek con los dientes afilados como puntas de cuchillo.

Me desperté empapada en sudor, gritando, y noté la mano de Akos en el hombro. Su rostro estaba cerca del mío, con el pelo y la camisa alborotados por el sueño. En sus ojos, serios y recelosos, centelleaba una pregunta.

—Te he oído —fue lo único que dijo.

Sentí el calor de su mano a través de la sábana. Llegó con la punta de los dedos hasta el cuello del pijama, me rozó la piel desnuda, y ese leve contacto bastó para extinguir mi don y aliviar mi dolor. Cuando apartó los dedos estuve a punto de gritar, pues estaba demasiado cansada para preocuparme por cosas como la dignidad y el orgullo, pero Akos solo los había apartado para buscarme la mano.

—Venga —me dijo—, te enseñaré a librarte de los sueños.

En aquel momento, con las manos entrelazadas y su voz tranquila en los oídos, habría hecho cualquier cosa que me pidiera. Asentí y saqué las piernas de entre las sábanas arrugadas.

Akos encendió las luces de su cuarto, y nos colocamos hombro con hombro frente al mostrador. Los tarros, ahora marcados con letras thuvhesitas, se apilaban sobre nuestras cabezas.

—Como casi todas las cosas, esta mezcla empieza con flor del silencio —me dijo.

CAPÍTULO 11 | CYRA

El Festival de la Travesía empezaba cada estación con el retumbar de los tambores al alba. Los primeros sonidos procedían del anfiteatro del centro de la ciudad, para irradiar hacia el exterior al unirse los más fieles participantes. Se suponía que el redoble simbolizaba nuestros inicios: los primeros latidos de nuestros corazones, los primeros atisbos de vida que nos habían conducido al poder que ostentábamos. Dedicaríamos una semana a celebrar nuestros inicios y, después, todos los que estuvieran en buenas condiciones físicas subirían a bordo de la nave de la travesía para perseguir la corriente por la galaxia. Seguiríamos su camino hasta que el flujo de la corriente se volviera azul; entonces descenderíamos a un planeta para la búsqueda y, por último, volveríamos a casa con lo rescatado.

Siempre me había encantado el sonido de los tambores porque significaba que partiríamos pronto. Me sentía más libre en el espacio. Sin embargo, con Uzul Zetsyvis todavía en mis sueños, esta estación los tambores me hacían pensar en el latido de su corazón apagándose poco a poco.

Akos apareció en mi puerta con el corto pelo castaño de punta y se apoyó en la madera.

—¿Qué es ese sonido? —preguntó con los ojos muy abiertos.

A pesar de estar transida de dolor, me reí. Nunca lo había visto tan desgreñado. Llevaba torcida la cintura de los pantalones de cordones y en la mejilla se le veía la marca roja de una sábana arrugada.

—No es más que el inicio del Festival de la Travesía —respondí—. Relájate. Y colócate bien los pantalones.

Un tenue rubor rosa le asomó a las mejillas mientras lo hacía.

—Bueno, ¿cómo se supone que iba a saberlo? —contestó irritado—. La próxima vez que vaya a despertarme al alba algo tan parecidísimo a los tambores de guerra, ¿podrías hacer el favor de avisarme antes?

—Estás decidido a dejarme sin diversión.

—Eso es porque, al parecer, tu idea de la diversión consiste en hacerme creer que corro peligro mortal.

Me acerqué a la ventana con una sonrisita pintada en los labios. Las calles estaban a rebosar de gente. Los observé levantar polvo de camino al centro de Voa para participar en las festividades. Iban todos vestidos de azul, nuestro color favorito, pero también de morado y verde; blindados y armados; caras pintadas, cuellos y muñecas adornados con joyas falsas o coronas de frágiles flores. Aquí, en el ecuador del planeta, las flores no tenían que ser tan resistentes como las flores del hielo para sobrevivir; se podían aplastar entre los dedos y despedían un dulce aroma.

El festival incluía desafíos públicos en el anfiteatro, visitantes de otros planetas y reconstrucciones de momentos significativos de la historia de Shotet, todo mientras la tripulación de la nave de la travesía se esforzaba por terminar la limpieza y las reparaciones. El último día, Ryzek y yo desfilaríamos desde la mansión de los Noavek hasta la nave de transporte que nos llevaría a la nave de la travesía, donde seríamos los primeros pasajeros oficiales. Todos los demás subirían a bordo después de nosotros. Era un ritmo que conocía bien y que incluso amaba, a pesar de que mis padres ya no estaban allí para guiarme.

—Mi familia gobierna desde hace relativamente poco, ¿lo sabías? —pregunté ladeando la cabeza—. Cuando yo nací, Shotet ya había cambiado bajo el reinado de mi padre. O eso he leído.

—¿Lees mucho? —me preguntó.

—Sí. —Me gustaba dar paseos y leer; me ayudaba a distraerme—. Creo que este es el momento en que más se parece todo a como era antes: el festival, la nave de la travesía.

Los niños corrían a lo largo de nuestra valla, cogidos de la mano, riéndose. Otros rostros, borrosos por la distancia, se volvían hacia la mansión.

—Antes éramos nómadas, no…

—¿Asesinos y ladrones?

Me sujeté el brazo izquierdo, y la armadura se me clavó en la palma de la mano.

—Si tanto te gusta el festival, ¿por qué no vas? —me preguntó.

—¿Y tener que pasarme el día al lado de Ryzek? —pregunté bufando—. No.

Se colocó a mi lado y miró a través del cristal. Una anciana arrastraba los pies por el centro de la calle, mientras se arreglaba con dedos torpes el alegre pañuelo que le cubría la cabeza y que, al parecer, se le había soltado un poco en medio del caos. Mientras la observábamos, un joven que llevaba un montón de coronas de flores en los brazos le puso una en la cabeza, sobre el pañuelo.

—No entiendo ni lo de la vida nómada ni lo de las búsquedas —dijo Akos—. ¿Cómo decidís adónde ir?

Los tambores seguían marcando los latidos del corazón de Shotet. Bajo ellos, a lo lejos, se oía un rugido apagado y música, un sonido sobre otro.

—Te lo puedo enseñar, si quieres. No tardarán mucho en empezar.

Un poco más tarde nos metimos en los pasadizos ocultos de la mansión de los Noavek, a través de la puerta secreta que se encontraba en la pared de mi dormitorio. Más adelante, un orbe de luz de fenzu nos iluminaba un poco el camino, aunque de todos modos yo procuraba pisar con cuidado, ya que algunas de las tablas estaban sueltas por aquella zona y los clavos sobresalían en ángulos extraños de las vigas. Me detuve en el punto donde se dividía el pasadizo y palpé la viga en busca de las muescas delatoras. Una muesca en la viga izquierda significaba que conducía a la primera planta. Eché la mano atrás para buscar a Akos, di con la pechera de su camisa y tiré de él para que me siguiera por el camino de la izquierda.

Él me tocó la muñeca y guio mi mano hasta la suya, de modo que seguimos caminando con los dedos entrelazados. Esperaba que los chirridos de las tablas de madera ocultaran el sonido de mi respiración.

Recorrimos los túneles hasta la habitación en la que trabajaban los examinadores, cerca de la Sala de Armas, donde había visto por primera vez a Akos y Eijeh. Empujé el panel y lo deslicé lo justo para poder pasar. La habitación estaba tan oscura que los examinadores no se percataron de nuestra presencia: estaban entre los hologramas del centro del cuarto, midiendo distancias con finos haces de luz blanca o consultando las pantallas de sus muñecas para comunicar coordenadas.

Acababan de empezar a calibrar el modelo. Después de verificar su precisión, empezarían con el análisis de la corriente. Sus fluctuaciones les indicaban dónde se realizaría la siguiente búsqueda.

—El modelo de la galaxia —dije en voz baja.

—La galaxia —repitió—. Pero solo muestra nuestro sistema solar.

—Los shotet son nómadas —le recordé—. Hemos ido mucho más allá de los límites de nuestro sistema, pero solo hemos descubierto estrellas, no planetas. Por lo que a nosotros respecta, este sistema solar es el único de nuestra galaxia.

El modelo era un holograma que ocupaba todo el cuarto, de una esquina a la otra, con el reluciente sol en el centro y los fragmentos de la luna rota flotando en los extremos. Los hologramas parecían sólidos hasta que un examinador los atravesaba para medir otra cosa, y entonces se agitaban como si exhalaran. Mientras miraba, nuestro planeta pasó por delante de nosotros; era, de lejos, el más blanco de todos los planetas simulados, como una esfera de vapor. Flotando más cerca del sol se encontraba la estación de la Asamblea, una nave aún mayor que la de la travesía, el centro de nuestro gobierno galáctico.

—Todo calibrado una vez que situamos Othyr en el punto más alejado del sol —dijo uno de los examinadores. Era alto y de hombros redondeados, como si se encorvara para protegerse el corazón—. Uno o dos izits.

Un «izit» era como se llamaba coloquialmente a los IZ, una unidad de medida que equivalía, aproximadamente, al ancho de un dedo meñique. De hecho, incluso yo utilizaba a veces los dedos para calcular las cosas cuando no tenía un medidor electrónico cerca.

—Eso sí que es precisión —respondió otro de los supervisores, esta vez un hombre bajito con una pequeña panza que le sobresalía por encima de los pantalones—. «Uno o dos izits», ni más ni menos. Es como decir: «Uno o dos planetas».

—Vale, 1,467IZ —repuso el primer supervisor—. Como si fuera a suponer una diferencia para la corriente.

—Nunca has llegado a comprender la sutileza de este arte —dijo una mujer que en ese momento atravesaba el sol para medir la distancia a la que se encontraba de Othyr, uno de los planetas más cercanos al centro de la galaxia.

Todo en ella era estricto, desde el recto corte de pelo a la altura de la mandíbula, pasando por los hombros almidonados de su chaqueta. Por un momento quedó envuelta en una luz de color blanco amarillento, en medio del sol.

—Y es un arte, aunque algunos lo llamen ciencia. Señorita Noavek, es un honor recibirla a usted y a su… ¿acompañante?

No me miró mientras hablaba, sino que se limitó a inclinarse para apuntar con el haz de luz a la banda del ecuador de Othyr. Los otros examinadores dieron un brinco al verme, y todos al unísono retrocedieron un paso, aunque se encontraban al otro lado de la habitación. De haber sabido ellos el esfuerzo que me estaba suponiendo permanecer inmóvil y no llorar, quizá no se hubieran preocupado.

—Es un criado —respondí—. Seguid, solo estoy observando.

En cierto modo, lo hicieron, pero su charla despreocupada desapareció. Cerré los puños y los metí entre la espalda y la pared, donde los apreté con tanta fuerza que me clavé las uñas en las palmas de las manos. Sin embargo, se me olvidó el dolor cuando los examinadores activaron el holograma de la corriente; avanzaba, sinuosa, a través de los planetas simulados, como si fuera una serpiente sin forma, etérea. Tocaba todos los planetas de la galaxia, tanto los gobernados por la Asamblea como los exteriores, y después formaba una potente banda alrededor de los límites de la habitación, como una correa que contuviera a los planetas. Su luz no dejaba de cambiar; en algunas zonas era tan intensa que dolía mirarla, mientras que en otras era tenue como una voluta de humo.

Otega me había llevado allí de pequeña para enseñarme cómo funcionaba la búsqueda. Los examinadores se pasaban varios días observando el flujo de la corriente.

—La luz y el color de la corriente son siempre más fuertes sobre nuestro planeta —le dije a Akos en voz baja—. Según cuenta la leyenda shotet, rodea tres veces nuestro planeta, y por eso nuestros antepasados decidieron establecerse aquí. Sin embargo, su intensidad fluctúa alrededor de los otros planetas, ungiendo uno tras otro sin un patrón perceptible. Cada estación seguimos su curso, aterrizamos y buscamos.

—¿Por qué? —murmuró Akos.

«Seleccionamos la sabiduría de cada planeta y nos la llevamos —me había contado Otega agachada a mi lado durante una de nuestras clases—. Y, de este modo, les enseñamos qué poseen de valor. Les revelamos su verdadero ser».

Como si respondieran a mi recuerdo, las sombras de la corriente aceleraron bajo mi piel, subiendo y bajando de un lado a otro, seguidas a todas partes por el dolor que las acompañaba.

—Renovación —dije—. La búsqueda trata sobre la renovación. —No sabía cómo explicarlo de otro modo. No había tenido que hacerlo hasta entonces—. Encontramos aquello que otros planetas han desechado y le damos nueva vida. Es… en lo que creemos.

—Veo actividad alrededor de P1104 —dijo el primer examinador, que estaba encorvado aún más que antes sobre uno de los pedazos de roca cercanos a los límites de la galaxia.

Su cuerpo era casi como el de un insecto muerto, encogido dentro de su caparazón. Tocó una zona de la corriente en la que el remolino de color (ahora verde con toques de amarillo) era más oscuro.

—Como una ola a punto de romper en la orilla —ronroneó la mujer de rasgos afilados—. Puede aumentar o desvanecerse, depende. Márcalo para posterior observación. Pero, ahora mismo, diría que el mejor planeta para la búsqueda sigue siendo Ogra.

«La búsqueda es un gesto de amabilidad —había susurrado Otega a mis oídos infantiles—. Tanto para ellos como para nosotros. La búsqueda es una de las misiones que nos encomienda la corriente».

—Como si eso sirviera de mucho —repuso el primer supervisor—. ¿No habías dicho que su alteza había solicitado específicamente información sobre la actividad de la corriente en Pitha? Apenas es un suspiro de luz, pero dudo que eso le importe.

—Su alteza tiene sus propias razones para solicitar información, y no es asunto nuestro cuestionarlas —respondió la mujer mirándome.

Pitha. Había oído rumores sobre aquel lugar; que, ocultas bajo los océanos del planeta de agua, donde las corrientes no eran tan fuertes, había armas avanzadas que no tenían nada que ver con lo que habíamos visto hasta entonces. Y como Ryzek estaba decidido a reclamar no solo la soberanía de Shotet, sino también el control del planeta, las armas le resultarían muy útiles.

El dolor se me acumulaba detrás de los ojos. Así era como empezaba cuando mi don estaba a punto de atacarme con más fuerza de lo habitual. Y me atacaba con más fuerza de lo habitual siempre que pensaba en Ryzek a punto de iniciar una guerra sin cuartel mientras yo permanecía pasiva a su lado.

—Deberíamos irnos —le dije a Akos; después me volví hacia los examinadores—. Os deseo unas fructíferas observaciones. —Después, siguiendo un impulso, añadí—: No nos llevéis por el mal camino.

Akos guardó silencio durante el camino de vuelta a través de los pasadizos. Me di cuenta de que siempre guardaba silencio, a no ser que estuviera preguntando algo. Me daba la impresión de que yo no habría sentido tanta curiosidad por alguien a quien odiara, aunque puede que esa fuera la cuestión: estaba intentando decidir si me odiaba.

En el exterior, los tambores empezaron a enmudecer, como ocurría siempre, pero el silencio resultó ser como una señal para Akos, que se paró bajo una de las luces de fenzu. Solo un insecto flotaba por el interior del cristal y despedía un pálido brillo azul, lo que indicaba que estaba a punto de morir. Bajo él se acumulaba una pila de caparazones muertos, insectos con las patas dobladas apuntando al aire.

—Vamos al festival —dijo; me fijé en que estaba demasiado delgado. Tenía sombras bajo los pómulos, en vez de carne, que habría sido lo normal en un rostro tan joven—. Sin Ryzek. Solo tú y yo.

Me quedé mirando su palma extendida. Me ofrecía su contacto sin reservas, sin darse cuenta de lo excepcional que era. De lo excepcional que era él para una persona como yo.

—¿Por qué? —pregunté.

—¿Por qué qué?

—Estás siendo muy amable conmigo estos días —respondí frunciendo el ceño—. Estás siendo amable conmigo ahora. ¿Por qué? ¿Qué sacas de esto?

—Crecer aquí te ha dejado tocada, ¿verdad?

—Crecer aquí me ha ayudado a ver la verdad sobre las personas —aclaré.

Suspiró como si no estuviera de acuerdo conmigo pero tampoco quisiera molestarse en discutir. Era un suspiro que repetía mucho.

—Pasamos mucho tiempo juntos, Cyra. Ser amable es cuestión de supervivencia.

—Me reconocerán. Las sombras de la corriente son memorables, aunque mi rostro no lo sea.

—No las tendrás. Estarás conmigo —repuso ladeando la cabeza—. ¿O de verdad te resulta tan incómodo tocarme?

Era un reto. Y puede que una manipulación, pero me imaginé con la piel neutra en medio de una densa multitud: imaginé a los demás rozándose conmigo sin sentir dolor, mientras yo olía el sudor en el aire y me permitía desaparecer entre ellos. La última vez que había estado cerca de una multitud había sido antes de mi primera travesía, cuando mi padre me había cogido en brazos. Aunque Akos albergara intenciones ocultas, quizá mereciera la pena el riesgo si eso me permitía salir.

Puse mi mano en la suya.

Poco después estábamos de vuelta en los pasadizos, vestidos con ropa del festival. Yo llevaba un vestido morado (no uno de los vestidos elegantes de mi madre, sino algo barato que no me importaba ensuciar) y, para ocultar el rostro, me había pintado una gruesa franja en diagonal que me cubría un ojo entero y gran parte del otro. Me había recogido el pelo en un moño tirante y me lo había pintado de azul para que no se deshiciera. Sin las sombras de la corriente, no parecería la Cyra Noavek que conocía la ciudad de Voa.

Akos iba de negro y verde, pero como nadie sería capaz de reconocerlo, no se había molestado en disfrazarse.

Cuando me vio, se me quedó mirando un buen rato.

Yo era consciente de mi aspecto. Mi rostro no era un bálsamo para ojos cansados, como ocurre con los rostros de la gente sin complicaciones; era un reto, como el cegador color del flujo de la corriente. Mi aspecto no importaba, sobre todo porque mi apariencia siempre se oscurecía con las cambiantes venas de la corriente, pero me resultaba curioso ver a Akos fijarse.

—Vuelve a meterte los ojos en la cabeza, Kereseth —le dije—. Te estás poniendo en ridículo.

Cogidos del brazo, mano con codo, lo conduje por el extremo oriental de la casa y después bajamos la escalera. Palpé las vigas en busca de los círculos tallados que advertían de la existencia de una salida secreta, como la que se encontraba cerca de la cocina.

Allí, la hierba pluma crecía casi hasta la misma casa, así que tuvimos que abrirnos paso entre ella para llegar a la cancela, que estaba cerrada con un código. Yo lo conocía: era el cumpleaños de mi madre. Todos los códigos de Ryzek estaban relacionados de algún modo con mi madre (el día de su nacimiento, el día de su muerte, el día en que se habían casado mis padres, sus números favoritos…), salvo los que estaban más cerca de sus aposentos, donde las puertas estaban cerradas con sangre Noavek. Allí no me molestaba en acercarme, no quería pasar más tiempo con él del estrictamente necesario.

Noté que Akos concentraba la mirada en mis manos mientras yo introducía el código, pero no era más que la puerta trasera.

Recorrimos un callejón estrecho que se abría a una de las principales vías públicas de Voa. Durante un momento, cuando un hombre detuvo la mirada en mi rostro algo más de lo normal, encogí el cuerpo debido a la tensión. Luego fue la mirada de una mujer. Y luego la de un niño. Por todas partes, la gente me miraba a los ojos y después, hacia otro lado.

Agarré a Akos del brazo y tiré de él hacia mí para susurrarle:

—Se me quedan mirando. Saben quién soy.

—No, te miran porque llevas pintura azul chillón por toda la cara.

Me toqué un poco la mejilla, donde se había secado ya la pintura. La piel estaba áspera y escamosa. No había caído en que aquel día no significaba nada que los demás me miraran.

—Eres un poco paranoica, ¿lo sabías? —me dijo.

—Y tú empiezas a sonar muy creído, teniendo en cuenta las palizas que te doy.

Se rio.

—Entonces ¿adónde vamos?

—Conozco un sitio.

Lo conduje por una calle menos concurrida, a la izquierda, lejos del centro de la ciudad. El aire estaba cargado de polvo, pero la nave de la travesía no tardaría en despegar y tendríamos nuestra tormenta. Lavaría la ciudad y la bañaría de azul.

Las actividades oficiales del festival —las autorizadas por el gobierno— tenían lugar en el anfiteatro del centro de Voa y sus alrededores, pero las celebraciones populares no se limitaban a eso. Mientras esquivábamos codos en una calle estrecha en la que los edificios se pegaban como amantes, vimos a muchas personas bailando y cantando. Una mujer adornada con joyas falsas me paró con una mano, un lujo del que yo nunca había disfrutado; casi me hizo estremecer. Sonrió y me puso en la cabeza una corona de flores de fenzu (llamadas así porque eran del mismo color que las alas de los insectos: gris azulado).

Entramos en un mercado abarrotado. Había tiendas bajas y casetas por todas partes, con toldos desgastados, gente que discutía y muchachas que tocaban collares que no se podían permitir. Dando vueltas entre la multitud había soldados shotet; sus armaduras brillaban a la luz del sol. Olía a carne asada y humo, y me volví para sonreír a Akos.

Akos tenía una expresión rara, casi de desconcierto, como si nunca se hubiera imaginado un Shotet semejante.

Caminamos de la mano por el pasillo entre los puestos, y me detuve junto a una mesa de cuchillos normales (las hojas no estaban hechas de material canalizador, de modo que la corriente no fluía a través de ellas) con empuñaduras talladas.

—¿Sabe la señora utilizar uno de estos cuchillos? —me preguntó en shotet el anciano de la caseta.

Vestía la gruesa túnica gris de los líderes religiosos de Zold, con mangas largas y sueltas. Los religiosos zoldanos utilizaban cuchillos normales porque creían que las hojas de corriente suponían un uso frívolo de la misma, que se merecía más respeto; básicamente, era la misma creencia de los habitantes más religiosos de Shotet. Sin embargo, a diferencia de un líder religioso shotet, aquel hombre no encontraría su práctica religiosa en el día a día, intentando reformar el mundo que lo rodeaba. Lo más probable era que fuera un asceta y que prefiriera el retiro.

—Mejor que tú —repuse en zoldano.

Mi zoldano era bastante deficiente, por decirlo con amabilidad, pero me alegraba poder practicarlo.

—¿En serio? —respondió entre risas—. Tu acento es horrible.

—¡Eh!

Un soldado shotet se nos acercó y dio unos toques con la punta de su hoja de corriente en la mesa del anciano. El zoldano lanzó una mirada de asco al arma.

—Aquí solo se habla shotet. Si ella te responde en tu idioma... —El soldado gruñó un poco—. No tendrá buen fin.

Agaché la cabeza para que el soldado no se fijara mucho en mi cara.

El zoldano respondió en un torpe shotet:

—Lo siento. La culpa ha sido mía.

El soldado sostuvo su cuchillo un momento, hinchando el pecho como si estuviera exhibiendo su plumaje de apareamiento. Después envainó su arma y siguió caminando entre la gente.

El anciano se volvió hacia mí en un tono más formal.

—Son las mejor calibradas que encontrarás en el mercado...

Me habló sobre cómo fabricaban los cuchillos —con metal forjado en el polo norte de Zold y madera recuperada de las casas antiguas de Ciudad Zoldia— y una parte de mí lo estaba escuchando, pero la otra parte estaba con Akos mientras él contemplaba la plaza.

Le compré una daga al anciano, un arma resistente con la hoja oscura y una empuñadura adecuada para dedos largos. Se la ofrecí a Akos.

—De Zold —le dije—. Es un lugar extraño medio cubierto del polvo gris procedente de los campos de flores. Tarda uno en acostumbrarse. Pero el metal es curiosamente flexible, a pesar de ser tan fuerte... ¿Qué? ¿Qué pasa?

—Todas estas cosas —dijo señalando la plaza con un gesto— ¿son de otros planetas?

—Sí —respondí; tenía la palma sudorosa cuando la apreté contra la suya—. A los vendedores extraplanetarios se les permite vender en Voa durante el Festival de la Travesía. Algunos de los artículos son recuperados en búsquedas, claro; si no, no sería Shotet. Darle un nuevo uso a lo desechado, y demás.

Se había detenido en medio de todo aquel caos y se había vuelto hacia mí.

—¿Sabes de dónde viene cada cosa con tan solo mirarla? ¿Has estado en todos estos sitios? —preguntó.

Le eché un vistazo general al mercado. Muchos de los vendedores iban cubiertos de tela de pies a cabeza, en algunos casos de colores chillones y en otros de tonos más apagados; algunos lucían altos tocados para llamar la atención o parloteaban a voz en cuello en un shotet de acento tan marcado que apenas se entendía. De una caseta del extremo salían luces que llenaban el aire de chispas y desaparecían tan deprisa como brotaban. La mujer de la caseta tenía una piel tan pálida que casi brillaba. Otra caseta estaba rodeada de una nube de insectos tan densa que apenas se veía al hombre que estaba sentado tras ella. Me pregunté para qué iba a querer nadie un enjambre de insectos.

—En los nueve planetas nación de la Asamblea, sí —respondí—, pero no, no sé de dónde viene todo. Algunas cosas son obvias, eso sí. Por ejemplo, mira esto…

De pie junto a un mostrador cercano había un delicado instrumento. Era de forma abstracta, diferente según el ángulo desde el que se mirara, compuesto de paneles diminutos de un material iridiscente que tenía un tacto mezcla de cristal y piedra.

—Sintético —dije—. Todo lo que viene de Pitha lo es, ya que está cubierta de agua. Importan materiales de sus vecinos y los combinan…

Le di un toquecito a uno de los paneles, y sonó como si un trueno surgiera del vientre del instrumento. Recorrí con los dedos el resto, y fueron dejando tras ellos una estela de música, como las olas. La melodía era ligera, como mi toque, pero cuando le di un golpecito a uno de los paneles de cristal, sonaron tambores. Cada panel parecía brillar con una luz interior.

—Se supone que simula el sonido del agua, para los viajeros que añoran su planeta —dijo.

Cuando volví a mirarlo, me sonreía, vacilante.

—Te encantan —me dijo—. Todos estos sitios, todas estas cosas.

—Sí —respondí; nunca lo había visto así—. Supongo que sí.

—¿Y Thuvhe? ¿También te encanta?

Cuando pronunció el nombre de su hogar, cómodo con las resbaladizas sílabas con las que yo habría tropezado, me resultó fácil recordar que, aunque hablara shotet con fluidez, no era uno de los nuestros, o no del todo. Había crecido rodeado de escarcha, en una casa iluminada con piedras de quemar. Seguramente seguía soñando en thuvhesita.

—Thuvhe —repetí. Nunca había estado en el país helado del norte, pero sí había estudiado su idioma y su cultura. Había visto fotos y grabaciones—. Flores del hielo y edificios de vidrio emplomado. —A su pueblo le gustaban los intrincados dibujos geométricos y los colores vivos que destacaban sobre la nieve—. Ciudades flotantes y un blanco interminable. Sí, hay cosas de Thuvhe que me encantan.

De repente, pareció afectado. ¿Mis palabras lo habrían hecho añorar su casa?

Aceptó la daga que le había ofrecido y la examinó, probando la punta con el dedo y cogiendo la empuñadura.

—Me has entregado esta arma como si nada —me dijo—, pero podría usarla contra ti, Cyra.

—Podrías intentar usarla contra mí —lo corregí en voz baja—. Pero no creo que lo hagas.

—Creo que quizá te estés engañando sobre mí.

Tenía razón. A veces era demasiado fácil olvidar que era un prisionero en mi casa y que, cuando estaba con él, yo era una especie de carcelera.

Sin embargo, si lo dejaba escapar en aquel mismo instante para que intentara llevarse a su hermano a casa, como él quería, me estaría resignando a regresar a una vida de dolor infinito. No podía ni pensarlo, eran demasiados años, demasiados Uzul Zetsyvis, demasiadas amenazas veladas de Ryzek y demasiadas noches medio borracha a su lado.

Seguí caminando por el pasillo.

—Ha llegado el momento de visitar al cuentacuentos.

Mientras mi padre estaba ocupado convirtiendo a Ryzek en un monstruo, mi educación había quedado en manos de Otega. A veces me vestía de pies a cabeza con una tela gruesa para ocultar las sombras que me quemaban y me llevaba a zonas de la ciudad en las que mis padres nunca me habrían permitido entrar.

Aquel lugar era una de ellas. Estaba en lo más profundo de uno de los barrios más pobres de Voa, donde la mitad de los edificios se estaban cayendo y los otros parecían a punto de seguir el mismo camino. Allí también había mercados, pero más temporales, nada más que filas de artículos dispuestos sobre mantas, de modo que pudieran recogerlos y llevárselos en cualquier momento.

Akos tiró de mí por el codo mientras pasábamos al lado de uno de ellos, una manta morada repleta de botellas blancas. Todavía les quedaba pegamento después de haber arrancado las etiquetas, de modo que se les adhería la pelusilla morada.

—¿Eso son medicinas? —me preguntó—. Parecen de Othyr.

Asentí, apenas capaz de hablar.

—¿Para qué enfermedad? —preguntó.

—Q900X —respondí—. Conocida más coloquialmente como «el tembleque». Ya sabes, porque afecta al equilibrio.

Me miró con el ceño fruncido. Nos detuvimos allí, en el callejón, con el ruido del festival de fondo.

—Esa enfermedad se puede prevenir. ¿No os vacunáis contra ella?

—Entiendes que somos un país pobre, ¿verdad? —repuse frunciendo el ceño a mi vez—. No tenemos exportaciones reales y apenas contamos con los suficientes recursos naturales para mantenernos de forma independiente. Algunos planetas nos envían ayuda, entre ellos

Othyr, pero esa ayuda cae en las manos equivocadas, y se distribuye según el estatus y no según la necesidad.

—Nunca había... Nunca había pensado en ello.

—¿Por qué ibas a hacerlo? No es algo que preocupe en Thuvhe.

—Yo también crecí en una familia rica dentro de un país pobre —dijo—. Es algo que tenemos en común.

Parecía sorprendido de haber descubierto que teníamos algo en común.

—¿No puedes hacer nada por esta gente? —preguntó señalando los edificios que nos rodeaban—. Eres la hermana de Ryzek, ¿no puedes...?

—A mí no me hace caso —respondí a la defensiva.

—¿Lo has intentado?

—Lo dices como si fuera fácil. —Notaba la cara caliente—. Yo me reúno con mi hermano, le pido que reorganice todo su sistema y él va y lo hace.

—No he dicho que fuera fácil...

—Los shotet de clase alta son los que protegen a mi hermano de un alzamiento —repuse cada vez más acalorada—. Y, a cambio de su lealtad, les da medicinas, comida y todos los lujos que no reciben los demás. Si ellos no lo protegen, morirá, y yo, con mi sangre Noavek, con él. ¡Así que, no, no me he embarcado en una gran misión para salvar a los enfermos y a los pobres de Shotet!

Sonaba enfadada, pero por dentro me encogía de vergüenza. La primera vez que Otega me había llevado hasta allí había estado a punto de vomitar por el hedor del cadáver de alguien que había muerto de hambre en uno de los callejones. Otega me había tapado los ojos al pasar junto a él para que no lo viera de cerca. Aquella era yo: el Azote de Ryzek, virtuosa del combate, que vomitaba en presencia de la muerte.

—No debería haber sacado el tema —me dijo tocándome con delicadeza—. Vámonos. Vamos a visitar a ese... cuentacuentos.

Asentí y seguimos caminando.

En lo más profundo del laberinto de callejones estrechos había una puerta baja pintada con intrincados dibujos azules. Llamé y la puerta chirrió al abrirse lo justo para dejar salir un zarcillo de humo blanco que olía a azúcar quemado.

Aquel lugar era un alivio; como algo sagrado. En cierto sentido, quizá lo fuera. Allí era donde Otega me había llevado por primera vez a aprender nuestra historia, hacía muchas estaciones, el primer día del Festival de la Travesía.

Un hombre alto y pálido abrió la puerta; llevaba el pelo tan rapado que le brillaba el cuero cabelludo. Alzó una mano y sonrió.

—Ah, pequeña Noavek —dijo—. Creía que no volvería a verla. ¿Y a quién me trae?

—Este es Akos —respondí—. Akos, este es el cuentacuentos. Al menos, es como prefiere que lo llamen.

—Hola —saludó Akos.

Me di cuenta de que estaba nervioso por el modo en que había cambiado su postura: el soldado había desaparecido.

La sonrisa del cuentacuentos se ensanchó y nos invitó a entrar.

Estábamos en la sala del cuentacuentos. Akos se encorvó para no chocar con el techo arqueado, de cuyo ápice colgaba un orbe de relucientes fenzu. Había una cocina oxidada con una tubería para que los humos salieran por la única ventana de la habitación. Yo sabía que el suelo estaba hecho de tierra compactada, ya que de niña había apartado las insulsas alfombras tejidas para ver qué había debajo. Las duras fibras hacían que me picaran las piernas.

El cuentacuentos nos condujo a una pila de cojines, donde nos acomodamos con gestos un poco torpes, sin soltarnos las manos. Dejé un momento la de Akos para secarme el sudor de la mía en el vestido y, cuando las sombras volvieron a mi cuerpo, el cuentacuentos sonrió de nuevo.

—Ahí están —dijo—. Casi no la había reconocido sin ellas, pequeña Noavek.

Colocó una olla metálica en la mesa que teníamos delante (que, en realidad, eran dos reposapiés —uno de metal y otro de madera— unidos con tornillos), además de un par de tazas vidriadas y disparejas. Yo serví el té. Era de un color morado pálido, casi rosa, y el culpable de que el aire oliera a dulce.

El cuentacuentos se sentó frente a nosotros, al otro lado de la mesa. La pintura blanca de la pared que había por encima de su cabeza se estaba desportillando y dejaba al descubierto la pintura amarilla de debajo, perteneciente a otra época. Sin embargo, allí estaba la omnipresente pantalla de noticias, algo torcida, fijada a la pared cercana a la cocina. Aquel lugar estaba lleno a rebosar de objetos recuperados: la oscura tetera de metal era tepesar, sin duda; la rejilla de la cocina estaba hecha de solería de Pitha; y la ropa del cuentacuentos era tan sedosa como la de cualquier ricachón de Othyr. En la esquina había una silla de origen desconocido, que el cuentacuentos estaba reparando.

—Su compañero... Akos, ¿verdad? Huele a flor del silencio —dijo el hombre, que por primera vez frunció el ceño.

—Es thuvhesita —respondí—. No pretende ser irrespetuoso.

—¿Irrespetuoso? —preguntó Akos.

—Sí, no permito entrar en mi casa a personas que hayan ingerido recientemente flor del silencio o cualquier otra sustancia que altere la corriente —respondió el cuentacuentos—. Aunque son bienvenidos en cuanto abandona su cuerpo. No suelo rechazar para siempre a ningún visitante, al fin y al cabo.

—El cuentacuentos es un líder religioso shotet —le expliqué a Akos—. Los llamamos clérigos.

—¿Es usted un thuvhesita de verdad? —preguntó el cuentacuentos con el ceño fruncido, para después cerrar los ojos—. Seguro que se equivoca, señor. Habla nuestra lengua sagrada como un nativo.

—Creo que sé mejor que nadie cuál es mi hogar —contestó Akos irritado—. Y mi identidad.

—No pretendía ofenderlo. Pero su nombre es Akos, que es un nombre shotet, así que entenderá mi desconcierto. Unos padres thuvhesitas no pondrían a su hijo un nombre con un sonido tan fuerte sin un motivo. ¿Cómo se llaman sus hermanos, por ejemplo?

—Eijeh —respondió Akos en un susurro. Estaba claro que nunca se le había ocurrido pensar en aquella cuestión—. Y Cisi.

Me apretó la mano, creo que sin ser consciente de ello.

—Bueno, no importa —dijo el cuentacuentos—. Está claro que han venido con un propósito, y no tienen demasiado tiempo antes de la tormenta para cumplirlo, así que sigamos. Pequeña Noavek, ¿a qué debo el honor de esta visita?

—Se me ocurrió que podrías contarle a Akos la historia que me contaste de niña —respondí—. A mí no se me da bien contar historias.

—Sí, me doy cuenta.

El cuentacuentos recogió la taza del suelo, que había dejado junto a sus pies descalzos. El aire del exterior era fresco, pero allí dentro hacía calor, casi demasiado.

—En cuanto a la historia, en realidad no tiene un principio. No nos habíamos percatado de que nuestra lengua era profética, que la llevábamos en la sangre, porque siempre estábamos juntos, moviéndonos todos a una por la galaxia, como nómadas. No teníamos hogar ni permanencia. Seguíamos la corriente a través de la galaxia hasta donde quisiera llevarnos. Creíamos que esa era nuestra obligación, nuestra misión.

El cuentacuentos bebió un sorbo de su té, se sentó y agitó los dedos en el aire. La primera vez que lo había visto hacer aquel gesto, se me había escapado una risita creyendo que actuaba de un modo extraño, pero ahora sabía lo que iba a pasar: unas formas tenues como la bruma aparecieron frente a él. Eran borrosas; no estaban iluminadas como los hologramas de la galaxia que habíamos visto antes, pero la imagen era la misma: planetas dispuestos alrededor de un sol, envueltos en una línea de corriente blanca.

Akos abrió como platos sus ojos grises, que eran del mismo color que casi todo el humo.

—Entonces, uno de los oráculos tuvo una visión: que nuestra familia reinante nos conduciría a un hogar estable. Y lo hizo: a un planeta frío y deshabitado al que llamamos Urek porque significa «vacío».

—Urek —repitió Akos—. ¿Ese es el nombre que dan los shotet a nuestro planeta?

—Bueno, no esperarías que llamáramos Thuvhe a todo, como tu gente, ¿no? —repuse resoplando.

Thuvhe era el nombre oficial y reconocido por la Asamblea para nuestro planeta, en el que vivían tanto los thuvhesitas como los shotet. Pero eso no quería decir que tuviéramos que llamarlo así.

La ilusión del cuentacuentos cambió y se concentró en un solo orbe de denso humo.

—La corriente era más intensa aquí que en ningún otro lugar en el que hubiéramos estado. Sin embargo, no deseábamos olvidar nuestra historia, nuestra transitoriedad, nuestra costumbre de recuperar objetos rotos, así que empezamos a salir de travesía. Cada estación, todos los que estábamos en buenas condiciones físicas regresábamos a la nave que nos había transportado por la galaxia durante tanto tiempo y volvíamos a seguir la corriente.

De no haber estado sosteniendo la mano de Akos, habría sentido el zumbido de la corriente por el cuerpo. No siempre pensaba en ello porque con ese zumbido llegaba el dolor, pero era lo que teníamos en común todas las personas de la galaxia. Bueno, todas menos la que se sentaba a mi lado.

Me pregunté si Akos lo echaría de menos, si recordaba lo que se sentía.

La voz del cuentacuentos empezó a volverse grave y oscura mientras continuaba hablando.

—Pero durante una de esas travesías, los que se habían asentado al norte de Voa para cosechar las flores del hielo, los que se llamaban a sí mismos thuvhesitas, se aventuraron demasiado al sur. Llegaron a nuestra ciudad y vieron que habíamos dejado allí a muchos de nuestros niños, a la espera de que regresaran sus padres de la travesía. Así que robaron a nuestros hijos de sus camas, de sus comedores, de sus calles.

Raptaron a nuestros pequeños y se los llevaron al norte como prisioneros y criados.

Pintó con los dedos una calle llana y la tosca figura de una persona que corría por ella, perseguida por una nube. Al final de la calle, la nube engulló a la figura.

—Cuando nuestros navegantes volvieron a casa y descubrieron que los niños habían desaparecido, declararon la guerra para recuperarlos. Sin embargo, no estaban entrenados para la batalla, solo para la búsqueda y la vida nómada, así que miles de ellos murieron. Después de aquello, creímos perdidos a nuestros niños para siempre —dijo—. Pero, una generación después, en una travesía, uno de los nuestros se aventuró solo por el planeta Othyr, y allí, entre aquellos que no conocían nuestro idioma, una niña habló con él en shotet. Era la hija de un prisionero thuvhesita: iba a recoger algo para sus amos y ni siquiera se dio cuenta de que había usado una lengua en vez de la otra. La niña fue recuperada, traída de vuelta a su hogar. —Ladeó la cabeza—. Y entonces nos alzamos, nos convertimos en soldados para que nunca más pudieran vencernos.

Mientras susurraba, mientras desaparecía el humo de sus ilusiones, los tambores del centro de la ciudad sonaron cada vez con más fuerza, y los tambores del barrio pobre se unieron a ellos. Retumbaron y vibraron, y yo miré al cuentacuentos y abrí la boca.

—Es la tormenta —dijo él—. En el momento oportuno, porque mi historia ya ha terminado.

—Gracias —respondí—. Siento...

—Adelante, pequeña Noavek —me interrumpió el cuentacuentos con una sonrisa torcida—. No se lo pierda.

Agarré a Akos por el brazo y lo puse de pie. Él estaba mirando al cuentacuentos con el ceño fruncido. No había tocado la taza de dulce té morado que le había servido, y tuve que tirar de él con fuerza para que me siguiera por los escalones de la casa para salir al callejón. Incluso desde allí se veía la nave que se acercaba flotando a Voa, a lo lejos. Incluso a tanta distancia, conocía su forma tan bien como en otros tiempos había conocido la silueta de mi madre. El modo en que se inclinaba el vientre y se estrechaba el morro. Sabía de qué búsquedas habían salido sus irregulares planchas por lo gastadas que estaban o por sus tintes, ya fueran de color naranja, azul o negro. Nuestra nave de retazos, lo bastante grande como para cubrir Voa entera con su sombra.

A nuestro alrededor, toda la ciudad prorrumpió en vítores.

Por inercia, alcé la mano libre al cielo. Un ruido fuerte y agudo, como el restallido de un látigo, surgió de algún punto cercano a la puerta de la bodega de la nave, y unas venas de color azul oscuro brotaron de ella en todas direcciones, envolviendo las mismas nubes o formando nubes nuevas. Era como tinta derramada en el agua, primero separada, para después mezclarse y fundirse hasta que la ciudad quedó cubierta bajo una manta de niebla azul oscuro. El regalo que nos ofrecía la nave.

Entonces, como todas las estaciones de mi vida, empezó a llover azul.

Con la mano de Akos bien sujeta en la mía, extendí la palma de la otra mano para recoger parte del azul. Era oscuro y las gotas me dejaban una tenue mancha en cada centímetro de piel por el que rodaban. Las personas que estaban al final del callejón se reían, sonreían, cantaban y se contoneaban. Akos tenía la barbilla echada hacia atrás; primero miró el vientre de la nave y después se miró la mano, el azul que le corría por los nudillos. Nuestros ojos se encontraron. Yo me estaba riendo.

—El azul es nuestro color favorito —dije—. El color del flujo de la corriente durante la búsqueda.

—De pequeño también era mi color favorito —repuso él, sorprendido—, aunque en Thuvhe todos lo odian.

Cogí el agua azul que había reunido en la mano y se la extendí por la mejilla, dejándosela más oscura. Akos escupió una parte en el suelo. Yo arqueé las cejas, esperando su reacción. Él sacó la mano, recogió un chorro de agua que caía del tejado de un edificio y se abalanzó sobre mí.

Corrí por el callejón, aunque no lo bastante deprisa para evitar que el agua fría me resbalara por la espalda, mientras dejaba escapar un chillido infantil. Lo agarré del brazo por el codo y corrimos juntos a través de la muchedumbre que cantaba, dejando atrás ancianos que se balanceaban, hombres y mujeres que bailaban demasiado pegados e irritados visitantes de otros planetas que intentaban proteger del agua azul sus artículos en el mercado. Saltamos en los charcos de color azul reluciente y nos empapamos la ropa. Y, por una vez, los dos reímos.

CAPÍTULO 12 | CYRA

Aquella noche me restregué las manchas azules de la piel y el pelo, y después me uní a Akos en la encimera de la botica para preparar el analgésico que me permitiría dormir. No le pregunté qué opinaba de la versión de la historia de Shotet que nos había narrado el cuentacuentos, en la que se culpaba a Thuvhe, no a Shotet, de las hostilidades entre nuestros pueblos. No me ofreció su reacción. Cuando terminamos el analgésico, me lo llevé a mi cuarto, me senté en el borde de la cama y me lo bebí. Y eso es lo último que recordaba.

Cuando desperté, estaba tendida de lado en la cama, encima de las mantas. Junto a mí se encontraba la taza de analgésico medio vacía, volcada, y las sábanas manchadas de morado allí donde se había derramado el líquido. Empezaba a amanecer, a juzgar por la luz pálida que entraba a través de las cortinas.

Me levanté con el cuerpo dolorido.

—¿Akos?

El té me había dejado inconsciente. Me apreté la frente con la mano. Pero yo le había ayudado a prepararlo; ¿lo había hecho demasiado fuerte? Recorrí el pasillo dando tumbos y llamé a su puerta. No, no podía haberlo hecho demasiado fuerte; yo solo había cortado los tallos de sendes. El resto había sido cosa de Akos.

Me había drogado.

Nadie me abrió la puerta, así que la abrí. La habitación de Akos estaba vacía y los cajones, abiertos. No había ni rastro de su ropa, ni de la daga.

Había sospechado de su amabilidad cuando me había engatusado para salir de la casa, y con razón.

Me tiré del pelo hacia atrás y me lo até para apartármelo de la cara. Regresé a mi dormitorio y me puse las botas sin molestarme en atar los cordones.

Me había drogado.

Me di media vuelta y palpé la pared del fondo en busca del panel que habíamos empujado el día anterior para salir de la casa: había un pequeño hueco entre el panel y el resto de la pared. Apreté los dientes para reprimir el dolor. Akos me había propuesto salir de casa con él para que le enseñara cómo escaparse. Y yo lo había armado con aquel cuchillo zoldano, había confiado en él para que me preparara la poción, y ahora... Ahora sufriría por ello.

«Creo que quizá te estés engañando sobre mí», me había dicho.

«El honor no tiene cabida en la supervivencia», le había enseñado yo.

Salí al pasillo hecha una furia. Ya había un guardia caminando hacia mí, así que me apoyé en la puerta para prepararme. ¿Qué iba a decirme? No sabía qué era mejor, si descubrir que Akos había escapado o que lo habían capturado.

El guardia se detuvo justo antes de llegar a la puerta y me saludó con la cabeza. Era uno de los más bajos y jóvenes, y tenía cara de niño, a pesar de ir armado con una hoja. Uno de los que todavía se me quedaban mirando los brazos con ojos como platos cuando las líneas oscuras se extendían por ellos.

—¿Qué? —le solté apretando los dientes. El dolor había regresado y era casi tan malo como después de torturar a Uzul Zetsyvis—. ¿Qué pasa?

—El mayordomo del soberano, Vas Kuzar, me envía a informarla de que anoche descubrieron a su criado intentando huir con su hermano. En estos momentos está encerrado a la espera del castigo que le asigne el soberano. Vas solicita su presencia en una audiencia privada, dentro de dos horas, en la Sala de Armas.

Con su hermano. Eso significaba que Akos también había encontrado el modo de liberar a Eijeh. Recordé los gritos de Eijeh después de llegar aquí y me estremecí.

Acudí a la «audiencia privada» vestida con mi armadura completa, como un soldado. Ryzek había dejado bajadas las cortinas de la Sala de Armas, de modo que estaba oscura como la noche, iluminada por la tenue luz de los fenzu del techo. Él se encontraba en la tarima, con las manos a la espalda, contemplando las armas que colgaban de la pared, sobre su cabeza. No había nadie más en la sala. Todavía.

—Esta era la preferida de nuestra madre —dijo mientras se cerraba la puerta.

Tocó el bastón de corriente que estaba colgado de la pared, en diagonal. Era una vara larga y estrecha con hojas en cada extremo. Cada una de las hojas tenía una barra de canalización, de modo que, si el arma tocaba la piel, oscuras sombras de corriente envolvían todo el artilugio, de una punta a la otra. Medía casi lo mismo que yo.

—Una elección elegante —comentó Ryzek, todavía sin volverse hacia mí—. Más para impresionar que otra cosa; ¿sabías que nuestra madre no era especialmente buena en combate? Me lo contó nuestro padre. Sin embargo, era lista, una auténtica estratega. Conocía su punto débil y buscaba el modo de evitar los altercados físicos.

Se volvió. Esbozaba una sonrisa engreída.

—Deberías parecerte más a ella, hermana. Eres una luchadora excelente, pero esto de aquí arriba... —añadió dándose unos toquecitos en la sien—. Bueno, no es tu punto fuerte.

Las sombras se movieron más deprisa bajo mi piel, espoleadas por la rabia. Pero mantuve la boca cerrada.

—¿Le diste un arma a Kereseth? ¿Lo llevaste a través de los túneles? —dijo Ryzek sacudiendo la cabeza—. ¿Te quedaste dormida mientras él escapaba?

—Me drogó —respondí lacónica.

—¿Ah, sí? ¿Y cómo lo hizo? —preguntó Ryzek como si nada, sin dejar de sonreír—. ¿Te sujetó contra la cama y te echó la poción en la boca? Creo que no. Creo que te la bebiste confiadamente. Que te bebiste una droga potente preparada por tu enemigo.

—Ryzek… —empecé a protestar.

—Has estado a punto de costarnos nuestro oráculo —me soltó él—. Y ¿por qué? Porque fuiste lo bastante tonta como para encariñarte del primer analgésico que se te ponía delante.

No se lo discutí. Se había pasado mucho tiempo buscando un oráculo por la galaxia, tanto con mi padre como sin él. En una noche, ese oráculo había estado a punto de escapar. Por mi culpa. Y quizá Ryzek tuviera razón. Quizá el ápice de confianza que me había inspirado Akos y la atracción que había sentido por él se debieran, simplemente, a que me ofrecía alivio. A que me sentía tan agradecida por aquel descanso del dolor (y del aislamiento) que mi corazón se había ablandado. Había sido una estúpida.

—No puedes culparlo por querer rescatar a su hermano ni por querer salir de aquí —dije mientras la voz se me quebraba debido al miedo.

—No lo entiendes, ¿verdad? —repuso Ryzek riéndose un poco—. Los demás siempre van a querer cosas que nos destruirían, Cyra. Eso no significa que les permitamos hacerlas.

Después señaló a un lado del cuarto.

—Quédate ahí y no digas ni una palabra. Te he traído para que seas testigo de lo que sucede cuando no mantienes bajo control a tus criados.

Yo estaba temblando, ardiendo, y me sentía como debajo de un dosel de enredaderas, marcada por sus sombras. Me dirigí dando tumbos a un lado de la sala, abrazándome con fuerza. Oí a Ryzek dar la orden de que entraran.

Las enormes puertas del otro extremo del cuarto se abrieron, y Vas fue el primero en entrar, con la armadura puesta y los hombros echados hacia atrás. Detrás de él, flanqueada por soldados, apareció la figura encorvada y tambaleante de Akos Kereseth. Tenía media cara cubierta de la sangre que manaba de un corte en la ceja, el rostro hinchado y el labio partido. Ya le habían dado una paliza, pero lo cierto es que había aprendido a soportarlas.

A continuación entró Eijeh, al que también habían apaleado. Sangraba, pero había algo más en él: estaba... vacío. Se le veía el rostro áspero, cubierto por una barba desigual, y estaba demacrado. Parecía una sombra del joven al que había visto desde mi escondite hacía dos estaciones.

Me llegó el ruido de la respiración de Akos, entrecortada. Pero se irguió al ver a mi hermano.

—Vaya, vaya, menuda pinta que tienes —comentó Ryzek mientras bajaba poco a poco los escalones—. ¿Hasta dónde llegó, Vas? ¿Más allá de la valla?

—Ni siquiera. Lo atrapamos en las cocinas, saliendo de los túneles.

—Bueno, deja que te aclare tu error de cálculo para futuras ocasiones, Kereseth —dijo mi hermano—. Solo porque mi difunta madre adorara el aspecto anticuado de esta casa, no quiere decir que después de su muerte no la equipara con las medidas de seguridad más avanzadas que pude encontrar. Incluidos sensores de movimiento cerca de las habitaciones más vigiladas, como la de tu hermano.

—¿Por qué sigue aquí? —preguntó Akos sin dejar de apretar los dientes—. ¿Seguro que tiene un don? ¿O será que tú se lo has arrebatado matándolo de hambre?

Vas le dio una bofetada con el dorso de la mano con un gesto casual, como si le diera pereza. Akos cayó al suelo sujetándose la mejilla.

—Akos —dijo Eijeh, y su voz era como el roce de una mano—. No.

—¿Por qué no se lo cuentas, Eijeh? —intervino Ryzek—. ¿Has desarrollado un don?

Akos miró a su hermano a través de los dedos. Eijeh cerró los ojos un momento y, cuando los abrió de nuevo, asintió.

—El oráculo que se alza —murmuró Akos en shotet.

Al principio no supe a qué se refería, ya que se trataba de una frase que nosotros no usábamos. Pero los thuvhesitas tenían un nombre para cada uno de los tres oráculos: el que cae, que estaba a punto de retirarse; el sedente, que anunciaba sus profecías desde el templo; y el que se alza, que empieza a desarrollar todo su poder.

—No te equivocas si supones que no he sido capaz de obligarlo a usar su don en mi beneficio —dijo Ryzek—. Así que voy a quitárselo.

—¿Quitárselo? —preguntó Akos repitiendo lo que yo pensaba.

Ryzek dio un paso hacia Akos y se agachó frente a él, con los codos apoyados en las rodillas.

—¿Sabes cuál es mi don? —preguntó alegremente.

Akos no respondió.

—Explícaselo, Cyra, querida —me pidió mi hermano mientras me señalaba con la cabeza—. Tú lo conoces de primera mano.

Akos se apoyó en una mano y alzó la mirada para buscar la mía. En sus ojos había lágrimas que se mezclaban con la sangre de su rostro.

—Mi hermano puede intercambiar recuerdos —respondí con voz hueca, porque así me sentía—. Te da uno de los suyos y, a cambio, te quita uno de los tuyos.

Akos se quedó inmóvil.

—Nuestros dones tienen su origen en quiénes somos —dijo Ryzek—. Y es el pasado lo que nos forja. Si le quitas a una persona sus recuerdos, le quitas lo que le dio forma. Le quitas su don. Y por fin… —Ryzek recorrió con un dedo el rostro de Akos, recogiendo su sangre, y después la restregó entre el pulgar y el índice, como si quisiera examinarla—. Por fin dejaré de depender de otra persona para conocer el futuro.

Akos se abalanzó sobre Ryzek con las manos extendidas, tan deprisa que los soldados no pudieron detenerlo. Apretó el pulgar contra el lateral del cuello de Ryzek mientras le sujetaba el brazo derecho con el otro y le enseñaba los dientes como un animal.

Vas tardó pocos segundos en echársele encima y tirar de él por la camisa antes de darle un fuerte puñetazo en las costillas. Una vez que Akos estuvo tumbado boca arriba en el suelo, le puso un pie en el cuello y arqueó las cejas.

—Uno de mis soldados te hizo esto mismo una vez —dijo Vas—, antes de que matara a tu padre. Entonces fue bastante eficaz. Quédate quieto o te aplasto la tráquea.

Akos se sacudió una vez, pero dejó de forcejear. Ryzek se levantó y se masajeó el cuello; luego se sacudió el polvo de los pantalones y comprobó las correas de su armadura. Por último, se acercó a Eijeh. Los soldados que habían acompañado a Akos flanqueaban ahora a Eijeh y cada uno de ellos lo sujetaba firmemente por un brazo. Como si fuera necesario. Eijeh parecía tan aturdido que me sorprendía que siguiera despierto.

Ryzek alzó ambas manos y las colocó sobre la cabeza de Eijeh; estaba concentrado y ansioso. Ansioso por encontrar una vía de escape.

No fue un gran espectáculo, nada más que Ryzek y Eijeh unidos por las manos del primero, mirándose a los ojos durante mucho tiempo.

La primera vez que vi a Ryzek hacerlo era demasiado pequeña para entender lo que pasaba, pero sí que recordaba haber tardado un instante en intercambiar un recuerdo. Los recuerdos eran imágenes fugaces, no tan nítidos como la realidad, y me parecía extraño que algo tan importante, tan esencial para una persona, pudiera desaparecer tan deprisa.

Sin aliento, no podía hacer más que observar.

Cuando Ryzek soltó a Eijeh tenía una expresión extraña, perpleja. Dio un paso atrás y miro a su alrededor como si no supiera bien dónde estaba. Se palpaba el cuerpo como si no supiera bien quién era. Me pregunté si se habría parado a considerar lo que le supondría intercambiar sus recuerdos o si había dado por sentado que tenía una personalidad tan potente que con eso le bastaba.

Mientras tanto, Eijeh miraba la Sala de Armas como si acabara de reconocerla. ¿Me estaba imaginando la familiaridad con la que observaba los escalones que subían a la tarima?

Ryzek hizo un gesto con la cabeza a Vas para que quitara el pie del cuello de Akos. Vas obedeció. Akos se quedó tumbado, mirando a Ryzek, que se volvió a agachar a su lado.

—¿Todavía te ruborizas con tanta facilidad? —le preguntó mi hermano en voz baja—. ¿O se te acabó pasando al crecer?

Akos hizo una mueca.

—No volverás a faltarme el respeto con tus estúpidos planes de huida —siguió diciendo—, y tu castigo para este primer y único intento será que mantendré a tu hermano a mi lado, arrebatándole un pedacito tras otro hasta que se convierta en alguien al que no desees rescatar.

Akos apretó la frente contra el suelo y cerró los ojos.

Y con razón: Eijeh Kereseth podía darse por perdido.

CAPÍTULO 13 | CYRA

Aquella noche no me tomé el analgésico. No podía seguir confiando en Akos para que me lo preparara y lo cierto es que todavía no me atrevía a hacerlo sola.

Cuando regresé a mi cuarto, encontré sobre la almohada la daga que le había entregado a Akos. Supuse que la habría dejado Ryzek, a modo de advertencia. Cerré el cuarto de Akos desde fuera.

Costaba saber si era yo la que había dejado de hablar con él o él el que había dejado de hablar conmigo. En cualquier caso, no intercambiábamos palabras. El Festival de la Travesía seguía su curso a nuestro alrededor, y a mí me mandaron llamar para que estuviera al lado de mi hermano, en silencio y manchada de oscuridad, en algunas de las festividades. Akos permanecía detrás de mí, obligado a tocarme de vez en cuando, con la mirada perdida. Cada vez que su piel rozaba la mía para aliviarme, lo primero que hacía yo era dar un respingo; había perdido toda mi confianza en él.

La mayor parte del tiempo la pasaba en la arena, presidiendo los desafíos junto a Ryzek. Los desafíos de la arena (luchas en público de uno contra uno) eran una antigua tradición shotet que, en su origen, habían nacido como un deporte con el que pulir nuestra habilidad para el combate en los tiempos en los que éramos débiles y el resto de la galaxia, casi al completo, abusaba de nosotros. Ahora, durante la semana del Festival de la Travesía, era legal desafiar en combate a prácticamente cualquier persona con la que se tuviera un problema, ya fuera hasta que uno de los dos se rindiera o hasta la muerte.

Sin embargo, una persona no podía desafiar a otra cuya posición social (decidida de forma arbitraria por Ryzek o por alguien a quien él hubiera nombrado) fuese superior. Por tanto, la gente a menudo decidía provocar a sus verdaderos enemigos atacando a las personas de su entorno, amigos y seres queridos, hasta que el otro lo desafiaba. A medida que avanzaba el festival, las luchas se hacían más sangrientas y mortíferas.

Así que soñaba con muerte y la muerte ocupaba mis días.

El día después de cumplir las dieciséis estaciones, el día antes de subir a bordo de la nave de la travesía y cinco días después de que Ryzek empezara a intercambiar recuerdos con Eijeh, Akos Kereseth recibió la armadura que se había ganado hacía tiempo, en el campamento militar.

Ya había terminado mis carreras en el gimnasio, así que daba vueltas de un lado a otro de mi cuarto mientras recuperaba el aliento y el sudor me goteaba por la nuca. Vas llamó al marco de la puerta; llevaba una armadura abrillantada colgando de una de las manos.

—¿Dónde está Kereseth? —preguntó.

Lo llevé al final del pasillo y abrí la puerta de Akos, que estaba sentado en la cama. A juzgar por su mirada desenfocada, estaba drogado con flor del silencio, que ahora consumía pétalo a pétalo, cruda. Las guardaba en los bolsillos.

Vas le lanzó la armadura a Akos, que la cogió con ambas manos. La sujetó como si fuera a romperse, mirándola por delante y por detrás mientras recorría con los dedos cada uno de los paneles azul oscuro.

—Me cuentan que te la ganaste la estación pasada, cuando entrenabas con Vakrez —dijo Vas.

—¿Cómo está mi hermano? —preguntó Akos con voz ronca.

—Ya no necesita un candado para su habitación —respondió Vas—: se queda en ella por voluntad propia.

—Eso es mentira. No puede ser verdad.

—Vas, vete —le dije.

Sabía reconocer la tensión en el aire cuando la veía y no me apetecía ser testigo de lo que pudiera ocurrir si estallaba.

Vas ladeó la cabeza para mirarme, pero después hizo una pequeña reverencia y se fue.

Akos alzó la armadura para verla a la luz. Estaba hecha a su medida, con correas ajustables para adaptarse a su inevitable crecimiento, flexibilidad en la zona de la caja torácica y acolchado adicional sobre el estómago, que era el punto que siempre se olvidaba de proteger cuando entrenábamos. Disponía de una funda integrada en el hombro derecho, de modo que pudiera desenvainar el cuchillo por encima de la cabeza con la mano izquierda. Era un gran honor vestir aquella clase de armadura, sobre todo siendo tan joven.

—Voy a encerrarte otra vez —avisé.

—¿Hay algún modo de deshacer lo que ha hecho Ryzek? —preguntó Akos como si no me hubiera escuchado.

Parecía haber perdido la fuerza necesaria para levantarse. Se me pasó por la cabeza no contestar.

—Aparte de pedirle a Ryzek amablemente que le devuelva los recuerdos y rezar porque tenga un día generoso, no.

Akos se levantó y se puso la armadura por la cabeza. Cuando intentó apretar la primera correa sobre la caja torácica, hizo una mueca y sacudió la mano. Las correas estaban fabricadas con el mismo material que el resto, y costaba manipularlas. Apreté la correa entre los dedos y tiré de él hacia mí. Yo ya los tenía encallecidos.

Le di un tirón a la correa, moviéndola adelante y atrás hasta que la tuvo bien ajustada.

—No pretendía involucrarte —dijo Akos en voz baja.

—Oye, no me tomes por tonta —repuse bruscamente—. Manipularme era esencial para tu plan, y es justo lo que me esperaba.

Terminé con las correas y di un paso atrás. «Oh», pensé. Era alto, muy alto, y fuerte, con el añadido de la armadura; la piel azul oscuro de la criatura que había cazado todavía tenía un tono intenso. Era como un soldado shotet, como alguien a quien yo podría haber deseado, de haber encontrado el modo de confiar el uno en el otro.

—Vale, mi intención era involucrarte —dijo en el mismo tono de voz—. Pero no esperaba sentirme mal por ello.

Se me formó un nudo en la garganta. No sabía por qué. No le hice caso.

—Y ahora quieres que te ayude a sentirte menos mal, ¿no es eso? —repuse.

Antes de que pudiera responder, salí y cerré la puerta.

Ante nosotros estaban las polvorientas calles de Voa, detrás de una alta valla metálica. Una enorme multitud chillona nos esperaba al otro lado. Ryzek salió de la casa con su brazo, largo y pálido, alzado para saludarlos, y ellos dejaron escapar un grito disonante.

El Festival de la Travesía casi había tocado a su fin. Aquel día, todos los shotet en buenas condiciones físicas que hubieran superado nuestra mayoría de edad subirían a bordo de la nave de la travesía y, poco después, dejaríamos atrás el planeta.

Vas salió detrás de Ryzek y después, vestido con una camisa blanca limpia y con aspecto de estar más despierto que nunca, Eijeh. Caminaba con los hombros erguidos y amplias zancadas, como si fuera más alto, mientras esbozaba una ligera sonrisa. Su mirada pasó por encima de su hermano y examinó las calles que se encontraban más allá de la mansión de los Noavek.

—Eijeh —dijo Akos con la voz rota.

A Eijeh le traicionó el rostro y pareció reconocer a su hermano, como si lo hubiera vislumbrado de lejos. Me volví hacia Akos.

—Después —le ordené con autoridad mientras lo agarraba por la pechera de la armadura. No podía consentir que se derrumbara mientras todos nos observaban—. Ni aquí ni ahora, ¿vale?

Lo solté antes de alejarme y vi que tragaba saliva con dificultad. Tenía una peca bajo la mandíbula, cerca de la oreja; no me había dado cuenta hasta entonces.

Sin quitarle la vista de encima a Eijeh, Akos asintió.

Ryzek bajó los escalones y todos lo seguimos. La nave de la travesía proyectaba su sombra sobre nosotros y sobre el resto de Voa. La ciudad que nos rodeaba era producto de muchas décadas de viajes por la galaxia, un mosaico de viejas estructuras de piedra reforzadas con arcilla y nueva tecnología recuperada de otras culturas y tierras: edificios bajos con agujas de cristal en lo alto que reflejaban imágenes de otros planetas; polvorientas calles de tierra compactada sobre las cuales flotaban lustrosas naves reflectantes; carretas callejeras en las que se vendían talismanes canalizadores de la corriente, junto a otras en las que se vendían implantes de pantalla que podían meterse bajo la piel.

Aquella mañana, entre oleadas de dolor, me había pintado los ojos con raya y sombra azul, y me había trenzado el pelo. Llevaba la armadura que había ganado en los límites de la División cuando era más pequeña y el protector en el antebrazo izquierdo.

Volví la vista atrás para mirar a Akos. Él también llevaba la armadura, por supuesto, con unas botas negras nuevas y una camiseta gris de manga larga que se le ajustaba demasiado a los antebrazos. Parecía asustado. Aquella mañana, al dirigirnos a la entrada de la mansión, me había dicho que nunca antes había salido del planeta. Y, encima, allí estaba Eijeh, cambiado, caminando justo delante de nosotros. Había mucho que temer.

Cuando cruzamos la puerta, le hice un gesto con la cabeza y él me soltó el brazo. Aquella era mi undécima Procesión y quería llegar a la nave de la travesía por mis propios medios.

El recorrido pasó volando, como en un sueño. Gritos, aplausos, los dedos de Ryzek tocando las manos extendidas para apretarlas. Su risa, mi aliento, las manos temblorosas de Akos. Polvo en el aire, mezclado con el humo de la comida que se cocinaba.

Por fin llegué a la nave de transporte, donde Eijeh y Vas ya estaban esperando. Eijeh se ajustaba las correas con la destreza de alguien que lo ha hecho una docena de veces antes. Tiré de Akos hacia uno de los asientos traseros con la esperanza de mantenerlo alejado de su hermano. Un enorme rugido surgió de la multitud cuando Ryzek saludó desde la puerta.

Justo después de cerrarse la compuerta, Eijeh se dejó caer entre las correas que lo sujetaban al asiento; tenía los ojos muy abiertos, pero la mirada perdida, como si contemplara algo que el resto de nosotros no podía ver. Ryzek, que se había estado ajustando su arnés de seguridad, lo desabrochó y se echó hacia delante, hasta colocar el rostro a pocos centímetros del de Eijeh.

—¿Qué pasa? —preguntó Ryzek.

—Una visión. Problemas —respondió Eijeh—. Un acto de desafío. Público.

—¿Evitable?

Era como si hubieran tenido aquella misma conversación antes. Quizá fuera así.

—Sí, pero, en este caso, deberías dejar que suceda —respondió Eijeh, ahora concentrado en Ryzek—. Puedes usarlo en tu beneficio. Tengo un plan.

Ryzek entornó los ojos.

—Cuéntamelo.

—Lo haría, pero tenemos público —repuso Eijeh, y señaló con la cabeza la parte de atrás de la nave, donde Akos estaba sentado frente a mí.

—Sí, tu hermano es una molestia, ¿verdad? —comentó Ryzek chasqueando la lengua.

Eijeh no lo desmintió. Se echó atrás en el asiento y cerró los ojos cuando despegamos.

El muelle de carga de la nave de la travesía era uno de mis lugares preferidos: amplio y abierto, un laberinto de metal. Ante nosotros se encontraba una flota de naves de transporte listas para llevarnos a la superficie de un planeta. En aquel momento estaban impolutas, pero no tardarían en regresar cubiertas de tierra, humo, lluvia y polvo de estrellas, como insignias de los sitios que habían visitado.

No eran redondas y achaparradas como los vehículos flotantes de pasajeros, ni dentadas y descomunales, como la nave de la travesía, sino lisas y lustrosas, como pájaros atrapados en plena caída en picado, con las alas plegadas hacia atrás. Eran multicolores, compuestas por distintos metales, y lo bastante grandes para transportar a seis pasajeros, como mínimo, aunque algunas eran mayores.

Los mecánicos, vestidos con monos azul oscuro, rodearon nuestra nave cuando aterrizó. Ryzek fue el primero en salir; saltó antes incluso de que terminaran de bajar los escalones que descendían desde la compuerta.

Akos se había puesto de pie y había apretado tanto los puños que se le veían sobresalir los tendones por encima de los nudillos.

—¿Sigues ahí dentro? —le preguntó a Eijeh en voz baja.

Eijeh suspiró y se metió una uña debajo de otra. Lo observé con atención. Ryzek estaba obsesionado con llevar las uñas limpias y habría preferido romperse una antes que permitir que se le metiera suciedad debajo. Aquel gesto de limpiarse las uñas, ¿era algo que también pertenecía a Eijeh o era de Ryzek, una prueba de la transformación de Eijeh? ¿Hasta qué punto llevaba Eijeh Kereseth dentro a mi hermano?

—No sé a qué te refieres —contestó.

—Sí que lo sabes. —Akos apoyó una mano en el pecho de su hermano y lo empujó contra la pared de metal de la nave, no con violencia, sino con premura. Luego se inclinó sobre él—. ¿Me recuerdas? ¿A Cisi? ¿A papá?

—Recuerdo… —Eijeh parpadeó despacio, como si acabara de despertar—. Recuerdo tus secretos. —Miró a Akos con el ceño fruncido—. El tiempo que hurtabas con nuestra madre por las noches mientras los demás nos íbamos a dormir. Que me seguías todo el tiempo porque no podías arreglártelas solo. ¿Te refieres a eso?

Las lágrimas asomaron a los ojos de Akos.

—Eso no es todo —dijo—. Eso no es lo único que soy para ti. Tienes que saberlo. Eres...

—Basta —lo interrumpió Vas, que se acercó a la parte de atrás de la nave—. Tu hermano se viene conmigo, Kereseth.

A Akos se le crisparon las manos; estaba deseando estrangularlo. Ahora era tan alto como Vas, así que sus ojos se encontraban a la misma altura, pero el shotet era el doble de corpulento que él. Vas era una máquina de guerra, un hombre de puro músculo. Ni siquiera era capaz de imaginármelos a los dos luchando; lo único que veía era a Akos en el suelo, inmóvil.

Akos se abalanzó sobre él, y yo sobre Akos. Ya estaba a punto de tocar el cuello de Vas con los dedos cuando llegué hasta ellos y los separé, una mano sobre cada pecho. Funcionó por el factor sorpresa y no por mi fuerza; los dos retrocedieron y yo me interpuse entre ambos.

—Ven conmigo —ordené a Akos—. Ahora.

Vas se rio.

—Será mejor que le hagas caso, Kereseth. Lo que esconde bajo esa protección del brazo no son tatuajes de corazoncitos.

Después agarró a Eijeh por el brazo y, juntos, salieron de la nave. Esperé hasta dejar de oír sus pasos antes de retroceder.

—Es uno de los mejores soldados de Shotet —le dije a Akos—. No seas idiota.

—No tienes ni idea —me espetó él—. ¿Alguna vez te ha importado alguien lo bastante como para odiar a la persona que te lo ha arrebatado, Cyra?

Me vino a la cabeza una imagen de mi madre con la vena de la frente hinchada, como le sucedía siempre que se enfadaba. Estaba regañando a Otega por llevarme a las zonas peligrosas de la ciudad durante nuestras lecciones o por cortarme el pelo hasta la barbilla, no lo recordaba. La había querido incluso en aquellos momentos porque sabía que estaba prestándome atención, no como mi padre, que ni siquiera me miraba a los ojos.

—Atacar a Vas por lo que le ha sucedido a Eijeh solo servirá para que tú acabes herido y yo, ultrajada. Así que come un poco de flor del silencio y contrólate antes de que te lance al vacío por la compuerta del muelle de carga.

Por un momento pareció a punto de negarse, pero entonces, temblando, se metió una mano en el bolsillo y sacó uno de los pétalos de flor del silencio que guardaba allí. Se lo metió en la boca y lo apretó contra el interior de la mejilla.

—Bien —le dije—. Hora de irse.

Saqué el codo y él me lo rodeó con una mano. Juntos recorrimos los pasillos vacíos de la nave de la travesía, que eran de metal pulido y estaban llenos de ecos de voces y pasos lejanos.

Mis aposentos en la nave de la travesía no se parecían en nada a mi ala de la mansión de los Noavek: los de la mansión tenían suelos oscuros y brillantes, y paredes blancas, impersonales, pero los de la nave estaban abarrotados de objetos de otros mundos. Plantas exóticas conservadas en resina y colgadas del techo como una lámpara de araña. Relucientes insectos mecánicos que zumbaban en círculos a su alrededor. Telas que cambiaban de color según la hora del día. Una cocina salpicada de manchas y una enfriadora metálica para no tener que ir a la cantina.

A lo largo de la pared de atrás, más allá de la mesita en la que comía, había cientos de viejos discos con hologramas de bailes, luchas y deportes de otros lugares. Me encantaba imitar la técnica de las bailarinas de Ogra, que se movían entre sacudidas y caídas, o la de las danzas rituales de Tepes, tan rígidas y estructuradas. Concentrarme en ello me ayudaba a olvidar el dolor. También había clases de historia entre los discos, y películas de otros planetas: viejas emisiones de noticias, áridos documentales sobre ciencias e idiomas, y grabaciones de conciertos. Los había visto todos.

Mi cama estaba en la esquina, bajo un ojo de buey y una red de diminutos farolillos de piedras de quemar, con las mantas todavía arrugadas desde la última vez que había dormido allí. No permitía que nadie entrara en mi cuarto de la nave de la travesía, ni siquiera a limpiar.

Colgada de un agujero en el techo, entre las plantas en resina, había una cuerda; conducía a la habitación de arriba, la que usaba para entrenarme, entre otras cosas.

Me aclaré la garganta.

—Tú te quedarás ahí —le dije a Akos mientras atravesaba aquel cuarto abarrotado.

Agité la mano por encima del sensor que se encontraba al lado de una puerta cerrada y la puerta se abrió para dejarnos ver otro cuarto que también contaba con un ojo de buey abierto al exterior.

—Antes era un armario de tamaño descomunal. Antes de morir, estos eran los aposentos de mi madre —parloteé.

Ya no sabía hablar con él, después de que me hubiera drogado y se hubiera aprovechado de mi amabilidad, después de que él hubiera perdido aquello por lo que había estado luchando y que yo no hubiera hecho nada para evitarlo. Aquel era mi patrón: permanecer al margen mientras Ryzek sembraba el caos.

Akos se había detenido junto a la puerta para examinar la armadura que decoraba la pared. No se parecía en nada a las de Shotet, tan voluminosas e innecesariamente decoradas, pero a su manera también era preciosa, con algunas zonas de resplandeciente metal naranja y otras envueltas en resistente tela negra. Finalmente, entró despacio en la habitación.

Era muy parecida a la que había dejado en la mansión de los Noavek: todos los suministros y equipos necesarios para preparar las pociones y venenos estaban colocados en una pared, dispuestos del modo que a él le gustaba. La semana anterior a su traición, yo había enviado una foto de su dormitorio a la nave para que la copiaran a la perfección. Había una cama con sábanas gris oscuro; la mayoría de las telas shotet eran azules, así que había costado encontrarlas. Las piedras de quemar de los farolillos que colgaban sobre la cama estaban cubiertas de polvo de celos para que emitieran una luz amarilla. Había libros sobre *elmetahak* y cultura shotet en la estantería baja que se hallaba junto a la cama. Pulsé un botón al lado de la puerta y un enorme mapa holográfico de nuestra ubicación se extendió por el techo. En aquel momento nos mostraba Voa, ya que seguíamos flotando sobre ella, pero durante el viaje nos mostraría nuestra ruta por la galaxia.

—Sé que es pequeño, pero el espacio dentro de la nave es limitado —expliqué—. He intentado que fuera habitable para ambos.

—¿Lo has preparado tú? —preguntó mientras se volvía hacia mí.

No conseguí interpretar su expresión. Asentí.

—Por desgracia, tendremos que compartir baño —seguí parloteando—, pero no será mucho tiempo.

—Cyra —me interrumpió—. No hay nada azul, ni siquiera la ropa. Y las flores del hielo están etiquetadas en thuvhesita.

—Tu gente cree que el azul está maldito. Y tú no sabes leer shotet —respondí en voz baja.

Las sombras empezaron a moverse más deprisa por mi piel, propagándose y arremolinándoseme en las mejillas. Me palpitaba la cabeza tan fuerte que tuve que parpadear para contener las lágrimas.

—Los libros sobre *elmetahak* están en shotet, me temo, pero hay un dispositivo de traducción al lado. Solo tienes que ponerlo sobre la página y...

—Pero, después de lo que te hice... —empezó a decir.

—Envié las instrucciones antes de eso.

Akos se sentó en el borde de la cama.

—Gracias. Siento mucho... todo lo ocurrido. Solo quería liberarlo. No podía pensar en otra cosa.

Su ceño era una línea recta y baja, por encima de los ojos, así que era fácil confundir su tristeza con rabia. Se había cortado la barbilla al afeitarse.

—Él era lo único que me quedaba —añadió en un susurro que le vibraba en el pecho.

—Lo sé —contesté, pero no lo sabía, no de verdad.

Había visto a Ryzek hacer cosas que me revolvían el estómago, pero para mí no era como para Akos. Al menos, yo me sabía capaz de cometer horrores similares. Él no tenía ningún modo de comprender en qué se había convertido Eijeh.

—¿Cómo consigues seguir haciéndolo? —me preguntó—. ¿Cómo puedes seguir adelante cuando todo es tan horrible?

Horrible. ¿Así era mi vida? Nunca le había puesto nombre. Lo curioso del dolor es que fracciona el tiempo. Pensaba en el siguiente minuto, en la siguiente hora, porque en mi cabeza no quedaba espacio para unir todas esas piezas y encontrar palabras con las que resumir el conjunto. Sin embargo, sí que conocía las palabras para lo de «seguir adelante».

—Busca otro motivo para vivir —respondí—. No tiene por qué ser bueno ni noble, solo una razón cualquiera.

Conocía la mía: dentro de mí había un ansia, siempre la había habido. Era un ansia más fuerte que el dolor, más fuerte que el horror. Me seguía royendo por dentro incluso después de que muriera todo lo demás. No era esperanza; no era un sentimiento elevado; se deslizaba, desgarraba y arrastraba, y no me permitía parar.

Y cuando por fin le di nombre, me di cuenta de que era algo muy simple: el deseo de vivir.

Aquella noche finalizaba el Festival de la Travesía, cuando las últimas naves de transporte aterrizaban en el muelle de carga y celebrábamos un banquete en la nave de la travesía al que acudía todo el mundo. Se suponía que, en esos momentos, las personas que venían con nosotros ya debían de estar rebosantes de energía, que las festividades de la semana anterior habían apuntalado su confianza y su determinación; y parecía que así era. La marea de gente que nos arrastraba a Akos y a mí hacia el muelle de carga era ruidosa y estaba exultante. Procuré mantener la piel descubierta alejada de ellos, ya que no quería hacerle daño a alguien y llamar la atención.

Llegué hasta la plataforma en la que estaba Ryzek, apoyado en la barandilla, con Eijeh a su derecha. ¿Dónde estaba Vas?

Yo llevaba puesta la armadura shotet, abrillantada a la perfección, sobre un vestido negro largo y sin mangas. La tela me rozaba las puntas de las botas al moverme.

Las marcas de las víctimas de Ryzek estaban a plena vista; procuraba mantener el brazo flexionado para enseñarlas mejor. Algún día tendría que empezar su segunda fila, como mi padre. Cuando llegué, me dedicó una sonrisa que me hizo estremecer.

Ocupé mi lugar a su izquierda, junto a la barandilla. Se suponía que debía mostrar mi don en momentos como este para recordarle a la gente que nos rodeaba que, a pesar del encanto de Ryzek, no era buena idea jugar con nosotros. Intenté aceptar el dolor, absorberlo como hacía con el viento frío cuando me olvidaba de llevar el abrigo adecuado, pero me costaba concentrarme. Empezaba a ver borroso, la multitud que esperaba frente a mí oscilaba. Se suponía que no debía hacer una mueca de dolor; no la haría, no la haría...

Dejé escapar todo el aire cuando las dos últimas naves de transporte entraron planeando por la compuerta abierta del muelle de carga. Todos aplaudieron cuando se abrieron las puertas de los vehículos y los shotet que quedaban salieron por ellas. Ryzek alzó ambas manos para silenciar a la multitud: había llegado el momento de su discurso de bienvenida.

Sin embargo, justo cuando Ryzek abría la boca, una joven salió del grupo que acababa de bajar de la nave de transporte. Se había trenzado la larga melena rubia y no vestía los colores vivos de los shotet más humildes, sino ropa elegante de un tono gris azulado más sutil, a juego con sus ojos. Era un color muy popular entre los pudientes de Shotet.

Se trataba de Lety Zetsyvis, la hija de Uzul. Había alzado una hoja de corriente, y los oscuros zarcillos se le enroscaban en la mano como si fueran cuerdas que unían el metal a su cuerpo.

—¡El primer descendiente de la familia Noavek —gritó— caerá derrotado ante la familia Benesit!

Era el destino de mi hermano, con todas sus letras.

—¡Ese es tu destino, Ryzek Noavek! —siguió gritando Lety—. ¡Fallarnos y fracasar!

Vas, que se había abierto paso entre la gente, la agarró por la muñeca con la seguridad de un guerrero bien entrenado; se inclinó sobre ella y le echó la mano atrás para obligarla a hincarse de rodillas. Su hoja de corriente cayó al suelo con estrépito.

—Lety Zetsyvis —dijo Ryzek en un tono cantarín.

El silencio era tan completo que ni siquiera tuvo que alzar la voz para hacerse oír. Sonreía mientras ella forcejaba con Vas, con los dedos cada vez más blancos por la presión con la que él se los sujetaba.

—Ese destino... es una mentira contada por aquellos que desean destruirnos —empezó a decir.

A su lado, Eijeh subía y bajaba la cabeza un poco, como si la voz de Ryzek fuera una canción que se conocía de memoria. Quizá por eso Ryzek no parecía sorprendido de tener a Lety de rodillas ante nosotros: porque Eijeh lo había visto venir. Gracias a su oráculo, Ryzek ya sabía lo que debía decir y lo que debía hacer.

—Hay quienes nos temen por nuestra fuerza e intentan sabotearnos: la Asamblea, Thuvhe —siguió diciendo Ryzek—. ¿Quién te enseñó a creer esas mentiras, Lety? Es curioso que compartas los mismos puntos de vista que la gente que acudió a tu hogar a matar a tu padre.

De modo que así era como Ryzek pretendía tergiversar lo sucedido. Ahora, en vez de tratarse de Lety anunciando el destino de mi hermano cual defensora de la verdad, la había convertido en alguien que repetía las mismas mentiras que se suponía que contaban nuestros enemigos thuvhesitas. Era una traidora, puede que incluso la que había permitido a los asesinos entrar en la casa de su familia para poder matar a su padre. En realidad era ridículo, pero a veces la gente se cree sin más lo que le cuentan; así era más sencillo sobrevivir.

—A mi padre no lo asesinaron —dijo Lety en voz baja—. Se quitó la vida porque lo torturaste, lo torturaste con esa cosa a la que llamas hermana, y el dolor lo estaba volviendo loco.

Ryzek le sonrió como si ella fuera la loca y no soltara más que tonterías. Después miró a todos los presentes, que esperaban su respuesta conteniendo el aliento.

—Este —dijo señalando a Lety—. Este es el veneno que nuestros enemigos desean usar para destruirnos; para destruirnos desde dentro, no desde fuera. Cuentan mentiras que nos vuelven los unos contra los otros, que nos enfrentan a nuestras propias familias y amigos. Por eso debemos protegernos no solo de las amenazas potenciales contra nuestras vidas, sino también de las palabras. Nuestro pueblo fue débil en el pasado. No debemos volver a serlo.

Noté el escalofrío que recorrió a la multitud que escuchaba sus palabras. Acabábamos de pasarnos una semana recordando lo lejos que habían llegado nuestros antepasados después de que los maltrataran por toda la galaxia, les robaran a sus hijos, y todo el mundo se burlara de sus creencias sobre la búsqueda y la renovación. Habíamos aprendido a defendernos una estación tras otra. A pesar de saber que las verdaderas intenciones de Ryzek no eran proteger Shotet, sino a sí mismo y a la dinastía de los Noavek, casi consigo dejarme llevar por la emoción de su voz, por el poder que nos ofrecía como una mano extendida.

—Y no hay golpe más eficaz que intentar atacarme a mí, el líder de nuestro gran pueblo —añadió sacudiendo la cabeza—. No podemos permitir que este veneno siga extendiéndose por nuestra sociedad. Debemos drenarlo, gota a gota, hasta que deje de suponer un riesgo.

En los ojos de Lety centelleaba una mirada de odio.

—Como eres la hija de una de nuestras familias más queridas y como está claro que todavía sufres por la pérdida de tu padre, te ofreceré la oportunidad de luchar por tu vida en la arena, en vez de matarte sin más. Y como atribuyes parte de esta supuesta culpa a mi hermana, será ella la que se enfrente a ti en el desafío —anunció Ryzek—. Espero que lo entiendas como el acto de clemencia que es.

Yo estaba demasiado pasmada para protestar y era demasiado consciente de las consecuencias de hacerlo: la ira de Ryzek; parecer una cobarde frente a todas aquellas personas; perder mi reputación como alguien a quien temer, que era mi única ventaja; y, por supuesto, que se supiera la verdad sobre mi madre, que era la nube que siempre se cernía sobre Ryzek y sobre mí.

Recordé la forma en que los nuestros coreaban el nombre de mi madre cuando recorrimos las calles de Voa el día de mi primera Procesión. Su pueblo la amaba, admiraba que en los momentos de tensión no perdiera ni su fuerza ni su carácter piadoso. Si averiguaban que yo era la responsable de su muerte, me destruirían.

Las venas oscuras me empezaron a manchar la piel mientras miraba a Lety. Ella apretó los dientes y me devolvió la mirada. Me resultaba evidente que estaría encantada de arrebatarme la vida.

Cuando Vas la obligó a ponerse en pie, la gente empezó a gritarle: «¡Traidora!», «¡Mentirosa!». Yo no sentía nada, ni siquiera miedo; ni siquiera la mano de Akos, que me sujetó el brazo para calmarme.

—¿Estás bien? —me preguntó Akos.

Negué con la cabeza.

Estábamos en la antesala de la arena, en penumbra salvo por el brillo de nuestra ciudad a través del ojo de buey; todavía quedaban unas horas de luz solar. La habitación estaba decorada con retratos de la familia Noavek que colgaban por encima de la puerta: mi abuela, Lasma Noavek, que había asesinado a todos sus hermanos y hermanas para asegurarse de que su linaje fuera el agraciado con un destino; mi padre, Lazmet Noavek, que había atormentado a mi hermano hasta arrebatarle la bondad por culpa de su aciago destino; y Ryzek Noavek, pálido y joven, producto de dos generaciones despiadadas. Yo tenía la piel más oscura y el cuerpo más recio, lo que significaba que me parecía a la familia de mi madre, una rama del linaje Radix, parientes lejanos del primer hombre al que había matado Akos. Todos los rostros de los retratos esbozaban la misma sonrisa apacible, unidos por sus marcos de madera oscura y sus elegantes ropajes.

Ryzek y todos los soldados shotet que cabían en el pasillo esperaban fuera. Los oía parlotear a través de las paredes. No se permitían desafíos durante la travesía, pero había una arena en la nave de todos modos, para combates de entrenamiento y alguna que otra representación. Mi hermano había anunciado que el desafío tendría lugar justo después de su discurso de bienvenida, pero antes del banquete. Al fin y al cabo, no hay nada como una buena pelea a muerte para despertar el apetito de los soldados shotet.

—¿Es cierto lo que ha dicho esa mujer? —preguntó Akos—. ¿Le hiciste eso a su padre?

—Sí —respondí, porque me pareció que lo mejor era no mentir. Pero no era mejor; no me hacía sentir mejor.

—¿Qué utiliza Ryzek para chantajearte? —me preguntó Akos—. ¿Para que hagas cosas que ni siquiera puedes admitir que has hecho?

La puerta se abrió y yo me estremecí pensando que había llegado el momento, pero era Ryzek, que entró, cerró la puerta y se colocó debajo de su retrato. Ya no se le parecía en nada; el rostro que aparecía en el cuadro era demasiado redondo y tenía espinillas.

—¿Qué quieres? —le dije—. Aparte de la ejecución que has ordenado sin consultarme, claro.

—¿Y qué habría ganado consultándote? Primero tendría que haber soportado tus irritantes protestas y después, tras recordarte lo idiota que has sido al confiar en este —añadió señalando a Akos con la cabeza— y que tu estupidez ha estado a punto de dejarme sin mi oráculo, te habría ofrecido este desafío en la arena para compensármelo y tú lo habrías aceptado.

Cerré los ojos un momento.

—He venido a decirte que saldrás a la arena sin cuchillo.

—¿Sin cuchillo? —preguntó Akos—. ¡Esa mujer la podría apuñalar antes de que tuviera la oportunidad de acercarse a ella! ¿Quieres que muera?

«No —me respondí mentalmente—. Quiere que mate. Pero no con un cuchillo».

—Ella sabe lo que quiero —respondió Ryzek—. Y sabe lo que sucederá si no me lo proporciona. Te deseo toda la suerte del mundo, hermanita.

Después salió de la habitación. Estaba en lo cierto: lo sabía, siempre lo sabía. Quería que todos vieran que las sombras que me viajaban por la piel no solo servían para provocar dolor, sino que también me convertían en una persona mortífera. No era solo el Azote de Ryzek. Había llegado el momento de ascenderme, de ser el verdugo de Ryzek.

—Ayúdame a quitarme la armadura —mascullé.

—¿Qué? ¿De qué estás hablando?

—No me cuestiones —le espeté—. Ayúdame a quitarme la armadura.

—¿No quieres tu armadura? ¿Vas a dejar que te mate?

Empecé con la primera correa. Tenía las manos encallecidas, pero las correas estaban tan apretadas que me hacían daño en las puntas de los dedos. Tiré de ellas adelante y atrás poco a poco, con movimientos espasmódicos y frenéticos. Akos me cubrió la mano con la suya.

—No —le dije—, no necesito armadura. No necesito cuchillo.

Las sombras se me arremolinaban en los nudillos, densas y negras como pintura.

Me había esforzado mucho por asegurarme de que nadie más descubriera lo que le había sucedido a mi madre, lo que yo le había hecho. Pero era mejor que Akos lo supiera; no quería que, por conocerme, sufriera más de lo que ya había sufrido. Era preferible que no volviera a mirarme con compasión a que se creyera una mentira.

—¿Cómo crees que murió mi madre? —pregunté riéndome—. La toqué, y dejé que le entrara dentro toda la luz y todo el dolor, solo porque me había enfadado con ella por obligarme a ir a otro médico para que me recetara otro tratamiento ineficaz para el don que me había concedido la corriente. Ella pretendía ayudarme, pero yo tuve una rabieta y la maté. —Tiré del protector del antebrazo lo justo para enseñarle una cicatriz torcida grabada justo bajo el codo, en la parte exterior del brazo: mi primera víctima—. Mi padre me grabó esta marca. Me odiaba por lo que había hecho, aunque también se sentía... orgulloso. —Me atraganté con la palabra—. ¿Quieres saber con qué me chantajea mi hermano?

Me reí de nuevo, esta vez a través de las lágrimas. Tiré para soltar la última correa de la coraza, la levanté por encima de mi cabeza y la lancé contra la pared con ambas manos. Cuando se estrelló contra el metal, el sonido resultó ensordecedor en aquella antesala tan pequeña.

La armadura cayó al suelo sin sufrir ningún daño. Ni siquiera había perdido la forma.

—Mi madre. Mi madre, mi querida y reverenciada madre, le fue arrebatada a Ryzek, a todo Shotet —escupí en voz alta, muy alta—. Yo se la arrebaté. Me la arrebaté a mí misma.

Habría sido más sencillo si me hubiera mirado con odio o asco y, sin embargo, no lo hizo. Extendió sus manos para tocarme, para ofrecerme alivio, pero yo lo dejé en la antesala y salí a la arena. No quería alivio. Me había ganado ese dolor.

La multitud rugió cuando salí. El suelo negro de la arena brillaba como el cristal, ya que acababan de pulirlo para la ocasión. Vi mis botas reflejadas en él, con las hebillas sin cerrar. Me rodeaban unas gradas metálicas abarrotadas de público, aunque estaba demasiado oscuro para distinguir sus rostros con claridad. Lety ya estaba en la arena, vestida con su armadura shotet y pesados zapatos de puntera metálica, sacudiendo las manos.

La evalué de inmediato, siguiendo las enseñanzas de *elmetahak*: era una cabeza más baja que yo, pero musculosa. Llevaba la melena rubia recogida en un apretado moño para evitar que el cabello le estorbase. Era estudiante de *zivatahak*, así que sería rápida y hábil en los pocos segundos que tuviera antes de perder.

—¿Ni siquiera te has molestado en ponerte la armadura? —preguntó en tono burlón—. Esto va a ser fácil.

Sí que lo sería.

Desenvainó el cuchillo y la oscura corriente le envolvió la mano; era del mismo color que mis sombras, pero no de la misma forma. Aunque a ella le rodeaba la muñeca, nunca le llegaba a tocar la piel. En mi caso, llevaba la corriente dentro. Lety se detuvo y esperó a que desenvainara.

—Adelante —le dije, llamándola con un gesto.

La multitud rugió de nuevo y después dejé de oírla. Estaba concentrada en Lety, en cómo se me acercaba poco a poco mientras analizaba mis movimientos para intentar averiguar mi estrategia. Pero yo no hacía más que seguir allí plantada, con los brazos caídos a los lados, dejando que la fuerza del don aumentara con mi miedo.

Al final decidió hacer ella el primer movimiento. Lo vi en sus brazos y piernas antes de que empezara, y di un paso a un lado para esquivarla cuando se abalanzó sobre mí, arqueándome como una bailarina de Ogra. Aquello la sorprendió y trastabilló un poco, de modo que tuvo que apoyarse en la pared de la arena.

Mis sombras eran ya tan densas, tan dolorosas que apenas podía ver con claridad. El dolor rugía por mis venas y yo le di la bienvenida. Recordé el rostro desencajado de Uzul Zetsyvis entre mis manos manchadas de negro y lo vi reflejado en su hija, que fruncía el ceño, concentrada.

Se abalanzó de nuevo sobre mí y, esta vez, intentó clavarme la hoja entre las costillas, así que la aparté con un golpe del antebrazo y después la agarré por la muñeca. Se la retorcí con fuerza y la obligué a bajar la cabeza. Después le propiné un rodillazo en la cara. La sangre le empapó los labios, y ella gritó, pero no por la herida, sino porque la estaba tocando.

La hoja de corriente cayó entre nosotras. Sin apartar la mano de uno de sus brazos, la obligué con la otra a ponerse de rodillas y me coloqué detrás de ella. Localicé a Ryzek entre la multitud: estaba sentado en la plataforma elevada con las piernas cruzadas, como si asistiera a una conferencia o a un discurso, en vez de a un asesinato.

Esperé hasta que me miró a los ojos y después empujé. Empujé todas las sombras y todo el dolor hacia el cuerpo de Lety Zetsyvis, hasta que me quedé vacía. Fue fácil, muy fácil, y rápido. Cerré los ojos mientras ella gritaba y se retorcía; y después, se quedó quieta.

Por un momento, todo permaneció en penumbra. Solté su cuerpo sin vida y me dirigí de nuevo a la antesala. La muchedumbre guardaba silencio. Al atravesar el umbral de la antesala estaba libre de sombras, por una vez. Era temporal. Regresarían pronto.

Sin que nadie lo viera desde fuera, Akos llegó hasta mí y me pegó contra su pecho en una especie de abrazo; después me dijo algo en el idioma de mis enemigos:

—Se acabó —me susurró en thuvhesita—. Ya se acabó.

Aquella noche atranqué la puerta de mi cuarto para que nadie pudiera entrar. Akos esterilizó un cuchillo en los quemadores de su habitación y lo enfrió con agua del grifo. Yo apoyé el brazo en la mesa y me desabroché los cierres del protector del brazo uno a uno, empezando por la muñeca y terminando por el codo. La protección estaba tiesa y dura y, a pesar del forro, al final del día me dejaba la piel mojada de sudor.

Akos se sentó frente a mí con el cuchillo esterilizado en la mano y me observó apartar los bordes de la protección de la muñeca para dejar al aire la piel de debajo. No le pregunté qué se había esperado. Seguramente había supuesto, como casi todos, que la protección cubría una fila tras otra de marcas de víctimas. Que había decidido cubrirlas porque, de algún modo, alentar el misterio sobre ellas me hacía parecer más amenazadora. Nunca había desmentido el rumor. La verdad era mucho peor.

Sí que había marcas que me recorrían el brazo, desde el codo hasta la muñeca, una fila tras otra. Rayitas oscuras a intervalos regulares medidos a la perfección, todas de la misma longitud. Y, a través de cada una de ellas, otra rayita en diagonal que servía para negarlas, según la ley shotet.

Akos frunció el ceño y me cogió el brazo con ambas manos para sujetármelo con tan solo la punta de los dedos. Le dio la vuelta y recorrió una de las filas con los dedos. Cuando llegó al final, tocó una de las rayas diagonales y volvió su propio brazo para compararla con la suya. Me estremecí al ver nuestras pieles una al lado de la otra, la mía, tostada; la suya, pálida.

—No son asesinatos —dijo en voz baja.

—Solo marqué la muerte de mi madre —respondí en el mismo tono—. No te equivoques, soy responsable de más muertes, pero dejé de grabármelas después de ella. Hasta Zetsyvis, al menos.

—Entonces, lo que grabas es... ¿Qué? —preguntó apretándome el brazo—. ¿Para qué son esas marcas?

—La muerte es una bendición comparada con el dolor que he causado, así que grabo el dolor, no la muerte. Cada marca es por alguien a quien he hecho daño porque me lo pidió Ryzek.

Al principio contaba las marcas y siempre sabía con certeza cuántas llevaba. Entonces desconocía cuánto tiempo me usaría mi hermano como su interrogadora. Sin embargo, con el paso de las estaciones, dejé de grabarme marcas, ya que saber el número exacto era aún peor.

—¿Cuántas estaciones tenías cuando te pidió por primera vez que hicieras esto?

No entendí su tono de voz, tan amable. Acababa de enseñarle la prueba de mi monstruosidad, y él seguía mirándome a los ojos con compasión, en vez de juzgarme. Era imposible que comprendiera lo que le estaba contando y que me siguiera mirando así. O eso, o pensaba que mentía o exageraba.

—Las suficientes para saber que estaba mal —respondí.

—Cyra —insistió de nuevo con amabilidad—, ¿cuántas?

—Diez —reconocí mientras me reclinaba en la silla—. Y fue mi padre, no Ryzek, el primero en pedírmelo.

Él asintió con la cabeza, colocó la punta del cuchillo en la mesa e hizo girar la empuñadura en rápidos círculos, marcando la madera.

Al final dijo:

—Cuando tenía diez estaciones, todavía no conocía mi destino, así que quería ser soldado de Hessa, como los que patrullaban los campos de flores del hielo de mi padre. Era agricultor. —Akos apoyó la barbilla en una mano mientras me observaba—. Pero, un día, unos ladrones entraron en los campos mientras él trabajaba para robarle parte de la cosecha y mi padre intentó detenerlos antes de que llegaran los soldados. Llegó a casa con un corte enorme en la mejilla. Mi madre se puso a gritarle. —Se rio un poco—. No tiene mucho sentido, ¿verdad? Lo de gritarle a alguien al que acaban de herir.

—Bueno, temía por él.

—Sí. Yo también tenía miedo, supongo, porque esa noche decidí que no quería ser soldado si mi trabajo iba a consistir en que me cortaran así.

No pude evitar reírme un poco.

—Lo sé —repuso esbozando una media sonrisa—. Quién iba a decirme a mí entonces cómo sería mi vida.

Dio unos golpecitos en la mesa y, por primera vez, me fijé en que llevaba las uñas llenas de picos y las cutículas medio cortadas. Tendría que quitarle la costumbre de mordisquearse las manos.

—Lo que quiero decir es que, cuando tenía diez estaciones, me asustaba tanto ver el dolor que apenas podía soportarlo —siguió explicando—. Mientras tanto, cuando tú tenías diez estaciones, alguien mucho más poderoso que tú te obligó a provocar dolor una y otra vez. Alguien que, en teoría, debería haberte cuidado.

Por un momento, la idea me formó un nudo en la garganta. Pero fue solo un momento.

—No intentes absolverme de la culpa. —Pretendía sonar brusca, como si lo regañara, pero sonaba como si le estuviera suplicando. Me aclaré la garganta—. ¿De acuerdo? No ayuda.

—De acuerdo.

—¿Te han enseñado este ritual? —le pregunté.

Él asintió.

—Pues graba la marca —le pedí, de nuevo con un nudo en la garganta.

Alargué el brazo y señalé un cuadradito de piel limpia en el interior de la muñeca, bajo el hueso protuberante. Él apoyó allí la punta del cuchillo, ajustó la posición para que estuviera a la misma distancia que las otras marcas y cortó. No era un corte profundo, solo lo suficiente para que el extracto de hierba pluma pudiera penetrar.

Me asomaron lágrimas a los ojos, lágrimas que no deseaba, y la sangre brotó de la herida. Me goteó por el brazo mientras yo buscaba la botella adecuada en uno de los cajones de la cocina. Él le sacó el corcho y yo metí dentro el pincelito que guardaba a su lado. Pronuncié en voz alta el nombre de Lety Zetsyvis mientras me pintaba con el líquido oscuro la línea que él me había grabado.

Ardía. Cada vez que lo hacía creía que ya me habría acostumbrado al escozor, pero siempre me equivocaba. Se suponía que debía arder, para recordarnos que arrebatar una vida y grabar su pérdida no era una nimiedad.

—¿No recitas las palabras? —preguntó Akos. Se refería a la plegaria, el final del ritual. Negué con la cabeza—. Yo tampoco.

Mientras se me iba pasando el escozor, Akos me envolvió el brazo con la venda una, dos y tres veces, y la sujetó con un trozo de cinta adhesiva. Ninguno de los dos se molestó en limpiar la sangre de la mesa. Seguramente se secaría allí y tendría que rasparla con un cuchillo más tarde, pero me daba igual.

Trepé por la cuerda hasta la habitación de arriba, más allá de las plantas conservadas en resina y de los escarabajos mecánicos, que en aquel momento estaban colgados entre ellas, recargándose. Akos me siguió.

La nave de la travesía estaba temblando; los motores se preparaban para el lanzamiento a la atmósfera. El techo de la habitación estaba cubierto de pantallas que nos mostraban todo lo que estaba por encima de nosotros; en este caso, el cielo de Shotet. Había rejillas de ventilación y tuberías por todas partes, así que, en realidad, el espacio era el justo para que una persona se moviera por él, pero pegados a la pared había asientos plegables. Los abrí, y Akos y yo nos sentamos.

Lo ayudé a abrocharse el arnés que le cruzaba el pecho y las piernas, y que lo mantendría sujeto durante el lanzamiento, y después le pasé una bolsa de papel por si el movimiento de la nave lo mareaba. A continuación me sujeté yo. El resto de Shotet estaría haciendo lo mismo a lo largo y ancho de la nave, reuniéndose en los pasillos para abrir los asientos plegables de las paredes y ayudándose unos a otros a abrocharse los arneses.

Juntos esperamos a que la nave despegara mientras escuchábamos la cuenta atrás en el intercomunicador. Cuando la voz llegó a diez, Akos me cogió la mano y yo se la apreté con fuerza hasta que la voz dijo: «Uno».

Las nubes de Shotet pasaban volando junto a nosotros y la fuerza nos aplastó contra los asientos. Akos gruñó, pero yo me quedé mirando las nubes que se alejaban y la atmósfera azul que se perdía hasta convertirse en el negro del espacio. El cielo estrellado nos rodeaba.

—¿Ves? —le dije mientras entrelazaba mis dedos con los suyos—. Es precioso.

CAPÍTULO 14 | CYRA

Alguien llamó a mi puerta cuando estaba tumbada en la cama de mi cuarto de la nave de la travesía, con la cara enterrada en la almohada. Me arrastré miembro a miembro para ir a abrirla. Había dos soldados esperando en el pasillo, un hombre y una mujer, ambos delgados. A veces, con solo mirar a alguien, me resultaba obvio en qué escuela de combate había entrenado: los que tenía frente a mí eran estudiantes de *zivatahak*, rápidos y mortíferos. Y me tenían miedo. No me extrañaba.

Akos entró en la cocina dando bandazos para colocarse a mi lado. Los dos soldados intercambiaron una mirada cómplice, y recordé las palabras de Otega sobre lo mucho que les gustaba cotillear a los shotet. No había forma de evitarlo: Akos y yo vivíamos muy cerca, así que era inevitable que se hablara de lo que éramos y de lo que hacíamos a puerta cerrada. No me importaba lo suficiente para desmentirlo. Mejor que hablaran de mí por eso que por asesinar y torturar, de todos modos.

—Sentimos molestarla, señorita Noavek, pero el soberano necesita hablar con usted de inmediato —dijo la mujer—. A solas.

El despacho de Ryzek en la nave de la travesía era como el de Voa, aunque en miniatura. Los paneles de madera oscura que cubrían suelo y paredes procedían de Shotet; crecían en tupidos bosques a lo largo del ecuador de nuestro planeta y nos separaban de los thuvhesitas que habían invadido el norte hacía cientos de estaciones. En la naturaleza, los fenzu que atrapábamos en las lámparas de orbes zumbaban entre las copas de los árboles, pero como la mayoría de las casas de Shotet los usaban para iluminarse, la familia Zetsyvis (de la que ya solo quedaba Yma) se aseguraba de que hubiera fenzu de criadero en grandes cantidades para los que estaban dispuestos a pagar un precio considerable por ellos. Y Ryzek lo estaba; insistía en que su brillo era mucho más agradable que el de las piedras de quemar, aunque yo no notaba gran diferencia.

Cuando entré, Ryzek estaba de pie frente a una gran pantalla que normalmente mantenía escondida detrás de un panel deslizante. En ella se veía un enorme párrafo de texto; tardé unos segundos en darme cuenta de que Ryzek estaba leyendo una transcripción del anuncio en el que el líder de la Asamblea comunicaba los destinos. Nueve ramas de nueve familias repartidas por la galaxia, el camino de cuyos miembros estaba predeterminado y era inalterable. Ryzek solía evitar cualquier referencia a su «debilidad», como la llamaba mi padre, el destino que lo había perseguido desde su nacimiento: que lo derrotaría la familia Benesit. En Shotet era ilegal hablar o leer sobre ello, bajo pena de cárcel o, incluso, de muerte.

Cuando leía los destinos no estaba de buen humor y, la mayor parte del tiempo, eso significaba que lo mejor era proceder con cautela. Esa noche, sin embargo, me pregunté por qué debía tomarme tantas molestias.

Ryzek cruzó los brazos, ladeó la cabeza y habló.

—No sabes la suerte que tienes de que tu destino sea tan ambiguo —dijo—: «El segundo descendiente de la familia Noavek cruzará la División». ¿Con qué propósito cruzarás la División que nos separa de Thuvhe? —Se encogió de hombros—. Nadie lo sabe y a nadie le importa. Una gran, gran suerte.

Me reí.

—¿En serio? —pregunté.

—Por eso es tan importante que me ayudes —siguió diciendo él, como si no me hubiera escuchado—. Te lo puedes permitir. No necesitas luchar con tanto ahínco contra lo que el mundo espera de ti.

Desde que yo era pequeña, Ryzek no había hecho otra cosa que comparar su vida con la mía. Que yo sufriera un dolor permanente, que no pudiera acercarme a nadie, que hubiera experimentado la misma pérdida que él... todo eso no parecía entrarle en la cabeza. Lo único que veía era que nuestro padre no me había prestado atención, en vez de someterme a los mismos horrores que a él, y que mi destino no hacía que los shotet dudaran de mi fortaleza. Para él, yo era la hija afortunada, y no tenía sentido discutírselo.

—¿Qué ha pasado, Ryzek?

—¿Aparte de que Lety Zetsyvis le haya recordado a todo Shotet mi ridículo destino, te refieres?

Al mencionarla, me sacudió un escalofrío involuntario y recordé lo caliente que tenía la piel al morir. Entrelacé las manos delante de mí para que no me temblaran. El analgésico de Akos no reprimía del todo las sombras; se movían, ahora más despacio, bajo mi piel, llevando con ellas un dolor agudo.

—Pero estabas preparado para eso —respondí mientras concentraba la mirada en su barbilla—. Ahora nadie se atreverá a repetir lo que ella ha dicho.

—No es solo eso —dijo Ryzek, y oí en su voz un lejano recuerdo de cómo sonaba cuando era más joven, antes de que mi padre lo atrapara entre sus zarpas—. Seguí el rastro desde la confesión de Uzul Zetsyvis hasta una fuente real. Hay una colonia de exiliados en alguna parte. Quizá más de una. Y tienen contactos entre nosotros.

Una chispa de emoción me prendió en el pecho. Así que el rumor de la colonia en el exilio se había confirmado... Por primera vez, no veía a la colonia como una amenaza para mí, sino como una... esperanza.

—Una exhibición de fuerza es buena, pero necesitamos más. Necesitamos que no quede duda alguna de que estoy al mando y de que regresaremos de esta travesía siendo aun más poderosos que antes.

—Dejó una mano suspendida sobre mi hombro—. Voy a necesitar tu ayuda ahora más que nunca, Cyra.

«Sé lo que quieres», pensé. Quería arrancar de cuajo cualquier duda o crítica susurrada contra él y aplastarla, y se suponía que yo era la herramienta que iba a emplear para ello. El Azote de Ryzek.

Cerré los ojos un momento mientras los recuerdos de Lety me abrumaban. Los reprimí.

—Siéntate, por favor —me dijo indicando con un gesto uno de los sillones que se encontraban cerca de la pantalla.

Eran antiguos, con el tapizado cosido; recordé haberlos visto en el viejo despacho de mi padre. La alfombra que tenían debajo, de basta hierba tejida, estaba fabricada en Shotet. De hecho, en aquel cuarto no había nada recuperado, ya que mi padre odiaba la práctica; consideraba que nos debilitaba y que era necesario abandonarla gradualmente, y Ryzek parecía estar de acuerdo. De mi familia, yo era la única que sentía afinidad por la basura de los demás.

Me senté al borde del sillón; los destinos de los linajes agraciados brillaban junto a mi cabeza. Ryzek no se sentó frente a mí, sino que se colocó detrás del otro sillón, abrazado a su respaldo alto. Se había subido la manga del brazo izquierdo para dejar sus marcas al aire.

Le dio unos toquecitos con el índice a uno de los destinos de la pantalla para agrandar las palabras.

Los destinos de la familia Benesit son los siguientes:

La primera descendiente de la familia Benesit llevará a su doble al poder.

La segunda descendiente de la familia Benesit reinará en todo Thuvhe.

—He oído murmurar que esa segunda descendiente —dijo mientras tocaba el segundo destino y rozaba la palabra «reinará» con el nudillo— saldrá pronto a la luz y que nació en Thuvhe. No puedo seguir sin hacer caso de los destinos: sea quien sea esa Benesit, los destinos dicen que será ella quien gobierne Thuvhe y acabe conmigo.

Hasta entonces yo no había sido capaz de completar el rompecabezas. El destino de Ryzek era caer derrotado por la familia Benesit y el de la familia Benesit, gobernar Thuvhe. No era de extrañar que Ryzek estuviera obsesionado con esa familia, ahora que tenía su propio oráculo.

—Pretendo matarla antes de que eso suceda —añadió—, con la ayuda de nuestro nuevo oráculo.

Me quedé mirando el destino escrito en la pantalla. Toda mi vida me habían enseñado que los destinos siempre se cumplían, por mucho que uno intentara detenerlos. Pero eso era justo lo que se proponía mi hermano: quería burlar su destino matando a la persona que estaba destinada a cumplirlo. Y tenía a Eijeh para que le dijera cómo hacerlo.

—Eso... Eso es imposible —repuse antes de poder contenerme.

—¿Imposible? —repitió arqueando las cejas—. ¿Por qué? ¿Porque nadie más ha conseguido hacerlo? —Apretó el respaldo del sillón—. ¿Crees que, de todas las personas de la galaxia, precisamente yo no puedo ser el primero en desafiar al destino?

—No me refería a eso —repuse intentando controlarme ante su rabia—. Lo único que pretendía decir es que nunca he oído hablar de nadie que lo haya conseguido.

—Pronto lo harás —me espetó con el rostro contraído—. Y tú vas a ayudarme.

De repente pensé en Akos al entrar en la nave de la travesía, dándome las gracias por cómo le había organizado el cuarto. En su rostro tranquilo mientras me sujetaba el brazo marcado. En su forma de reír cuando nos perseguíamos bajo la lluvia azul de la travesía. Habían sido los primeros momentos de alivio que había experimentado desde la muerte de mi madre. Y quería más alivio y menos de... aquello.

—No —respondí—. No lo haré.

Su vieja amenaza (que si no hacía lo que me ordenaba contaría a los shotet lo que yo le había hecho a nuestra amada madre) ya no me asustaba. Esta vez había cometido un error: había confesado que necesitaba mi ayuda.

Crucé una pierna sobre la otra y apoyé las manos en la rodilla.

—Antes de que me amenaces, deja que te diga algo: no creo que ahora mismo quieras arriesgarte a perderme —le dije—. No después de esforzarte tanto por asegurarte de que todos me teman.

Eso había sido el desafío con Lety, al fin y al cabo: una demostración de poder. De su poder.

Pero ese poder en realidad era mío.

Ryzek llevaba aprendiendo a ser como nuestro padre desde que era pequeño, y mi padre era un experto en ocultar sus emociones. Había creído que cualquier expresión no controlada lo hacía vulnerable; era consciente de que siempre lo observaban, estuviera donde estuviera. Ryzek había mejorado en ese aspecto desde su juventud, pero seguía sin dominar la técnica. Mientras yo lo contemplaba sin parpadear, él contrajo el rostro en una expresión de rabia. Y de miedo.

—No te necesito, Cyra —dijo en voz baja.

—Eso no es verdad —respondí mientras me levantaba—. Pero, aunque lo fuera..., deberías recordar lo que sucedería si decidiera ponerte una mano encima.

Le enseñé la palma y ordené a mi don que saliera a la superficie. Por una vez, acudió a mi llamada, me recorrió el cuerpo y, durante un momento, se me enroscó en los dedos en forma de red de hilos negros. Los ojos de Ryzek, al parecer sin el permiso de este, no pudieron evitar mirarlos.

—Seguiré interpretando el papel de la hermana fiel, de la criatura temible, pero no volveré a causarle dolor a nadie —le dije.

Tras aquellas palabras, le di la espalda y me dirigí a la puerta. El corazón me latía con fuerza en el pecho.

—Ten cuidado —me advirtió mi hermano mientras me alejaba—. Puede que lamentes este momento.

—Lo dudo —respondí sin volverme—. Al fin y al cabo, no soy yo la que le tiene miedo al dolor.

—No tengo miedo al dolor —repuso con brusquedad.

—¿Ah, no? —repliqué yo volviéndome hacia él—. Pues ven aquí y cógeme la mano.

Todavía con el rostro crispado por los últimos coletazos del dolor, se la ofrecí con la palma hacia arriba, manchada de sombras. Ryzek no se movió.

—Eso me parecía —le dije, y me fui.

Cuando regresé a mi cuarto, Akos estaba sentado en la cama con el libro sobre *elmetahak* en el regazo; el dispositivo de traducción brillaba sobre una de las páginas. Levantó la mirada con el ceño fruncido. La cicatriz que le recorría la mandíbula seguía oscura, en forma de línea completamente recta que le recorría la cara. Con el tiempo palidecería y se fundiría con su piel.

Entré en el baño para echarme agua en la cara.

—¿Qué te ha hecho? —me preguntó Akos mientras se apoyaba en la pared del baño, al lado del lavabo.

Me volví a mojar la cara y me incliné. El agua me caía por las mejillas y los párpados, y goteaba en el lavabo. Me quedé mirando mi reflejo: tenía ojos de loca y la mandíbula tensa.

—No me ha hecho nada —respondí mientras agarraba un trapo del estante que estaba junto al lavabo y me lo restregaba por la cara. Mi sonrisa era casi una mueca de miedo—. No me ha hecho nada porque no lo he permitido. Me ha amenazado y... yo lo he amenazado a él.

Unas densas redes oscuras me cubrían las manos y los brazos, como salpicaduras de pintura negra. Me senté en una de las sillas de la cocina y me reí. Me reí con ganas, con una risa que me brotaba del vientre, hasta que el calor me recorrió todo el cuerpo. Nunca antes me había enfrentado a Ryzek. El nudo de vergüenza que me comprimía el estómago se aflojó un poco; ya no era tan cómplice de sus crímenes como antes.

Akos se sentó frente a mí.

—¿Qué...? ¿Qué quiere decir eso? —me preguntó.

—Quiere decir que nos dejará en paz —respondí—. No sé... —Me temblaban las manos—. No sé por qué estoy tan...

Akos me tapó las manos con las suyas.

—Acabas de amenazar a la persona más poderosa del país. Creo que es normal que estés un poco alterada.

Sus manos no eran mucho más grandes que las mías, aunque sí más gruesas por la zona de los nudillos, con tendones que sobresalían hasta llegar a las muñecas. Le veía las venas de color verde azulado a través de la piel, que era mucho más pálida que la mía. Casi como si los rumores sobre la piel fina de los thuvhesitas fueran ciertos, salvo por el hecho de que Akos era cualquier cosa menos débil.

Aparté las manos.

Ahora, con Ryzek fuera de mi camino y Akos allí, me preguntaba en qué ocuparíamos nuestros días. Estaba acostumbrada a pasar las travesías yo sola. Todavía quedaba una salpicadura en el lateral de la cocina, del último viaje, cuando había decidido cocinar para mí todas las noches y experimentar con ingredientes de distintos planetas... con poco éxito, casi siempre, puesto que no tenía talento alguno para la cocina. Había dedicado las noches a ver grabaciones de otros planetas e imaginarme vidas que no eran la mía.

Akos cruzó la habitación para coger un vaso del armario y llenarlo de agua del grifo. Eché la cabeza atrás para observar las plantas que colgaban sobre nosotros, relucientes dentro de sus jaulas de resina. Algunas brillaban cuando se apagaban las luces; otras se marchitaban, incluso dentro de la resina, y adquirían vivos colores. Llevaba ya tres travesías contemplándolas.

Akos se secó la boca y dejó el vaso.

—Ya la he encontrado —dijo—. Una razón para seguir viviendo, me refiero.

Flexionó el brazo, donde se había grabado la marca de su primera víctima.

—¿Ah, sí?

—Sí —respondió, asintiendo—. No dejaba de darle vueltas a lo que dijo Ryzek... Que convertiría a Eijeh en alguien a quien no deseara rescatar. Bueno, pues he decidido que eso es imposible. —Días atrás tenía la mirada hueca, pero ahora estaba llena, como una copa a rebosar—. No existe ninguna versión de Eijeh que no quiera rescatar.

Era la misma actitud que lo había llevado antes a mirarme con compasión en vez de con asco, y aquel era el precio: la locura. Seguir queriendo a alguien para el que no existe ni esperanza ni redención era una locura.

—No consigo entenderte —le dije—. Cuanto más terrible es lo que descubres sobre una persona o peor se comporta contigo, con más amabilidad la tratas. Eso se llama masoquismo.

—Dice la persona que no deja de marcarse por cosas que la obligaron a hacer —respondió en tono irónico.

Nada de lo que estábamos diciendo era divertido; pero, de repente, me lo pareció. Sonreí y, al cabo de un momento, Akos me imitó. Una sonrisa nueva, no la que me indicaba que estaba orgulloso de sí mismo, ni la que se obligaba a esbozar cuando creía necesario ser educado, sino una sonrisa sedienta y enloquecida.

—Es verdad que no me odias por esto —le dije levantando el brazo izquierdo.

—Sí.

Hasta entonces, yo solo había experimentado una reducida variedad de reacciones ante lo que era y lo que podía hacer: odio, de los que habían sufrido por mi culpa; miedo, de los que no, pero temían que ocurriera; y alegría, de los que eran capaces de usarme para hacerlo. Lo de Akos era nuevo. Era casi como si lo comprendiera.

—No me odias en absoluto —repetí casi en un susurro, temiendo recibir la respuesta.

Pero su contestación fue clara, como si le resultara obvio:

—No.

Entonces descubrí que ya no estaba enfadada por lo que me había hecho, por liberar a Eijeh. Lo que lo había impulsado a actuar era la misma cualidad que ahora le permitía aceptarme. ¿Cómo iba a culparlo por eso?

—De acuerdo —suspiré—. Levántate temprano mañana, porque tenemos que entrenar con más empeño si de verdad quieres sacar de aquí a tu hermano.

En la base de su vaso de agua habían quedado marcadas sus huellas dactilares. Se lo quité.

Él me miró con el ceño fruncido.

—¿Me vas a ayudar? ¿Después de todo lo que te he hecho?

—Sí. —Apuré el vaso de agua y lo dejé en la mesa—. Supongo que sí.

3

CAPÍTULO 15 | AKOS

Akos repasaba los recuerdos de su intento de huida con Eijeh una y otra vez.

Había corrido por los pasadizos de las paredes de la casa de los Noavek, y se había detenido donde las paredes se unían para asomarse por las rendijas y saber dónde estaba. Se había pasado mucho tiempo a oscuras, tragando polvo y clavándose astillas en los dedos.

Por fin había llegado a la habitación en la que tenían encerrado a Eijeh, y fue entonces cuando había activado algún sensor sin querer, como después le había explicado Ryzek. Sin embargo, en aquel momento no lo sabía. Se había limitado a meter los dedos en el cierre que mantenía bloqueadas las puertas de Eijeh. En aquellos tiempos, la mayoría de las puertas utilizaban la corriente para sus cerraduras, así que podía abrirlas con tan solo tocarlas. También las esposas. Así era como se había liberado para matar a Kalmev Radix en la hierba pluma.

Eijeh estaba junto a una ventana con barrotes, muy por encima de la puerta trasera de la mansión. Allí también había hierba pluma, cuyos tallos se mecían al viento. Akos se preguntó qué veía allí Eijeh: ¿a su padre? No sabía cómo funcionaba la hierba pluma con otras personas, dado que a él ya no le afectaba de ningún modo.

Su hermano se había vuelto hacia él y había tardado un poco en asimilar su presencia. Solo hacía dos estaciones que se habían visto, pero los dos habían cambiado: Akos era más alto y voluminoso, mientras que Eijeh tenía la piel cenicienta, estaba delgado y tenía parte de los rizos apelmazados. Se tambaleó un poco y Akos lo sujetó por los codos.

—Akos —susurró Eijeh—. No sé qué hacer, no sé...

—No pasa nada. No pasa nada. Te sacaré de aquí, no te preocupes.

—Mataste... Mataste a ese hombre, el que estaba en nuestra casa...

—Sí.

Akos conocía el nombre del muerto, Kalmev Radix, que ahora no era más que una cicatriz en su brazo.

—¿Por qué ha pasado esto? —A Eijeh se le rompió la voz. A Akos se le rompió el corazón—. ¿Por qué mamá no lo vio venir?

Akos no le recordó que seguramente lo había visto. En realidad no habría servido de mucho decírselo.

—No lo sé —respondió—. Pero te sacaré de aquí aunque me cueste la vida.

Akos rodeó a su hermano con un brazo y lo mantuvo prácticamente erguido hasta que salieron juntos de la habitación. Le protegió con una mano la parte superior de la cabeza cuando se agacharon para entrar en el pasadizo, de modo que no se golpeara con el dintel. Los pasos de Eijeh eran pesados, y Akos estaba seguro de que alguien, a través de las paredes, los oiría caminar.

—Se supone que soy yo el que tiene que salvarte —le susurró Eijeh en cierto momento. O en el tono más parecido a un susurro del que era capaz, pues nunca había sido muy sigiloso.

—¿Quién lo dice? ¿Algún manual sobre conducta fraternal?

Eijeh se rio.

—¿Es que no leíste el tuyo? Típico.

También entre risas, Akos abrió la puerta del final del pasadizo. Al otro lado, en las cocinas, los esperaba Vas Kuzar mientras se hacía crujir los nudillos.

Una semana después de que la nave de la travesía partiera para navegar por el flujo de la corriente, Akos fue a la sala de entrenamiento pública para practicar. Podría haber usado la habitación vacía sobre el alojamiento de Cyra, pero últimamente ella se había aficionado a ver grabaciones allí. Sobre todo, de habitantes de otros planetas luchando entre sí, aunque la semana anterior la había pillado imitando a una bailarina de Ogra, con los pies de puntillas y los dedos revoloteando. Se había puesto tan gruñona con él después de aquello, que Akos prefería no arriesgarse.

Ni siquiera había tenido que comprobar el arrugado mapa que Cyra le había dibujado su segunda noche. La sala de entrenamiento estaba en penumbra y casi vacía, salvo por unas cuantas personas que levantaban pesas en el otro extremo. «Bien», pensó. La gente de Shotet lo conocía como el thuvhesita secuestrado, ese al que el Azote de Ryzek no podía herir. Nadie lo molestaba, seguramente porque temían a Cyra, pero tampoco le gustaba que se lo quedaran mirando.

Se ponía colorado.

Estaba intentando tocarse las puntas de los pies (énfasis en «intentando») cuando notó que alguien lo miraba. No habría sabido decir cómo lo notó, solo que, al levantar la mirada, allí estaba Jorek Kuzar.

Jorek Kuzar, hijo de Suzao Kuzar.

Solo se habían visto una vez, cuando Vas había llevado a Jorek a la zona de la mansión de los Noavek en la que residía Cyra. Sus delgados brazos morenos estaban al aire. Akos se había acostumbrado a buscar marcas siempre que conocía a alguien, y Jorek no tenía ninguna. Cuando se dio cuenta de que Akos lo miraba, se restregó el cuello y dejó en él unos arañazos rojos.

—¿Necesitas algo? —preguntó Akos dando a entender que tendría problemas si así era.

—¿Te apetece practicar con alguien? —preguntó Jorek mientras alzaba dos cuchillos de entrenamiento como los que tenía Cyra, duros y sintéticos.

Akos lo observó con atención. ¿De verdad esperaba que Akos... entrenara con él, sin más? ¿Con él, el hijo del hombre que una vez le había aplastado la cara contra el suelo usando su bota?

—Estaba a punto de irme —respondió Akos.

Jorek arqueó una ceja.

—Sé que este cuerpazo —repuso señalando su fino torso— resulta aterrador, pero solo es un entrenamiento, Kereseth.

Akos no se creía que lo único que quería Jorek fuera «practicar con alguien», pero no era mala idea averiguar qué pretendía en realidad. Además, nadie escoge a su familia.

—De acuerdo —respondió.

Se acercaron a una de las arenas de entrenamiento. Un círculo de pintura reflectante, medio descascarillada en algunas zonas, delimitaba el espacio. El aire era cálido gracias al agua caliente que circulaba por las tuberías de arriba, así que Akos ya estaba sudando. Aceptó el cuchillo que le ofrecía Jorek.

—Nunca había visto a nadie que recelara tanto de una pelea de mentira —comentó Jorek, pero Akos no pensaba malgastar el tiempo con bromas.

Atacó para comprobar la velocidad de su enemigo, y Jorek dio un salto hacia atrás, sobresaltado. Akos esquivó el primer intento de Jorek y le dio un codazo. Jorek estuvo a punto de caer de bruces, pero se paró con las puntas de los dedos y se volvió de nuevo para golpear. Esta vez, Akos lo agarró por el codo y lo arrastró a un lado, arrojándolo al suelo, aunque no por mucho tiempo.

Jorek se agachó y le acertó en el estómago a Akos con la punta del cuchillo de mentira.

—Ese punto no es un buen blanco, Kuzar —le dijo Akos—. En una pelea de verdad, yo llevaría armadura.

—Prefiero que me llamen Jorek, no Kuzar. ¿Te has ganado una armadura?

—Sí.

Akos aprovechó la distracción para atacar y le dio un golpe en el cuello con la parte plana del arma. Jorek tosió, medio ahogado, agarrándose la tráquea.

—Vale, vale —jadeó enseñándole la palma de la mano—. Eso responde a la pregunta.

Akos retrocedió hasta el borde de la arena para poner espacio entre ambos.

—¿Qué pregunta? ¿La de mi armadura?

—No. Mierda, eso ha dolido —añadió masajeándose el cuello—. He venido para ver si habías mejorado mucho con el entrenamiento de Cyra. Mi padre me ha dicho que cuando te conoció no sabías ni dónde tenías la mano derecha.

La rabia de Akos tardaba en cristalizar, como el agua al convertirse en hielo, pero, cuando lo hacía, lo hacía con ganas. Como en aquel momento.

—Tu padre… —empezó a decir, pero Jorek lo interrumpió.

—Es un hombre horrible, sí. De eso quería hablar contigo.

Akos se puso a darle vueltas al cuchillo que tenía en la mano una y otra vez, a la espera de la respuesta más adecuada o de que Jorek siguiera hablando. Sin embargo, fuera lo que fuera lo que el chico quería decir, parecía que le costaba. Akos les echó un vistazo a los levantadores de pesas del otro extremo del cuarto; no estaban mirando, ni tampoco creía que los escucharan.

—Sé lo que te hizo mi padre, a ti y a tu familia —añadió Jorek—. También sé lo que le hiciste tú a uno de los hombres que estaban allí. —Señaló con la cabeza el brazo marcado de Akos—. Y quiero pedirte una cosa.

Por lo que sabía Akos, Jorek era una gran decepción para su familia. A pesar de haber nacido entre la élite de Shotet, trabajaba en mantenimiento. Incluso en aquel momento, estaba manchado de grasa.

—¿Y de qué se trata, exactamente? —preguntó Akos mientras le daba otra vuelta al cuchillo.

—Quiero que mates a mi padre —respondió Jorek sin más.

El cuchillo cayó al suelo.

El recuerdo del padre de Jorek estaba tan cerca de Akos como dos hilos de un mismo tapiz. Suzao Kuzar había estado allí cuando la sangre de su padre se derramó por el suelo de su sala de estar. Le había puesto las esposas a Akos en las muñecas.

—No soy imbécil, a pesar de lo que penséis aquí de los thuvhesitas —le soltó Akos, que se empezó a ruborizar mientras recogía la hoja del suelo—. ¿Crees que voy a dejar que me tiendas una trampa?

—Yo corro tanto peligro como tú —contestó Jorek—. Por lo que sé, podrías ir a susurrarle al oído a Cyra Noavek lo que acabo de pedirte y la información podría llegar hasta Ryzek o hasta mi padre. Pero he decidido confiar en tu odio. Tú deberías confiar en el mío.

—¿Confiar en tu odio? ¿El que sientes por tu propio padre? ¿Por qué...? ¿Por qué quieres hacerlo?

Jorek era una cabeza más bajo que Akos y bastante menos ancho. Más pequeño de lo habitual para su edad. Pero su mirada era firme.

—Mi madre corre peligro —respondió Jorek—. Seguramente también mi hermana. Y, como has visto, yo no cuento con la habilidad suficiente para enfrentarme a él en persona.

—Entonces ¿qué? ¿Has decidido matarlo sin más? ¿Qué os pasa a los shotet? —preguntó Akos en voz baja—. Si tu familia corre peligro de verdad, ¿no puedes encontrar el modo de sacar de aquí a tu madre y a tu hermana? Trabajas en mantenimiento, y hay cientos de vehículos flotantes en el muelle de carga.

—No se irían. Además, mi padre seguirá siendo un peligro para ellas mientras viva. No quiero que tengan que vivir así, a la fuga, siempre asustadas —explicó Jorek sin vacilar—. No pienso correr riesgos innecesarios.

—Y no puede ayudarte nadie más.

—Nadie puede obligar a Suzao Kuzar a hacer algo que él no quiera —repuso Jorek entre risas—. Salvo Ryzek, y adivina lo que respondería el soberano de Shotet a mi petición.

Akos se restregó las marcas del codo y pensó en lo salvajes que eran. «No parece gran cosa», había dicho de él la madre de Osno. «Es bastante agradable», había contestado Osno. Bueno, ninguno de los dos sabía lo que era capaz de hacer con un cuchillo, ¿verdad?

—Quieres que mate a un hombre —repitió Akos, como si quisiera escuchar en su propia mente el sonido de aquellas palabras.

—A un hombre que ayudó a secuestrarte. Sí.

—¿Y por qué iba a hacerlo? ¿Porque soy así de bueno? —Akos sacudió la cabeza y le devolvió el cuchillo a Jorek, con el mango por delante—. No.

—A cambio —dijo Jorek— puedo ofrecerte la libertad. Como has dicho, hay cientos de vehículos flotantes en el muelle de carga. No me resultaría difícil ayudarte a coger uno. Te abriría las puertas. Me aseguraría de que la gente de la cubierta de navegación estuviera mirando para otro lado.

Libertad. Se la ofrecía alguien que no sabía lo que significaba, alguien a quien nunca se la habían arrebatado. Solo que la libertad ya no existía para Akos, ni había existido desde el día en que había descubierto su destino. Quizá incluso desde el día que le había prometido a su padre que llevaría a Eijeh a casa.

Así que Akos volvió a negar con la cabeza.

—No hay trato.

—¿No quieres volver a casa?

—Tengo asuntos sin resolver por aquí. Y debería seguir con ellos, así que...

Jorek seguía sin aceptar el cuchillo de práctica, así que Akos lo dejó caer entre los dos y se dirigió a la puerta. Lo sentía por la madre de Jorek, quizá incluso por Jorek, pero ya tenía bastantes problemas en su propia familia, y aquellas marcas no se hacían más fáciles de llevar.

—Entonces ¿qué pasa con ese hermano tuyo? —preguntó Jorek—. ¿El que inhala cuando Ryzek exhala?

Akos se detuvo y apretó los dientes. «Es culpa tuya. Tú eres el que ha comentado lo de los "asuntos sin resolver"», se regañó. De algún modo, saberlo no ayudaba.

—Puedo liberarlo —dijo Jorek—. Llevarlo a casa, donde puedan arreglar lo que sea que le ha emponzoñado el cerebro.

Pensó de nuevo en su intento de huida, en la voz rota de Eijeh al preguntarle por qué había pasado aquello. En sus mejillas hundidas y su piel cetrina. Estaba desapareciendo día a día, estación a estación. Pronto no quedaría mucho que rescatar.

—Vale. —Le salió como un susurro, aunque no era lo que pretendía.

—¿Vale? —repitió Jorek casi sin aliento—. ¿Quieres decir que lo harás?

Akos se obligó a responder.

—Sí.

Para Eijeh, la respuesta siempre era sí.

No se estrecharon la mano, como habrían hecho dos thuvhesitas para cerrar un trato. Allí bastaba con pronunciar las palabras en el idioma que los shotet consideraban sagrado.

Para Akos no tenía mucho sentido que hubiera un guardia apostado al fondo del pasillo de Cyra. Nadie podía vencerla en una pelea. Incluso el guardia parecía estar de acuerdo, ya que ni siquiera registró a Akos en busca de armas cuando este pasó junto a él.

Cyra estaba encorvada sobre la cocina, con una olla a sus pies y un charco de agua en el suelo. En las palmas de las manos se le veían unas pequeñas líneas curvas (marcas de sus uñas, por apretar demasiado los puños), y las manchas oscuras de la corriente la cubrían por todas partes. Akos corrió hasta ella, resbalando un poco en el suelo mojado.

Le sujetó las muñecas, y las marcas desaparecieron como un río que fluye de vuelta a su nacimiento. Él no sintió nada, como siempre. A menudo oía a la gente hablar del zumbido de la corriente, de los lugares y de los momentos en que cedía, pero para él no era más que un recuerdo, y ni siquiera un recuerdo vívido.

La piel de Cyra estaba caliente. Levantó la mirada para buscar la de

Akos. Él ya había averiguado que cuando Cyra estaba inquieta, no se le notaba en la cara, como a otras personas: o tenía cara de enfado, o nada. Sin embargo, ahora que la conocía mejor, veía la tristeza que se asomaba a las grietas de su armadura.

—¿Estás pensando en Lety? —preguntó mientras movía un poco las manos para sujetar las de Cyra y encajaba los dos primeros dedos en el hueco del pulgar.

—Se me ha caído —respondió señalando la olla con la cabeza—, nada más.

«Siempre hay algo más», pensó él, aunque no insistió. Siguiendo un impulso, le acarició el pelo. Era una melena tupida y rizada, y a veces sentía la tentación de enrollarse un mechón en los dedos sin ningún motivo aparente.

Aquel leve contacto trajo consigo una punzada de culpa. Se suponía que no debía hacer cosas como esa, que no debía marchar por voluntad propia hacia su destino, sino luchar contra él; que lo llevaran a rastras. En Thuvhe, todo el que lo mirara a los ojos vería a un traidor. No les daría la razón.

Sin embargo, a veces sentía el dolor de Cyra como si fuera propio y no podía evitar aliviarlo por el bien de ambos.

Cyra le dio la vuelta a la mano dentro de la de Akos, hasta apoyar las puntas de los dedos en la palma del chico. Lo tocaba con ternura y curiosidad. Después le dio un pequeño empujón para apartarlo.

—Llegas pronto —le dijo Cyra mientras cogía un trapo para secar el suelo.

El agua empezaba a filtrarse a través de las suelas de los zapatos de Akos. Cyra volvía a estar cubierta de sombras y hacía muecas de dolor, pero si no quería su ayuda, él no iba a obligarla.

—Sí —respondió—, me he encontrado con Jorek Kuzar.

—¿Qué quería? —preguntó ella mientras pisaba el trapo para que absorbiera más agua.

—¿Cyra?

La muchacha tiró el trapo mojado al fregadero.

—¿Sí?

—¿Cómo podría matar a Suzao Kuzar?

Cyra frunció los labios como solía hacer cuando estaba meditando sobre algo. A él le resultaba perturbador formular aquella pregunta como si fuera algo normal. Y que ella reaccionara como si lo fuese.

Akos estaba muy, muy lejos de casa.

—Tendría que ser en la arena para que fuera legal, como sabes —respondió Cyra—. Y lo mejor es que sea legal, porque si no acabarías muerto. Los desafíos en la arena están prohibidos durante la búsqueda, lo que significa que tendrás que esperar a que acabe. Es otra parte de nuestro legado religioso. —Arqueó las cejas—. Pero tu posición social es inferior a la de Suzao, así que tendrás que provocarlo para que te desafíe él.

Era casi como si ya lo hubiera pensado todo antes, solo que él sabía que no era así. En momentos como aquel comprendía por qué todos la temían. O por qué deberían temerla, incluso sin su don.

—¿Crees que puedo vencerlo en la arena? —preguntó Akos.

—Es un buen luchador, pero no excelente. Seguramente podrías superarlo en habilidades, pero tu verdadera ventaja es que él todavía te ve como el niño que eras.

Akos asintió.

—Así que debería permitir que siga viéndome así.

—Sí.

Cyra puso la olla, ya vacía, bajo el grifo para volver a llenarla. Akos temía su forma de cocinar: casi siempre quemaba la comida cuando lo intentaba y el cuartito entero acababa lleno de humo.

—Asegúrate de que sea lo que de verdad quieres hacer —dijo Cyra—. No quiero verte convertido en alguien como yo.

No lo dijo como si quisiera que él la consolara o se lo rebatiera, sino con una convicción absoluta, como si creyera en su propia monstruosidad con una fe más propia de la religión. Y quizá sí que fuera lo más parecido a una religión que tenía.

—¿Crees que soy tan fácil de echar a perder? —preguntó Akos

imitando la dicción propia de los shotet de clase baja que había oído en el campamento militar. No le salió demasiado mal.

Ella se echó el pelo atrás y se lo recogió con la cuerda que llevaba alrededor de la muñeca desnuda. Volvió a mirarlo a los ojos.

—Creo que todo el mundo es tan «fácil de echar a perder».

Akos estuvo a punto de reírse por la forma en que aquel acento sonaba en boca de Cyra.

—¿Sabes? Nadie tiene por qué estar echado a perder, o ser un monstruo, como dirías tú, para siempre.

Ella lo miró como si estuviera dándole vueltas a la idea. Seguro que ni se le había pasado por la cabeza.

—Deja que cocine yo, ¿vale? —añadió Akos. Le quitó la olla a Cyra, y el agua se desbordó un poco y le mojó los zapatos—. Te garantizo que yo sí que no le prenderé fuego a la cocina.

—Eso solo ha pasado una vez —se defendió ella—. No soy un peligro con patas.

Como la mayoría de las cosas que decía sobre sí misma, era una broma y al mismo tiempo no lo era.

—Sé que no lo eres —respondió Akos muy serio. Después añadió—: Por eso te voy a dejar que cortes la fruta de sal.

Ella seguía pensativa (una expresión que no encajaba en un rostro que se fruncía con tanta facilidad) mientras sacaba la fruta de sal de la enfriadora de la esquina y se colocaba frente a la encimera para cortarla.

CAPÍTULO 16 | CYRA

Mis aposentos se encontraban muy lejos de todo —salvo de las salas de motores— a posta, para poder estar a una distancia considerable del despacho de Ryzek. Me había llamado para entregarme mi itinerario de la travesía: me uniría a él y a algunos de los otros shotet importantes en una reunión social antes de la búsqueda, para ayudarlo a negociar con los líderes de Pitha. Acepté el plan porque solo necesitaba de mi habilidad para fingir, no de mi don.

Tal como había predicho el cínico examinador cuando Akos y yo habíamos visitado la sala de los planetas, Ryzek había establecido que el destino de nuestra travesía sería Pitha, el planeta de agua, conocido por su innovadora tecnología resistente a los elementos. De ser ciertos los rumores sobre el alijo secreto de armas avanzadas que se ocultaba en Pitha, seguro que Eijeh Kereseth ya los habría confirmado, ahora que estaba embrollado en los recuerdos de Ryzek. Y si Eijeh ayudaba a Ryzek a encontrar algunas de las armas más poderosas de la Asamblea, a mi hermano le resultaría sencillo enfrentarse a Thuvhe para conquistar nuestro planeta, como siempre había deseado.

Todavía estaba a medio camino de mis habitaciones cuando todas las luces se apagaron y el pasillo quedó a oscuras. El distante zumbido del centro de control eléctrico de la nave había enmudecido.

Oí unos golpecitos que seguían un patrón: uno, tres, uno; uno, tres, uno.

Me volví, de espaldas a la pared.

Uno, tres, uno.

Las sombras de la corriente me corrieron por los brazos y los hombros. Mientras las tiras de luces de emergencia que tenía a los pies empezaban a brillar, vi un cuerpo que se abalanzaba sobre mí, así que me agaché y solté un codazo sin ver dónde acertaba. Lancé un improperio al ver que golpeaba armadura. Después me giré con pies ligeros, y los bailes que había practicado por diversión se convirtieron en instinto. Desenvainé la hoja de corriente y me lancé contra mi atacante hasta tenerla contra la pared, con el cuchillo contra el cuello. El cuchillo de la desconocida cayó entre sus pies.

Llevaba una máscara con uno de los agujeros de los ojos cosido. Le cubría el rostro desde la frente hasta la barbilla, y una capucha de tela gruesa le tapaba la cabeza. Era bastante más baja que yo, y se había ganado su armadura, ya que era de piel de Blindado.

Gemía ante mi contacto.

—¿Quién eres? —le pregunté.

La megafonía auxiliar de la nave cobró vida entre chisporroteos en cuanto hice la pregunta. Era una reliquia antigua de nuestras primeras travesías y le daba a la voz una cualidad metálica y distorsionada.

—El primer descendiente de la familia Noavek caerá derrotado ante la familia Benesit —decía—. Podrán aplastar la verdad, pero nunca borrarla.

Esperé a que siguiera la voz, pero la megafonía dejó de crepitar y se apagó. La nave volvió a zumbar de nuevo. La mujer cuyo cuello sujetaba con el brazo y con el cuchillo dejó escapar un gemido ahogado.

—Debería detenerte —le susurré—. Detenerte y entregarte para que te interroguen. —Ladeé la cabeza—. ¿Sabes cómo interroga mi hermano a la gente? Me utiliza a mí. Utiliza esto.

Empujé más sombras hacia ella, de modo que se reunieron alrededor de mi antebrazo. La mujer gritó.

Por un momento sonó igual que Lety Zetsyvis.

La solté y retrocedí.

Las luces del suelo habían cobrado vida y nos iluminaban a ambas desde abajo. Vi un solo ojo reluciente en su cabeza, clavado en mí. Las luces de arriba se encendieron, lo cual aprovechó ella para salir corriendo por el pasillo, hasta que desapareció al doblar una esquina.

La había dejado escapar.

Apreté los puños para que no me temblaran las manos. No podía creerme lo que acababa de hacer. Si Ryzek se enteraba...

Recogí su cuchillo, si es que podía denominarse así (era una barra metálica dentada y afilada a mano, con cinta adhesiva alrededor del extremo para convertirlo en una empuñadura) y eché a andar. No estaba segura de la dirección que seguía, solo que necesitaba moverme. No había sufrido ninguna herida, ni había prueba alguna del ataque. Con suerte, estaba demasiado oscuro para que en las grabaciones de seguridad se viera que acababa de dejar escapar a una renegada.

«¿Qué has hecho?».

Corrí por los pasillos de la nave y mis pasos retumbaron unos segundos antes de sumergirme entre la multitud, en el caos. Todo era ruidoso y acelerado, como mi corazón. Me metí las manos en las mangas para no tocar a nadie por accidente. No me iba a mi cuarto. Necesitaba ver a Ryzek antes de que lo hiciera otro, necesitaba asegurarme de que él supiera que yo no había tomado parte en todo aquello. Una cosa era que yo me hubiera negado a seguir torturando y otra muy distinta que participara en una revuelta. Me metí el cuchillo de la renegada en el bolsillo para que nadie lo viera.

Los soldados dieron un paso atrás cuando llegué a las habitaciones de Ryzek en el otro extremo de la nave, el que estaba más cerca del flujo de la corriente. Me indicaron que estaba en su despacho y, cuando me encontré en su puerta, me pregunté si me dejaría entrar; pero me gritó de inmediato que lo hiciera.

Ryzek estaba descalzo, mirando a la pared. Estaba solo, con una taza de extracto de flor del silencio diluida (ya sabía reconocerla al instante) en una mano. No llevaba su armadura y, cuando me miró, vi el caos en sus ojos.

—¿Qué quieres? —quiso saber.

—Pues... —me callé. En realidad no sabía lo que quería, salvo cubrirme las espaldas—. Solo he venido a ver si estabas bien.

—Por supuesto que estoy bien —respondió—. Vas ha matado a los dos renegados que han intentado entrar en esta zona de la nave antes de que pudieran ni gritar.

Retiró una de las cortinas que tapaban el ojo de buey (más grande que la mayoría, casi tan alto como él) y se quedó mirando el flujo de la corriente, que se había vuelto verde oscuro. Casi azul, casi había llegado el momento de la invasión, de la búsqueda, de la tradición de nuestros antepasados.

—¿Crees que las infantiles acciones de un puñado de rebeldes pueden afectarme?

Di un paso hacia él, con cautela, como si fuera un animal salvaje.

—Ryzek, es normal alterarse un poco cuando alguien te ataca.

—¡No estoy alterado! —exclamó gritando cada palabra mientras dejaba la taza de golpe sobre una mesa cercana.

La mezcla de flor del silencio se derramó por todas partes y le manchó de rojo el puño blanco de la camisa.

Mientras lo miraba, me asaltó el recuerdo de sus manos, rápidas y certeras, cuando me abrochó las hebillas del arnés de seguridad antes de mi primera travesía, y de cómo sonreía mientras bromeaba conmigo porque yo estaba nerviosa. No era culpa suya haberse convertido en lo que era, en una persona tan aterrada y de una crueldad tan creativa. Nuestro padre lo había condicionado para que fuera lo que era. El mayor regalo que me había hecho Lazmet Noavek, más que la vida misma, era haberme dejado en paz.

Yo había acudido a Ryzek con amenazas, con rabia, con desdén y con miedo. Nunca había probado con la amabilidad. Mientras que mi padre confiaba en armas como las amenazas certeras y el silencio intimidatorio, mi madre siempre había blandido la amabilidad con la destreza de un cuchillo. Después de tanto tiempo, yo seguía teniendo más de Lazmet que de Ylira, pero eso podía cambiarse.

—Soy tu hermana. No tienes que portarte así conmigo —le dije con toda la dulzura de la que fui capaz.

Ryzek estaba contemplando la mancha de su puño. No respondió, lo que tomé por buena señal.

—¿Recuerdas cuando jugábamos con aquellas figuritas en mi cuarto? —le dije—. ¿Cuando me enseñaste a blandir un cuchillo? Yo no dejaba de apretar el puño y cortarme la circulación de las puntas de los dedos, y tú me enseñaste cómo solucionarlo.

Frunció el ceño. Me pregunté si lo recordaba... o si aquel recuerdo formaría parte de los que había intercambiado con Eijeh. Aun así, quizá hubiera adquirido algo de la amabilidad de Eijeh al entregarle su dolor.

—Tú y yo no hemos sido siempre así —añadí.

Su momento de silencio me permitió albergar esperanzas: de que me tratara de un modo ligeramente distinto, de que nuestra relación pudiera cambiar poco a poco; solo tenía que olvidar su miedo. Nuestras miradas se encontraron y estaba allí, lo veía, casi lo oía. Podíamos ser como antes.

—Y entonces mataste a nuestra madre —respondió en voz baja—. Y, ahora, esto es lo único que podemos ser.

No debería haberme sorprendido, no debería haberme maravillado la forma en que sus palabras podían golpearme como un puñetazo en el estómago. Pero la esperanza me había vuelto imbécil.

Me pasé despierta toda la noche, temiendo lo que haría mi hermano después del ataque.

La respuesta llegó a la mañana siguiente, cuando su voz tranquila y segura brotó de la pantalla de noticias de la pared de enfrente. Salí de la cama rodando y crucé el cuarto para poder encender el vídeo. Mi hermano llenó la pantalla, pálido y esquelético. Su armadura reflejaba la luz y proyectaba un brillo espeluznante sobre su cara.

—Ayer experimentamos una... perturbación. —Le tembló la comisura de los labios como si le pareciera divertido. Era de esperar, ya que Ryzek sabía que no debía demostrar miedo, que había que minimizar en lo posible las acciones de los renegados—. Por muy infantil que fuera, los responsables de esta broma pusieron en peligro la seguridad de la nave al detener su vuelo, lo que significa que debemos encontrarlos para arrancar de raíz este mal. —Su tono se volvió siniestro—. Elegiremos al azar a personas de cualquier edad en la base de datos de la nave y las someteremos a interrogatorios, empezando hoy mismo. Se establecerá un toque de queda desde las veinte horas a las seis horas, que será de obligado cumplimiento para todos los ocupantes de la nave, salvo los esenciales para el funcionamiento de la misma, hasta que consigamos erradicar el problema. También se retrasará la travesía hasta que podamos garantizar la seguridad de la nave.

—Interrogatorios —dijo Akos, que estaba detrás de mí—. ¿Quiere decir «interrogatorios con tortura»?

Asentí.

—Si tenéis información sobre las identidades de las personas involucradas en esta chanza, os conviene comunicarla —siguió diciendo Ryzek—. Si descubrimos que alguien oculta información o miente durante los interrogatorios, también recibirá su castigo, por el bien del pueblo shotet. Tened por seguro que la seguridad de la nave de la travesía y de todos sus ocupantes es mi principal preocupación.

Akos resopló.

—Si no tenéis nada que ocultar, tampoco tenéis nada que temer —añadió Ryzek—. Sigamos preparándonos para demostrar a los demás planetas de esta galaxia nuestra fortaleza y nuestra unidad.

Su cabeza siguió en pantalla unos segundos más y después regresó el agregador de noticias, esta vez en othyrio, idioma que yo conocía bastante bien. Había restricciones de agua en Tepes, en el continente occidental. Los subtítulos en shotet eran fieles. Por una vez.

—«Demostrar nuestra fortaleza y nuestra unidad» —dije citando a Ryzek, más para mí que para Akos—. ¿Para eso sirve la travesía ahora?

—¿Para qué si no?

La Asamblea estaba debatiendo nuevos requisitos para los oráculos de los distintos planetas, que se votarían al cabo de cuarenta días. Los subtítulos en shotet decían: «La Asamblea intenta ejercer un control tiránico sobre los oráculos a través de nuevas medidas abusivas que entrarán en vigor cuando acabe el ciclo de cuarenta días». Fieles, pero sesgados.

Una infame banda de piratas espaciales acababa de ser condenada a quince estaciones de cárcel. Subtítulos en shotet: «Banda de tradicionalistas zoldanos condenada a quince estaciones de cárcel por hablar en contra de las innecesarias normas restrictivas de la Asamblea». Ya no tan fieles.

—Se supone que la travesía es una forma de reconocer que dependemos de la corriente y del que la dirige —expliqué en voz baja—. Es un rito religioso y un modo de honrar a los que vinieron antes que nosotros.

—El Shotet que describes no es el que yo he visto —repuso Akos.

—Quizá solo veas lo que quieres ver —respondí mirándolo.

—Quizá los dos lo hagamos —dijo Akos—. Pareces preocupada. ¿Crees que ahora Ryzek no te dejará en paz?

—Si las cosas se ponen muy mal…

—¿Y si te vuelves a negar a ayudarlo? ¿Qué es lo peor que puede hacerte?

Suspiré.

—Creo que no lo entiendes. Mi madre era muy querida. Una deidad entre mortales. Cuando murió, todo Shotet la lloró. Fue como si el mundo se hubiera hecho pedazos. —Cerré los ojos un momento y dejé que una imagen de su rostro pasara por mi cabeza—. Si descubren lo que le hice, me descuartizarán poco a poco. Ryzek lo sabe, y lo usará si está lo bastante desesperado.

Akos frunció el ceño. Me pregunté, y no por primera vez, qué sentiría él si yo moría. No porque pensara que me odiaba, sino porque sabía que su destino le resonaba en la cabeza siempre que me miraba.

Quizá fuera la Noavek por la que moriría algún día, teniendo en cuenta todo el tiempo que pasábamos juntos. Y yo no podía creerme que me lo mereciera, que mereciera su sacrificio.

—Bueno —dijo—, entonces esperemos que no lo haga.

Estaba inclinado hacia mí. Solo nos separaban unos centímetros. Solíamos estar cerca, cuando luchábamos, cuando entrenábamos, cuando preparábamos el desayuno, y él tenía que tocarme para mantener el dolor a raya. Así que no debería haberme sentido rara por tener su cadera tan próxima a mi vientre, por ver los músculos que se le marcaban en el brazo.

Pero me sentía rara.

—¿Cómo está tu amigo Suzao? —pregunté mientras retrocedía.

—Le di una poción somnífera a Jorek para que se la echara en la medicina que toma por las mañanas —dijo Akos.

—¿Jorek va a drogar a su propio padre? —pregunté—. Interesante.

—Sí, bueno, veremos si Suzao de verdad se desmaya sobre su comida. Quizá se cabree lo suficiente como para desafiarme.

—Yo lo haría unas cuantas veces más antes de revelarle que has sido tú —respondí—. Lo mejor es que, además de estar enfadado, tenga miedo.

—Cuesta pensar en que un hombre como ese pueda asustarse.

—Sí, bueno, todos nos asustamos —repuse suspirando—. Los enfadados, más todavía, creo.

El flujo de la corriente completó su lenta transición del verde al azul, pero seguíamos sin descender sobre Pitha: Ryzek seguía retrasando la travesía. Avanzamos en punto muerto por los límites de la galaxia, fuera del alcance de la Asamblea. La impaciencia era como una nube húmeda que se había asentado sobre la nave; la respiraba cada vez que salía de mis aisladas habitaciones. Aunque, en aquel momento, rara vez lo hacía.

Ryzek no podía retrasar el descenso eternamente; no podía saltarse la travesía sin más, o sería el primer soberano en más de cien estaciones que no cumpliera con nuestras tradiciones.

Le había prometido que guardaría las apariencias, y por eso me encontraba de nuevo en una reunión con sus seguidores más cercanos en la cubierta de observación, unos días después del ataque. Lo primero que vi al entrar fue la oscuridad del espacio a través de las ventanas, abierto a nosotros como si planeáramos hacia el interior de la boca de una enorme criatura. Entonces vi a Vas, que sujetaba una taza de té con los nudillos ensangrentados. Cuando se percató de la sangre, se la limpió con un pañuelo que después se guardó de nuevo en el bolsillo.

—Sé que no puedes sentir dolor, Vas, pero nunca viene mal cuidarse un poco —le dije.

Él arqueó las cejas y dejó la taza. Los demás estaban reunidos en el otro extremo de la habitación, copa en mano, formando grupitos. La mayoría rodeaba a Ryzek como los desechos alrededor de un desagüe. Yma Zetsyvis (con aquella melena que parecía emitir luz contra el fondo oscuro del espacio) estaba entre ellos, rígida por la tensión.

Por lo demás, la habitación estaba vacía, los suelos negros pulidos y las paredes ocupadas por ventanas en curva. No me habría extrañado que saliésemos todos volando.

—Sabes muy poco sobre mi don, teniendo en cuenta la de tiempo que hace que nos conocemos —dijo Vas—. ¿Sabes que pongo alarmas para acordarme de comer y beber? ¿Y que me examino constantemente por si tengo algún hueso roto o hematomas?

Nunca se me había ocurrido pensar qué más había perdido Vas junto con la capacidad de sentir dolor.

—Por eso no me preocupo de las heridas pequeñas —añadió—. Es agotador prestar tanta atención a tu propio cuerpo.

—Ya. Creo que sé algo del tema —respondí.

No era la primera vez que me asombraba lo opuestos que éramos… y lo similares que eso nos hacía; nuestras vidas giraban en torno al dolor, de un modo u otro; ambos invertíamos una increíble cantidad de energía en lo físico. Sentí curiosidad por saber si teníamos algo más en común.

—¿Cuándo se desarrolló tu don? —le pregunté—. ¿Qué te ocurría en ese momento?

—Tenía diez estaciones —respondió.

Estaba apoyado en la pared y se pasó la mano por la cabeza. Tenía el pelo afeitado al cero y, cerca de la oreja, unos cuantos cortes de la cuchilla... que probablemente ni había visto.

—Antes de que me aceptaran al servicio de tu hermano, asistía a un colegio normal. Entonces estaba escuálido y era un blanco fácil. Algunos de los chicos mayores me atacaban. —Sonrió—. Cuando me di cuenta de que no podía sentir dolor, dejé medio muerto a uno de una paliza. No volvieron a meterse conmigo.

Se había encontrado en peligro y su cuerpo había reaccionado. Su mente había reaccionado. Su historia era la misma que la mía.

—Piensas de mí lo mismo que yo pienso de Kereseth —dijo Vas—: crees que soy la mascota de Ryzek, igual que Akos es la tuya.

—Creo que todos servimos a mi hermano. Tú. Yo. Kereseth. Somos todos iguales. —Miré hacia el grupo reunido en torno a Ryzek—. ¿Por qué está aquí Yma?

—¿Te refieres a por qué está aquí después de que la deshonraran su marido y su hija? Se rumorea que ha tenido que ponerse de rodillas para suplicar perdón por las faltas de su familia. Aunque puede que sea una exageración, por supuesto.

Lo dejé allí y me acerqué un poco a los otros. Yma tenía una mano en el brazo de Ryzek y la dejó resbalar hasta el codo. Esperé a ver si mi hermano se apartaba, como hacía casi siempre cuando la gente intentaba tocarlo, pero permitió la caricia, e incluso me dio la impresión de que se pegaba más a ella.

¿Cómo podía Yma soportar mirarlo, por no hablar de tocarlo, después de que Ryzek ordenara las muertes de su hija y de su marido? La observé reírse de algo que había dicho Ryzek. Se le arqueaban las cejas como si le doliera. «O como si estuviera desesperada», pensé. A veces, las dos expresiones se confundían.

—¡Cyra! —exclamó Yma, con lo que llamó la atención de todos sobre mí.

Intenté obligarme a mirarla a los ojos, pero me costaba, teniendo en cuenta lo que le había hecho a su hija. A veces soñaba con Yma cuando soñaba con Lety; me la imaginaba inclinada sobre el cadáver de su hija, gritando a pleno pulmón.

—Cuánto tiempo, ¿qué has estado haciendo?

Miré a Ryzek a los ojos, solo un segundo.

—Cyra ha estado ocupada con una misión especial en mi nombre —respondió Ryzek sin inmutarse—. Debe quedarse cerca de Kereseth.

Era una pulla.

—¿Tan valioso es el menor de los Kereseth? —me preguntó Yma con aquella sonrisa tan peculiar.

—Está por ver —respondí—. Pero nació en Thuvhe, al fin y al cabo, así que sabe cosas sobre nuestros enemigos que nosotros desconocemos.

—Ah —repuso Yma alegremente—. Es que estaba pensando que tu ayuda habría resultado útil en los interrogatorios, como ya lo ha sido antes.

Me dieron ganas de vomitar.

—Por desgracia, para interrogar es necesario una lengua astuta y una mente capaz de detectar cualquier sutileza —comentó Ryzek—. Dos cosas de las que carece mi hermana.

Me había dolido, pero no se me ocurría ninguna respuesta; quizá tuviera razón sobre lo de mi lengua.

Así que dejé que las sombras de la corriente se extendieran y, cuando la conversación se centró en otro tema, me retiré al borde de la sala para mirar al exterior, a la oscuridad que nos rodeaba.

Nos encontrábamos al filo de la galaxia, así que los únicos planetas (o partes de planetas) que se podían ver no estaban lo bastante habitados como para participar en la Asamblea. Los llamábamos «planetas periféricos» o, de forma más coloquial, «los exteriores». Mi madre había exhortado a los shotet para que los consideraran sus hermanos en la misma lucha por la legitimidad. Mi padre se había burlado de la idea en privado, ya que decía que Shotet era mucho más importante que cualquier prole exterior.

Desde mi privilegiada atalaya vi uno de aquellos planetas, nada más que un punto de luz a lo lejos, demasiado grande para ser una de nuestras estrellas. Un brillante hilo del flujo de la corriente se extendía hacia él y lo rodeaba como un cinturón.

—P1104 —dijo Yma Zetsyvis mientras bebía de su taza—. Ese es el planeta que estás observando.

—¿Lo has visitado? —pregunté tensa, aunque intentando mantener un tono despreocupado.

Detrás de nosotros, los demás irrumpieron en carcajadas por algo que había dicho el primo Vakrez.

—Claro que no. Los dos últimos soberanos de Shotet han prohibido los viajes a los planetas exteriores. Quieren, y con razón, poner distancia entre nosotros y ellos de cara a la Asamblea. No es bueno que nos relacionen con una compañía tan vulgar si queremos que nos tomen en serio.

Hablaba como una fiel seguidora de los Noavek. O, para ser más exactos, como una defensora de los Noavek. Se sabía bien el guion.

—Ya —respondí—. Entonces... intuyo que los interrogatorios no han dado resultado.

—Algunos renegados de poca importancia, sí, pero ninguno de los principales. Y, por desgracia, nos quedamos sin tiempo.

«¿Nos?», pensé. Se incluía entre los fieles más cercanos a mi hermano con toda soltura. Quizá sí que le había suplicado su perdón. O quizá hubiera encontrado otro modo de congraciarse con él.

Me estremecí al pensarlo.

—Lo sé. El flujo de la corriente está casi azul. Cambia por momentos —dije.

—Efectivamente, así que tu hermano necesita encontrar a alguien.

Hacerlo público. Demostrar fortaleza antes de la travesía. Por supuesto, la estrategia es importante en tiempos inestables como estos.

—¿Y cuál será la estrategia si no encuentra a alguien a tiempo?

Yma me dirigió su extraña sonrisa.

—Diría que ya conoces la estrategia. ¿Acaso no te ha informado tu hermano, a pesar de tu «misión especial»?

Me dio la impresión de que ambas sabíamos que mi «misión especial» era una mentira.

—Por supuesto —respondí con ironía—. Pero, ya sabes, con una mente tan obtusa como la mía se me olvidan continuamente este tipo de cosas. Seguro que esta mañana se me ha olvidado apagar el fuego de la cocina.

—Sospecho que a tu hermano no le costará encontrar un sospechoso a tiempo para la búsqueda —respondió Yma—. Solo tiene que representar bien el papel de renegado, ¿no?

—¿Va a tenderle una trampa a alguien?

La idea de que una persona inocente muriera porque Ryzek necesitaba una víctima propiciatoria me helaba la sangre, aunque no sabía bien por qué. Unos ciclos antes (incluso unas semanas antes) aquello no me habría perturbado tanto. Sin embargo, Akos había dicho algo que me estaba comiendo por dentro: que no tenía por qué ser así para siempre.

Quizá pudiera cambiar. Quizá ya estaba cambiando con tan solo creer que podía hacerlo.

Pensé en la mujer tuerta a la que había dejado escapar el día del ataque. Su pequeña figura, sus movimientos característicos... Podía encontrarla si lo deseaba, estaba segura.

—Un pequeño sacrificio por el bien del régimen de tu hermano —dijo Yma asintiendo—. Todos debemos hacer sacrificios por nuestro propio bien.

—¿Qué clase de sacrificios has hecho tú? —le pregunté volviéndome hacia ella.

Yma me agarró la muñeca y me la apretó con fuerza. Con más

fuerza de la que yo le atribuía. Aunque sabía que mi don debía de estar quemándola, no me soltó, sino que tiró de mí hacia ella de tal modo que le olí el aliento.

—Me he negado el placer de verte morir desangrada —me susurró.

Después me soltó y caminó contoneándose de vuelta al grupo. Su larga melena pálida, completamente recta, le llegaba hasta la mitad de la espalda. Vista desde atrás, era una columna blanca; hasta su vestido era de un azul tan pálido que casi iba a juego.

Me restregué la muñeca y me fijé en que tenía la piel roja por el apretón. Me saldría un morado, estaba segura.

El repiqueteo de las ollas paró cuando entré en la cocina. En la nave de la travesía trabajaba menos personal que en la mansión de los Noavek, pero reconocí algunos de los rostros. Y también los dones: uno de los friegaplatos estaba haciendo flotar las ollas mientras la espuma le caía por el dorso de las manos, y una de las pinches cortaba la comida con los ojos cerrados mientras el cuchillo descargaba tajos limpios y regulares.

Otega tenía la cabeza metida en la enfriadora. Cuando se hizo el silencio, se irguió y se limpió las manos en el delantal.

—Ah, Cyra —dijo—. A nadie se le da mejor que a ti silenciar una habitación.

Los demás miembros del personal se quedaron mirándola al verla dirigirse a mí con tanta familiaridad, pero yo me limité a reírme un poco. Incluso después de pasarme un tiempo sin verla (hacía ya una estación que no podía enseñarme nada, así que ya solo nos veíamos de vez en cuando, de pasada), ella retomaba nuestro antiguo ritmo como si tal cosa.

—Es un talento único —contesté—. ¿Puedo hablar contigo en privado, por favor?

—Lo planteas como una pregunta cuando, en realidad, es una orden —repuso Otega arqueando las cejas—. Sígueme. Confío en que no te importe charlar en el armario de la basura.

—¿Que si me importa? Es la ilusión de mi vida —respondí con ironía, y la seguí por la estrecha cocina hasta una puerta del fondo.

El hedor del armario era tan fuerte que me empezaron a lagrimear los ojos. Por lo que veía, procedía de las peladuras de fruta podrida y de los restos de carne rancia espolvoreada con hierbas. Si permanecíamos de pie y nos pegábamos mucho la una a la otra, quedaba el espacio justo para las dos. Aparte de nosotras, solo había una enorme puerta que daba a un incinerador de basura; estaba caliente, lo que empeoraba la peste.

Decidí respirar por la boca, consciente, de repente, de lo blanda y mimada que debía de parecerle a Otega. Yo llevaba las uñas siempre limpias y la camisa blanca siempre reluciente. Mientras tanto, Otega estaba cubierta de manchas de comida y tenía el aspecto de una mujer que tendría que haber sido más fornida, pero que no había recibido el alimento suficiente para ello.

—¿Qué puedo hacer por ti, Cyra?

—¿Te apetecería hacerme un favor?

—Depende del favor.

—Tiene que ver con mentir a mi hermano si alguna vez te pregunta al respecto.

Otega cruzó los brazos.

—¿Y qué puede ser eso que implica mentir a Ryzek?

Suspiré. Me saqué del bolsillo el cuchillo de la renegada y se lo enseñé.

—Durante el ataque de los rebeldes, alguien intentó matarme en un pasillo aislado. La detuve, pero después... la dejé marchar.

—¿Por qué narices hiciste eso? —preguntó Otega—. Por el flujo de la corriente, chica, ni tu madre era tan buena.

—No... Bueno, da igual. —Me puse a darle vueltas en la mano al cuchillo. La cinta de la empuñadura era ligera y mullida, doblada para adaptarse a los dedos de su propietaria, que tenía una mano mucho más pequeña que la mía—. Pero quiero encontrarla. Se le cayó esto, y sé que puedes usarlo para localizarla.

El don que la corriente le había otorgado a Otega era uno de los más misteriosos que conocía. Cuando se le entregaba un objeto, era capaz de encontrar a su dueño. Mis padres le habían pedido más de una vez que encontrara a los dueños de algunas armas. Una vez, incluso localizó a alguien que había intentado envenenar a mi padre. En algunas ocasiones, los rastros eran difíciles de leer, según decía, como cuando dos o tres personas consideraban que un objeto era suyo, pero se le daba bien interpretarlos. Si había alguien capaz de encontrar a mi renegada, esa era ella.

—Y no quieres que tu hermano se entere —dijo.

—Sabes lo que le haría. Y la ejecución sería la parte menos mala.

Otega frunció los labios. Pensé en sus hábiles dedos entre mi pelo, cuando me lo trenzó bajo la supervisión de mi madre antes de mi primera Procesión. En el ruido de las sábanas ensangrentadas al quitarlas del colchón el día que me empezó el ciclo, cuando mi madre ya no estaba viva para ayudarme.

—No me vas a contar para qué quieres encontrarla, ¿verdad?

—No.

—¿Tiene que ver con vengarte?

—Verás, si respondo a eso sería como decirte por qué quiero encontrarla, y acabo de decirte que no te lo contaría. —Sonreí—. Venga, Otega. Sabes que puedo cuidar de mí misma, pero no soy tan dura como mi hermano.

—Vale, vale —repuso mientras me quitaba el cuchillo—. Tendré que pasarme un tiempecito con esto. Vuelve mañana, justo antes del toque de queda, y te llevaré hasta su dueña.

—Gracias.

Me metió un mechón de pelo suelto detrás de la oreja y sonrió un poco para disimular la mueca de dolor al tocarme.

—No das tanto miedo, chica —me dijo—. No te preocupes, no se lo contaré a mi personal.

CAPÍTULO 17 | AKOS

Allí, en los límites de la galaxia, no había demasiadas estrellas. A Cyra le encantaba, lo notaba en lo tranquilas que se volvían las sombras de su piel cuando miraba por la ventana. A él le provocaba un escalofrío tanto espacio, tanta oscuridad. Sin embargo, se acercaban al filo del flujo de la corriente, así que se vislumbraba una luz morada en un rincón del holograma del techo.

Pitha no era el planeta al que los había conducido la corriente. Cyra y Akos ya se habían dado cuenta el día en que habían ido a ver a los examinadores, que pensaban que sería Ogra o incluso P1104. Sin embargo, al parecer, Ryzek consideraba que el dictamen de los examinadores no era más que una formalidad. Había seleccionado el planeta que le ofrecía la alianza más útil, según explicaba Cyra.

Cyra siempre llamaba de una forma especial, cuatro golpecitos suaves. Supo que era ella la que estaba a su puerta sin necesidad de levantar la mirada.

—Tenemos que darnos prisa si no queremos perdérnoslo —dijo.

—Te das cuenta de que estás siendo misteriosa a posta, ¿no? —preguntó Akos sonriendo—. Todavía no me has dicho qué es eso que no nos podemos perder.

—Sí que me doy cuenta, sí —repuso ella devolviéndole la sonrisa.

Llevaba un vestido azul apagado con mangas justo por encima del codo, así que, cuando Akos acercó la mano para sujetarle el brazo, se aseguró de agarrarla donde terminaba la tela. Pensó que el color del vestido no le pegaba. Parecía más ella misma cuando se había vestido de morado en el Festival de la Travesía o con su ropa oscura de entrenamiento. Sin embargo, tampoco había mucho que pudiera hacer Cyra Noavek para que su aspecto no llamara la atención, y Akos estaba bastante seguro de que ella lo sabía.

No tenía sentido negar la evidencia, al fin y al cabo.

Recorrieron a toda prisa los pasillos y tomaron un camino que Akos no conocía. Los carteles de las paredes, que daban indicaciones cada vez que se bifurcaban los pasillos, decían que se dirigían a la cubierta de navegación. Subieron por una escalera estrecha y Cyra asomó la cabeza por una rendija de la pared al llegar arriba. Se abrieron dos puertas macizas, y una pared de cristal los recibió tras ellas.

Y, más allá, el espacio. Estrellas. Planetas.

Y el flujo de la corriente, que ganaba tamaño e intensidad por segundos.

Docenas de personas trabajaban con varias filas de pantallas, justo enfrente del cristal. Sus uniformes estaban limpios y se parecían un poco a las armaduras de Shotet: azul oscuro y abultados en los hombros, aunque estaban confeccionados con tela flexible en vez de con piel de Blindado. Uno de los hombres de más edad vio a Cyra y se inclinó para saludarla.

—Señorita Noavek —dijo—, empezaba a pensar que esta vez no la vería por aquí.

—No me lo perdería por nada, navegante Zyvo —respondió Cyra. Y, mirando a Akos, añadió—: Llevo viniendo desde que era niña. Zyvo, este es Akos Kereseth.

—Ah, sí —dijo el hombre—. He oído un par de historias sobre usted, Kereseth.

Por su tono, Akos estaba convencido de que habían sido más de un par, y se puso tan nervioso que se ruborizó.

—A los shotet les gusta cotillear —le dijo Cyra—. Sobre todo acerca de los agraciados con un destino.

—Ya —consiguió responder Akos.

Agraciado con un destino... Eso era él, ¿no? Ahora le sonaba a estupidez.

—Puede ocupar su lugar de siempre, señorita Noavek —dijo Zyvo mientras apuntaba con la mano a la pared de cristal, que se curvaba hasta pasar por encima de ellos y fundirse con el techo de la nave, empequeñeciéndolos.

Cyra lo condujo a un punto desde el que se veían todas las pantallas. A su alrededor, la tripulación se gritaba instrucciones o números. Akos no sabía qué pensar de todo aquello. Cyra estaba sentada en el suelo, rodeándose las rodillas con los brazos.

—¿Y para qué hemos venido?

—La nave está a punto de pasar a través del flujo de la corriente —respondió Cyra sonriendo—. Te prometo que jamás has experimentado nada parecido. Ryzek estará en la cubierta de observación con sus seguidores más cercanos, pero yo prefiero venir aquí para no gritar delante de sus invitados. Esto puede ser bastante... intenso. Ya lo verás.

Desde donde estábamos, el flujo de la corriente parecía un enorme cumulonimbo preñado de color, en vez de lluvia. Toda la galaxia coincidía en reconocer su existencia (difícil negar la realidad de algo que se veía con claridad desde la superficie de cualquiera planeta), pero para cada pueblo significaba algo distinto. Los padres de Akos hablaban de la corriente como si fuera una guía espiritual que no entendían del todo, pero Akos sabía que muchos shotet veneraban a la corriente o, según la secta, a una entidad superior que la dirigía. Algunos creían que no era más que un fenómeno natural, que no había nada espiritual en ello. Akos nunca le había preguntado su opinión a Cyra.

Estaba a punto de hacerlo cuando alguien anunció:

—¡Preparaos!

A su alrededor, todo el mundo se agarró a lo que pudo. El cumulonimbo del flujo de la corriente ocupó por completo el cristal que tenía enfrente y, entonces, todos ahogaron un grito al unísono, salvo Akos. Cada centímetro de la piel de Cyra se volvió negro como el espacio. Tenía los dientes, tan blancos en contraste con su don, apretados, aunque era casi como si sonriera. Akos fue a tocarla, pero ella negó con la cabeza.

Unos remolinos de azul vivo cubrieron el cristal. Había también vetas de un color más claro, de un azul casi morado y de un intenso azul marino. El flujo de la corriente era enorme, reluciente y estaba por todas partes, por todas partes. Era como si un dios los rodeara con sus brazos.

Algunas personas habían extendido las manos en actitud reverencial; otras estaban de rodillas; y otras se agarraban el pecho o el estómago. Las manos de un hombre emitían un brillo tan azul como el de la corriente, y unos pequeños orbes, como de fenzu, volaban alrededor de la cabeza de una mujer. Los dones de la corriente estaban fuera de control.

Akos pensó en la Floración. Los thuvhesitas no eran tan... expresivos como los shotet durante sus ritos, pero la sensación era la misma. Se reunían para celebrar algo que, entre todos los pueblos de la galaxia, solo les sucedía a ellos en cierto momento de la estación. Y adoraban ese instante, su especial belleza.

Todos sabían que los shotet seguían el flujo de la corriente por el espacio como un acto de fe, pero, hasta entonces, Akos no había entendido el porqué; pensaba que, quizá, creían que debían hacerlo. Sin embargo, una vez vivido de cerca, era imposible imaginarse una vida entera sin volver a verlo.

Por otro lado, se sentía al margen, no solo porque él fuera thuvhesita y ellos, shotet, sino porque ellos podían sentir el zumbido de la corriente y él no. La corriente no lo atravesaba. Era como si fuera menos real que ellos, como si estuviera menos vivo.

Mientras lo pensaba, Cyra le ofreció su mano. Él la aceptó para aliviarla de las sombras y le sorprendió comprobar que la chica tenía lágrimas en los ojos, aunque no sabía si de dolor o de asombro.

Entonces, ella dijo algo extraño. Sin aliento y con veneración.

—Eres silencio.

El agregador de noticias de la Asamblea estaba sonando en la pantalla de la habitación de Cyra cuando volvieron. Akos pensó que Cyra debía de haberse dejado la pantalla encendida por error y, mientras ella iba al baño, él se acercó a la pared para apagarla. Sin embargo, antes de llegar a hacerlo, se fijó en el titular que aparecía en la parte inferior de la pantalla: «Los oráculos se reúnen en Tepes».

Akos se sentó en el borde de la cama de Cyra.

Quizá viera a su madre.

Se pasaba la mitad del tiempo intentando convencerse de que Cisi y su madre ya no existían. Era más sencillo que recordar que seguían vivas y que no volvería a verlas, teniendo en cuenta lo que dictaba su destino. Pero no podía obligarse a creer una mentira. Estaban allí mismo, al otro lado de la hierba pluma.

La imagen del agregador de noticias llegó a la superficie de Tepes. Tepes era el planeta más cercano al sol, el planeta de fuego, en contraste con su planeta de hielo. Akos sabía que había que vestir un traje especial para caminar por la superficie, más o menos como en Hessa, donde no se podía caminar por la calle durante la hora adormecida sin morir congelado. No lograba imaginárselo; no podía hacerse a la idea de que el cuerpo le ardiera de ese modo.

—Los oráculos prohíben la intervención exterior durante sus sesiones, pero esta grabación la realizó un niño local cuando llegaron las últimas naves —dijo una voz en othyrio. La mayoría de las emisiones de la Asamblea se hacían en dicho idioma, ya que casi todo el mundo, salvo los shotet, lo comprendía—. Fuentes internas nos indican que es probable que los oráculos debatan sobre las últimas restricciones legales impuestas por la Asamblea la semana pasada, en el marco de su empeño por terminar exigiendo que todas las reuniones de los oráculos sean públicas.

Era una antigua queja de su madre: que la Asamblea siempre estaba intentando interferir en los asuntos de los oráculos, que no soportaban que quedara algo en la galaxia que ellos no pudieran controlar. Y él sabía que no era poca cosa: los destinos de las familias agraciadas, el futuro de los planetas en su interminable variedad. «Quizá a los oráculos no les vendría mal un poco de control», pensó Akos, y se sintió como un traidor.

Akos no podía leer casi nada de la traducción al shotet que aparecía en la parte inferior de la pantalla, solo conocía los caracteres de «oráculo» y «Asamblea». Cyra le había dicho algo así como que el carácter shotet para «Asamblea» expresaba la amargura de los shotet por el hecho de que aquel organismo no los hubiera reconocido todavía. Las decisiones sobre el planeta que Thuvhe y Shotet compartían (en temas de comercio, ayuda o viajes) las tomaba Thuvhe y nada más que Thuvhe, lo que dejaba a Shotet a merced de sus enemigos. Tenían razones de sobra para estar amargados, suponía Akos.

Oyó agua correr: Cyra se estaba duchando.

La grabación de Tepes mostraba dos naves. Estaba claro que la primera no era thuvhesita; era demasiado elegante, de formas aerodinámicas y planchas perfectas. Sin embargo, la otra bien podría haberlo sido, ya que tenía quemadores de combustible blindados contra el frío, en vez del calor, con un sistema de respiraderos. A él siempre le habían parecido agallas.

Entonces se abrió la escotilla de la nave y por ella salió una mujer vivaz con un traje reflectante. Como nadie más se unió a ella, supo que era una nave thuvhesita. Al fin y al cabo, todos los planetas nación tenían tres oráculos, salvo Thuvhe. Tras la captura de Eijeh y la muerte del oráculo que caía en la invasión de Shotet, solo quedaba la madre de Akos.

El sol llenaba el cielo de Tepes como si el planeta entero ardiera, rebosante de color. El calor brotaba de la superficie del planeta formando ondas. Reconoció los andares de su madre mientras ella dirigía la marcha hacia el monasterio en el que se reunían los oráculos. Después desapareció detrás de una puerta y la grabación se cortó para que el agregador pasara a hablar de la hambruna en una de las lunas exteriores.

No sabía cómo sentirse. Era la primera vez en mucho tiempo que vislumbraba algo relacionado con su hogar, pero también estaba viendo a la mujer que no había advertido a su propia familia de lo que sabía que le esperaba. La que ni siquiera se había presentado para presenciarlo. Había dejado morir a su marido, había permitido que el oráculo que caía se sacrificara y que uno de sus hijos (ahora la mejor arma de Ryzek) fuese secuestrado, en vez de ofrecerse ella en su lugar. «Malditos sean los destinos», pensó Akos. Se suponía que aquella mujer era su madre.

Cyra abrió la puerta del baño para dejar salir el vapor y se echó el pelo por encima de un hombro. Estaba vestida, esta vez con ropa de entrenamiento.

—¿Qué pasa? —preguntó. Siguió la mirada de Akos hasta la pantalla—. Oh. ¿La has... visto?

—Creo que sí.

—Lo siento. Sé que intentas evitar sentir añoranza.

Añoranza no era la palabra adecuada. Lo que evitaba era sentirse perdido, perdido en la nada, entre gente que no comprendía, sin más esperanza de devolver a su hermano al hogar que matando a Suzao Kuzar en cuanto volviera a ser legal.

En vez de decirle eso, respondió:

—¿Cómo lo sabes?

—Nunca hablamos en thuvhesita, a pesar de que sabes que lo domino —respondió, y encogió un hombro—. Es la misma razón por la que no guardo ningún retrato de mi madre por aquí: a veces es mejor... seguir adelante.

Cyra volvió a meterse en el baño. Él la observó acercarse más al espejo para tocarse un granito de la barbilla; después se secó el agua de la frente y del cuello. Era lo mismo que hacía siempre, solo que, ahora, Akos se fijó. Es decir, se fijó en que lo sabía; en que conocía sus rutinas, en que la conocía a ella.

Y en que le gustaba.

CAPÍTULO 18 | CYRA

—Sígueme —me dijo Otega cuando me reuní con ella junto a la cocina aquella noche.

Llevaba el cuchillo de la renegada apretado en el puño y se le veía la cinta blanca entre los dedos. Había encontrado a mi rebelde.

Me eché la capucha y caminé detrás de ella. Me había cubierto por completo (los pantalones metidos en las botas, las manos tapadas con las mangas de la chaqueta y la cara oculta bajo la capucha), de modo que no me reconociera nadie. No todos los shotet conocían mi aspecto, ya que mi rostro no estaba pegado en todos los edificios públicos y salas importantes, como ocurría con el de Ryzek, pero una vez que veían las sombras de la corriente recorrerme las mejillas o el brazo, ya sabían quién era. En aquel momento prefería que no lo supieran.

Salimos del ala de los Noavek y dejamos atrás las arenas de entrenamiento y la piscina (donde los shotet más jóvenes podían aprender a nadar para prepararse para las travesías al planeta del agua), un comedor que olía a pan quemado y varios armarios de mantenimiento. Cuando Otega frenó y empezó a agarrar el cuchillo de la renegada con más fuerza, ya habíamos llegado a la cubierta de motores.

El ruido era tan intenso debido a la proximidad de la maquinaria que, de haber intentado hablar entre nosotras, habríamos tenido que gritar. Todo olía a aceite.

Otega me apartó un poco del ruido para conducirme a los aposentos de los técnicos, cerca del muelle de carga. Nos encontramos en un pasillo largo y estrecho, con puertas a ambos lados cada pocos metros. En todas ellas figuraba un nombre. Algunas estaban decoradas con luces de fenzu o pequeños faroles de piedras de quemar de distintos colores, o *collages* de tiras cómicas dibujadas en los esquemas del motor, o fotos granuladas de familiares o amigos. Me sentía como si hubiera entrado en otro mundo, completamente distinto del Shotet que conocía. Y deseé que Akos hubiera estado allí para verlo; le habría gustado.

Otega se detuvo junto a una puerta de decoración espartana, cerca del final del pasillo. Encima del nombre «Surukta» colgaba un manojo de hierba pluma seca, sujeto con un dije metálico. También había unas cuantas páginas de lo que parecía ser un manual técnico escrito en otro idioma. Pithariano, parecía. Debían de ser de contrabando, ya que era ilegal poseer documentos en otros idiomas para algo que no fuera su traducción aprobada por el gobierno. Sin embargo, allí abajo seguro que nadie se molestaba en hacer cumplir normas como aquella. Carecer de importancia para Ryzek Noavek tenía sus ventajas.

—Vive aquí —dijo Otega mientras daba unos golpecitos en la puerta con la punta del cuchillo—. Aunque ahora mismo no está. La he seguido hasta su puerta esta mañana.

—Entonces, esperaré a que vuelva —respondí—. Gracias por tu ayuda, Otega.

—Un placer. Creo que nos vemos demasiado poco.

—Pues ven a verme cuando quieras.

Otega negó con la cabeza.

—La línea que divide tu mundo del mío es demasiado gruesa. —Me ofreció el cuchillo—. Ten cuidado.

Le sonreí mientras se alejaba y, cuando dobló la esquina al final del pasillo y desapareció, intenté abrir la puerta de la renegada. No estaba cerrada con llave; dudaba que tardase mucho en volver.

Era uno de los cuartos más pequeños que había visto. En un rincón habían encajado un lavabo y, en el otro, una cama sobre unos soportes. Bajo la cama vi una caja del revés cubierta de cables, interruptores y tornillos. En una tira magnética pegada a la pared había unas herramientas tan pequeñas que me parecían especialmente difíciles de manipular y, al lado de la cama, había una foto.

Me incliné un poco para verla. En ella, una joven de larga melena rubia abrazaba a una mujer de cabello tan plateado que parecía una moneda. Junto a ellas se veía a un chico que sacaba la lengua por un lado de la boca. De fondo salían otras personas (casi todas de pelo claro, como el resto), pero estaban demasiado borrosas para distinguirlas.

Surukta. ¿Me resultaba familiar el apellido o eran cosas mías?

La puerta se abrió detrás de mí.

Era pequeña y flaca, justo como recordaba. Llevaba el holgado mono de uniforme desabrochado hasta la cintura y una camiseta sin mangas debajo. Se había recogido el pelo para apartárselo de la cara; un parche le tapaba uno de los ojos.

—¿Qué...?

Extendió los dedos junto a los costados, tensos. Llevaba algo en el bolsillo de atrás, una especie de herramienta. Vi que movía la mano hacia ella despacio, intentando ocultarme el movimiento.

—Adelante, saca el destornillador o lo que sea —le dije—. Estaré encantada de vencerte una segunda vez.

El parche era negro y le encajaba mal, demasiado grande para su cara. Pero el ojo que le quedaba era del mismo color azul intenso que recordaba haber visto durante el ataque.

—No es un destornillador, es una llave inglesa —respondió—. ¿Qué hace Cyra Noavek en mi humilde morada?

Nunca antes había oído pronunciar mi nombre con tanto veneno, y eso ya era decir mucho.

Me miraba con un desconcierto muy ensayado; de hecho, me habría engañado de no haber estado yo tan convencida de encontrarme en el lugar correcto. A pesar de lo que afirmara Ryzek, sí que era capaz de detectar las sutilezas.

—¿Te llamas? —pregunté.

—Entras sin invitación en mi hogar ¿y me tienes que preguntar el nombre?

Dio un paso más y cerró la puerta detrás de ella.

Era una cabeza más baja que yo, pero de movimientos fuertes y decididos. Era una luchadora con talento, de eso no me cabía duda, y probablemente por eso los rebeldes la habían enviado a por mí aquella noche. Me pregunté si le habrían pedido que me matara. En realidad, ya no me importaba.

—Será más rápido si me das un nombre.

—Teka Surukta, entonces.

—De acuerdo, Teka Surukta. —Dejé su improvisado cuchillo en el borde del lavabo—. Creo que esto te pertenece. He venido a devolvértelo.

—No... no sé de qué me hablas.

—No te entregué aquella noche, así que ¿qué te hace pensar que voy a hacerlo ahora?

Intenté encorvarme, como ella, pero la posición me resultaba poco natural. Mi madre y mi padre me habían enseñado a permanecer siempre erguida, con las rodillas juntas y las manos entrelazadas cuando no estaba usándolas. Cuando se es una Noavek no se puede mantener una conversación informal, así que no aprendí ese arte.

Ella ya no parecía desconcertada.

—¿Sabes qué te digo? Que quizá te fuera mejor si usaras como arma una de tus herramientas en vez de esta... cosa con cinta —le dije mientras señalaba los delicados instrumentos pegados al imán de la pared—. Parecen afilados como agujas.

—Son demasiado valiosos. ¿Qué quieres de mí?

—Supongo que depende de la clase de personas que seáis tus amigos renegados y tú. —Nos rodeaba el ruido del agua que goteaba y las tuberías que crujían. Todo olía a moho y humedad, como una tumba—. Si los interrogatorios no producen resultados reales en los próximos días, mi hermano incriminará a alguien y lo ejecutará. Seguramente se tratará de una persona inocente. Le da igual.

—Me sorprende que a ti no —respondió Teka—. Se supone que eres una especie de sádica.

Noté un dolor agudo cuando una sombra me cruzó la mejilla y se me extendió por la sien. La vi por el rabillo del ojo y reprimí el impulso de hacer una mueca cuando sufrí la primera punzada en los senos nasales.

—Es de suponer que todos erais conscientes de las posibles consecuencias de vuestras acciones cuando os apuntasteis a esta causa, sea la que sea —dije sin prestar atención a su comentario—. La persona que mi hermano elija para llevarse el golpe no será alguien que haya aceptado ese riesgo. Morirá porque vosotros queríais gastarle una broma a Ryzek Noavek.

—¿Una broma? —repitió Teka—. ¿Así es como llamas a dar a conocer la verdad? ¿A desestabilizar el régimen de tu hermano? ¿A demostrar que podemos controlar el movimiento de esta nave?

—Para lo que nos ocupa, sí. —Las sombras me corrieron por el brazo y me rodearon el hombro hasta asomarse a través de mi camiseta blanca. Teka las seguía con la mirada. Di un respingo y seguí hablando—. Si te importa la muerte de una persona inocente, te sugiero que se te ocurra un nombre de verdad y que me lo des antes de que acabe el día. Si no te importa, dejaré que Ryzek elija a su objetivo. Todo depende de ti… A mí me da igual una cosa que otra.

Ella descruzó los brazos y se volvió para apoyar ambos hombros en la puerta.

—Mierda —dijo.

Unos minutos después, seguí a Teka Surukta por el túnel de mantenimiento principal hacia el muelle de carga. Cada ruido y cada crujido que oía me hacía dar un respingo, lo que, en aquella parte de la nave, era como decir que más que andar brincaba. Aunque estábamos lejos de la mayoría de la población de la nave, el estruendo era feroz.

Nos encontrábamos en una plataforma elevada con el ancho justo para que dos personas delgadas se cruzaran metiendo tripa, por encima de toda la maquinaria, los tanques de agua, las calderas, y los motores de corriente que mantenían la nave en movimiento y la hacían habitable. De haberme perdido entre los engranajes y las tuberías, jamás habría encontrado el camino de vuelta.

—Si tu plan es alejarme de todo el mundo para poder matarme —le dije—, quizá descubras que es más difícil de lo que te imaginas.

—Primero me gustaría saber qué pretendes —repuso Teka—. No eres lo que me esperaba.

—¿Y quién lo es? —pregunté en tono sombrío—. Supongo que será una pérdida de tiempo preguntarte cómo conseguiste apagar las luces de la nave.

—No, eso es fácil.

Teka se detuvo y apoyó la palma de la mano en la pared. Cerró el ojo, y la luz que teníamos encima, atrapada en una jaula de metal para protegerla, parpadeó. Una vez, después tres veces. El mismo ritmo que había oído antes de que ella me atacara.

—Puedo alterar todo lo que funcione con la corriente —explicó—. Por eso soy técnico. Por desgracia, el truco de la luz solo funciona en la nave de la travesía, ya que todas las luces de Voa son fenzu o piedras de quemar, y con eso no puedo hacer gran cosa.

—Entonces debe de gustarte más la nave de la travesía.

—Por así decirlo. Pero es un poco claustrofóbica cuando vives en una habitación del tamaño de un armario.

Llegamos a una zona abierta, una rejilla situada por encima de uno de los convertidores de oxígeno, que eran tres veces más altos que yo y dos veces más anchos. Procesaban el dióxido de carbono que emitíamos, recogido por los conductos de ventilación de la nave, y lo convertían en oxígeno a través de un complejo proceso que yo no comprendía. En la última travesía había intentado leer un libro al respecto, pero el lenguaje era demasiado técnico para mí. No podía dominar todos los temas.

—Quédate aquí —me dijo Teka—. Voy a buscar a alguien.

—¿Que me quede aquí? —repetí, pero ella ya se había ido.

Mientras esperaba sobre la rejilla, perlas de sudor se me acumulaban en la parte baja de la espalda. Oía sus pasos, pero, por culpa del eco, no sabía en qué dirección iban. ¿Volvería con una horda de renegados para terminar el trabajo empezado en el ataque? ¿O sería sincera al decir que ya no quería matarme? Me había metido en aquella situación sin pensar demasiado en mi propia seguridad, y ni siquiera sabía bien el motivo, excepto que no quería ser testigo de la ejecución de un inocente cuando había tantos culpables ocultos.

Cuando oí el roce de unos pies sobre las escaleras metálicas, me volví y me encontré con una mujer mayor que nosotras, alta y esbelta, que se me acercaba a grandes zancadas. Su cabello brillaba como el costado de un flotante de transporte. La reconocí de la foto que colgaba junto a la cama de Teka.

—Hola, señorita Noavek —me saludó—. Soy Zosita Surukta.

Zosita llevaba la misma ropa que su hija, con los pantalones arremangados para dejar al aire los tobillos. Unas profundas arrugas le recorrían la frente, fruto de toda una vida frunciendo el ceño. Algo en ella me recordaba a mi madre, serena, elegante y peligrosa. No era fácil intimidarme, pero Zosita lo conseguía. Mis sombras se aceleraron más de lo habitual, como el aliento, como la sangre.

—¿Te conozco de algo? —le pregunté—. Me suena tu nombre.

Zosita ladeó la cabeza como un pájaro.

—No sé cómo podría haber conocido antes de hoy a alguien como Cyra Noavek.

No me lo creí del todo. Había algo raro en su sonrisa.

—Teka te ha contado por qué estoy aquí, ¿no? —pregunté.

—Sí —respondió Zosita—. Aunque todavía no sabe lo que voy a hacer, que es entregarme yo.

—Cuando le pedí un nombre, no pensaba que sería el de su madre... —empecé a replicar tragando saliva.

—Todos estamos preparados para enfrentarnos a las consecuencias de nuestras acciones —repuso Zosita—. Aceptaré toda la responsabilidad del ataque, y será creíble, ya que soy una exiliada de Shotet. Antes enseñaba a los niños shotet a hablar othyrio.

Algunos de los shotet de más edad todavía sabían otros idiomas, aprendidos antes de que fuera ilegal hablarlos. Ni Ryzek ni mi padre podían hacer nada al respecto; no se puede obligar a una persona a «desaprender» algo. Yo sabía que algunos enseñaban y que hacerlo podía suponer el exilio, pero nunca había conocido a ninguno de ellos.

La mujer movió la cabeza, esta vez hacia el otro lado.

—Por supuesto, era mi voz la que sonó por el intercomunicador —añadió Zosita.

—Sabes... —Me aclaré la garganta—. Sabes que Ryzek te ejecutará. En público.

—Soy consciente de ello, señorita Noavek.

—Vale. —Hice una mueca cuando las sombras siguieron extendiéndose por mi cuerpo—. ¿Estás preparada para soportar un interrogatorio?

—Suponía que no necesitaría interrogarme si acudía por voluntad propia —respondió arqueando las cejas.

—Le preocupa la colonia en el exilio. Querrá obtener toda la información que pueda de ti antes de... —La palabra «ejecutarte» se me quedó atragantada.

—Matarme —concluyó ella por mí—. Vaya, vaya, señorita Noavek, ¿ni siquiera puede decir esas palabras? ¿Tan blanda es?

Detuvo la mirada en la armadura que me cubría el brazo marcado.

—No —le espeté.

—No se trata de un insulto —repuso ella con un poco más de amabilidad—. Gracias a los corazones blandos merece la pena vivir en este universo.

Pensé en Akos, aunque no me lo esperaba; en cuando me había

susurrado una maquinal disculpa en thuvhesita, tras rozarse conmigo en la cocina. Aquella noche, yo me había repetido una y otra vez sus amables palabras como si fueran una música que no podía quitarme de la cabeza. Y ahora, con la misma facilidad, regresaban a ella.

—Sé lo que es perder a una madre —dije—. No se lo deseo a nadie, ni siquiera a las renegadas que apenas conozco.

Zosita se rio un poco mientras sacudía la cabeza.

—¿Qué? —pregunté a la defensiva.

—Yo... me alegré de la muerte de tu madre —respondió. Me quedé helada—. Igual que me alegré de la de tu padre y me habría alegrado de la de tu hermano. Puede que incluso de la tuya. —Acarició con los dedos la barandilla de metal que tenía al lado, y me imaginé las huellas de su hija, que habían estado allí hacía unos minutos, ahora borradas por su contacto—. Es muy raro darte cuenta de que tus peores enemigos pueden tener una familia que los quiere.

«No conocías a mi madre», quise ladrarle. Como si importara en algún momento lo que aquella mujer pensara de Ylira Noavek. Pero Zosita ya había desaparecido a medias de mi cabeza, como su propia sombra. En aquel momento se dirigía hacia su propio fin, y ¿por qué? ¿Por asestar un buen golpe a mi hermano? Dos renegados habían caído en el ataque a Ryzek. ¿Había merecido la pena perder la vida por eso?

—¿De verdad merece la pena morir por esto? —pregunté frunciendo el ceño.

Ella seguía esbozando aquella extraña sonrisa.

—Después de huir de Shotet, tu hermano reunió en su casa a lo que quedaba de mi familia —me dijo—. Yo pretendía enviar a alguien a por mis hijos cuando llegara a un lugar seguro, pero él los encontró primero. Mató al mayor y después le sacó el ojo a mi hija por unos delitos en los que ellos no tenían nada que ver. —Se rio de nuevo—. Y, mírate, ni siquiera te sorprende. Lo has visto hacer cosas peores, sin duda, y a su padre antes que a él. Sí, merece la pena. Y mereció la pena para los dos que perdieron la vida intentando acabar con el mayordomo de tu hermano. Supongo que no lo entenderás.

Permanecimos largo rato allí, acompañadas tan solo por el murmullo de las tuberías y los pasos lejanos. Yo estaba demasiado confundida, demasiado cansada para ocultar las muecas y respingos que me producía mi don.

—Y, en respuesta a tu pregunta, sí, puedo soportar un interrogatorio —añadió Zosita—. ¿Sabes tú mentir? —Volvió a esbozar una sonrisa de suficiencia—. Supongo que es una pregunta estúpida. Mejor dicho, ¿mentirás?

Vacilé.

¿Cuándo me había convertido en la clase de persona que ayuda a rebeldes? Acababa de contarme que se alegraría de mi muerte. Al menos, Ryzek deseaba mantenerme con vida… ¿Qué me harían los renegados si conseguían derrocar a mi hermano?

Por algún motivo, no me importaba.

—Se me da mejor contar mentiras que contar la verdad —respondí.

Era una cita de un poema que había leído en la fachada de un edificio, en una de mis excursiones con Otega: «Soy shotet. Soy cortante como el cristal roto e igual de frágil. Se me da mejor contar mentiras que contar la verdad. Veo toda la galaxia ante mí, pero nunca capto ni uno de sus destellos».

—Pues venga, vamos a contar unas cuantas —dijo Zosita.

CAPÍTULO 19 | AKOS

Akos se inclinó sobre la olla que reposaba en el quemador de su cuartito de la nave de la travesía e inhaló el humo amarillo. Todo lo que tenía delante se nubló, y notó que la cabeza, pesada, se le caía sobre la encimera. Fue solo un instante, antes de darse cuenta y erguirse.

«Parece lo bastante fuerte —pensó—. Bien».

Había tenido que pedirle a Cyra que le procurara unas hojas de sendes para reforzar la droga y conseguir así que actuara más deprisa. Y había funcionado: la había probado la noche anterior y había tardado tan poco en dormirse después de tragársela que se le había caído de las manos el libro que estaba leyendo.

Apagó las llamas para dejar que el elixir se enfriara y después se puso alerta al oír que llamaban. Miró la hora. En Thuvhe era más consciente de los ritmos del mundo, de la oscuridad a la hora adormecida y de la luz del despertar, del modo en que el día se cerraba como un ojo. Allí, sin el alba y el crepúsculo para guiarlo, siempre estaba mirando la hora. Eran las diecisiete. La hora de Jorek.

El guardia del pasillo estaba allí cuando abrió la puerta, mirándolo con aire crítico. Jorek estaba detrás de él.

—Kereseth —dijo el guardia—, este dice que ha venido a verte.

—Sí —respondió Akos.

—No sabía que pudieras recibir visitas —dijo el guardia con un resoplido—. No son tus aposentos, ¿no?

—Me llamo Jorek Kuzar —dijo Jorek, haciendo hincapié en el apellido—. Así que déjalo en paz.

El guardia, con las cejas arqueadas, examinó el uniforme de mecánico de Jorek.

—No seas duro con él, Kuzar —añadió Akos—. Tiene el trabajo más aburrido del mundo: proteger a Cyra Noavek.

Akos regresó a su estrecha habitación, que olía a hojas y malta. A medicina. Mojó un dedo en la mezcla para comprobar si quemaba. Todavía estaba tibia, pero lo bastante fría como para verterla en un frasco. Se limpió el dedo en los pantalones, ya que no quería que la piel absorbiera la droga, y se puso a buscar un frasco limpio en los cajones.

Jorek estaba de pie junto a la puerta. Mirando. Con la mano apoyada en la nuca, como siempre.

—¿Qué? —preguntó Akos. Había sacado un cuentagotas y estaba metiéndolo en la poción.

—Nada, es que… No me esperaba que la habitación de Cyra Noavek fuera así.

Akos gruñó un poco (tampoco había sido lo que él se esperaba) mientras apretaba el cuentagotas para meter el elixir amarillo en el frasco.

—Es verdad que no dormís en la misma cama —comentó Jorek.

Akos lo miró con las mejillas arreboladas y el ceño fruncido.

—No. ¿Por qué?

—Rumores —repuso Jorek encogiéndose de hombros—. Bueno, es que vivís juntos. Os tocáis.

—La ayudo con el dolor.

—Y tu destino es morir por los Noavek.

—Gracias por recordármelo; casi se me había olvidado —le espetó Akos—. ¿Quieres que te ayude o no?

—Sí, perdona —respondió Jorek aclarándose la garganta—. Entonces ¿el mismo plan que la otra vez?

Ya lo habían hecho antes: Jorek había echado la poción somnífera en el desayuno de Suzao, de modo que este se derrumbara sobre el plato. Ahora, Suzao estaba de los nervios, en busca de la persona que lo había drogado y avergonzado delante de todo el mundo. Akos supuso que no haría falta demasiado para conseguir que Suzao se enfadase lo suficiente como para desafiarlo a una lucha a muerte (Suzao no era lo que se dice un hombre razonable), pero tampoco quería correr ningún riesgo, así que le había pedido a Jorek que volviera a drogar a su padre, solo para estar seguros. Con suerte, eso volvería loco a Suzao y, después de la búsqueda, Akos podría confesar que él era el culpable y acabaría luchando contra él en la arena.

—Dos días antes de la búsqueda, échaselo en su medicina —le indicó Akos—. Deja la puerta de su alojamiento entreabierta para que parezca que alguien ha entrado desde fuera; si no, quizá sospeche de ti.

—Vale —respondió Jorek mientras cogía el frasco y comprobaba el corcho con el pulgar—. Y después de eso...

—Lo tengo controlado —lo interrumpió Akos—. Después de la búsqueda, le diré que yo soy el que lo ha estado drogando, él me desafiará, y yo... terminaré con esto. En cuanto los desafíos en la arena vuelvan a ser legales. ¿De acuerdo?

—De acuerdo —respondió Jorek; después se mordió el labio con fuerza—. Bien.

—¿Cómo está tu madre?

—Pues... —Jorek desvió la mirada hacia las sábanas revueltas de Cyra y los farolillos de piedras de quemar colgados sobre su cama—. Saldrá de esta, sí.

—Bien —dijo Akos—. Será mejor que te vayas.

Jorek se metió el frasco en el bolsillo. A Akos le dio la impresión de que, en realidad, no quería irse; no hacía más que remolonear junto al extremo de la encimera, acariciándola con la punta de un dedo que seguro que acabó pegajosa. Ni Akos ni Cyra sentían mucho interés por la limpieza.

Cuando Jorek por fin abrió la puerta, Eijeh y Vas estaban en el pasillo, a punto de entrar.

A Eijeh le había crecido el pelo lo suficiente como para que pudiera recogérselo en la nuca. Tenía el rostro huesudo... y envejecido, como si fuera diez estaciones mayor que Akos, en vez de dos. Al verlo, Akos sintió el impulso de agarrarlo y salir corriendo. Por supuesto, no tenía ningún plan para después, porque estaban en una nave espacial del tamaño de una ciudad que se encontraba en los límites de la galaxia. Sin embargo, aun así, quería hacerlo. Últimamente quería muchas cosas que nunca conseguiría.

—Jorek —dijo Vas—, qué interesante encontrarte aquí. ¿Qué te trae por estos lares?

—Akos y yo hemos estado entrenando juntos —respondió Jorek sin vacilar. Se le daba bien mentir. Akos supuso que no le había quedado más remedio, con una familia como la suya, con toda esa gente alrededor—. Solo quería comprobar si estaba listo para otro asalto.

—¿Entrenando? —preguntó Vas riéndose un poco—. ¿Con Kereseth? ¿En serio?

—Todo el mundo necesita un pasatiempo —repuso Akos, como si no importara—. Puede que mañana, Jorek. Ahora estoy con una pócima.

Jorek se despidió con la mano y se fue. Deprisa. Akos esperó hasta que dobló la esquina y luego se volvió hacia Eijeh y Vas.

—¿Te enseñó nuestra madre a hacer eso? —preguntó Eijeh señalando con la cabeza el humo amarillo que salía del quemador.

—Sí —respondió Akos. Ya se había ruborizado y estaba temblando, aunque no tenía razón alguna para temer a su propio hermano—. Me enseñó mamá —recalcó, ya que Eijeh no la había llamado «madre» en su vida.

Aquella palabra era para los mocosos creídos de Shissa o para los shotet, no para los hijos de Hessa.

—Qué amable por su parte prepararte para lo que te esperaba. Es una pena que no sintiera la necesidad de hacer lo mismo conmigo.

Eijeh entró en el cuarto de Akos y acarició las sábanas estiradas y la ordenada pila de libros, marcándolas de un modo que no podría borrarse. Desenvainó el cuchillo que llevaba al costado y se puso a darle vueltas en la palma de la mano para después pararlo con el pulgar. A Akos le habría resultado amenazante, de no ser porque se lo había visto hacer a Ryzek muchas veces.

—Quizá pensara que este futuro no llegaría a suceder —dijo.

Ni siquiera él se lo creía, pero tampoco sabía qué decir.

—Sí que lo pensaba. Lo sé. La he visto hablar de ello en una visión.

Eijeh nunca había hablado de sus visiones con Akos, nunca había tenido la oportunidad. Akos no era capaz de imaginárselo: el futuro entrometiéndose en su presente; tantas posibilidades que mareaba; ver a sus familiares, pero sin saber si las imágenes se harían realidad; no poder hablar con ellos.

Aunque daba la impresión de que a Eijeh ya no le importaba.

—Bueno —dijo Akos—, deberíamos ir a casa y preguntárselo.

—A mí me va muy bien aquí —repuso Eijeh—. Y sospecho que a ti también, a juzgar por este... alojamiento.

—Ahora hablas como él. Te das cuenta, ¿verdad? Hablas como Ryzek Noavek, el hombre que mató a papá. Odia a mamá, si quieres, pero no puedes odiar a papá.

A Eijeh se le pusieron los ojos vidriosos. No se le quedaron en blanco del todo, pero sí con la mirada perdida.

—No lo... Siempre estaba trabajando. Nunca estaba en casa.

—Estaba en casa todo el tiempo. —Akos escupió las palabras como si estuvieran podridas—. Preparaba la cena. Revisaba nuestros deberes. Nos contaba historias. ¿No te acuerdas?

Pero conocía la respuesta a su pregunta, la veía en la mirada perdida de Eijeh. Por supuesto, por supuesto que Ryzek se había llevado los recuerdos de su padre: era tanto el horror que sentía por el suyo, que había robado el de Eijeh y Akos.

De repente, Akos se aferró con los puños a la camisa de su hermano y lo empujó contra la pared, tirando una fila entera de frascos. Parecía muy pequeño entre las manos de Akos; pesaba tan poco que no le costaba alzarlo. Fue eso, más que su falta de sorpresa, lo que hizo que Akos lo soltara tan deprisa como lo había agarrado.

«¿Cuándo he crecido tanto?», pensó mientras se miraba los gruesos nudillos. Dedos largos, como su padre, pero más anchos. Útiles para hacer daño a la gente.

—Cyra te ha enseñado su brutalidad —dijo Eijeh mientras se alisaba la camisa—. Si no recuerdo algo, ¿crees que me lo puedes sacar sacudiéndome?

—Si pudiera, ya lo habría intentado —repuso Akos mientras daba un paso atrás—. Haría cualquier cosa por ayudarte a recordarlo.

Se volvió y se pasó la mano por la nuca, como siempre hacía Jorek. No podía seguir mirando a Eijeh, no podía mirar a ninguno de los hombres que había en su cuarto en aquel momento.

—¿Por qué has venido? ¿Querías algo?

—Hemos venido por dos motivos —respondió Eijeh—. Primero, necesito una mezcla de flor del hielo que sirve para pensar con más claridad y que me ayudaría a concretar algunas de mis visiones. Se me ha ocurrido que quizá tú sepas hacerla.

—Así que Ryzek todavía no tiene tu don.

—Creo que está satisfecho con mi trabajo.

—Te engañas si crees que se conformará con confiar en ti en vez de quedarse con tu poder —respondió Akos en voz baja. Estaba apoyado en la encimera porque le flaqueaban las piernas—. Si es que funciona así. En cuanto a tu mezcla de flor del hielo... Bueno, jamás te daría algo que pueda ayudar a Ryzek Noavek a ganar la guerra contra Thuvhe. Antes prefiero morir.

—Cuánto veneno —comentó Vas.

Cuando Akos lo miró, Vas les estaba dando golpecitos con la yema de un dedo a la punta de un cuchillo.

Casi se le había olvidado que Vas seguía allí, escuchando. Al oír aquella voz, el corazón de Akos le rebanó el pecho cual guadaña. Lo único que vio al parpadear fue a Vas limpiándose la sangre de su padre en los pantalones, mientras salía de su casa de Thuvhe.

Vas se acercó más al quemador para inhalar el humo amarillo, ya escaso. Se quedó inclinado un instante, y después se giró con el cuchillo en la mano y apoyó la punta en el cuello de Akos. El chico se obligó a permanecer inmóvil, con el corazón todavía convertido en guadaña. La punta de la hoja estaba fría.

—Han drogado a mi primo hace poco —dijo Vas.

—No me fijo mucho en tus primos.

—Seguro que en este sí. Suzao Kuzar. Estaba presente cuando tu padre respiró su último aliento.

Akos miró a Eijeh con la esperanza de… ¿qué? ¿De que su hermano lo defendiera? ¿De que reaccionara al oír a Vas hablar de la muerte de su padre como si no fuera nada?

—Cyra es insomne —dijo Akos mientras agitaba las manos junto a los costados—. Hace falta una poción fuerte para ayudarla a dormir. Eso es lo que estoy haciendo.

La punta del cuchillo se clavó en la piel de Akos, justo por encima de la cicatriz que le había dejado Ryzek.

—Vas —dijo Eijeh con voz algo brusca. «¿Está nervioso?», pensó Akos, aunque era una esperanza vana—. No puedes matarlo, Ryzek no lo permitirá. Así que deja de jugar con él.

Vas gruñó y apartó el cuchillo.

El cuerpo de Akos protestó al relajarse.

—¿Es que hoy es alguna especie de fiesta en la que los shotet visitáis a la gente que odiáis para tocarle las narices? —preguntó Akos mientras se secaba el sudor frío de la nuca—. Pues yo no la celebro, así que dejadme en paz.

—No, pero se solicita tu presencia como testigo del interrogatorio de una renegada confesa —repuso Vas—. Junto con la presencia de Cyra.

—¿De qué voy a servir en un interrogatorio? —preguntó Akos.

Vas ladeó la cabeza y una sonrisa le asomó al rostro.

—Se te trajo aquí para aliviar a Cyra cuando lo necesitara. Supongo que servirás para eso.

—Ya. Seguro que sí.

Vas envainó el cuchillo; probablemente supiera tan bien como Akos que no lo necesitaba. Akos haría lo que le ordenaran. Al fin y al cabo, estaban en una nave. En el espacio.

Se puso las botas y siguió a Vas, con Eijeh detrás. La poción que había preparado aguantaría hasta su regreso: se volvía estable una vez fría, aunque era arisca mientras se calentaba, como le gustaba decir a su madre.

La gente procuraba esquivar a Vas en los pasillos más concurridos; ni siquiera se atrevía a mirarlo. A quien sí miraban era a Akos. Era casi como si ser thuvhesita lo hubiera marcado. Lo notaban en su forma de masticar tranquilamente los pétalos de flor del silencio que guardaba en el bolsillo; en sus cuidadosos pasos apoyando primero el talón, de tan acostumbrado como estaba a resbalar en el hielo; en la forma en que se abotonaba las camisas hasta el cuello, en vez de llevarlas abiertas y dejar la clavícula a la vista.

Los andares de Eijeh ahora eran tan pesados como los de cualquier shotet, y llevaba la camisa desabrochada hasta la nuez.

Akos nunca había estado en aquella parte de la nave. Los suelos dejaban de ser rejillas de resistente metal para convertirse en madera pulida. Le daba la impresión de estar de vuelta en la mansión de los Noavek, engullido por los paneles de madera oscura y las titilantes luces de fenzu. Sus pisadas retumbaron por el pasillo hasta que Vas se detuvo ante una puerta alta, donde los soldados se apartaron para dejarlos pasar.

La habitación del otro lado estaba tan oscura como la Sala de Armas en la que había perdido a Eijeh por culpa del don de Ryzek. Los suelos relucían, y la pared del fondo era un ventanal a través del que se veía el tenue remolino del flujo de la corriente, ya que la nave se alejaba de él. Ryzek estaba mirándolo con las manos a la espalda. Detrás de él había una mujer atada a una silla. Cyra también estaba cerca, aunque no miró a Akos cuando entró, lo que ya era en sí mismo una advertencia. La puerta se cerró, y Akos se quedó al lado.

—Aclárame una cosa, Cyra: ¿cómo has dado con esta traidora? —le preguntó Ryzek a su hermana.

—Cuando ocurrió el ataque, reconocí la voz que salía por el intercomunicador, aunque todavía no sé de qué —respondió Cyra, que tenía los brazos cruzados—. Quizá del muelle de carga. El caso es que sabía que podía encontrarla por su voz. Así que presté atención hasta que di con ella.

—Y no me contaste nada sobre tus planes —dijo Ryzek. Frunció el ceño, aunque no estaba mirando a su hermana, sino a la renegada, que a su vez le devolvía la mirada—. ¿Por qué?

—Supuse que te reirías de mí. Que pensarías que estaba alucinando.

—Bueno, es probable. Sin embargo, aquí estamos.

Su tono no era el que esperaba Akos de alguien que acababa de conseguir lo que quería. Era demasiado brusco.

—Eijeh —dijo Ryzek, y Akos se estremeció al oír el nombre de su hermano en boca de su enemigo—, ¿cambia esto el futuro del que hablamos?

Eijeh cerró los ojos; las fosas nasales se le abrieron como le pasaba a veces a su madre cuando se concentraba en una profecía. Seguramente la estaba imitando, a no ser que los oráculos necesitaran respirar profundamente por la nariz por algún motivo. Akos no tenía ni idea, pero, sin querer, se había estado acercando a su hermano hasta acabar junto al brazo de Vas, que estaba tieso como una viga.

—Eijeh —dijo Akos. Al fin y al cabo, tenía que intentarlo, ¿no?—. Eijeh, no lo hagas.

Pero Eijeh ya estaba respondiendo.

—El futuro se mantiene inalterable.

—Gracias —respondió Ryzek, que procedió a inclinarse junto a la renegada—. ¿Dónde has estado todas estas estaciones, Zosita Surukta?

—Vagando por el espacio —respondió Zosita—. No he encontrado a los exiliados, si es lo que de verdad me estás preguntando.

Todavía inclinado, Ryzek miró a Cyra y se fijó en las franjas negras que le cubrían los brazos. Ella estaba encorvada y se sujetaba la cabeza con una mano.

—Cyra —le dijo Ryzek señalando a Zosita—, vamos a averiguar si esta mujer cuenta la verdad.

—No —respondió Cyra sin aliento—. Ya hemos hablado de esto. No lo... No puedo...

—¿Que no puedes? —repitió su hermano mientras se inclinaba hacia el rostro de Cyra. Sin embargo, se detuvo justo antes de tocarla—. Ha difamado a nuestra familia, ha debilitado nuestra posición, ha reunido a nuestros enemigos y ¿dices que no puedes? Soy tu hermano y el soberano de Shotet. Puedes hacer lo que te pido y lo harás, ¿entiendes?

La oscuridad nublaba el marrón dorado de su piel. Las sombras eran como un nuevo sistema de nervios o venas en el cuerpo de Cyra, que dejó escapar un ruido ahogado. Akos también sentía que se ahogaba, pero no podía moverse, no podía ayudarla con Vas en su camino.

—¡No! —gritó ella, desgarrada, y atacó a Ryzek con los dedos curvados como si fueran zarpas.

Ryzek intentó apartarla de un empujón, pero ella era demasiado rápida y demasiado fuerte; las sombras de la corriente acudieron a su mano como un chorro de sangre a una herida, y Ryzek gritó. Se retorció de dolor. Cayó de rodillas.

Vas corrió hacia ella, la apartó y la lanzó a un lado. Desde el suelo, Cyra miró con odio a su hermano y le escupió:

—Sácame un ojo, córtame los dedos, haz lo que te plazca. No lo haré.

Por un momento, mientras Cyra se encogía por culpa del dolor que la corriente le iba grabando a fuego, Ryzek se quedó mirándola. Después hizo un gesto con los dedos dirigido a Akos que, claramente, significaba: «Ven». Y Akos sabía que no tenía mucho sentido desafiarlo, ya que Ryzek conseguiría lo que deseaba de un modo u otro. Empezaba a entender por qué Cyra se había pasado tantas estaciones siguiendo sus órdenes sin más: llegado cierto punto, desafiarle parecía una pérdida de tiempo.

—Supuse que responderías eso —dijo Ryzek—. Vas, sujeta a mi hermana, por favor.

Vas agarró a Cyra por los brazos y la puso de pie. Ella miró a Akos, aterrada.

—Puede que te haya dejado a tu libre albedrío durante un tiempo —añadió Ryzek—, pero no he dejado de prestarte atención, Cyra.

Ryzek se acercó a un lado de la sala y rozó un panel de la pared con los dedos. El panel se deslizó a un lado y dejó al descubierto una colección de armas similar a la de la mansión de los Noavek, pero más pequeña. «Seguramente se trate tan solo de sus favoritas», pensó Akos, como si lo viera todo desde fuera, mientras Ryzek escogía una barra larga y delgada. Al tocarla, la corriente se enroscó en el metal, formando unos hilos oscuros muy parecidos a los que atormentaban a Cyra.

—Verás, me he fijado en algo curioso y me gustaría comprobar la validez de mi hipótesis —explicó Ryzek—. Si es correcta, me solucionaría un problema incluso antes de que se convierta en un problema de verdad.

Giró una rueda en la empuñadura de la barra y la corriente se volvió más densa. Más oscura. Akos se percató de que no era un arma letal, sino una diseñada para infligir dolor.

Las sombras de la corriente de Cyra parpadearon y revolotearon como llamas con la brisa. Ryzek se rio.

—Resulta casi indecente —comentó mientras le ponía una mano en el hombro a Akos.

Akos resistió el impulso de sacudírsela de encima, ya que solo habría servido para empeorar la situación. Empezaba a darse cuenta, por otro lado, de que la barra era para él. Quizá fuera el único motivo por el que estaba allí: para obligar a Cyra a cooperar de nuevo. Para convertirse en el nuevo instrumento de control de Ryzek.

—Puedes rendirte ya —le dijo Ryzek en voz baja— y dejarte caer en el suelo.

—Y una mierda —repuso Akos en thuvhesita.

Pero, por supuesto, Ryzek tenía la respuesta preparada: le golpeó la espalda a Akos con la barra. El dolor le recorrió con un chirrido. Ácido. Fuego. Akos gritó entre dientes.

«Quédate de pie —pensó—. De pie…».

Ryzek lo golpeó de nuevo, esta vez en el costado derecho, y Akos volvió a gritar. A su lado, Cyra sollozaba, pero él contemplaba a Eijeh, que miraba por la ventana con gesto pasivo, casi como si no supiera lo que estaba sucediendo. Ryzek lo golpeó una tercera vez, y le cedieron las piernas, pero no gritó. El sudor le caía por la nuca y, a su alrededor, todo daba vueltas.

Eijeh había dado un respingo.

Otro golpe, y Akos cayó de bruces, sobre las manos. Cyra y él gimieron a la vez.

—Quiero saber qué sabe ella sobre los exiliados —le dijo Ryzek a Cyra, sin aliento—. Antes de la ejecución de mañana.

Cyra se zafó de las manos de Vas y se acercó a Zosita, que todavía estaba atada a la silla por las muñecas. Zosita la miró y asintió, como si le diera permiso, y Cyra le colocó las manos en la cabeza.

Aunque le costaba enfocar la mirada, Akos vio las redes negras del dorso de las manos de Cyra, el rostro contraído de Zosita y la sonrisa de satisfacción de Ryzek. La oscuridad se le acercó por el rabillo del ojo y él intentó respirar a pesar del dolor.

Los gritos de Zosita, los gritos de Cyra. Sus voces se mezclaban.

Y entonces se desmayó.

Cuando despertó, Cyra estaba a su lado.

—Vamos. —Ella le rodeó los hombros con un brazo y lo puso en pie—. Venga, vamos. Vámonos.

Akos parpadeó despacio. Zosita tenía la respiración entrecortada y el pelo le cubría el rostro. Vas estaba cerca, con cara de aburrimiento. Eijeh estaba encogido en una esquina, con la cabeza oculta entre los brazos. Nadie evitó que salieran del cuarto dando tumbos. Ryzek ya había obtenido lo que deseaba.

Llegaron a la habitación de Cyra; ella soltó a Akos en el borde de la cama, y empezó a correr de un lado a otro para buscar toallas, hielo y analgésicos. Estaba frenética, con el rostro surcado de lágrimas. La habitación todavía olía a las hierbas de la poción que había preparado antes.

—Cyra, ¿le ha contado algo Zosita?

—No. Es una buena mentirosa —contestó ella mientras intentaba descorchar el frasco de analgésico con manos temblorosas—. No volverás a estar a salvo. ¿Lo sabes? Ninguno de los dos.

Sacó por fin el tapón y lo acercó a los labios de Akos, aunque podría haberlo hecho él solo. No se lo dijo, sino que se limitó a abrir la boca para tragárselo.

—No he estado a salvo nunca. Ni tú tampoco. —Akos no entendía por qué Cyra estaba tan afectada. Que Ryzek hiciera algo terrible no era nada nuevo—. No entiendo por qué le ha dado tanta importancia a usarme...

Cuando Cyra se colocó entre sus rodillas, sus piernas rozaron las de él. Él seguía sentado en la alta cama, de modo que quedaban casi a la misma altura. Y estaban muy cerca el uno del otro, como a veces cuando luchaban y ella se le reía en la cara porque lo había derribado. Pero aquello era diferente. Completamente diferente.

Cyra no se estaba riendo. Su olor le resultaba familiar, como las hierbas que usaba para quitar el olor a comida del cuarto o el aerosol que se echaba en la melena para desenredarla mejor. Cyra le puso una mano en el hombro y después le recorrió la clavícula con dedos temblorosos hasta llegarle al esternón. Le colocó la mano en el pecho. No lo miró a la cara.

—Ahora eres la única persona que puede usar para controlarme —susurró ella.

Le tocó la barbilla para sujetársela mientras lo besaba. La boca de Cyra era cálida y estaba mojada de lágrimas. Sus dientes le rozaron el labio inferior al retirarse.

Akos dejó de respirar. No estaba seguro de recordar cómo se hacía.

—No te preocupes —le dijo ella en voz baja—, no volveré a hacerlo.

Y entonces retrocedió y se encerró en el baño.

CAPÍTULO 20 | CYRA

Asistí a la ejecución de Zosita Surukta al día siguiente, como se suponía que debía hacer. El recinto estaba abarrotado de público ruidoso, ya que era la primera celebración que se había permitido desde el Festival de la Travesía. Me quedé a un lado, con Vas, Eijeh y Akos, mientras Ryzek daba un largo discurso sobre la lealtad y la fuerza de la unidad de Shotet, sobre la envidia de la galaxia y la tiranía de la Asamblea. Yma estaba a su lado, con las manos en la barandilla y los dedos tamborileando un ritmo repetitivo.

Cuando Ryzek le rajó el cuello a Zosita con el cuchillo, me entraron ganas de llorar, pero me contuve. La muchedumbre rugió al caer el cuerpo de la mujer al suelo, y yo cerré los ojos.

Cuando los abrí, las manos de Yma temblaban en la barandilla. Ryzek estaba manchado de la sangre de la renegada. Y, a lo lejos, entre la multitud que observaba, Teka se tapaba la boca con una mano.

Mientras la sangre de Zosita se derramaba por el suelo, como había hecho antes la sangre del padre de Akos y la de tantos otros, la injusticia de su muerte se me antojó una pesada carga de la que no me podía librar.

Era un alivio ser todavía capaz de sentirme así.

Por todo el muelle de carga había pilas de monos grises dispuestos por tallas. Desde donde estaba, parecían una fila de cantos rodados. Los monos eran impermeables, diseñados específicamente para las travesías a Pitha. También había montones de máscaras impermeables a lo largo de la pared del fondo, para evitar que la lluvia se metiera en nuestros ojos de buscadores. Suministros antiguos de otras travesías, pero suficientes.

El transporte de Ryzek, con sus elegantes alas doradas, esperaba junto a la escotilla de salida. En él iríamos Yma, Vas, Eijeh, Akos, él y yo, además de unos cuantos más, hasta la superficie de Pitha, a participar en el juego político con los líderes del planeta. Ryzek quería establecer «relaciones de amistad»; es decir, una alianza. Y seguro que también quería ayuda militar. Mi hermano tenía el talento que a mi padre le faltaba para estas cosas. Lo habría heredado de mi madre.

—Deberíamos irnos ya —dijo Akos detrás de mí.

Estaba tenso: se encogía cuando tenía que llevarse una taza a los labios, o se agachaba —más que inclinarse— cada vez que tenía que recoger algo del suelo.

Me estremecí al oír su voz. Después de besarlo creía que me libraría de sentimientos como aquel, que quitarle el misterio a cómo sería hacerlo lo solucionaría, pero solo había empeorado las cosas. Ahora sabía lo que se sentía (a qué sabía) y me moría de deseo.

—Supongo que sí —respondí, y descendimos los escalones que daban a la planta del muelle de carga, hombro con hombro.

Delante de nosotros, la pequeña nave de transporte brillaba como el cristal bañado por el sol bajo aquellas luces inmisericordes. En el liso costado se leía el carácter shotet para «Noavek».

A pesar de su exterior ostentoso, el interior de la nave era tan sencillo como el de cualquier otra nave de transporte: al fondo había un retrete cerrado y una diminuta cocina; a lo largo de las paredes, asientos plegables con cinturones de seguridad; y al frente, en el morro de la nave, estaban los instrumentos de navegación.

Mi padre me había enseñado a pilotar, una de las pocas actividades que habíamos hecho juntos. Yo me ponía unos guantes gruesos para que mi don no interfiriera con los mecanismos de la nave. Era demasiado pequeña para la silla, así que me llevaba un cojín. No era un profesor paciente (me gritó más de una vez), pero cuando acertaba siempre me decía «bien» y asentía con la cabeza como si fuera un martillo con el que fijar bien el cumplido.

Murió cuando yo tenía once estaciones, en una travesía. Solo Ryzek y Vas estaban con él en aquel momento; los atacó una banda de piratas y tuvieron que salir de allí peleando. Ryzek y Vas regresaron del enfrentamiento (con los ojos de sus enemigos derrotados en un tarro, ni más ni menos), pero Lazmet Noavek, no.

Vas se puso a mi altura mientras me dirigía a la nave.

—Me han ordenado recordarte que debes dar buena impresión en Pitha.

—¿Qué pasa? ¿Creéis que soy nueva en la familia Noavek? —le solté—. Sé cómo comportarme.

—Puede que seas Noavek, pero cada vez te vuelves más errática.

—Vete, Vas —respondí demasiado cansada para pensar en otra observación mordaz.

Por suerte, me hizo caso y se fue hacia la parte delantera de la nave, donde mi primo Vakrez estaba con uno de los trabajadores de mantenimiento. Un relámpago de pelo claro me advirtió que Teka estaba allí, no trabajando en nuestro transporte, por supuesto, sino a un lado, con las manos enterradas en un cuadro de cables. No tenía ninguna herramienta, sino que estaba pellizcando los cables uno a uno, con los ojos cerrados.

Vacilé un momento. Noté un deseo de entrar en acción, aunque sin tener ni idea de qué clase de acción. Solo sabía que me había pasado quieta demasiado tiempo mientras todos a mi alrededor luchaban y que había llegado el momento de moverse.

—Me reuniré contigo en la nave —le dije a Akos—. Quiero hablar un segundo con la hija de Zosita.

Él se quedó un instante con una mano suspendida cerca de mi

codo, como si estuviera a punto de consolarme, pero después pareció cambiar de idea, se metió la mano en el bolsillo y se fue hacia la nave arrastrando los pies.

Cuando me acerqué a Teka, ella sacó la mano del enredo de cables y marcó algo en la pantallita que sostenía en equilibrio sobre las rodillas.

—¿Los cables nunca te dan descargas? —pregunté.

—No —respondió sin mirarme—. Es como un cosquilleo, a no ser que estén rotos. ¿Qué quieres?

—Una reunión. Con tus amigos. Ya sabes cuáles.

—Mira, básicamente me obligaste a entregar a mi propia madre —repuso ella volviéndose por fin hacia mí—. Y después tu hermano la mató delante de todos hace menos de dos días —añadió con el ojo rojo y lleno de lágrimas—. ¿Qué parte de esa situación te da a entender que puedes pedirme algo?

—No te lo estoy pidiendo, te estoy diciendo lo que quiero, y creo que la gente que conoces quizá lo quiera también. Haz lo que te dé la gana, pero esto no va sobre ti, ¿verdad?

El parche del otro ojo era más grueso de lo normal, y la piel que asomaba por encima brillaba un poco, como si se hubiera pasado el día sudando. Puede que así fuera, ya que los cuartos de los trabajadores de mantenimiento estaban cerca de la ruidosa maquinaria que mantenía en movimiento la nave.

—¿Cómo vamos a confiar en ti? —preguntó en voz baja.

—Estáis desesperados, igual que yo. La gente desesperada toma decisiones estúpidas constantemente.

La escotilla del lado de babor de la nave de transporte se abrió y bañó de luz el suelo.

—Veré lo que puedo hacer —me dijo, y después señaló el transporte con la barbilla—. ¿Hacéis algo útil en esa cosa? ¿O solo les doráis la píldora a los políticos? —Meneó la cabeza—. Supongo que los monarcas no vais a las búsquedas, ¿no?

—Pues la verdad es que yo sí —respondí a la defensiva.

Sin embargo, era una estupidez fingir que no llevaba una vida privilegiada, y menos delante de ella. Al fin y al cabo, Teka era la tuerta sin familia que vivía en un armario.

La chica dejó escapar un gruñido antes de volver a concentrarse en sus cables.

Akos estaba mirando a Vas, que estaba sentado frente a nosotros, como si estuviera a punto de lanzársele al cuello. Dos asientos más abajo se encontraba Yma, tan elegante como siempre, vestida con una larga falda oscura que le cubría los tobillos. Era como si se encontrara tomando el té con un soberano en vez de amarrada al duro asiento de una nave espacial. Eijeh ocupaba el asiento más cercano al baño, con los ojos cerrados. Había otras personas entre Yma y Eijeh: nuestro primo Vakrez y su marido, Malan, y Suzao Kuzar. Según decía, su mujer estaba demasiado enferma para viajar. Y, junto al capitán, que se llamaba Rel, estaba Ryzek.

—¿Qué planeta habían elegido los examinadores en realidad, según el movimiento de la corriente? —le preguntó Yma a Ryzek—. ¿Ogra?

—Sí, Ogra —respondió él entre risas mirando atrás—. Como si eso nos hubiera servido de algo.

—A veces elige la corriente y a veces elegimos nosotros —repuso Yma echando la cabeza atrás.

Sus palabras casi parecían sabias.

Los motores zumbaron tras tocar unos cuantos botones, y Rel tiró de la palanca del mecanismo de flotación para que la nave se elevara del suelo, entre ligeros temblores. Las puertas del muelle de carga se abrieron y nos mostraron el hemisferio norte del planeta de agua, que se encontraba bajo nosotros.

Estaba completamente cubierto de nubes, como si todo el planeta se hallara envuelto en una tormenta. Las ciudades, que en aquel momento no se veían, flotaban en el agua; estaban construidas para moverse con la subida y la bajada de la marea, y para soportar los fuertes vientos, la lluvia y los rayos. Rel movió la nave hacia delante y salimos disparados hacia el espacio, atrapados por un momento en el vacío abrazo de la oscuridad.

No tardamos nada en entrar en la atmósfera. La repentina presión me hizo sentir que el cuerpo se me replegaba sobre sí mismo. Oí que alguien vomitaba en la parte de atrás. Apreté los dientes y me obligué a mantener los ojos abiertos. El descenso era mi parte favorita, cuando las enormes extensiones de tierra aparecían bajo nosotros; en este caso eran más bien masas de agua, ya que, con la excepción de unas cuantas islas empapadas, aquel lugar estaba completamente sumergido.

Dejé escapar un suspiro de placer cuando atravesamos la capa de nubes. La lluvia golpeaba el techo y Rel encendió el visualizador para no tener que esforzarse por ver entre las gotas. Sin embargo, más allá de las gotitas y de la pantalla del visualizador, vi unas enormes olas espumosas, de un color indefinido entre el verde, el gris y el azul, y unos edificios esféricos de cristal que flotaban en la superficie, impasibles ante las embestidas del agua.

Sin poder contenerme, miré a Akos, que se había quedado pasmado.

—Al menos no es Trella —le dije con la esperanza de que volviera en sí—. Allí los cielos están llenos de pájaros, y es una porquería cuando se golpean contra el parabrisas. Luego hay que rasparlos con un cuchillo.

—Lo hiciste tú misma, ¿verdad? —me preguntó Yma—. Qué encanto.

—Sí. Como verás, tolero muy bien las asquerosidades —contesté—. Es una habilidad que debo emplear a menudo. Seguro que tú también.

En vez de responder, Yma cerró los ojos; pero, antes de que lo hiciera, me pareció verla mirar a Ryzek. Una de las asquerosidades que toleraba ella, sin duda.

No me quedaba más remedio que admirar su talento para la supervivencia.

Nos desplazamos durante un buen rato por encima de las olas, mientras el potente viento zarandeaba ligeramente la nave. Desde arriba, las olas parecían una piel arrugada. Casi todo el mundo pensaba que Pitha era monótono, pero a mí me encantaba cómo imitaba el crecimiento sobre tierra firme.

Volamos sobre una de las muchas pilas de basura flotante en las que los shotet no tardarían en aterrizar para su búsqueda. Era más grande de lo que me había imaginado, del tamaño de un sector urbano, por lo menos, y cubierta de montones de metal de distintos tonos. Deseaba más que nada en el mundo aterrizar allí y examinar todos los utensilios mojados que contuviera, en busca de algo de valor. Pero la dejamos atrás.

La capital de Pitha, el Sector 6 (los pitharianos no eran famosos por sus nombres poéticos, por decirlo suavemente), flotaba en el mar negro grisáceo cerca del ecuador del planeta. Los edificios parecían burbujas a la deriva, aunque estaban anclados a una inmensa estructura de soporte sumergida que, por lo que había oído, era un milagro de la ingeniería. De su mantenimiento se encargaban los obreros mejor pagados de la galaxia. Rel guio nuestra nave hasta la pista de aterrizaje y, a través de las ventanas, observé una estructura mecánica que se alargaba hacia nosotros desde uno de los edificios cercanos: era un túnel, al parecer para evitar que nos empapáramos. Una pena; me habría gustado sentir la lluvia.

Tras salir de la nave, Akos y yo seguimos a los demás de lejos, de modo que detrás de nosotros solo quedaba Rel. Al frente del grupo, Ryzek, con Yma al lado, saludaba a un dignatario de Pitha, que respondió con una brusca inclinación de cabeza.

—¿En qué idioma prefiere que tengan lugar nuestras negociaciones? —preguntó el pithariano con un shotet tan torpe que apenas lo entendí.

Tenía un fino bigote blanco que parecía más una raya de moho que de pelo y unos grandes ojos oscuros.

—Todos hablamos othyrio con fluidez —repuso Ryzek algo irritado.

Los shotet teníamos fama de conocer solo nuestro propio idioma, gracias a la política de mi padre (y después, de mi hermano) de mantener a la gente en la ignorancia sobre el verdadero funcionamiento de la galaxia, pero Ryzek siempre se había tomado mal la insinuación de que no era políglota, como si eso significara que la gente lo consideraba idiota.

—Es un alivio, señor —repuso el dignatario esta vez en othyrio—. Me temo que las sutilezas del idioma shotet se me escapan. Permítame enseñarles sus aposentos.

Al pasar por el túnel provisional, bajo el martilleo de la lluvia, sentí el fuerte impulso de agarrar al pithariano que tuviera más cerca y suplicarle que me sacara de allí, que me alejara de Ryzek, de sus amenazas y del recuerdo de lo que le había hecho a mi único amigo.

Sin embargo, no podía dejar allí a Akos. Y Akos tenía la mirada clavada en la nuca de su hermano.

Entre la travesía en la que nos encontrábamos y aquella en la que mi padre había perdido la vida, ya habían pasado otras cuatro. La última nos había llevado hasta Othyr, el planeta más rico de la galaxia, y allí Ryzek había establecido la nueva política diplomática de Shotet. Anteriormente, mi madre había sido la encargada de ello, de seducir a los líderes de cada planeta que visitábamos mientras mi padre dirigía la búsqueda. Pero, después de la muerte de mi madre, Lazmet había descubierto que lo suyo no era la seducción (lo que no sorprendió a nadie) y la diplomacia se había ido al traste, creando tensión entre nosotros y el resto de los planetas de la galaxia. Ryzek pretendía relajar aquella tensión planeta a planeta, sonrisa a sonrisa.

Othyr nos había dado la bienvenida con una cena; cada centímetro del comedor de su canciller estaba bañado en oro, desde los platos hasta la pintura de las paredes, pasando por el mantel que cubría la mesa. Habían elegido aquella sala, según había explicado la mujer del canciller, porque el color resaltaría el azul oscuro de nuestra armadura formal. Con la misma elegancia, también había reconocido que era algo ostentosa, una maniobra tan bien calculada que no me quedó más remedio que admirarla. A la mañana siguiente, nos habían agasajado con una sesión con su médico personal, ya que se sabían poseedores de la mejor tecnología médica de la galaxia. Yo decliné la oferta. Había tenido médicos de sobra para toda una vida.

Desde el principio sabía que la bienvenida de Pitha no sería tan frívola como la de Othyr. Cada cultura rendía culto a algo: Othyr, a la comodidad; Ogra, al misterio; Thuvhe, a las flores del hielo; Shotet, a la corriente; Pitha, al sentido práctico, etcétera. Su búsqueda de los materiales y las estructuras más duraderos, flexibles y versátiles era incansable. La canciller (que se apellidaba Natto, aunque se me había olvidado su nombre de pila, ya que nadie lo usaba) vivía en un gran (aunque práctico) edificio subterráneo hecho de cristal. La habían elegido los pitharianos por votación popular.

La habitación que compartía con Akos (la dignataria nos había mirado con complicidad al ofrecérmela, pero no le había hecho caso) daba al agua, donde apenas se atisbaban unas criaturas en sombras y todo parecía en calma, aunque esa era la única decoración. Por lo demás, las paredes estaban vacías, y las sábanas, almidonadas y blancas. En un rincón había un catre sobre unas patas metálicas con pies de goma.

Lo que los pitharianos habían preparado no era una buena cena, sino más bien lo que yo habría llamado un baile, de haber habido también música. Lo que sí había era grupos de personas de pie vestidas con lo que, supuse, sería la versión pithariana del traje de gala: rígidas telas e impermeables en colores de una intensidad sorprendente (quizá para poder verlos mejor a través de la lluvia) y ni un vestido, ni una falda. De repente, me arrepentí de haberme puesto el vestido de mi madre, que me llegaba hasta los pies y era negro y de cuello alto, para disimular la mayoría de mis sombras.

La habitación era un puro murmullo. Una criada recorría los grupos bandeja en mano, ofreciendo bebidas y algo de comer. Sus movimientos sincronizados eran lo más parecido a un baile que había por allí.

—Qué silencio —comentó Akos en voz baja mientras me apretaba el codo.

Me estremecí e intenté no hacer caso. «Solo lo hace para aliviar tu dolor, nada más; no ha cambiado nada, todo sigue igual que siempre...», me decía.

—Pitha no es famosa por sus bailes —respondí—, ni por ninguna forma de combate, tampoco.

—Entonces, imagino que no es tu planeta favorito.

—Me gusta moverme.

—Me he dado cuenta.

Notaba su aliento en el cuello, aunque no estaba tan cerca; era más sensible que nunca a su presencia. Me zafé de su mano para aceptar la bebida que me ofrecía la criada de Pitha.

—¿Qué es esto? —pregunté de repente consciente de mi acento.

La criada miraba con inquietud mi brazo manchado de sombras.

—Sus efectos son similares a los de una mezcla de flor del hielo —contestó—. Embota los sentidos y levanta el ánimo. Es dulce y agrio a la vez.

Akos también cogió uno y le sonrió a la criada, que se alejaba.

—Si no está hecho con flores del hielo, ¿con qué lo preparan? —preguntó.

Al fin y al cabo, los thuvhesitas veneraban las flores del hielo. ¿Qué sabía él de otras sustancias?

—No lo sé. ¿Agua salada? ¿Grasa de motor? —repuse—. Pruébalo; seguro que no te sentará mal.

Los dos bebimos. Al otro lado de la habitación, Ryzek e Yma estaban sonriendo con educación al marido de la canciller Natto, Vek. El rostro del hombre tenía un tono grisáceo, y la piel le colgaba de los huesos como si fuera medio líquida. Quizá la gravedad fuera más fuerte en aquel planeta. Sin duda, yo me sentía más pesada de lo normal, aunque probablemente fuera porque Vas no dejaba de observarme. Quería asegurarse de que me comportaba.

Hice una mueca mientras miraba mi vaso medio vacío.

—Qué asco.

—Siento curiosidad —comentó Akos—. ¿Cuántos idiomas hablas?

—En realidad solo hablo shotet, thuvhesita, othyrio y trellano. Pero sé un poco de zoldano, algo de pithariano y estaba con el ograno cuando llegaste tú y me distrajiste.

Él arqueó las cejas.

—¿Qué? —pregunté—. No tengo amigos. Eso me deja mucho tiempo libre.

—Crees que no eres simpática.

—Sé lo que soy.

—¿Ah, sí? ¿Y qué eres?

—Un cuchillo. Un atizador al rojo. Un clavo oxidado.

—Eres mucho más que todas esas cosas —repuso tocándome el codo para volverme hacia él.

Yo sabía que lo miraba con una expresión extraña, pero no podía evitarlo. Era lo que quería mi cara.

—Quiero decir —dijo apartando la mano— que no es que vayas por ahí… comiéndote crudos a tus enemigos.

—No seas estúpido —respondí—. Si fuera a comerme a mis enemigos, primero los asaría. ¿Quién quiere comer carne cruda? Qué asco.

Se rio, y yo me sentí mucho mejor.

—Qué tonto soy, ¿en qué estaría pensando? —repuso—. Siento decírtelo, pero creo que el soberano te reclama.

Efectivamente, cuando miré a Ryzek, él me estaba mirando a mí. Me hizo un gesto con la barbilla.

—No habrás traído veneno, ¿verdad? —pregunté sin apartar la vista de mi hermano—. Podría intentar echárselo en la bebida.

—No te lo daría si lo tuviera —respondió Akos. Me volví hacia él, con una expresión de incredulidad, y se explicó—: Sigue siendo el único que puede devolverme a Eijeh. Después de que lo haga, yo mismo lo envenenaré con una canción en los labios.

—Eres la viva imagen de la obsesión, Kereseth. Tu tarea, mientras me esperas, será componer tu canción de envenenamiento y cantármela cuando vuelva.

—Eso es fácil: «Aquí me encuentro, en pleno envenenamiento…».

Esbocé una sonrisa y me tragué lo que quedaba de la repugnante grasa de motor pithariana antes de entregarle el vaso a Akos y atravesar la sala.

—¡Ah, ahí está! Vek, esta es mi hermana, Cyra.

Ryzek lucía su sonrisa más cálida y extendía un brazo hacia mí, como si pretendiera rodearme con él. No lo hizo, claro, porque le habría hecho daño; las sombras de la corriente, que me manchaban la mejilla y la aleta de la nariz, estaban allí para recordárselo. Saludé a Vek con la cabeza; él me observó con una mirada inexpresiva y no me devolvió el saludo.

—Su hermano nos estaba explicando el razonamiento shotet sobre los informes de secuestros relacionados con las «búsquedas» de la última década —dijo—. Ha dicho que usted apoyaba la política.

«Eso ha dicho, ¿eh?».

Mi rabia era como las ramas secas: prendía fácilmente. No conseguí encontrar un camino a través de ella para abrirme paso, así que me limité a mirar a Ryzek unos momentos. Él me sonrió, todavía con aquella mirada amable. A su lado, Yma también sonreía.

—Por tu familiaridad con tu criado —explicó Ryzek alegremente—, por supuesto.

Ah, sí, mi familiaridad con Akos; el nuevo instrumento de control de Ryzek.

—Ya. Bueno, obviamente no lo consideramos un secuestro. Los shotet lo llamamos «recuperación», puesto que los que devolvemos al redil hablan a la perfección la lengua profética, el idioma shotet. Sin acento, sin lagunas de vocabulario. No se puede hablar shotet de ese modo tan innato sin tener sangre shotet, sin pertenecernos de un modo más significativo. Y he visto la… prueba fehaciente de ello.

—¿Y cuál es? —preguntó Vek.

Al llevarse la copa a los labios, le vi los anillos, uno en cada dedo. Todos lisos y sin decoración. Me pregunté por qué se molestaba en ponérselos.

—Mi criado ha demostrado ser un shotet en todos los aspectos. Es un buen guerrero, tiene buen ojo para lo que distingue a los nuestros. Su capacidad de adaptación a nuestra cultura es... sorprendente.

—Sin duda, señal de lo que le estaba comentando, señor —intervino Yma—: que existen pruebas de memoria cultural e histórica en la sangre shotet que garantizan que los mal llamados «secuestrados» que llegan a nuestra tierra, es decir, aquellos con el don de la lengua shotet, descubran que es allí donde deben estar.

Se le daba muy bien fingir su devoción.

—Bueno —repuso Vek—, es una teoría interesante.

—También debemos tener en cuenta los pasados crímenes contra nuestra gente de uno de los... digamos planetas más influyentes de la galaxia. La invasión de nuestro territorio, el secuestro de nuestros niños, la violencia contra nuestros ciudadanos, los asesinatos... —Ryzek arrugó el ceño como si la mera idea le resultara dolorosa—. Sin duda, no es culpa de Pitha, con quien siempre nos ha unido una relación de amistad, pero es necesario un desagravio. De Thuvhe, en concreto.

—Sin embargo, he oído rumores de que los shotet son responsables de la muerte de uno de los oráculos de Thuvhe y del secuestro de otro —contestó Vek mientras hacía tintinear sus anillos.

—Infundados —afirmó Ryzek—. En cuanto a la razón por la que el oráculo mayor se quitó la vida, no lo sabemos. No sabemos por qué los oráculos hacen lo que hacen, ¿no?

Estaba apelando al sentido práctico de Vek. Los oráculos no tenían importancia alguna en aquel lugar; allí no eran más que locos que gritaban por encima de las olas.

Vek tamborileó en la copa con la otra mano.

—Sí, quizá podamos seguir debatiendo su propuesta —dijo a regañadientes— y abrir un espacio de colaboración entre nuestro planeta y su... nación.

—Nación —repitió Ryzek con una sonrisa—. Sí, es lo único que pedimos. Una nación independiente y capaz de decidir su propio futuro.

—Perdónenme —dije mientras tocaba despreocupadamente el brazo de Ryzek, con la esperanza de que le doliera. Mucho—. Voy a por otra copa.

—Por supuesto —me respondió Ryzek.

Cuando me volví, lo oí decirle a Vek:

—Su don le supone un dolor constante, ya sabe... Siempre estamos buscando alguna solución para mejorar su calidad de vida. Algunos días son mejores que otros...

Apreté los dientes y seguí caminando hasta estar lo bastante lejos como para no oírlo. Sentía náuseas. Habíamos ido a Pitha por su armamento avanzado, porque Ryzek quería una alianza. En cierto modo, acababa de ayudarlo a establecerla, a pesar de saber para qué quería mi hermano las armas: para usarlas contra Thuvhe, no para convertirnos en una nación independiente, como intentaba hacerle creer a Vek. ¿Cómo iba a enfrentarme a Akos, sabiendo que yo misma había colaborado con mi hermano en su intento de declararle la guerra a su hogar? No fui a buscarlo.

Oí un ruido sordo, como un trueno. Primero creí que estábamos (aunque fuera imposible) oyendo una tormenta a través del agua que nos separaba de la superficie. Entonces vi, a través de los huecos entre la multitud, una fila de músicos al frente de la sala. Las luces de arriba bajaron de intensidad por todo el cuarto, salvo sobre ellos. Estaban todos sentados detrás de unas mesas bajas, y en cada mesa había uno de los intrincados instrumentos que le había enseñado a Akos en el mercado de Shotet. Sin embargo, estos eran mucho más grandes y complejos que los del mercado; reflejaban la tenue luz de las lámparas, llegaban hasta la cintura y sus iridiscentes paneles de cristal eran la mitad de anchos que la palma de mi mano.

Un crujido potente siguió al retumbar del trueno; un relámpago. Tras aquello, los otros músicos empezaron a tocar para traernos los tintineantes sonidos de la llovizna y el tamborileo de las gotas más gruesas. Mientras, el resto interpretaba el sonido de las olas al estrellarse contra las estructuras, la caricia del agua en una orilla inexistente. A nuestro alrededor, los ruidos del agua al caer de un grifo entreabierto o al desplomarse por una cascada. Una pithariana de pelo negro que estaba a mi derecha cerró los ojos y empezó a balancear el cuerpo, sin moverse del sitio.

Sin querer, vi a Akos entre la gente, todavía con las dos copas en la mano, aunque ya estaban vacías. Sonreía un poco.

«Tengo que sacarte de aquí —pensé, como si pudiera oírme—. Y lo haré».

CAPÍTULO 21 | AKOS

En una habitación fría y desabrida de la capital de Pitha, Akos renunció al sueño. Cyra y él nunca habían dormido sin una puerta entre ambos, así que no sabía que a ella le rechinaban los dientes o que soñaba todo el rato, gimiendo y mascullando. Akos se había pasado casi toda la noche con los ojos abiertos, esperando a que ella se calmase, pero no sucedió. Además, estaba demasiado dolorido para sentirse cómodo, de todos modos.

Nunca había estado en una habitación tan vacía. Los suelos grises daban paso a unas paredes pálidas. Las camas tenían sábanas blancas, y no había cabecero. Al menos tenían una ventana. A primera hora de la mañana, cuando la luz regresaba al mundo, pudo vislumbrar un laberinto submarino de andamios, rodeado de cieno verde y de flexibles enredaderas amarillas. Los pilares de la ciudad.

Bueno, eso era algo que los pitharianos y los thuvhesitas tenían en común: vivían en lugares que no deberían existir.

En aquellas primeras horas, Akos no dejaba de darle vueltas a la pregunta que lo atormentaba: ¿por qué no se había apartado cuando Cyra lo había besado? No era que lo hubiese sorprendido, ya que la chica se había inclinado sobre él despacio, le había puesto una cálida mano en el pecho y se lo había apretado, casi como si lo estuviera empujando para alejarlo. Pero él no había movido ni un músculo. Repasaba lo sucedido una y otra vez.

«Puede que incluso me gustara», pensó mientras metía la cabeza debajo del grifo del baño para mojarse el pelo.

Sin embargo, la mera idea de contemplar esa posibilidad lo asustaba. Significaba que el destino que lo preocupaba, el destino que tiraba de los hilos que conectaban su corazón a Thuvhe y a su hogar, de repente estaba a pocos izits de su cara.

—Estás muy callado —comentó Cyra cuando se dirigían hombro con hombro a la pista de aterrizaje—. ¿Tanto te ha afectado la grasa de motor que te bebiste ayer?

—No. —No le parecía bien meterse con ella por hablar en sueños, cuando sabía la clase de cosas que debían de perseguirla por las noches. No eran nimiedades—. Es que... es un sitio nuevo, nada más.

—Sí, claro. Yo no dejo de eructar nubes agrias, la verdad. —Hizo una mueca—. Tengo que reconocer que Pitha no me vuelve loca.

—Salvo por... —empezó a decir, a punto de comentar algo sobre el concierto de la noche anterior.

—La música. Sí —lo interrumpió ella.

Los nudillos de Akos rozaron los de Cyra. Él se apartó. Ahora era demasiado consciente de cada contacto, a pesar de que Cyra le hubiera prometido que no volvería a acercarse a él de ese modo, a pesar de que no hubieran hablado del tema desde entonces.

Llegaron al pasaje cubierto (un nombre insulso, pero es lo que decía en el cartel de la puerta), donde algunos de los otros ya estaban poniéndose los monos y las botas impermeables. Ryzek, Yma, Vas, Suzao y Eijeh no estaban allí, pero Vakrez y Malan, sí. Malan rebuscaba entre las botas para dar con un par de su número. Era un hombre bajo y delgado, con una sombra de barba bajo la mandíbula y ojos relucientes. No pegaba demasiado con Vakrez, el frío comandante militar que se había encargado de la educación shotet de Akos.

—Cyra —la saludó Malan con un gesto de cabeza mientras Vakrez observaba a Akos.

El chico se irguió y alzó la barbilla. Todavía oía la voz incansable de Vakrez regañándolo por encorvarse, por arrastrar los pies, por mascullar alguna imprecación en thuvhesita.

—Kereseth —dijo Vakrez—. Parece que has crecido.

—Es porque yo le doy comida de verdad, no como en las cocinas de vuestros barracones —repuso Cyra mientras le lanzaba a Akos un mono verde brillante marcado como talla grande.

Cuando Akos lo desplegó, le pareció tan ancho como largo, pero no tenía motivo de queja, siempre que no le entrara agua en las botas.

—Eso está claro —añadió Malan con voz aflautada.

—Tú comías allí sin quejarte —le respondió Vakrez dándole un codazo.

—Solo porque intentaba conseguir que te fijaras en mí —dijo Malan—. Date cuenta de que no he vuelto desde entonces.

Akos observó a Cyra ponerse el mono para ver cómo lo hacía. A ella le resultaba tan sencillo que se preguntó si habría estado antes en Pitha, pero se sentía raro haciéndole preguntas y actuando como si nada con Vakrez allí delante. Cyra se metió en el traje y tiró de las correas que le rodeaban los tobillos —que Akos no había visto hasta entonces— para pegar la tela al cuerpo. Después hizo lo mismo con las correas ocultas de las muñecas y se abrochó el mono hasta el cuello. El de ella era tan amorfo como el de Akos; no estaba diseñado para las enjutas figuras de los shotet, acostumbrados a una vida más dura.

—Pretendíamos unirnos a uno de los pelotones para la búsqueda —le dijo Vakrez a Cyra—, pero si prefieres que vayamos en una nave aparte…

—No —dijo Cyra—, preferiría mezclarme con vuestros soldados.

Nada de «gracias» ni finuras. Era el estilo de Cyra.

Una vez que estuvieron todos metidos en los trajes y con las botas sujetas, caminaron por el túnel cubierto hasta una nave. No era la de transporte en la que habían viajado el día anterior, sino un vehículo flotante más pequeño, redondo, con un techo abovedado para que el agua se deslizara por él mientras volaba.

No tardaron en encontrarse sobre las olas, que a Akos, si entornaba los ojos, le recordaban a los ventisqueros. Tenían el mismo capitán del día anterior, Rel, y él les señaló adónde se dirigían: una isla enorme, del tamaño aproximado de un sector urbano, hasta arriba de chatarra. Los pitharianos mantenían su basura a flote.

De lejos, la montaña de desperdicios era como un bulto gris pardusco, pero al acercarse Akos vio los fragmentos que la componían: enormes chapas de metal retorcido; viejas vigas oxidadas con pernos y tornillos todavía dentro; telas empapadas de todos los colores; cristales rajados tan gruesos como su mano. El pelotón de Vakrez se encontraba entre algunas de las pilas más grandes, todos con los mismos monos de colores que llevaban ellos.

Aterrizaron detrás del pelotón y salieron en fila del flotante; Rel fue el último. El tamborileo de la lluvia en el tejado dejó paso a su chapoteo en el suelo. Las gotas eran pesadas y se estrellaban con fuerza contra la cabeza, los hombros y los brazos de Akos. Solo sentía su temperatura en las mejillas: cálida, cosa que no se esperaba.

Alguien estaba hablando al frente del pelotón.

—Vuestro trabajo es localizar lo que sea realmente valioso. Los motores de corriente más nuevos, fragmentos metálicos intactos, armas rotas o desechadas. No causéis problemas; si veis algún observador nativo sed corteses y enviadlo a hablar conmigo o con el comandante Noavek, que se nos acaba de unir. Bienvenido, señor.

Vakrez lo saludó con la cabeza y añadió:

—Recordad que la reputación de vuestro soberano y de todo Shotet está en juego. Nos creen bárbaros e ignorantes. Debéis comportaros como si no fuera el caso.

Unos cuantos soldados se rieron, como si no supieran bien si debían, ya que Vakrez no sonreía en absoluto. Akos no estaba seguro de que el rostro del comandante recordara cómo hacerlo.

—¡Manos a la obra!

Unos cuantos soldados salieron disparados a trepar por la pila que tenían enfrente, compuesta por piezas de flotante. Akos echó un vistazo a los soldados que se quedaron detrás por si reconocía algún rostro del entrenamiento, pero costaba saberlo: llevaban unos dispositivos en la cabeza que parecían cascos, además de visores para protegerse los ojos de la lluvia. Cyra y él no tenían, así que no le quedaba más remedio que parpadear continuamente.

—Cascos —dijo Malan—. Sabía que se nos olvidaba algo. ¿Quieres que le pida a uno de los soldados que te dé el suyo, Cyra?

—No —respondió Cyra un poco brusca—. Es decir..., no, gracias.

—Ay, los Noavek —comentó Malan—. ¿Por qué será que unas palabras tan simples como «por favor» y «gracias» suenan tan artificiales cuando las pronunciáis vosotros?

—Debemos de llevarlo en la sangre —respondió Cyra—. Venga, Akos, creo que veo algo útil.

Le dio la mano como si fuera lo más natural del mundo. Y quizá debería haberlo sido, que él le aliviara el dolor como se suponía que debía hacer. Sin embargo, después del modo en que ella lo había tocado en su dormitorio de la nave de la travesía, con fervor, con reverencia... Después de aquello, ¿acaso podía volver a ponerle una mano encima como si no significara nada? En lo único que podía pensar era en la presión que ejercía: ¿apretaba mucho? ¿Poco?

Caminaron entre dos pilas de fragmentos de flotante hacia un trozo de chatarra que, en parte, tenía un color cálido, como de piel morena. Akos se acercó al extremo de la isla, donde unas enormes vigas mantenían la forma de aquella masa de tierra artificial. No estaba buscando armas, ni chatarra, ni máquinas. Estaba buscando cosas pequeñas que le contaran historias: juguetes rotos, zapatos viejos, utensilios de cocina.

Cyra se agachó junto a un poste doblado que estaba arañado por la base, como si hubiese sido la víctima de un choque. Cuando tiró de él, no dejaba de salir, derribando a su paso latas vacías y tuberías rotas. Al final del poste (que ya era el doble de alto que Akos) había una bandera hecha jirones con un fondo gris y un círculo de símbolos en el centro.

—Mira esto —le dijo Cyra sonriendo—. Es su antigua bandera, antes de que los aceptaran en la Asamblea de los Nueve Planetas. Tiene treinta estaciones, como mínimo.

—¿Cómo es que no se ha desintegrado con la lluvia? —preguntó Akos mientras pellizcaba una de las esquinas deshilachadas.

—Pitha se especializa en materiales duraderos: cristal que no se erosiona, metal que no se oxida, tela que no se rasga... Plataformas flotantes que pueden cargar con ciudades enteras...

—¿Y nada de cañas de pescar?

Ella negó con la cabeza.

—No hay muchos peces lo bastante cerca de la superficie como para pescarlos al modo tradicional. Los submarinos de inmersión profunda hacen parte del trabajo: un solo pez da para alimentar a una ciudad entera, por lo que he oído.

—¿Siempre procuras aprender todo lo posible sobre los lugares que odias?

—Como te dije ayer, no tengo amigos y sí demasiado tiempo libre. Vamos a buscar más reliquias embarradas del pasado, ¿vale?

Akos se puso a mirar por el extremo de la isla en busca de... Bueno, de nada en concreto, la verdad. Después de un rato, todo le parecía lo mismo; el metal mate se le antojaba tan útil como el reluciente, todas las telas se fundían en un mismo color. Cerca del otro extremo vio un esqueleto de pájaro medio podrido. Tenía patas palmeadas, así que era nadador, y un pico con una curva peligrosa.

Entonces oyó un grito detrás de él y se volvió como un látigo para asegurarse de que Cyra estuviera bien, aunque las magulladas costillas le protestaron. Vio sus dientes de refilón: estaba sonriendo, llamando a uno de los otros. Cuando regresó junto a ella esperaba ver algo brillante, algo que pareciera útil, pero no era más que metal. Gris. Aburrido.

—Pero ¿qué...? ¡Comandante Noavek! —exclamó la soldado que había acudido primero en ayuda de Cyra. Tenía los ojos muy abiertos detrás de su visor cubierto de gotas de lluvia.

Vakrez se acercó corriendo.

—He visto una esquina que asomaba y he excavado más —dijo Cyra emocionada—. Creo que es una pieza grande.

Akos veía a lo que se refería: la esquina de lo que fuera que había encontrado era gruesa y, entre la pila de basura, se atisbaban destellos del mismo tono. Era como si la chapa fuera tan alta como el poste de antes, aunque no entendía por qué estaban todos tan emocionados.

—Cyr... Estooo, ¿señorita Noavek? —le dijo.

—Es la sustancia más valiosa de Pitha —respondió ella mientras apartaba unas telas mojadas pegadas al metal—. Agneto. Es lo bastante fuerte para resistir golpes potentes, como los de los asteroides, y aguanta bien cuando atravesamos el flujo de la corriente. Durante las últimas diez estaciones es lo único que hemos usado para reparar la nave de la travesía, pero es difícil encontrarlo.

La mitad del pelotón se había acercado corriendo, y ahora todos ayudaban a Cyra a desenterrar la chapa. La mayoría de los soldados sonreían, como ella. Akos se quedó atrás mientras seguían desenterrando el metal, hasta que lo liberaron lo suficiente como para agarrarlo bien. Juntos lo sacaron a rastras de entre la basura y lo llevaron de vuelta a la nave de transporte, que tenía una bodega de carga lo bastante grande como para llevar el agneto.

No supo qué pensar al verlos trabajar juntos, Cyra y Vakrez Noavek codo con codo junto a los soldados de a pie, como si no pertenecieran a la realeza. Cyra con aquella expresión que a veces se le ponía cuando preparaban juntos las mezclas de flores del hielo y a ella por fin le salía bien. Una especie de orgullo por hacer algo útil.

Era una expresión que le sentaba bien.

Cuando era niño, soñaba con salir del planeta. Todos los críos de Hessa soñaban con lo mismo, puesto que la mayoría de ellos eran demasiado pobres para irse de allí. La familia Kereseth era más rica que la mayoría de los habitantes de Hessa, pero no tenía nada comparada con los propietarios de granjas de Shissa u Osoc, al norte. Aun así, su padre le había prometido que algún día lo llevaría al espacio y visitarían otro planeta, el que Akos quisiera.

El planeta de agua no había sido su primera elección, ni siquiera la segunda. En Thuvhe nadie sabía nadar, básicamente porque toda el agua que tenían se encontraba en forma de hielo. Sin embargo, ahora había estado en Pitha. Había podido oír el sonido de las olas, había visto la espumosa superficie desde arriba, se había sentido pequeño al encontrarse rodeado de agua en la pista de aterrizaje mientras la cálida lluvia le martilleaba la cabeza.

Entonces, justo cuando empezaba a acostumbrarse, se fueron. Se encontró chorreando en el suelo del vehículo flotante, sosteniendo un frasco de agua de lluvia. Cyra se lo había dado mientras cargaban el agneto en el transporte.

—Así tendrás un recuerdo de tu primera vez en otro planeta —le dijo encogiéndose de hombros, como si no fuera nada.

Salvo que Akos empezaba a darse cuenta de que ya no quedaba mucho que no significara nada para Cyra.

Al principio no le había encontrado sentido al recuerdo, porque ¿a quién se lo iba a enseñar? No volvería a ver a su familia. Moriría entre los shotet.

Pero debía mantener la esperanza por su hermano, al menos. Quizá Eijeh pudiera llevarse el agua de lluvia a casa, después de que Jorek lo sacara de allí.

Cyra tenía dos trozos de la vieja bandera en el regazo, y aunque no sonreía, se le notaba una energía feroz en la cara después de haber descubierto el agneto.

—Entiendo que has hecho algo bueno —comentó Akos una vez seguro de que Vakrez y Malan no los escuchaban.

—Sí —respondió asintiendo una vez con la cabeza—. Claro que sí. —Al cabo de un instante, añadió—: Supongo que tenía que pasar tarde o temprano. Me tocaba.

—Tus sombras no están tan oscuras —dijo Akos mientras echaba la cabeza atrás.

Ella guardó silencio y se quedó mirando las franjas de oscuridad (ahora más grises que negras) que le recorrían la palma de la mano, hasta que llegaron a la nave de la travesía.

Regresaron todos deprisa, empapados. Algunas de las otras naves habían regresado temprano de la búsqueda, así que había gente con ropa mojada dando vueltas por todas partes e intercambiando historias. Todos se quitaron los trajes (supuestamente) impermeables y los arrojaron a unas pilas para que los limpiaran.

—Entonces ¿los shotet tienen un montón de ropa impermeable guardada? —le preguntó a Cyra mientras se dirigían a sus alojamientos.

—Hemos estado en Pitha antes —respondió ella—. Todos los soberanos cuentan con investigadores que se preparan con antelación para cada planeta, pero cualquiera de cierta edad sabe cómo sobrevivir en el entorno que toque, la verdad. Desiertos, montañas, océanos, pantanos...

—Desiertos —repitió—. Ni siquiera soy capaz de imaginarme caminando sobre arena caliente.

—Quizá algún día lo hagas.

Akos perdió la sonrisa. Era probable que Cyra estuviera en lo cierto. ¿Cuántas travesías tendría que vivir antes de morir por los Noavek? ¿Dos? ¿Tres? ¿Veinte? ¿Por cuántos mundos más caminaría?

—Eso no es lo que... —empezó a decir ella, pero se detuvo—. La vida es larga, Akos.

—Pero los destinos son inevitables —respondió él repitiendo las palabras de su madre.

Pocos destinos parecían más inevitables que el suyo, además. Muerte. Servicio. La familia Noavek. Estaba bastante claro.

Cyra se paró. Estaban cerca de la sala pública de entrenamiento, donde el aire olía a zapatos viejos y a sudor. Le rodeó la muñeca con la mano y se la sostuvo con fuerza.

—Si te ayudara a escapar ahora mismo —dijo la chica—, ¿te irías?

A él le latía el corazón con fuerza.

—¿De qué me hablas?

—El muelle de carga está sumido en el caos —respondió ella mientras se acercaba más. Akos se dio cuenta de que tenía los ojos muy oscuros, casi negros. Y vivaces, como si el dolor que le desgarraba el cuerpo también le diera energía de sobra—. Las puertas se abren cada pocos minutos para dejar entrar a una de las naves. ¿Crees que podrían detenerte si robaras un flotante ahora mismo? Podrías estar de vuelta en tu casa en cuestión de días.

En casa en cuestión de días. Akos respiró el recuerdo de aquel lugar como si fuera un olor conocido. Cisi, que era capaz de calmar a cualquiera con tan solo sonreír. Su madre, que bromeaba con ellos usando acertijos proféticos. La cálida cocinita con la lámpara de piedra de quemar roja. El mar de hierba pluma que crecía justo hasta llegar a la casa, con los tallos rozando las ventanas. El crujido de los escalones cuando subía hasta la habitación que compartía con...

—No —respondió negando con la cabeza—. No sin Eijeh.

—Es lo que pensaba —dijo ella con tristeza mientras lo soltaba.

Después se mordió el labio, con un destello de inquietud en los ojos. Permanecieron en silencio durante el resto del camino hasta sus aposentos y, al llegar, ella se metió en el baño para ponerse ropa seca. Akos se colocó frente al agregador de noticias por pura costumbre.

Normalmente, solo se mencionaba a Thuvhe en el flujo de palabras de la parte inferior del agregador e incluso entonces, por lo que le había contado Cyra, las noticias trataban sobre la producción de flores del hielo. Las flores del hielo eran lo único de su frío planeta que les importaba a los demás, ya que las empleaban en muchas medicinas. Sin embargo, aquel día el vídeo en directo mostraba un ventisquero gigante.

Conocía el lugar: Osoc, la ciudad que estaba más al norte de Thuvhe, helada y blanca. Los edificios flotaban en el cielo como nubes de cristal, sostenidos por una tecnología de Othyr que él no comprendía. Tenían forma de gotas de lluvia, como pétalos marchitos que acababan en punta por ambos extremos. Envueltos en su ropa de más abrigo, habían ido allí una estación para visitar a sus primos y se habían alojado en su edificio de viviendas, que colgaba del cielo como fruta madura que nunca caía. Las flores del hielo también crecían en esas latitudes, pero muy, muy abajo, de modo que no eran más que manchas de color a lo lejos.

Akos se sentó al borde de la cama de Cyra, mojando las sábanas con su ropa empapada. Le costaba respirar. «Osoc, Osoc, Osoc», repetía su mente. Copos blancos al viento. Dibujos de escarcha en las ventanas. Tallos de flores del hielo tan frágiles que se rompían al tocarlos.

—¿Qué ocurre? —preguntó Cyra, que se trenzaba el pelo para apartárselo de la cara.

Dejó caer las manos al ver la pantalla y leyó el subtítulo en voz alta:

—La canciller predestinada de Thuvhe da un paso adelante.

Akos dio unos golpecitos en la pantalla para subir el volumen. En othyrio, la voz masculló:

—... promete una férrea defensa contra Ryzek Noavek en nombre de los oráculos de Thuvhe, perdidos hace dos estaciones, en una supuesta invasión de las tierras thuvhesitas por parte de los shotet.

—¿Vosotros no elegís a vuestro canciller? —preguntó Cyra—. ¿No se usa por eso la palabra «canciller» en vez de «soberano»? ¿Porque el puesto se elige, en vez de heredarse?

—Los cancilleres thuvhesitas son predestinados. Dicen que los elige la corriente. Decimos —se corrigió. Si ella notó el desliz, no lo mencionó—. Algunas generaciones no hay canciller y solo tenemos representantes regionales, que sí son elegidos.

—Ah —respondió Cyra mientras se volvía hacia la pantalla y la observaba junto a él.

Una multitud de personas se habían reunido en la pista de aterrizaje, todas muy apiñadas para darse calor, a pesar de que estaba cubierta. Una nave se había posado en el extremo y, justo en ese momento, la escotilla se abrió. De ella salió una mujer con ropa oscura, que la gente recibió con vítores. La cámara se acercó más y mostró su rostro, envuelto en una bufanda que le cubría la nariz y la boca. Sin embargo, tenía los ojos muy oscuros, con un toque de gris más claro alrededor de las pupilas (las cámaras estaban muy cerca y zumbaban como moscas alrededor de su cara) y ligeramente rasgados. Akos la reconoció.

La conocía.

—Ori —dijo sin aliento.

Justo detrás había otra mujer, igual de alta, igual de delgada e igual de tapada. Cuando las cámaras la enfocaron, Akos vio que las dos eran idénticas hasta la última de sus pestañas. No solo hermanas, sino gemelas.

Ori tenía una hermana.

Ori tenía una doble.

Akos examinó aquellos rostros en busca de alguna diferencia, pero no encontró ninguna.

—¿Las conoces? —preguntó Cyra en voz baja.

Por un instante solo pudo asentir con la cabeza. Después se preguntó si debería haberlo hecho. A Ori solo la había conocido como «Orieve Rednalis», que, en teoría, no era el nombre de ninguno de los niños agraciados con un destino, porque su verdadera identidad era peligrosa. Y eso significaba que lo mejor era guardárselo para él.

«Pero», pensó al mirar a Cyra. No terminó el pensamiento, solo dejó que las palabras brotaran.

—Era una amiga de nuestra familia cuando yo era pequeño. Cuando ella era pequeña. Usaba un alias. No sabía que tuviera una... hermana.

—Isae y Orieve Benesit —dijo Cyra repitiendo los nombres de la pantalla.

Las gemelas entraron en un edificio. Las dos rezumaban elegancia cuando la brisa del interior les pegó al cuerpo los abrigos, que estaban abotonados a un lado, a la altura del hombro. No reconoció la piel de las bufandas ni la tela de los abrigos en sí, negra y sin nieve. Seguro que era un material de otro planeta.

—Usaba el apellido Rednalis —dijo Akos—. Un nombre de Hessa. El día que se anunciaron los destinos fue la última vez que la vi.

Isae y Orieve se detuvieron para saludar a la gente por el camino, pero, mientras se alejaban y las cámaras las grababan desde atrás, Akos percibió un ligero movimiento. La segunda hermana rodeó con un brazo el cuello de la primera para acercársela más. Igual que hacía Ori con Eijeh cuando quería susurrarle algo al oído.

Después Akos no vio mucho más porque tenía los ojos llenos de lágrimas. Aquella era Ori, la que tenía un sitio en la mesa familiar, la que lo había conocido antes de que se convirtiera en... aquello. En aquella criatura blindada, vengativa y asesina.

—Mi país tiene una canciller —dijo.

—Enhorabuena —repuso Cyra. Luego, en tono vacilante, añadió—: ¿Por qué me has contado todo eso? Es probable que no sea buena idea anunciarlo por aquí. Su alias, de qué la conoces, todo eso.

Akos parpadeó para espantar las lágrimas.

—No lo sé. Quizá confíe en ti.

Ella levantó una mano y la dejó un instante a pocos centímetros del hombro de Akos. Después la bajó y lo tocó con delicadeza. Se quedaron mirando la pantalla los dos juntos.

—Nunca te retendría aquí, lo sabes, ¿verdad? —preguntó ella en voz muy baja. Nunca la había oído hablar en un tono tan bajo—. Ya no. Si quisieras irte, te ayudaría.

Akos colocó una mano sobre la de Cyra. Solo era un ligero contacto, pero estaba cargado de nueva energía. Como un dolor que no le importaba sentir.

—Si... Cuando saque de aquí a Eijeh —repuso—, ¿te irías conmigo?

—¿Sabes qué te digo? Que creo que sí —respondió ella suspirando—. Pero solo si Ryzek estuviera muerto.

Mientras la nave daba media vuelta para regresar a casa, las noticias del éxito de Ryzek en Pitha les llegaron retazo a retazo. Otega era la fuente de casi todos los cotilleos de Cyra, según descubrió Akos, y sabía cómo enterarse de todo antes incluso de que lo anunciaran.

—El soberano está encantado —dijo Otega una noche, cuando fue a llevarles una olla de sopa—. Creo que ha establecido una alianza, y entre una nación históricamente leal a los destinos, como es Shotet, y un planeta secular, como es Pitha, se trata de toda una hazaña.

Después miró con curiosidad a Akos.

—Kereseth, supongo. Cyra no me contó que fueras tan...

Hizo una pausa. Cyra arqueó las cejas de golpe, como si estuvieran provistas de muelles. Estaba apoyada en la pared, con los brazos cruzados, mordisqueándose un mechón de pelo. A veces se los metía en la boca sin darse cuenta. Entonces los escupía con cara de sorpresa, como si se le hubieran metido solos en la boca.

—... alto —concluyó Otega.

Akos se preguntó qué palabra habría elegido de haberse sentido lo bastante cómoda para ser sincera.

—No sé bien por qué te iba a contar eso —contestó Akos. No costaba sentirse a gusto con Otega; se dejó llevar sin pensárselo mucho—. Al fin y al cabo, ella también es alta.

—Sí. Sois bastante altos los dos —repuso Otega en tono distraído—. Bueno, que disfrutéis de la sopa.

Cuando se fue, Cyra fue directa al agregador de noticias para traducirle los subtítulos en shotet. Aquella vez resultaba sorprendente lo distintos que eran. Las palabras en shotet, al parecer, decían: «La canciller de Pitha da inicio a negociaciones de apoyo a Shotet después de la visita de sus líderes a la capital pithariana». Pero la voz en othyrio decía: «La canciller thuvhesita Benesit amenaza a Pitha con embargos de flor del hielo tras el inicio de sus negociaciones con los líderes de Shotet».

—Parece que a tu canciller no le hace gracia que Ryzek haya engatusado a los pitharianos —comentó Cyra—. Amenaza con embargos, y todo.

—Bueno, al fin y al cabo Ryzek intenta conquistarla.

Cyra gruñó.

—La traducción no tiene el estilo de Malan; deben de haber usado a otra persona. A Malan le gusta tergiversar la información, pero no inventársela por completo.

Akos estuvo a punto de echarse a reír.

—¿Puedes distinguir quién es por su traducción?

—Las mentiras de los Noavek tienen su arte —respondió Cyra mientras le quitaba el sonido a la pantalla—. Nos lo enseñan desde que nacemos.

Sus aposentos (Akos había empezado a pensar en ellos así, como algo que compartían, aunque fuera un poco inquietante) eran como el ojo de una tormenta, tranquilos y serenos en medio del caos. Todo el mundo se estaba preparando para el aterrizaje. Akos apenas podía creerse que la travesía llegara a su fin; era como si acabaran de despegar.

Entonces, el día en que el flujo de la corriente perdió sus últimas vetas azules, supo que había llegado el momento de cumplir su promesa a Jorek.

—¿Seguro que no me entregará a Ryzek por haberlo drogado? —le preguntó Akos a Cyra.

—Suzao tiene corazón de soldado —respondió Cyra por enésima vez mientras pasaba la página de su libro—. Prefiere arreglar las cosas en persona. Entregarte sería de cobardes.

Tras aquellas palabras, Akos se dirigió al comedor. Era consciente del acelerado latido de su corazón y del tic nervioso de los dedos. Aquel día de la semana, Suzao comía en una de las esquinas del comedor; de los seguidores más cercanos a Ryzek, era el de menor rango, así que también era la persona menos importante en la mayoría de los sitios a los que iba. Sin embargo, en los comedores de abajo, cerca de la ruidosa maquinaria de la nave, por una vez era superior a los demás. Se trataba del lugar perfecto para provocarlo, ya que no podía permitir que un criado lo avergonzara delante de sus subordinados, ¿no?

Jorek le había prometido ayuda con el último toque. Estaba delante de su padre en la cola cuando Akos entró en el comedor, una gran habitación oscura en uno de los niveles más bajos de la nave. Estaba abarrotada y llena de humo, pero el aire olía a comida y especias, y se le hizo la boca agua.

En una mesa cercana, varios shotet más jóvenes que él habían apartado las bandejas para jugar con unas máquinas tan pequeñas que cabían en la palma de la mano. Eran montoncitos de engranajes y cables sobre ruedas, uno con unas enormes pinzas en el morro, otro con un cuchillo y un tercero con un martillo del tamaño de un pulgar. Habían dibujado un círculo con tiza en la mesa y, en el interior, las máquinas se atacaban unas a otras, dirigidas por control remoto. Mientras chocaban, los espectadores gritaban consejos:

—¡Ve a por la rueda derecha!

—¡Usa las pinzas! ¿Para qué las tienes?

Vestían extrañas prendas de ropa en azul, verde y morado, llevaban los brazos envueltos en cuerdas de distintos colores, y el pelo afeitado, trenzado y recogido en lo alto. Una oleada de sentimientos lo arrolló mientras los miraba; se imaginó como un niño shotet, con un mando en la mano o simplemente apoyado en la mesa, observando.

Nunca había sido posible y nunca lo sería, pero, por un instante, le pareció que podría haberlo sido.

Se volvió hacia la pila de bandejas cercana a la fila del comedor y cogió una. Llevaba un pequeño frasco oculto en el puño, y se coló en la fila hasta colocarse cerca de Suzao, de modo que pudiera echarle el líquido en la bebida. En el mismo momento, Jorek se tropezó con la mujer que tenía delante y soltó la bandeja con estrépito. La sopa alcanzó a la mujer justo entre los hombros, y ella escupió una palabrota. Aprovechando la conmoción, Akos echó el elixir en la bebida de Suzao sin que nadie se percatara.

Pasó junto a Suzao mientras el chico ayudaba a la mujer manchada de sopa a limpiarse. Ella lo apartaba a codazos, entre insultos.

Cuando Suzao se sentó a su mesa de siempre y bebió de la taza envenenada, Akos se detuvo para tomar aliento.

Suzao había entrado en su casa con los demás. Se había quedado mirando sin hacer nada mientras Vas asesinaba al padre de Akos. Sus huellas estaban en las paredes de su casa, sus pisadas en el suelo; el lugar más seguro para Akos, mancillado por la violencia. Los recuerdos, tan vívidos como siempre, le daban a Akos la fuerza necesaria para lo que necesitaba hacer.

Dejó la bandeja frente a Suzao, que dejó resbalar la mirada por el brazo de Akos como si fuera una mano mientras contaba las marcas de sus víctimas.

—¿Me recuerdas? —preguntó Akos.

Ahora, Suzao era más bajo que él, pero tan ancho de hombros que ni siquiera lo parecía estando sentado. Tenía la nariz salpicada de pecas. No se parecía mucho a Jorek, que había salido a su madre, lo cual era una suerte para el chico.

—¿El penoso crío que me llevé a rastras por la División? —dijo Suzao mientras mordía los dientes del tenedor—. ¿Al que después le di una paliza antes de llegar a las naves de transporte? Sí, me acuerdo. Ahora, quita la bandeja de mi mesa.

Akos se sentó y entrelazó los dedos delante de él. La descarga de adrenalina le había dado visión en túnel, y Suzao estaba en el mismísimo centro.

—¿Cómo te sientes? ¿Algo somnoliento? —preguntó mientras ponía el frasco sobre la mesa de golpe.

El cristal se rajó, pero el frasco se mantuvo de una pieza, todavía húmedo de la poción somnífera que le había echado a Suzao en la taza. El comedor entero guardó silencio, empezando por su mesa.

Suzao se quedó mirando el frasco. Empezaron a salirle manchas en la cara y se le pusieron los ojos vidriosos de rabia.

Akos se inclinó hacia delante, sonriendo.

—Tus aposentos no son tan seguros como te gustaría. ¿Qué es, la tercera vez que te han drogado en el último ciclo? No estás lo bastante alerta, ¿no?

Suzao se abalanzó sobre él. Lo agarró por el cuello, lo levantó del asiento y lo estrelló contra la mesa, justo encima de la bandeja de comida. La sopa atravesó la camisa de Akos y le quemó. Suzao sacó su cuchillo y sostuvo la punta sobre la cabeza de Akos como si fuera a clavársela en el ojo.

Akos empezó a ver puntitos.

—Debería matarte —le rugió Suzao escupiendo saliva.

—Adelante —respondió Akos como pudo—. Pero será mejor que esperes a no estar a punto de desplomarte.

Y así era, Suzao parecía algo descentrado. Le soltó el cuello a Akos.

—Vale. Entonces te desafío en la arena. Hojas. A muerte.

El hombre no era de los que decepcionaban.

Akos se sentó despacio, dejando que le viera bien el temblor de las manos y la camisa manchada de comida. Cyra le había dicho que debía asegurarse de que Suzao lo subestimara antes de llegar a la arena, si podía. Se limpió la saliva de la mejilla y asintió.

—Acepto —respondió y, atraído por una especie de magnetismo, buscó con la mirada a Jorek, que parecía aliviado.

CAPÍTULO 22 | CYRA

Los renegados no me entregaron un mensaje en el comedor ni me susurraron al oído mientras caminaba por la nave de la travesía. No se colaron en mis pantallas personales ni provocaron un alboroto para secuestrarme. Unos días después de la búsqueda, cuando estaba de camino a mis aposentos, vi un relámpago de pelo rubio delante de mí: Teka, que llevaba un trapo sucio manchado de grasa. Volvió la cabeza para mirarme y me llamó con un dedo, así que la seguí.

No me condujo a una habitación secreta, sino al muelle de carga. Allí estaba oscuro y las siluetas de las naves de transporte parecían criaturas enormes que dormían hechas un ovillo. En el rincón opuesto, alguien había dejado una luz encendida colgada del ala de una de las naves de transporte de mayor tamaño.

Si la lluvia y los truenos eran música para los pitharianos, el movimiento de la maquinaria lo era para los shotet. Era el ruido de la nave de la travesía, el sonido de nuestro movimiento junto a la corriente. Así que tenía sentido que, en aquella parte de la nave, donde nuestras conversaciones quedarían ahogadas por el zumbido y el retumbar de la maquinaria del nivel de abajo, se hubiera congregado un pequeño grupo de rebeldes desaliñados. Todos vestían los monos de los trabajadores de mantenimiento (quizá fueran todos trabajadores de mantenimiento de verdad, ahora que lo pensaba) y se cubrían el rostro con la misma máscara negra que Teka había llevado cuando me había atacado en el pasillo.

Teka sacó un cuchillo y me puso la hoja en el cuello. Estaba frío y olía a dulce, como algunas de las mezclas de Akos.

—Como te acerques más a ellos, te dejo seca.

—Por favor, dime que estos no son los únicos miembros con los que contáis —respondí.

En mi cabeza, le daba vueltas a lo que podía hacer para liberarme, empezando por pisarle los pies.

—¿Nos arriesgaríamos a exponer a todos nuestros miembros a tu hermano? No.

La luz sujeta al ala de la nave de transporte perdió una de las ataduras metálicas y se balanceó en su cuerda, colgando de una sola fijación.

—Tú eras la que quería reunirse —dijo uno de los otros, que sonaba mayor y más gruñón. Era un hombre que parecía una roca, con una barba lo bastante poblada como para que se le perdieran cosas dentro—. ¿Para qué, exactamente?

Me obligué a tragar saliva. Teka seguía apoyándome el cuchillo en el cuello, pero no me costaba hablar por eso. Por fin iba a decir en voz alta lo que llevaba ciclos pensando. Por fin, por primera vez en mi vida, iba a hacer algo, en vez de limitarme a pensar en ello.

—Quiero un transporte seguro para sacar a alguien de Shotet —dije—. A alguien que no quiere irse del todo.

—A alguien —repitió el que había hablado antes—. ¿Quién?

—Akos Kereseth.

Oí murmullos.

—¿No quiere irse? Entonces ¿por qué lo quieres sacar?

—Es... complicado. Su hermano está aquí. Pero su hermano está perdido, no hay esperanza de que se recupere. —Hice una pausa—. Algunas personas pierden la cabeza por amor.

—Ah —susurró Teka—, ya veo.

Me daba la impresión de que todos se reían de mí, de que sonreían bajo las máscaras. No me gustaba. Agarré a la chica por la muñeca y se la retorcí con fuerza, de modo que no pudiera seguir amenazándome con el cuchillo. Ella gruñó al contacto con mi piel, y yo cogí la hoja del cuchillo con dos dedos y se lo quité. Le di la vuelta con una mano para agarrar la empuñadura, aunque tenía los dedos resbaladizos por culpa de la sustancia con la que hubieran impregnado el metal.

Antes de que Teka pudiera recuperarse, me abalancé sobre ella, tirando de su brazo para pegármela al pecho y ponerle la punta del cuchillo contra el costado. Intenté guardarme para mí casi todo el dolor de mi don, apretando los dientes para no gritar. Le expulsé el aliento junto al oído y ella no se movió.

—Puede que yo también haya perdido la cabeza, pero no soy estúpida —dije—. ¿Creéis que no puedo identificaros por vuestra forma de moveros, de caminar, de hablar? Si quiero traicionaros lo haré, por mucho que llevéis máscaras o me amenacéis con cuchillos. Así que... —Soplé para apartarme de la boca un mechón de pelo de Teka—. ¿Vamos a mantener esta conversación sobre la base de la confianza mutua o no?

Solté a Teka y le ofrecí su cuchillo. Ella me miraba con rabia mientras se sujetaba la muñeca, pero lo aceptó.

—De acuerdo —dijo el hombre.

Se quitó la tela con la que se tapaba la boca y me fijé en que la poblada barba le llegaba hasta el cuello. Algunos de los otros lo imitaron. Jorek era uno de ellos: estaba a la derecha, con los brazos cruzados. No me sorprendió, teniendo en cuenta que le había pedido sin rodeos a Akos que matara a su leal padre en la arena.

Otros no se molestaron en descubrirse, pero daba igual: el que me importaba era su portavoz.

—Soy Tos, y creo que podemos hacer lo que pides —dijo—. También creo que eres consciente de que exigiremos algo a cambio.

—¿Qué queréis que haga?

—Necesitamos tu ayuda para entrar en la mansión de los Noavek

—respondió Tos mientras cruzaba sus enormes brazos. Su ropa estaba hecha de tela de otros planetas, demasiado ligera para el frío de Shotet—. En Voa. Después de la travesía.

—¿Eres un exiliado? —le pregunté frunciendo el ceño—. No llevas ropa de nuestro planeta.

¿Estaban los renegados en contacto con los exiliados, que habían buscado refugio en otro planeta para protegerse del régimen de los Noavek? Tenía sentido, pero hasta ese momento no había tenido en cuenta las repercusiones. Los exiliados eran, sin duda, una fuerza más poderosa que los rebeldes de Shotet que se habían vuelto contra mi hermano... y también más peligrosos para mí.

—A todos los efectos, no existe diferencia entre exiliado y renegado. Ambos grupos quieren lo mismo: derrocar a tu hermano y devolver la sociedad shotet a lo que era antes de que tu familia la ensuciara con sus injusticias —contestó Tos.

—«La ensuciara con sus injusticias» —repetí—. Es una forma muy elegante de expresarlo.

—No me la he inventado yo —repuso él con seriedad.

—Si quieres que lo exprese de un modo menos elegante —intervino Teka—, nos estáis matando de hambre y os quedáis con las medicinas. Por no mencionar lo de sacarnos los ojos o la animalada de turno a la que se dedique Ryzek ahora.

Estuve a punto de protestar diciendo que yo nunca había matado a nadie de hambre ni había evitado que recibieran el cuidado médico adecuado, pero, de repente, no parecía que mereciera la pena discutir. En realidad, tampoco me lo creía.

—Vale. Entonces..., la mansión de los Noavek. ¿Qué pensáis hacer allí?

Era el único edificio en el que yo, específicamente, podía ayudar a alguien a entrar. Conocía todos los códigos que le gustaba usar a mi hermano y, además, las puertas más vigiladas se cerraban con un código genético; formaba parte del sistema que había instalado Ryzek después de la muerte de nuestros padres. Yo era la única que quedaba con su mismo código genético. Gracias a mi sangre podrían entrar donde quisieran.

—Creo que no necesitas conocer esa información.

Fruncí el ceño. Tampoco había tantas cosas que un grupo de rebeldes (o exiliados) pudiera hacer dentro de la mansión. Decidí plantear una hipótesis.

—Dejemos algo bien claro —dije—. Me estáis pidiendo que participe en el asesinato de mi hermano.

—¿Te incomoda? —preguntó Tos.

—No. Ya no.

A pesar de todo lo que me había hecho Ryzek, me sorprendió lo fácil que me había resultado responder. Era mi hermano, tenía mi misma sangre. También era el único garante de mi seguridad; si los renegados lo derrocaban, no les importaría acabar con su hermana, la asesina. Sin embargo, en algún momento entre ordenarme participar en el interrogatorio de Zosita y amenazar a Akos, Ryzek por fin había perdido la poca lealtad que pudiera sentir por él.

—Bien —respondió Tos—. Nos mantendremos en contacto.

Aquella noche, tras recolocarme la falda alrededor de las piernas cruzadas, busqué con la mirada al regimiento de Suzao Kuzar en la sala abarrotada. Estaban todos allí, a lo largo de los balcones, intercambiando sonrisas achispadas. «Bien», pensé. Estaban demasiado confiados, lo que significaba que Suzao también estaba demasiado confiado y sería más sencillo derrotarlo.

La habitación bullía de cháchara, aunque no estaba tan llena como cuando había luchado contra Lety hacía unos ciclos, pero sí que era mucho más de lo que podría haber reunido cualquier otro duelista recuperado. Era bueno. Ganar un desafío en la arena siempre otorgaba un estatus superior, en teoría, pero, para que importara de verdad, toda la sociedad shotet tenía que estar de acuerdo en ello. Cuantas más personas vieran a Akos derrotar a Suzao, mejor sería la percepción de su posición social, lo que le facilitaría la misión de sacar de allí a Eijeh. El poder se transfería y se acumulaba; poder sobre las personas correctas.

Ryzek había procurado permanecer alejado del desafío de aquella noche, pero Vas se unió a mí en la plataforma reservada para los funcionarios shotet de alto rango. Me senté a un lado, y él, al otro. En los espacios oscuros era más sencillo evitar las miradas indiscretas, pues mi don permanecía oculto en las sombras. Pero no podía ocultárselo a Vas, que estaba lo bastante cerca como para verme la piel surcada de zarcillos negros cada vez que oía a la multitud pronunciar el nombre de Akos.

—¿Sabes que no le he contado a Ryzek que hablaste con la hija de Zosita en el muelle de carga antes de la búsqueda? —me dijo Vas justo antes de que Suzao entrara en la arena.

Empezó a latirme con fuerza el corazón. Era como si llevara pintada en la cara la reunión con los renegados y cualquiera pudiera verlo si se fijaba lo suficiente. Sin embargo, intenté mantener la calma al contestar:

—La última vez que las consulté, las normas de Ryzek no decían que estuviera prohibido hablar con los trabajadores de mantenimiento.

—Quizá antes no le hubiera importado, pero ahora seguro que sí.

—¿Se supone que debo darte las gracias por tu discreción?

—No, se supone que debes considerarlo una segunda oportunidad. Que esa estupidez no haya sido más que un lapsus momentáneo, Cyra.

Me volví hacia la arena. Tras bajar la intensidad de las luces, la megafonía chirrió cuando alguien encendió los potenciadores de sonido que colgaban sobre los luchadores. Suzao entró primero, acompañado por los gritos y vítores de la multitud. Alzó los brazos para arrancar más gritos, y el gesto funcionó: todos se volvieron locos.

—Arrogante —mascullé, no por lo que acababa de hacer, sino por lo que llevaba puesto: en vez de colocarse la armadura shotet, iba en camiseta. No creía necesitar armadura, pero hacía mucho tiempo que no veía luchar a Akos.

Akos entró en la arena un momento después, con la armadura que se había ganado y las robustas botas que había llevado en Pitha. Lo recibieron con abucheos y gestos obscenos, pero no parecían alcanzarlo, estuviera donde estuviera en realidad. Ni siquiera se le veía la habitual cautela en la mirada.

Suzao desenvainó el cuchillo y Akos endureció la mirada, como si acabara de tomar una decisión. Desenvainó su propio cuchillo. Sabía cuál era: el que le había regalado yo, la sencilla hoja de Zold.

Al tocarla, ningún zarcillo de corriente se le enrolló en el metal. Para la multitud, tan acostumbrada a ver luchar con hojas de corriente en vez de cuchillos normales, seguro que era como si un cadáver blandiera aquel cuchillo. Todos los susurros sobre él (sobre su resistencia a la corriente) quedaban confirmados. Mejor así, que su don los asustara; el miedo otorgaba a las personas un poder distinto. Yo lo sabía bien.

Suzao lanzó el cuchillo adelante y atrás mientas le daba vueltas sobre las palmas de las manos. Era un truco que debía de haber aprendido de sus amigos entrenados en *zivatahak*, porque estaba claro que él era alumno de *altetahak*; los músculos se le tensaban bajo la tela de la camiseta.

—Pareces nerviosa —dijo Vas—. ¿Necesitas una mano a la que agarrarte?

—Solo estoy nerviosa por tu hombre —respondí—. Guárdate tu mano para ti; seguro que la necesitas después.

Vas se rio.

—Supongo que ya no requerirás de mis servicios, ahora que tienes a otra persona que puede tocarte.

—¿Qué se supone que significa eso?

—Sabes muy bien lo que significa —respondió Vas con ojos relucientes de rabia—. Será mejor que no le quites los ojos de encima a tu mascota thuvhesita, porque está a punto de morir.

Suzao había golpeado primero, abalanzándose sobre Akos, que esquivó aquel torpe movimiento sin pestañear.

—Vaya, eres rápido —comentó Suzao, y su voz retumbó a través de los amplificadores—. Como tu hermana. Casi se me escapa ella también. Estaba a punto de abrir la puerta cuando la atrapé.

Volvió a lanzarse contra el cuello de Akos y trató de levantarlo para empujarlo contra la pared de la arena, pero Akos golpeó con fuerza el interior de la muñeca de Suzao con el suyo, de modo que logró zafarse y escapar. Casi podía oír las reglas de la estrategia *elmetahak* desde mi palco, diciéndole que mantuviera la distancia si se enfrentaba a un oponente más grande que él.

Akos le dio una única vuelta al cuchillo en la mano, con una velocidad asombrosa; la luz se reflejó en la hoja, derramándose por el suelo, y Suzao la siguió con la mirada. Akos aprovechó la ventaja de aquella distracción momentánea y le dio un buen puñetazo con la izquierda.

Suzao retrocedió tambaleándose mientras le brotaba la sangre de la nariz. No se había percatado de que Akos era zurdo. Ni de que yo lo había estado obligando a hacer flexiones desde que lo conocía.

Akos lo persiguió, le dobló el brazo y lo golpeó con el codo, acertándole de nuevo en la nariz. El chillido de Suzao retumbó en la sala. Atacó a ciegas, agarrando la pechera de la armadura de Akos para lanzarlo a un lado. Akos perdió el equilibrio un momento, y Suzao lo sujetó contra el suelo con una rodilla mientras le propinaba un puñetazo en la mandíbula.

Hice una mueca. Akos, con cara de aturdido, se llevó la rodilla a la cara como si pretendiera empujar a Suzao. En vez de ello, se sacó un cuchillo de la bota y se lo clavó al soldado en el costado, justo entre dos de las costillas.

Suzao, perplejo, cayó y se quedó mirando el cuchillo que le asomaba del cuerpo. Akos atacó con el otro cuchillo. Se vio un relámpago rojo en el cuello de Suzao cuando el hombre se derrumbó del todo.

No me había dado cuenta de lo tensa que estaba hasta que terminó la pelea y relajé los músculos.

A mi alrededor, todo era ruido. Akos se agachó sobre el cadáver de Suzao y recuperó su segundo cuchillo. Después se limpió la sangre en los pantalones y se lo volvió a envainar en la bota. Oía su respiración temblorosa amplificada por los potenciadores.

«No te dejes llevar por el pánico», pensé, como si pudiera oírme.

Se limpió el sudor de la frente con la manga y alzó la mirada hacia el público sentado en la arena. Después se volvió en un lento círculo, como si pretendiera retarlos a todos, se guardó el otro cuchillo, pasó por encima del cadáver de Suzao y caminó por el pasillo hacia la salida.

Esperé unos segundos antes de bajar de la plataforma y perderme entre la multitud. Mis pesadas ropas se inflaban con el aire al caminar. Me subí la falda con ambas manos e intenté alcanzar a Akos, pero me llevaba demasiada ventaja; no lo vi mientras atravesaba los pasillos de camino a nuestros aposentos.

Una vez llegué a la puerta, me detuve con la mano cerca del sensor y escuché.

Al principio solo oía un aliento entrecortado. Después, Akos gritó y me llegó un estruendo, seguido de otro. Gritó de nuevo, y pegué la oreja a la puerta para escuchar mientras me mordía el labio inferior. Me mordí con tanta fuerza que noté el sabor de la sangre en la boca cuando los gritos se convirtieron en sollozos.

Toqué el sensor y abrí la puerta.

Estaba sentado en el suelo del cuarto de baño, rodeado de fragmentos de espejo por todas partes. Había arrancado del techo la cortina de la ducha y el toallero de la pared. No levantó la mirada cuando entré, ni siquiera cuando me acerqué con cuidado, esquivando los trozos de cristal.

Me arrodillé entre los fragmentos y alargué una mano por encima de su hombro para abrir el grifo de la ducha. Esperé hasta que el agua se calentó y después lo arrastré por un brazo hacia la ducha.

Me quedé de pie dentro de la ducha con él, completamente vestida. Su aliento me llegaba en rápidas ráfagas a la mejilla. Le puse una mano en la nuca y le empujé la cara hacia el agua. Él cerró los ojos y dejó que le mojara las mejillas. Sus dedos temblorosos buscaron los míos, y me agarró una mano contra su pecho, contra su armadura.

Permanecimos así un buen rato, hasta que las lágrimas desaparecieron. Después cerré el grifo y lo llevé a la cocina, esparciendo a mi paso trocitos de espejo.

Él tenía la mirada perdida. No estaba segura de si sabía dónde estaba o lo que le estaba sucediendo. Le desabroché las correas de la armadura y se la saqué por la cabeza; después le tiré de la camiseta por el dobladillo y le quité la tela húmeda de encima; le desabroché los pantalones y dejé que cayeran al suelo formando un montón empapado.

Había soñado despierta con verlo así, e incluso con desvestirlo algún día, librándome de algunas de las capas que nos separaban, pero aquello no era una fantasía. Él sufría. Y yo quería ayudarle.

No era consciente de mi propio dolor, pero, mientras lo ayudaba a secarse, vi que hacía mucho tiempo que las sombras no se movían tan deprisa. Era como si alguien me las hubiera inyectado en las venas y ahora me viajaran por la sangre. El doctor Fadlan me había dicho que mi don era más potente cuando me dejaba llevar por las emociones. Bueno, pues tenía razón. Me daba igual la muerte de Suzao (de hecho, pensaba escupir en su pira funeraria solo por ver cómo chisporroteaba), pero me importaba Akos, más que nadie.

Para entonces, Akos ya había regresado a su cuerpo y reaccionaba lo suficiente como para ayudarme a vendarle el brazo y entrar solo en su cuarto. Me aseguré de dejarlo bajo las mantas y después puse a hervir una olla en uno de los quemadores de la encimera de la botica. Una vez, él me había preparado una poción para que pudiera dormir sin sueños. Ahora me tocaba a mí.

CAPÍTULO 23 | AKOS

Todo se le escurría entre los dedos, seda sobre seda, perlas de aceite en el agua. A veces se le perdía el tiempo, unos segundos se convertían en una hora en la ducha (salía con los dedos arrugados y la piel brillante) o una noche de sueño duraba hasta la tarde siguiente. Otras veces se le perdía el espacio, y se encontraba en la arena, manchado con la sangre de otro hombre, o estaba en la hierba pluma, dando trompicones sobre los esqueletos de los que se habían extraviado en ella.

Se le perdían los pétalos de flor del silencio dentro de la boca, para poder mantener la calma. O la firmeza de las manos cuando no dejaban de temblar. O las palabras de camino a la boca.

Cyra le permitió seguir así unos días, pero el día antes de su supuesto aterrizaje en Voa, después de que Akos se saltara varias comidas seguidas, entró en su cuarto y dijo:

—Levanta. Ahora.

Él se quedó mirándola, desconcertado, como si hablara un idioma que desconocía.

Cyra hizo un gesto de impaciencia, lo agarró por un brazo y tiró de él. Al tocarla, sintió dolor. Hizo una mueca.

—Mierda —dijo ella soltándolo—. ¿Ves lo que está pasando?

Empiezas a notar mi don porque estás tan débil que tu propio don vacila. Por eso tienes que levantarte y comer algo.

—Para poder recuperar a tu criado, ¿no? —le soltó, porque él también perdía la paciencia—. Bueno, pues se acabó. Estoy listo para morir por tu familia, sea como sea.

Ella se agachó, para que su rostro quedara a la misma altura que el de él, y dijo:

—Sé lo que es convertirse en algo que odias, sé lo que duele. Pero la vida está llena de dolor. —Las sombras se le acumularon en las cuencas de los ojos, como para demostrar su afirmación—. Y tu capacidad para soportarlo es mucho mayor de lo que crees.

Le sostuvo la mirada unos segundos, y él repuso:

—¿Y ese es tu discurso para levantarme el ánimo? ¿Que la vida está llena de dolor?

—La última vez que miré, tu hermano seguía aquí —respondió ella—. Así que deberías seguir con vida para liberarlo, por lo menos.

—Eijeh —resopló Akos—. Como si esto tuviera algo que ver con él.

Cuando le había quitado la vida a Suzao no pensaba en Eijeh, sino en lo mucho que deseaba matar al soldado.

—Entonces ¿con qué tiene que ver, exactamente? —le preguntó ella mientras cruzaba los brazos.

—¿Cómo voy a saberlo? —Akos alzó los brazos en un gesto enfático y le dio un golpe a la pared sin hacer caso del dolor en los nudillos—. Tú eres la que me ha convertido en esto, ¿por qué no me lo explicas? El honor no tiene cabida en la supervivencia, ¿recuerdas?

La chispa que parecía haber ardido tras los ojos de Cyra se apagó al recordarlo. Akos estaba a punto de retirar lo dicho cuando alguien llamó a la puerta. Vio a Cyra abrirla mientras él seguía sentado en el borde de la cama. El guardia con el trabajo más aburrido del mundo estaba allí, con Jorek detrás.

Akos ocultó el rostro en una mano.

—No lo dejes entrar.

—Creo que se te olvida de quién es este cuarto —respondió Cyra con un tono de voz brusco mientras daba un paso atrás para que Jorek pudiera entrar.

—¡Maldita sea, Cyra! —exclamó Akos poniéndose en pie.

Se le nubló la vista unos segundos y se chocó contra el marco de la puerta. Quizá ella estuviera en lo cierto: necesitaba comer algo.

Jorek abrió mucho los ojos al verlo.

—Buena suerte —le deseó Cyra antes de encerrarse en el baño.

Jorek lo examinó todo con la mirada, desde la pared decorada con armaduras a las plantas colgadas del techo, pasando por las relucientes ollas y sartenes apiladas sobre la desvencijada cocina. Se rascó el cuello dejándose unas rayas de color rosa en la piel, su tic nervioso. Akos se le acercó, aunque le pesaba todo el cuerpo. Cuando consiguió llegar hasta una silla y sentarse, estaba sin aliento.

—¿Qué haces aquí? —le preguntó sintiéndose salvaje. Quería clavarle las uñas, negarse a permitir que se le perdiese nada más, aunque significara hacerle daño a Jorek, que ya había sufrido más que de sobra—. Ya tienes lo que querías, ¿no?

—Así es —respondió Jorek en voz baja. Después se sentó al lado de Akos—. He venido a darte las gracias.

—Esto no ha sido un favor, sino una transacción. Yo mato a Suzao y tú liberas a Eijeh.

—Y será más sencillo cuando aterricemos en Voa —repuso Jorek sin abandonar aquel tono bajo tan horrible, como si intentara calmar a un animal. Akos pensó que quizá fuera justo eso lo que pretendía—. Mira, en realidad... —Frunció el ceño—. En realidad no sabía lo que te estaba pidiendo. Parecías la clase de persona a la que le resultaría fácil hacerlo.

—No quiero hablar de eso.

Akos ocultó la cabeza entre las manos. No soportaba pensar en lo fácil que le había resultado. Suzao no había tenido la menor posibilidad, ni siquiera sabía dónde se estaba metiendo. Akos se sentía más asesino ahora que después de su primera víctima. Al menos aquella muerte —la de Kalmev— había sido un acto salvaje y demencial, casi como un sueño. Nada que ver.

Jorek le puso una mano en el hombro. Akos intentó zafarse, pero Jorek no se lo permitió, no hasta conseguir que Akos lo mirara.

—Mi madre me envía a traerte esto —le dijo mientras se sacaba del bolsillo una larga cadena de la que colgaba un anillo. Estaba hecho de metal brillante de color naranja y tenía un símbolo grabado—. Este anillo lleva el sello de nuestra familia. Quiere que lo tengas tú.

Akos recorrió los eslabones de la cadena con dedos temblorosos; eran delicados, pero los habían doblado para que fueran más resistentes. Cogió el anillo en el puño, de modo que el símbolo de la familia de la madre de Jorek se le grabó en la palma.

—¿Tu madre quiere… darme las gracias? —preguntó.

Se le rompió la voz y apoyó la cabeza en la mesa. No brotaron las lágrimas.

—Ahora mi familia está a salvo —respondió Jorek—. Ven a vernos algún día, si puedes. Vivimos en las afueras de Voa, entre la División y el campamento militar. Es una aldea pequeña justo al lado de la carretera. Serás bienvenido entre nosotros después de lo que has hecho.

Akos notó calor en el cuello: era la mano de Jorek, que le daba un cariñoso apretón en la nuca. Lo consoló más de lo que habría creído posible.

—Ah, y… no te olvides de grabarte la marca de mi padre. Por favor.

La puerta se cerró. Akos se tapó la cabeza con los brazos sin soltar el anillo. Tenía los nudillos magullados desde la pelea; notaba el tirón de las cicatrices cada vez que doblaba los dedos. La puerta del cuarto de baño chirrió al abrirla Cyra, que se puso a dar vueltas por la cocina un rato y después dejó un pedazo de pan delante de él. Akos se lo comió tan deprisa que casi se atragantó con él, y después dejó caer el brazo izquierdo y lo giró para que las marcas de sus víctimas estuvieran mirando a Cyra.

—Graba la marca —dijo con una voz tan ronca que las palabras apenas lograban salir.

—Puede esperar.

Cyra le pasó la mano por el pelo, y él se estremeció. El don de Cyra ya no le hacía daño; quizá Jorek sí que lo había aliviado un poco, al fin y al cabo. O el pan.

—Por favor —insistió él levantando la cabeza—. Hazlo... Hazlo ahora.

Cyra fue a por su cuchillo; Akos observó cómo se le contraían los músculos del brazo. Cyra Noavek estaba hecha de músculo macizo y poco más. Pero por dentro se ablandaba cada vez más, como un puño que aprende a abrirse.

Ella le levantó la muñeca y Akos dejó descansar los dedos sobre la piel de Cyra, reduciendo las sombras que fluían a través de ella. Sin su presencia, era más sencillo ver que era preciosa: el cabello surcado de largos rizos que brillaban a la cambiante luz de la habitación; los ojos, tan oscuros que parecían negros; la nariz aguileña, con aquellos huesos tan delicados; y la mancha al lado de la tráquea, una marca de nacimiento que resultaba incluso elegante.

Cyra apoyó la punta del cuchillo en su brazo, al lado de la segunda marca, la que estaba cruzada por otra.

—¿Listo? —preguntó—. Uno, dos...

A la de dos, clavó la punta de la hoja sin piedad. Después fue a por la botellita del cajón, con su pincel. Akos la observó aplicar el líquido oscuro en la herida abierta con la misma delicadeza que un pintor frente a un caballete. Un dolor agudo le bajó por el brazo a Akos, seguido de una descarga de energía (adrenalina) que presionaba la palpitante masa dolorida en la que se había convertido el resto de su persona.

Cyra susurró el nombre sobre su piel:

—Suzao Kuzar.

Y él lo sintió, sintió la pérdida, su importancia y permanencia, como debía ser. Dejó que el ritual shotet le proporcionara algo de alivio.

—Lo siento —dijo, aunque no sabía bien por qué se disculpaba, si por haber sido tan desagradable antes, por todo lo que había sucedido desde el desafío o por otra cosa.

El día después del desafío se había despertado y se la había encontrado barriendo los cristales del baño y, después, atornillando el toallero de nuevo en la pared. Él no recordaba haberlo arrancado. Aparte de eso, lo sorprendió averiguar que Cyra sabía usar herramientas, como una plebeya. Pero así era Cyra, llena a rebosar de conocimientos de todo tipo.

—No me he vuelto tan insensible, todavía lo recuerdo —dijo ella apartando la mirada—. Esa sensación, como si todo se hubiera roto. Como si todo se estuviera rompiendo.

Puso una mano sobre la de Akos y levantó la otra para tocarle el cuello con delicadeza. Él dio un respingo, pero después se relajó. Todavía conservaba en el cuello la marca que le había dejado Suzao al intentar asfixiarlo en el comedor.

Entonces, Cyra empezó a mover los dedos hacia su oreja para recorrer la cicatriz del corte de Ryzek, y Akos se inclinó para pegarse a su mano. Tenía calor, demasiado calor. Nunca se habían tocado así. Nunca había creído que algún día desearía hacerlo.

—No consigo entenderte —dijo ella.

Deslizó la palma de la mano hasta el rostro de Akos y detuvo los dedos detrás de su oreja. Dedos largos y delgados, con los tendones y las venas siempre firmes. Con los nudillos tan secos que la piel se le cuarteaba en algunas zonas.

—Todo lo que te ha sucedido habría dejado a cualquiera sin esperanza ni corazón —dijo Cyra—. ¿Cómo es...? ¿Cómo eres posible?

Akos cerró los ojos. Transido de dolor.

—A pesar de todo, Akos, esto es una guerra —añadió Cyra mientras apoyaba la frente en la suya. Los dedos de Cyra eran firmes, perfectos para los huesos de Akos—. Una guerra que os enfrenta a ti y a las personas que te han arruinado la vida. Que no te dé vergüenza lucharla.

Y, entonces, Akos sintió un dolor distinto. Una punzada de anhelo en lo más profundo de sus entrañas.

La deseaba.

Deseaba recorrer con los dedos las aristas de sus pómulos. Deseaba saborear la elegante marca de nacimiento que ella tenía en el cuello, sentir su aliento en la boca y enrollarse sus rizos en los dedos hasta atraparlos.

Volvió la cabeza y apretó los labios contra la mejilla de Cyra, aunque con tal fuerza que no fue del todo un beso. Compartieron un aliento. Después se retiró, se levantó y se dio media vuelta. Se limpió la boca. Se preguntó qué mierda le pasaba.

Ella se quedó justo detrás de él, así que podía sentir el calor de su cuerpo en la espalda. Cyra le tocó el espacio entre los hombros. ¿Fue su don lo que le produjo aquel cosquilleo al contacto de su mano, a pesar de la camiseta?

—Tengo que hacer una cosa —dijo Cyra—. Vuelvo enseguida.

Y, sin más, se fue.

CAPÍTULO 24 | CYRA

Recorrí los túneles de mantenimiento con el calor latiéndome en la cara. Reviví mentalmente, una y otra vez, el recuerdo de sus labios en mi mejilla. Intenté pisotearlo como si fuera una brasa solitaria, ya que no podía alimentar ese fuego si quería hacer lo que tenía que hacer.

El camino hasta el estrecho armario en el que vivía Teka era complicado y me conducía a las profundidades de la nave.

Ella respondió a mi llamada en cuestión de segundos. Llevaba ropa amplia y los pies descalzos. Se había atado un trozo de tela sobre el ojo que le faltaba, en vez de cubrírselo con un parche. Detrás de ella vi la cama elevada con el improvisado escritorio debajo, ahora libre de tornillos, herramientas y cables, todo listo para el regreso a Voa.

—Pero ¿a ti qué te pasa? —me dijo mientras me arrastraba al interior del cuarto. Abrió mucho su único ojo, alarmada—. No puedes presentarte aquí sin avisar... ¿Es que estás loca?

—Mañana —le dije—. Sea lo que sea lo que penséis hacerle a mi hermano, deberíais hacerlo mañana.

—Mañana —repitió ella—. Vamos, el día que va después de hoy.

—La última vez que lo comprobé, esa era la definición oficial, sí.

Se sentó en el desvencijado taburete que se encontraba junto a su escritorio y apoyó los codos en las rodillas. Le vi un trocito de piel cuando la camisa le cayó hacia delante: tampoco llevaba la sujeción del pecho. Resultaba raro verla tan cómoda, en su propio espacio. No nos conocíamos lo bastante como para algo tan íntimo.

—¿Por qué? —preguntó.

—El día del aterrizaje todo está desorganizado —respondí—. El sistema de seguridad de la casa será vulnerable y todos estarán agotados; es el momento perfecto para colarse.

Teka frunció el ceño.

—¿Tienes un plan?

—Verja de atrás, puerta trasera, túneles ocultos... Todo eso será fácil porque conozco los códigos de seguridad —respondí—. Solo hará falta mi sangre cuando lleguemos a los sensores de sus habitaciones privadas. Si conseguís llegar hasta la verja de atrás a medianoche, puedo ayudar con el resto.

—¿Y seguro que estás preparada para esto?

Sobre la cabeza de Teka, en la pared, colgaba una foto de Zosita, justo encima de su almohada. A su lado había otra foto de un chico que parecía su hermano. Se me formó un nudo en la garganta. De un modo u otro, mi familia era responsable de todas las pérdidas que había sufrido Teka.

—¿Qué estupidez de pregunta es esa? —repuse frunciendo el ceño—. Claro que estoy preparada. Pero... ¿estáis vosotros preparados para cumplir con vuestra parte del trato?

—¿La de Kereseth? Sí. Si tú nos metes en la mansión, nosotros lo sacaremos.

—Hay que hacerlo a la vez... No quiero arriesgarme a que le pase algo por culpa de mi participación en esto. Es resistente a las flores del silencio, así que hará falta algo más para dejarlo inconsciente. Y es un buen luchador, no lo subestiméis.

Teka asintió despacio. Y se me quedó mirando, mientras se mordía el interior de la mejilla.

—¿Qué ha pasado? Estás como... frenética o algo parecido —dijo—. ¿Os habéis peleado?

No respondí.

—No lo entiendo —añadió—. Resulta obvio que estás enamorada de él, ¿por qué quieres que se vaya?

Se me pasó por la cabeza no responder tampoco a aquello. Todavía me torturaba la sensación de su áspera barbilla al arañarme la cara y de su boca, de su aliento cálido en mi piel. Me había besado. Sin que se lo pidiera, sin argucias. Debería haberme sentido alegre, esperanzada, pero no era tan sencillo, ¿verdad?

Tenía un montón de razones para darle: que Akos estaba en peligro ahora que Ryzek se había dado cuenta de que podía usarlo contra mí; que Eijeh estaba perdido y que Akos quizá fuera capaz de aceptarlo una vez que estuviera en casa, con su madre y su hermana; que Akos y yo nunca seríamos iguales mientras él siguiera siendo prisionero de Ryzek, así que tenía que asegurarme de que fuera libre. Pero lo que me salió fue el motivo que más me desgarraba el corazón.

—Este sitio... lo está destrozando —respondí mientras cambiaba el peso del cuerpo de un pie al otro, incómoda—. No puedo seguir siendo testigo de eso, y no lo seré.

—Sí —respondió en tono amable—. O ganamos o perdemos: tú nos metes, nosotros lo sacamos. ¿Vale?

—Vale. Gracias.

Siempre había odiado la vuelta a casa.

Muchos de los shotet iban a la cubierta de observación para lanzar vítores cuando nuestro blanco planeta volvía a estar a la vista. En la nave, todos estaban alegres, hacían frenéticamente las maletas y se preparaban para reunirse con los niños y los ancianos que se habían quedado atrás. Pero yo estaba triste.

Y nerviosa.

No había llevado demasiadas cosas. Algo de ropa, algunas armas. Tiré la comida perecedera, y quité sábanas y mantas de la cama. Akos me ayudó en silencio, con el brazo todavía vendado. La bolsa con sus pertenencias ya estaba en la mesa. Lo había observado guardar en ella parte de la ropa y de los libros que le había dado, con las páginas favoritas dobladas. Aunque yo ya los había leído, me entraron ganas de abrirlos solo para buscar las partes que a él más le gustaban; quería leerlas para sumergirme en sus pensamientos.

—Estás rara —me dijo cuando terminamos y ya solo quedaba esperar.

—No me gusta volver a casa —respondí, y era cierto, al menos.

Akos miró a su alrededor y se encogió de hombros.

—Esto parece tu casa. Hay más de ti aquí que en cualquier otro sitio de Voa.

Tenía razón, claro. Me alegraba que supiera lo que de verdad era «más de mí»; que, gracias a la observación, supiera tanto de mí como yo de él.

Y sabía mucho sobre él. Habría sido capaz de encontrarlo en una multitud por su forma de caminar. Conocía el tono exacto de las venas que le sobresalían del dorso de la mano. Sabía cuál era su cuchillo favorito para picar flores del hielo, y que el aliento siempre le olía a especias, como una mezcla de flor del silencio y hojas de sendes.

—Quizá la próxima vez decore mejor mi cuarto —dijo.

«No vendrás con nosotros la próxima vez», pensé.

—Sí —repuse obligándome a sonreír—. Estaría bien.

Mi madre me había dicho una vez que se me daba bien fingir. A mi padre no le gustaba ver el dolor, así que, de niña, me había acostumbrado a ocultarle el mío: dejaba el rostro inexpresivo, incluso mientras me clavaba las uñas en las palmas de las manos. Y cada vez que mi madre me llevaba a un especialista o a un médico para que me ayudara con mi don, las mentiras sobre dónde habíamos estado brotaban de mi boca tan fácilmente como la verdad. En la familia Noavek había que fingir para sobrevivir.

Utilicé esa habilidad mientras repetía los pasos del aterrizaje y del regreso a casa: ir al muelle de carga después de la reentrada en la atmósfera, meterme en el vehículo de transporte, hacer el recorrido público hasta la mansión de los Noavek detrás de Ryzek. Aquella noche cené con mi hermano e Yma Zetsyvis, y fingí no ver la mano de ella en la rodilla de él, ni el tamborileo de los dedos, ni la expresión desquiciada de Yma cada vez que él no se reía de uno de sus chistes.

Más tarde, ella pareció relajarse y dejaron a un lado todo fingimiento para acurrucarse a un lado de la mesa, rozándose con los codos mientras cortaban la comida. Yo había matado a su familia y ella se había convertido en la amante de mi hermano. Me habría dado asco de no ser porque comprendía muy bien lo que era querer seguir viva. Necesitarlo a cualquier precio.

Seguía comprendiéndolo, pero ahora necesitaba algo más: que Akos estuviera a salvo.

Después de la cena fingí ser paciente mientras Akos me enseñaba a predecir lo fuerte que era un veneno sin probarlo. Intenté grabar aquel momento en mi memoria. Necesitaba aprender a preparar aquellos brebajes sola porque pronto no contaría con él. Si a los renegados y a mí nos atrapaban aquella noche, seguramente yo perdería la vida. Si teníamos éxito, Akos se iría a casa y Shotet se sumiría en el caos sin su líder. En cualquier caso, era poco probable que volviera a verlo.

—No, no —dijo Akos—. No le pegues cortes a lo loco, sino con delicadeza, ¡con delicadeza!

—Estoy siendo delicada —repuse—. Quizá si afilaras un poco los cuchillos…

—¿Que los afile? ¡Si podría rebanarte la punta del dedo con ese!

Le di la vuelta al cuchillo en la mano y lo agarré por el mango.

—¿Ah, sí?

Se rio y me echó un brazo sobre los hombros. Noté que se me subía el corazón a la garganta.

—No finjas que no eres capaz de ser delicada; lo he visto en persona.

Fruncí el ceño e intenté concentrarme en «cortar con delicadeza». Me temblaban un poco las manos.

—Me ves bailar en la sala de entrenamiento y ya te crees que lo sabes todo sobre mí.

—Sé lo suficiente. Mira, ¿ves? Te dije que podías.

Levantó el brazo, pero mantuvo la mano sobre mi espalda, justo debajo del omóplato. Me llevé esa sensación conmigo el resto de la noche, mientras terminábamos el elixir y nos preparábamos para acostarnos, y él cerró la puerta que nos separaba.

Después fui yo la que tuvo que cerrar los ojos para echar la llave y evitar que Akos saliera; recorrí el pasillo hasta mi cuarto de baño, donde tiré mi somnífero por el desagüe.

Me puse la misma ropa que usaba para entrenar, holgada y flexible, y zapatos que no hicieran ruido sobre la madera. Me trencé el pelo bien tirante para que no me estorbara y después me lo sujeté con horquillas para que nadie pudiera tirarme de él en una pelea. A continuación me colgué el cuchillo envainado en la parte baja de la espalda, de lado, de modo que pudiera coger la empuñadura con facilidad. Seguramente no lo usaría; en situaciones de crisis, prefería recurrir a las manos desnudas.

Después me metí detrás del panel de la pared de mi cuarto y me escabullí por los pasadizos en dirección a la puerta trasera. Me conocía el camino de memoria, pero fui palpando las muescas de cada esquina de todos modos, para asegurarme de estar en el lugar correcto. Me detuve junto al círculo grabado en la pared cerca de la cocina, la señal de la salida secreta.

Lo estaba haciendo de verdad. Estaba ayudando a un grupo de renegados a asesinar a mi hermano.

Ryzek había vivido toda su vida envuelto en una bruma de crueldad, obedeciendo las instrucciones de nuestro padre, fallecido tiempo atrás, como si el hombre siguiera a su lado, aunque sin disfrutar de nada de ello. Las personas como Ryzek Noavek no nacían, se hacían. Sin embargo, el tiempo no podía dar marcha atrás, así que, igual que lo habían hecho, habría que deshacerlo.

Empujé la puerta oculta y caminé entre los tallos de hierba pluma hacia la verja. Vi unos rostros pálidos entre la hierba (Lety, Uzul y mi madre) que me llamaban. Susurraban mi nombre y sonaban como la hierba agitada por el viento. Temblorosa, introduje la fecha del cumpleaños de mi madre en la caja que estaba junto a la verja, y la puerta se abrió.

A unos cuantos metros, en la oscuridad, estaban Teka, Tos y Jorek con el rostro cubierto. Les hice un gesto con la cabeza, y ellos pasaron junto a mí y entraron en la hierba pluma. Una vez que estuvieron dentro cerré la verja y adelanté a Teka para enseñarles dónde estaba la puerta trasera.

Mientras los conducía por los pasadizos hacia el ala de mi hermano me dio la impresión de que algo tan monumental no debería realizarse en completo silencio. Pero puede que aquel silencio reverencial fuera una forma de reconocer lo que estábamos haciendo. Yo iba tocando las esquinas en busca de las muescas que indicaban que llegábamos a las escaleras. Avanzaba de memoria, evitando los clavos que sobresalían y las tablas rotas del suelo.

En el punto en el que se separaban los pasadizos, el de la izquierda hacia mi lado de la casa y el de la derecha hacia el de Ryzek, me volví hacia Tos.

—Ve a la izquierda, tercera puerta —le dije mientras le entregaba la llave del cuarto de Akos—. Con esto la abrirás. Quizá tengas que usar la fuerza con él antes de drogarlo.

—No me preocupa —repuso Tos.

A mí tampoco: Tos era una montaña, así que daba igual lo bien que hubiera aprendido Akos a defenderse. Vi a Tos estrechar las manos de Teka y Jorek antes de desaparecer por el pasadizo de la izquierda.

Cuando nos acercamos al ala de Ryzek, empecé a caminar más despacio, ya que recordaba lo que le había dicho Ryzek a Akos sobre lo avanzados que eran los dispositivos de seguridad de aquella zona. Teka me tocó el hombro, me adelantó y se agachó para poner las palmas de las manos en el suelo. Con los ojos cerrados, respiró hondo por la nariz.

Después se levantó y asintió.

—Nada en este pasillo —dijo en voz baja.

Seguimos avanzando así durante un rato, deteniéndonos en cada esquina o cruce para que Teka usara su don y comprobara el sistema de seguridad. Ryzek nunca se habría esperado que una chica que vivía envuelta en grasa de motor y rodeada de cables pudiera ser su perdición.

Entonces, de repente, el pasadizo se acabó. Estaba bloqueado con tablas. Por supuesto: seguro que Ryzek había ordenado que cerraran los pasadizos menores después del intento de huida de Akos.

Me dio un vuelco el estómago, pero no me dejé llevar por el pánico. Deslicé el panel de la pared y me metí en la sala de estar vacía que había al otro lado. Estábamos a pocas habitaciones del dormitorio de Ryzek y de su despacho. Entre nosotros y él había al menos tres guardias y el cierre que solo se desbloqueaba con mi sangre Noavek. No lograríamos pasar junto a los guardias sin provocar un alboroto que atraería a los demás.

Le di un toquecito en el hombro a Teka y me incliné para susurrarle al oído:

—¿Cuánto tiempo necesitáis?

Ella levantó dos dedos.

Asentí y saqué el cuchillo. Lo sostuve junto a mi pierna mientras los músculos me temblaban, a la espera del movimiento. Salimos de la sala de estar y llegamos hasta el primer guardia, que daba vueltas por el pasillo. Lo seguí durante unos instantes, caminando a su mismo ritmo, y después le tapé la boca con la mano izquierda y lo apuñalé con la derecha, introduciendo la hoja entre sus costillas, bajo la armadura.

Gritó debajo de mi mano, lo que sirvió para amortiguar el sonido, pero no para silenciarlo del todo. Lo dejé caer y corrí hacia las habitaciones de Ryzek. Los demás me siguieron, ya sin importarles guardar silencio. Oí gritos más adelante. Jorek pasó corriendo junto a mí y se estrelló contra otro guardia, derribándolo por la mera fuerza del impacto.

Yo me encargué del siguiente: lo agarré por el cuello y las sombras de mi don se me acumularon en la palma de la mano antes de lanzarlo contra la pared de mi izquierda. Después me acerqué trastabillando hasta la puerta de Ryzek mientras chorreaba sudor detrás de las orejas. El sensor de sangre era una ranura en la pared, con el tamaño justo y la altura adecuada para meter una mano.

Metí la mía; Teka respiraba trabajosamente detrás de mí. A nuestro alrededor oíamos gritos y carreras, pero todavía no nos había alcanzado nadie. Noté el pinchazo del sensor al sacarme la sangre y esperé a que se abriera la puerta de Ryzek.

No se abrió.

Saqué la mano y volví a intentarlo con la izquierda.

La puerta siguió sin abrirse.

—¿No puedes abrirla? —le pregunté a Teka—. ¿Con tu don?

—¡Si pudiera, no te habríamos necesitado a ti! —gritó—. Puedo encenderla y apagarla, pero no abrirla…

—No funciona, ¡vámonos!

Agarré a Teka por el brazo, demasiado frenética para pararme a pensar en el dolor que le provocaría mi piel, y la arrastré por el pasillo.

—¡Corre! —gritó ella, y Jorek golpeó con el puño de su hoja al guardia con el que luchaba. Después le cortó la armadura a otro guardia y salió corriendo detrás de nosotras hacia la sala de estar. Volvimos a recorrer los pasadizos.

—¡Están en las paredes! —oí gritar a alguien.

Las luces atravesaron las rendijas de todas las puertas y paneles secretos. Toda la casa estaba en pie. Me ardían los pulmones de tanto correr. A nuestra espalda, oí el ruido de uno de los paneles al abrirse.

—¡Teka! ¡Id a buscar a Tos y a Akos! Dobla a la izquierda, después a la derecha, baja las escaleras y vuelve a doblar a la derecha. El código de la puerta trasera es 0503. Repítemelo.

—Izquierda, derecha, abajo, derecha… 0503 —repitió Teka—. Cyra…

—¡Vete! —grité empujándola—. Yo os he metido y vosotros lo

sacáis, ¿recuerdas? Bueno, ¡pues no lo podéis sacar si estáis muertos! ¡Así que vete ya!

Teka asintió despacio.

Me planté en medio del pasadizo. Más que ver, oí a Teka y a Jorek alejarse a toda prisa. Los guardias entraron en tromba en el estrecho pasadizo, y yo dejé que el dolor creciera dentro de mí hasta que apenas pude ver. Mi cuerpo estaba tan cubierto de sombras que era la oscuridad en persona, una astilla de noche, completamente vacía.

Grité y me lancé contra el primer guardia. El estallido de dolor lo golpeó a la vez que mi mano, y el hombre gritó y se derrumbó. Las lágrimas me rodaban por las mejillas mientras corría hacia el siguiente.

Y el siguiente.

Y el siguiente.

Solo tenía que darles algo de tiempo a los renegados. Pero era demasiado tarde para mí.

CAPÍTULO 25 | CYRA

—Veo que has hecho algunos cambios en tu cárcel —le dije a Ryzek.

Mi madre y mi padre me habían llevado allí, a la fila de celdas que se hallaba debajo del anfiteatro, cuando era pequeña. No era la cárcel oficial de Voa, sino un complejo especial oculto bajo el centro de la ciudad en el que solo se encerraba a los enemigos de la familia Noavek. La última vez que lo había visto era de piedra y metal, como si lo hubieran sacado de un libro de historia.

Ahora los suelos eran oscuros, de un material similar al cristal, pero más resistente. No había muebles en mi celda, salvo un banco de metal, un váter y un lavabo, ocultos tras una cortina. La pared que me separaba de mi hermano era de cristal grueso, con una ranura para la comida que ahora estaba abierta para que pudiéramos hablar.

Yo estaba sentada en el banco, con las piernas estiradas encima de él y la espalda apoyada en el ángulo. Me sentía agotada y oscura de dolor, con moratones de cuando Vas me había agarrado en los pasadizos para evitar que siguiera hiriendo a sus guardias. Me palpitaba un chichón en la parte posterior de la cabeza, pues Vas me había estrellado contra la pared para dejarme inconsciente.

—¿Cuándo te has convertido en una traidora? —me preguntó mi hermano, que estaba en el pasillo, vestido con su armadura.

La pálida luz del techo le teñía la piel de azul. Apoyó el brazo en el cristal que nos separaba y se inclinó sobre él.

Era una pregunta interesante. Más que «convertirme», me daba la impresión de que por fin había dado un paso en la dirección hacia la que siempre había mirado. Me levanté y se me aceleró el corazón, pero no era nada comparado con el dolor de las sombras de la corriente, que se habían vuelto locas y se movían tan deprisa que no podía seguirlas. Los ojos de Ryzek sí que las siguieron por mis brazos, por mis piernas y por mi rostro, como si fueran lo único que podía ver de mí. Así había sido siempre.

—En realidad nunca te he sido leal —respondí mientras me acercaba a la puerta. Estábamos a pocos centímetros de distancia, pero me sentía intocable, por el momento. Por fin podía decirle lo que me diera la gana—. Pero es probable que no hubiera hecho nada al respecto si nos hubieras dejado en paz, como me dijiste que harías. Cuando fuiste a por Akos solo para controlarme, bueno... Era más de lo que podía aceptar.

—Eres idiota.

—No tanto como crees.

—Sí, eso lo has demostrado —repuso entre risas haciendo un gesto para abarcar la prisión que nos rodeaba—. Está claro que esto es gracias a tu espectacular intelecto.

Se volvió a apoyar en la barrera y se encorvó para estar más cerca de mi cara; su aliento empañó el cristal.

—¿Sabías que tu amado Kereseth conoce a la canciller thuvhesita? —me preguntó.

Sentí una punzada de miedo. Sí que lo sabía. Akos me había hablado de Orieve Benesit cuando habíamos visto el vídeo con las declaraciones de la canciller. Ryzek no estaba enterado de ello, por supuesto, pero no lo habría sacado a colación si Akos hubiera logrado salir de la mansión con los renegados. Entonces ¿qué le había pasado? ¿Dónde estaba?

—No —respondí con la boca seca.

—Sí, es un incordio que las hermanas Benesit sean gemelas... Significa que no sé a cuál atacar primero, y las visiones de Eijeh me han dejado muy claro que debo matarlas en un orden concreto si deseo obtener el resultado más deseable —dijo Ryzek sonriendo—. Sus visiones también me han dejado claro que Akos conoce la información que necesito para alcanzar mi objetivo.

—Así que todavía no le has robado su don a Eijeh —comenté con la esperanza de entretenerlo. No sabía si ganaba algo con ello, solo que quería más tiempo, todo el tiempo posible antes de tener que enfrentarme a lo que fuera que les había ocurrido a Akos y a los renegados.

—Lo remediaré pronto —repuso él con una sonrisa—. Debo proceder con cautela, un concepto que tú nunca has llegado a comprender.

Bueno, ahí me había pillado.

—¿Por qué no funcionó mi sangre en la cerradura genética? —pregunté.

Ryzek se limitó a seguir sonriendo.

Entonces dijo:

—Debería habértelo mencionado antes, pero atrapamos a uno de tus amigos renegados, Tos. Nos contó, tras un pequeño incentivo, que estabas participando en un intento de atentar contra mi vida. Ahora está muerto. Me temo que nos dejamos llevar un poco.

La sonrisa de Ryzek se ensanchó aún más, aunque tenía la mirada algo perdida, como si estuviera drogado con flor del silencio. Por mucho que actuara como si fuera insensible, yo sabía lo que había sucedido en realidad: que había matado a Tos porque lo creía necesario, pero que no había sido capaz de soportarlo. Se había tomado un poco de flor del silencio después, para calmarse.

—¿Qué has hecho con Akos? —pregunté directamente, aunque me costaba respirar.

—Parece que no te arrepientes de nada —siguió diciendo él, como si yo no hubiera hablado—. Quizá si me hubieras suplicado perdón habría sido indulgente contigo. O con él, si así lo hubieras decidido. Sin embargo..., aquí estamos.

Se irguió cuando se abrió la puerta que estaba al fondo del bloque de celdas. Vas entró primero, con la mejilla amoratada por mi codazo. Eijeh lo seguía sosteniendo a un hombre al que no le quedaban fuerzas. Reconocí la cabeza gacha, el largo cuerpo delgado que tropezaba junto a él. Eijeh dejó caer en el pasillo a Akos, que se derrumbó y escupió sangre en el suelo.

Creí ver una chispa de compasión en el rostro de Eijeh al mirar a su hermano, pero desapareció en un segundo.

—Ryzek —dije desolada, desesperada—. Ryzek, él no ha tenido nada que ver con esto. Por favor, no lo metas; él no lo sabía, no sabía nada...

Ryzek se rio.

—Sé que no sabía nada de los renegados, Cyra. ¿No hemos hablado ya de esto? Lo que me interesa es lo que sepa de su canciller.

Apoyé ambas manos sobre el cristal y me dejé caer de rodillas. Ryzek se agachó frente a mí.

—Este es el motivo por el que es mejor evitar los líos amorosos. Puedo usarte a ti para descubrir lo que sabe él de la canciller, y a él para descubrir lo que sabes tú de los renegados. Muy limpio, muy sencillo, ¿no te parece?

Retrocedí hasta tocar la pared del fondo con la espalda. Todo el cuerpo me latía al mismo ritmo que el corazón: no podía huir, no podía escapar, pero tampoco tenía por qué ponérselo fácil.

—Sácala —ordenó Ryzek mientras introducía el código para abrir la puerta de la celda—. Vamos a ver si Kereseth está lo bastante débil para que esto empiece a funcionar.

Me impulsé con la pared para lanzarme contra Vas con todas mis fuerzas en cuanto entró en la celda. Le clavé el hombro en el estómago y lo dejé tirado en el suelo. Él me había agarrado los hombros, pero yo todavía podía mover los brazos lo justo para arañarle la cara y hacerle sangre bajo el ojo. Ryzek intervino golpeándome en la mandíbula, y yo caí de lado, mareada.

Vas me arrastró hasta Akos, así que acabamos arrodillados el uno frente al otro, apenas a un brazo de distancia.

—Lo siento —fue lo único que se me ocurrió decir.

Que Akos estuviera allí era, al fin y al cabo, por mi culpa. De no haberme aliado con los renegados... Pero era demasiado tarde para pensar así.

Dentro de mí todo se ralentizó cuando nuestras miradas se encontraron, como si el tiempo se detuviera. Lo observé con detenimiento, como una caricia; el pelo castaño alborotado, la lluvia de pecas sobre la nariz y los ojos grises, expuestos por completo por primera vez desde que lo conocía. No vi ni los moratones ni los restos de sangre. Me quedé escuchando su respiración. Había sentido su aliento en el oído justo antes de besarlo, cada soplo de aire contenido, como si no quisiera dejarlo marchar.

—Siempre había pensado que mi destino significaba que moriría siendo un traidor a mi país —dijo Akos con voz ronca, como si se le hubiera desgastado de tanto gritar—, pero tú has conseguido evitarlo.

Esbozó una sonrisa discreta, pero salvaje.

Entonces supe que Akos nunca les daría la información sobre su canciller, pasara lo que pasara. Nunca me había dado cuenta de lo mucho que lo afectaba su destino. Morir por la familia Noavek había sido una maldición para él, igual que para Ryzek lo era caer derrotado ante la familia Benesit. Pero dado que yo me había enfrentado a mi hermano, si ahora Akos moría por mí no estaría traicionando a su patria. Así que quizá no fuera tan malo que yo hubiera acabado con su vida y con la mía al ayudar a los renegados. Quizá todavía sirviera para algo.

Con aquello en mente, todo se volvía muy simple. Sufriríamos y después moriríamos. Acepté lo inevitable de la situación.

—Permitidme ser muy claro respecto a lo que va a suceder aquí —dijo Ryzek, que se había agachado a nuestro lado con los codos apoyados sobre las rodillas.

Le relucían los zapatos; ¿se había tomado su tiempo para abrillantarlos antes de torturar a su hermana?

—Los dos vais a sufrir. Si te rindes tú primero, Kereseth, me contarás todo lo que sabes sobre la canciller predestinada de Thuvhe. Y si te rindes tú primero, Cyra, me contarás todo lo que sabes sobre los renegados y su relación con la colonia en el exilio. —Ryzek miró a Vas y añadió—: Adelante.

Me preparé para un golpe, pero no llegó. En vez de ello, Vas me agarró la muñeca y me obligó a acercar la mano a Akos. Al principio dejé que pasara, segura de que mi contacto no lo afectaría. Pero entonces lo recordé: Ryzek había dicho que quería comprobar si Akos estaba «lo bastante débil». Eso significaba que no le habían dado de comer desde que estábamos en la cárcel; habían debilitado su cuerpo y, por ende, su don.

Forcejeé con la mano de hierro de Vas, pero me fallaron las fuerzas. Rocé con los nudillos el rostro de Akos. Las sombras se arrastraron hacia él despacio, incluso mientras les suplicaba en silencio que no lo hicieran. Sin embargo, yo no las dominaba, nunca lo había hecho. Akos gimió, y su propio hermano lo sujetó cuando intentó apartarse.

—Excelente, ha funcionado —dijo Ryzek mientras se ponía de pie—. La canciller de Thuvhe, Kereseth. Cuéntame lo que sepas de ella.

Tiré del codo hacia atrás todo lo que pude, retorciéndome para soltarme de Vas. Las sombras aumentaban en densidad y número con cada uno de mis esfuerzos, como si se burlaran de mí. Vas era fuerte, y en aquel momento no había nada que pudiera hacerle; me sostuvo con firmeza con una mano mientras con la otra empujaba mi palma hacia delante, hasta obligarme a apoyarla en el cuello de Akos.

No me podía imaginar nada más horrible que aquello: el Azote de Ryzek usado contra Akos.

Notaba su calor. El dolor que yo llevaba dentro ansiaba salir; se movía hacia él, pero, en vez de disminuir en mi cuerpo, como solía pasar, solo servía para multiplicar el sufrimiento de ambos. Me temblaba el brazo por el esfuerzo que me suponía intentar retirarme. Akos gritó, y yo grité y grité. Estaba cubierta de corriente oscura, era el centro de un agujero negro, un retazo de los límites sin estrellas de la galaxia. Cada centímetro de mí ardía, sufría y suplicaba alivio.

La voz de Akos y la mía se encontraron como dos manos unidas. Cerré los ojos.

Delante de mí había un escritorio de madera en el que se veían unas marcas, cercos de vasos de agua. Había un montón de cuadernos desperdigados por la superficie, y todos ellos llevaban mi nombre, Cyra Noavek, Cyra Noavek, Cyra Noavek. Reconocí el lugar: era la consulta del doctor Fadlan.

—La corriente fluye a través de todos nosotros. Y, como el metal líquido que fluye por un molde, adopta una forma distinta en cada uno de nosotros, manifestándose de distintos modos —decía.

Mi madre estaba sentada a mi derecha, erguida y con las manos entrelazadas sobre el regazo. Mi recuerdo de su imagen era detallado, perfecto, hasta el mechón de pelo suelto y recogido detrás de la oreja, y el granito apenas visible en la barbilla, disimulado con maquillaje.

—Que el don de su hija le produzca dolor y proyecte dolor en los demás nos indica algo sobre lo que ocurre en su interior —dijo—. Una evaluación preliminar sugiere que, en cierto modo, cree merecerlo. Y cree que los demás también lo merecen.

En vez de saltar como hizo en su momento, mi madre ladeó la cabeza. Le veía latir la vena del cuello. Se volvió hacia mí en la silla. Estaba más guapa de lo que me había atrevido a recordar; incluso las patas de gallo que le adornaban los ojos rebosaban elegancia.

—¿Tú qué crees, Cyra? —me preguntó y, al hablar, se convirtió en la bailarina de Ogra, la de los ojos delineados con tiza y los huesos brillantes bajo la piel. Incluso veía los tenues espacios entre las articulaciones—. ¿Crees que es así como funciona?

—No lo sé —contesté con mi voz de adulta. También era mi cuerpo de adulta el que estaba sentado en la silla, aunque solo había estado allí de niña—. Lo único que sé es que el dolor quiere que lo comparta.

—¿Ah, sí? —preguntó la bailarina sonriendo un poco—. ¿Incluso con Akos?

—El dolor no soy yo; no discrimina. El dolor es mi maldición.

—No, no —repuso la bailarina con los ojos clavados en los míos.

Sin embargo, ya no eran castaños, como cuando la había visto actuar en el comedor; eran grises y de mirada cautelosa. Los ojos de Akos, que tan bien conocía, incluso en sueños.

Él había ocupado el lugar de la bailarina, sentado al borde de una silla que empequeñecía ante su altura, como si estuviera listo para huir.

—Todos los dones tienen su propia maldición —dijo—, pero no hay ninguno que sea solo una maldición.

—La parte buena de mi don es que nadie puede hacerme daño.

Pero, mientras lo decía, sabía que no era cierto. Sí que podían hacerme daño. No era necesario tocarme para eso; ni siquiera era necesario torturarme. Siempre que me importara mi vida, siempre que me importara la vida de Akos o las vidas de unos renegados a los que apenas conocía, era tan vulnerable como cualquiera.

Parpadeé cuando di con otra respuesta.

—Me dijiste que yo era algo más que un cuchillo, más que un arma. Quizá tengas razón.

Él esbozó aquella sonrisita que me era tan familiar, la que le formaba una arruga en la mejilla.

—La parte buena es la fuerza que me ha dado esta maldición —seguí diciendo. La nueva respuesta fue como una flor del silencio al abrir sus pétalos al mundo—. Puedo soportarlo. Puedo soportar el dolor. Puedo soportarlo todo.

Él acercó una mano para acariciarme la mejilla. Se convirtió en la bailarina, en mi madre y en Otega, una tras otra.

Y de repente volvía a estar en la cárcel, con el brazo estirado, los dedos sobre la mejilla de Akos y la mano firme de Vas en torno a mi muñeca, sujetándome con fuerza. Akos apretaba los dientes. Y las sombras que solían estar confinadas bajo mi piel nos rodeaban como humo. Estaba tan oscuro que no veía ni a Ryzek ni a Eijeh, ni la prisión de muros de cristal.

Akos, con los ojos llenos de lágrimas y dolor, buscó mi mirada. Me habría resultado fácil empujar las sombras hacia él; lo había hecho muchas veces, y todas ellas había acabado con una marca en el brazo izquierdo. Bastaba con permitir que se formara la conexión, que el dolor pasara entre nosotros como un aliento, como un beso. Que todo fluyera hacia fuera y nos procurara el alivio de la muerte a los dos.

Pero Akos no se lo merecía.

Esta vez rompí la conexión como si cerrara una puerta entre nosotros. Tiré del dolor, lo volví a meter dentro de mí y obligué a mi cuerpo a oscurecerse cada vez más, como una botella de tinta. Me estremecí con la fuerza de aquel poder, con el dolor extremo.

No grité. No tenía miedo. Sabía que era lo bastante fuerte para sobrevivir a todo.

4

CAPÍTULO 26 | AKOS

En un lugar intermedio entre el sueño y la vigilia, le pareció ver hierba pluma meciéndose en la brisa. Imaginó que estaba en casa, que podía saborear la nieve en el aire y oler a tierra fría. Permitió que la nostalgia lo atravesara como una lanza y después se quedó dormido de nuevo.

Perlas de aceite en el agua.

Había estado de rodillas en el suelo de la cárcel contemplando las sombras que se alzaban de la piel de Cyra como si estuvieran hechas de humo. La niebla teñía la mano que le sujetaba el hombro, la mano de Eijeh, de gris oscuro. Veía a Cyra, aunque solo vagamente, con la barbilla alzada y los ojos cerrados, como si durmiera.

Y ahora se encontraba tumbado en un fino colchón con un calefactor sobre los pies descalzos. Con una aguja en el brazo. Con la muñeca esposada a una cama.

El dolor y su recuerdo se alejaban en una nube de entumecimiento.

Agitó los dedos, y la aguja intravenosa se movió, afilada bajo la piel. Frunció el ceño. Estaba soñando; tenía que estar soñando, porque todavía estaba en aquella tumba bajo el anfiteatro de Voa y Ryzek le estaba ordenando que hablara sobre Ori Rednalis. Orieve Benesit. Como se llamara ahora.

—¿Akos?

La voz de mujer sonaba bastante real. Quizá no fuera un sueño, al fin y al cabo.

Estaba de pie a su lado; una melena lisa como una regla le enmarcaba el rostro. Habría reconocido aquellos ojos en cualquier parte. Lo habían mirado desde el otro lado de la mesa del comedor, arrugándose por los extremos cuando Eijeh bromeaba. El párpado izquierdo le temblaba a veces, si se ponía nerviosa. Estaba allí, como si al pensar en ella la hubiera conjurado. Oírla pronunciar su nombre lo había devuelto a la realidad, nada de seguir perdiéndose y alejándose.

—¿Ori? —graznó.

Una lágrima cayó sobre las sábanas. Ori puso una mano sobre la de Akos, tapando el tubo de la aguja intravenosa. Su manga, de gruesa tela negra, le envolvía la palma de la mano, y la prenda que vestía, tirante, le ceñía el cuello. Seña de identidad de Thuvhe, donde la gente era capaz de morir estrangulada con tal de evitar que se escapara una chispa de calor.

—Va a venir Cisi —dijo Ori—. La he llamado y está de camino. También he llamado a tu madre, pero está al otro lado de la galaxia; tardará un poco más.

Akos estaba muy cansado.

—No te vayas —dijo mientras se le cerraban los ojos.

—No me iré —respondió ella con voz ronca, pero tranquilizadora—. No me iré.

Soñó que se encontraba entre las celdas de paredes de cristal, con las rodillas hincadas en el suelo negro. Las tripas le rugían de hambre.

Y se despertó en el hospital, con un brazo sobre las piernas; el de Ori, que se había quedado dormida junto a la cama. A través de la ventana que se abría detrás de ella se veían flotantes que volaban y grandes edificios que colgaban del cielo, como fruta madura.

—¿Dónde estamos? —preguntó.

Ella parpadeó para despejarse y respondió:

—En el hospital de Shissa.

—¿Shissa? ¿Por qué?

—Porque ahí es donde te soltaron. ¿No te acuerdas?

Cuando Ori le había hablado por primera vez, le había parecido distinta, cautelosa al elegir las palabras. Pero cuanto más hablaba, más volvía a la perezosa cadencia de Hessa, donde cada sílaba se deslizaba sobre la siguiente. Y a él empezó a pasarle lo mismo.

—¿Me soltaron? ¿Quiénes?

—No lo sabemos. Creíamos que nos lo dirías tú.

Él intentó hacer memoria, pero no lo lograba.

—No te preocupes —añadió ella volviendo a ponerle una mano sobre la suya—. Llevabas tanta flor del silencio en el cuerpo que lo raro es que sigas vivo. Nadie espera que lo recuerdes. —Sonrió. Una sonrisa muy familiar, en la que los labios se estiraban hasta la curva de las mejillas—. No debían de conocerte tan bien cuando te han soltado en Shissa como si fueras uno de esos mocosos creídos de la ciudad.

Casi se le habían olvidado las bromas sobre aquel sitio. Los críos de Shissa, que siempre tenían la cabeza en las nubes, ni siquiera eran capaces de reconocer las flores del hielo porque estaban acostumbrados a verlas desde muy arriba. Ni siquiera sabían cerrarse un abrigo en condiciones. Eran todos unos inútiles que vivían rodeados de cristal.

—«Mocoso creído de la ciudad», me llama la canciller predestinada de Thuvhe —respondió él al recordarlo de repente—. ¿O esa es tu gemela? ¿Y cuál de las dos es la mayor?

—No soy la canciller, soy la otra. Destinada a subir a mi hermana al trono... o lo que sea. Pero si fuera ella deberías dirigirte a mí con el «respeto que corresponde a mi posición».

—Creída —dijo Akos.

—Basura de Hessa.

—Soy de la familia Kereseth, recuerda. No somos basura, precisamente.

—Sí, lo sé.

Se le ablandó un poco la sonrisa, como si dijera: «¿Cómo lo voy a olvidar?». Entonces, Akos recordó las esposas que le sujetaban la muñeca a la cama del hospital, aunque decidió no sacar todavía el tema.

—Ori, ¿de verdad estoy en Thuvhe?

—Sí.

Cerró los ojos. Notaba fuego en la garganta.

—Te he echado de menos, Orieve Benesit. O como te llames.

Ori se rio. Estaba llorando.

—Entonces ¿por qué has tardado tanto?

La siguiente vez que despertó no se sentía tan entumecido y, aunque le dolía todo, no se trataba del sufrimiento atroz que lo había acompañado desde Voa a Shissa. Sin duda, lo que quedaba del don de Cyra había desaparecido gracias a las flores del hielo.

Era pensar en el nombre de Cyra y notar que las entrañas se le retorcían de miedo. ¿Dónde estaría? Fueran quienes fuesen las personas que lo habían llevado a él hasta allí, ¿habrían rescatado también a Cyra o la habrían dejado morir con Ryzek?

El sabor de la bilis en la boca le hizo abrir los ojos.

Había una mujer a los pies de su cama. Unos rizos oscuros le enmarcaban el rostro. Tenía los ojos muy abiertos y un puntito al fondo de uno, en el lugar en que la pupila se fundía con el iris; un defecto de nacimiento. Su hermana, Cisi.

—Hola —lo saludó.

Su voz era todo dulzura y luz. Akos se había aferrado a ese recuerdo con uñas y dientes, como si fuera la última semilla que quedara por plantar.

Era demasiado fácil llorar en aquel momento, allí tumbado y envuelto en calor.

—Cisi —graznó parpadeando para reprimir las lágrimas.

—¿Cómo te sientes?

«Esa sí que es una buena pregunta», pensó. Pero sabía que ella solo preguntaba por el dolor, así que respondió:

—Bien. He estado peor.

Cisi se movió con fluidez dentro de sus robustas botas hessianas y se detuvo junto a la cama, donde le dio unos toquecitos a algo que tenía Akos cerca de la cabeza. La cama se movió, levantándolo de cintura para arriba para que pudiera sentarse.

Akos hizo una mueca; le dolían las costillas. Estaba tan entumecido que casi se le había olvidado.

Cisi había tenido tanto cuidado hasta ese momento, se había controlado tanto, que Akos se sorprendió cuando ella se lanzó sobre él y se aferró a sus hombros, a su costado. Al principio no se movió (no podía), pero después la rodeó con los brazos y la estrechó con fuerza. Nunca se habían abrazado mucho de niños (salvo su padre, no eran una familia demasiado cariñosa, por lo general), pero el momento fue breve. Estaba allí, estaba viva. Y volvían a estar juntos.

—No me lo puedo creer… —dijo ella suspirando, y empezó a mascullar una plegaria.

Akos llevaba mucho tiempo sin oír una plegaria thuvhesita. Las que expresaban gratitud eran las más breves, pero no consiguió repetirla con ella. Tenía demasiadas preocupaciones en la cabeza.

—Ni yo —respondió una vez que su hermana hubo terminado.

Ella se apartó sin soltarle la mano, sonriéndole. No, de repente frunció el ceño y se quedó mirando sus manos entrelazadas. Se tocó la mejilla, por la que le caía una lágrima.

—Estoy llorando —dijo Cisi—. ¿Cómo…? No he sido capaz de llorar desde… desde que apareció mi don.

—¿Tu don te impide llorar?

—¿No te habías dado cuenta? —preguntó sorbiéndose los mocos y secándose las mejillas—. Tranquilizo a los demás, pero también parece que soy incapaz de decir o hacer nada que los incomode, como…

—Llorar —dijo Akos por ella.

Que Cisi tuviera un don para ofrecer consuelo no lo sorprendía, pero más bien se lo estaba describiendo como si tuviera una mano al cuello, ahogándola. No le veía la ventaja.

—Bueno, mi don detiene el tuyo. El de todos —explicó Akos.

—Muy útil.

—A veces.

—¿Fuiste de travesía? —preguntó de repente, apretándole la mano. Se preguntó si empezaría a dispararle preguntas sin ton ni son ahora que podía—. Lo siento —añadió—. Es que... me lo preguntaba cuando vi los informes. Como no sabes nadar, estaba preocupada.

No pudo evitarlo: se rio.

—Estaba rodeado de shotet, pegado a Ryzek Noavek, y ¿a ti te preocupaba que no supiera nadar?

Volvió a reírse.

—Puedo preocuparme por dos cosas a la vez. Por muchas, de hecho —repuso ella picada. Aunque no demasiado.

—Ci —dijo él—, ¿por qué estoy esposado a la cama?

—Llevabas una armadura shotet cuando te soltaron. La canciller ordenó que te trataran con precaución —dijo y, por algún motivo, las mejillas se le tiñeron de rosa.

—¿Ori no me defendió?

—Sí, y yo también —respondió Cisi, aunque no le explicó por qué ella estaba en posición de defenderlo ante la canciller de Thuvhe, y él no preguntó. Al menos, todavía no—. Pero la canciller es... difícil de convencer.

No sonaba a crítica, pero Cisi era siempre así. Podía empatizar con el mundo entero, al parecer. La compasión dificultaba sus movimientos, pero daba la impresión de que a ella le había ido bastante bien en las estaciones que llevaban separados. Tenía casi el mismo aspecto, aunque más delgada, con la mandíbula y los pómulos más marcados. Ambas cosas las había heredado de su madre, por supuesto, pero todo lo demás (la sonrisa demasiado amplia, las cejas oscuras, la nariz delicada) era de su padre.

La última vez que se habían visto, Akos era un niño de mejillas redondas, más bajo que sus compañeros. Siempre callado, siempre a punto de ruborizarse. Y ahora, más alto que muchos hombres, de rasgos duros, musculoso y con las marcas de sus víctimas grabadas en el brazo… ¿le parecería la misma persona a su hermana?

—No voy a hacerle daño a nadie —le dijo, por si Cisi no estaba segura.

—Lo sé.

Era fácil ver a Cisi como a una persona dulce y amable, pero su mirada también podía ser de acero y se le habían formado arrugas alrededor de la boca, las primeras de una vida llena de tristeza. Había crecido.

—Estás distinta —le dijo Akos.

—Mira quién habla —repuso ella—. Mira, quería preguntarte… —Se mordió una uña mientras buscaba las palabras correctas—. Quería preguntarte por Eijeh.

La mano de Eijeh le había pesado en el hombro mientras lo conducía a la prisión. Akos había susurrado su nombre, le había suplicado ayuda. Comida. Piedad.

Todavía sentía la mano de Eijeh en el hombro.

—¿Sigue vivo? —preguntó Cisi con voz temblorosa.

—Eso depende de tu definición de «vivo» —respondió.

Con brusquedad, como lo habría dicho Cyra.

—La estación pasada vi un agregador de noticias shotet pirateado en el que aparecía al lado de Ryzek —dijo, e hizo una pausa, como si le estuviera dando tiempo a Akos para añadir algo, solo que él no sabía qué decir—. Y tú estabas al lado de Cyra —concluyó haciendo una nueva pausa.

Él tenía la garganta más seca que el polvo.

—¿Has visto ese agregador últimamente?

—No, cuesta acceder. ¿Por qué?

Necesitaba saber si Cyra estaba bien. Lo necesitaba tanto como la tierra seca necesita agua y se esfuerza por encontrar hasta la última gota. Pero si estaba en Thuvhe, no habría agregador de noticias shotet en las pantallas de los hogares, ni modo de averiguar si Cyra estaba viva o muerta hasta que regresara.

Y eso lo daba por hecho. Regresaría. Ayudaría a Cyra. Se llevaría a Eijeh a rastras hasta su casa, aunque tuviera que envenenarlo primero. Todavía no había terminado, no.

—Por eso Isae… la canciller, quiero decir, te ha esposado a la cama —dijo Cisi—. Si nos pudieras explicar por qué estabas con ella…

—No os lo explicaré —respondió, y su hermana se sorprendió tanto como él al percibir la ira en su voz—. Sobreviví, y ahora esto es lo que soy. Nada de lo que os diga va a cambiar lo que ya habéis dado por sentado.

Volvía a ser un chaval irritable de catorce años. Volver a casa era como dar marcha atrás.

—No he dado nada por sentado —respondió ella bajando la vista—. Es que quería advertírtelo. La canciller quiere saber con certeza que no eres un… Bueno, un traidor, supongo.

A él le temblaban las manos.

—¿Saberlo con certeza? ¿Qué quiere decir eso?

Cisi estaba a punto de responder cuando se abrió la puerta de la habitación. Primero entró un soldado thuvhesita vestido con su uniforme de interior, pantalones rojo oscuro con una chaqueta gris oscuro. Se hizo a un lado, y la hermana gemela de Ori entró detrás de él.

Supo al instante que no se trataba de Ori, aunque los ojos eran iguales y llevaba el resto del cuerpo cubierto de tela: un vestido con capucha, mangas ajustadas a las muñecas, abotonado desde la cintura hasta el cuello y tan largo que le rozaba las puntas de los zapatos. Los zapatos en sí estaban bien abrillantados, también eran negros y taconeaban sobre las baldosas del suelo. La mujer se quedó a los pies de la cama, mirándolo con las manos entrelazadas. Uñas limpias. Una perfecta línea negra en cada párpado para marcar el sendero de las pestañas. Un velo le cubría el resto de la cara, desde la nariz a la mandíbula.

Isae Benesit, canciller de Thuvhe.

Los buenos modales aprendidos en Hessa no incluían cómo enfrentarse a alguien de semejante posición.

—Canciller —consiguió decir al fin.

—Veo que no te cuesta diferenciarme de mi hermana —repuso ella.

Tenía un acento extraño, como si procediera de la periferia de la galaxia, no de uno de los elegantes planetas más cercanos a la sede de la Asamblea, como él esperaba.

—Son los zapatos —explicó Akos, ya que los nervios lo impulsaban a ser sincero—. Una chica de Hessa jamás se los pondría.

Ori, que entraba detrás de su hermana, se rio. Al verlas una al lado de la otra, resultaba aún más obvio lo distintas que eran. Ori se encorvaba y tenía un rostro expresivo. Isae, en cambio, parecía esculpida en roca.

—¿Puedo preguntarte por qué has puesto en peligro una de nuestras medidas de seguridad al enseñarle antes la cara, Ori? —preguntó la canciller.

—Es básicamente mi hermano —respondió Ori en tono firme—. No pienso ocultarle mi rostro.

—¿Qué más da? —preguntó Akos—. Sois gemelas, ¿no? Así que ya sé qué aspecto tenéis las dos.

A modo de respuesta, Isae tiró de la punta de su velo con sus limpias uñas. Cuando cayó la tela, Akos se quedó mirando. Sin disimulo.

Dos cicatrices cruzaban el rostro de Isae: una que le recorría la ceja y la frente, y otra que iba desde la mandíbula a la nariz. Cicatrices como la de Kalmev, como la de Akos. Todas ellas infligidas con hojas de corriente bien afiladas, lo que era poco frecuente, ya que el flujo de la corriente era arma de sobra. Hojas shotet, lo más probable.

Aquello explicaba por qué Ori y ella se cubrían el rostro. Ser gemelas hacía dudar a todos sobre cuál de las dos era la canciller, pero con los rostros destapados… En fin.

—Vamos a dejarnos de sutilezas —dijo Isae en un tono todavía más cortante que antes, si es que tal cosa era posible—. Creo que tu hermana estaba a punto de decirte lo que puedo hacer con mi don.

—Así es —contestó Cisi—. Isae, quiero decir, su alteza, puede recuperar tus recuerdos con tan solo tocarte. Eso la ayuda a verificar las declaraciones de las personas de las que no se fía, por la razón que sea.

Había muchos recuerdos que Akos no quería recuperar: en su mente apareció el rostro de Cyra con las venas de sombras acunándole las mejillas. Se dio con la mano en la nuca, apartando la mirada de Cisi.

—No funcionará —dijo—. Los dones de la corriente no funcionan conmigo.

—No me digas —respondió Isae.

—Sí. Adelante, prueba.

Isae se acercó, taconeando. Se detuvo a su izquierda, justo frente a Cisi. De cerca, pudo ver las arrugas que formaban las cicatrices en los extremos. Solo tenían unas cuantas estaciones, calculaba. Seguían siendo oscuras.

La canciller le tocó el brazo esposado, justo donde el metal se encontraba con la muñeca.

—Tienes razón —dijo—. Ni veo ni siento nada.

—Supongo que vas a tener que confiar en mi palabra —repuso él un poco brusco.

—Veremos —fue la respuesta de Isae mientras regresaba a los pies de la cama.

—¿Alguna vez te intentó sonsacar información sobre mí Ryzek Noavek o alguna persona relacionada con él? —preguntó Isae—. Sabemos que poseías dicha información, ya que viste a Ori el día que se revelaron los destinos.

—¿Ah, sí? —preguntó Cisi sin aliento.

—Sí —contestó él con voz algo vacilante—. Sí, lo intentó.

—¿Y qué le contaste?

Él se llevó las rodillas al pecho como un crío asustado de una tormenta y miró por la ventana. Shissa brillaba a última hora del día, ya que en cada habitación resplandecían hileras de luces de todos los colores, según el gusto de cada cual. Las del edificio que tenían al lado eran moradas.

—Sabía que no debía decir nada —siguió más vacilante que antes, incluso. El recuerdo se le acercaba poco a poco. El rostro de Cyra, el suelo de cristal, la mano de Eijeh sobre él—. Sé cómo soportar el dolor, no soy débil. Y... —Incluso él se daba cuenta de que parloteaba como un loco. ¿Habría dicho algo en medio de tanto dolor?—. Ryzek tiene... acceso a los recuerdos de Eijeh sobre Ori, así que solo hacía falta que relacionara a Ori con su destino para saber cuál es vuestro aspecto, los alias, los orígenes... Así que intenté no decir nada. Quería saber cuál de vosotras era cuál. Sabe... Un oráculo le dijo que ir tras una de vosotras era mejor que ir tras la otra, así que cualquier cosa que os distinga es un peligro. Pero... preguntó una y otra vez, y... creo que no dije nada, pero no lo recuerdo...

Ori se acercó a él siguiendo un impulso y le sujetó con fuerza el tobillo. Le apretó los huesos. La presión lo ayudó a recuperarse.

—Si le contaste algo útil, como dónde creció Ori o quién la crio... ¿Vendría él en persona a por nosotras? —preguntó Isae, que no parecía demasiado conmovida.

—No —respondió Akos intentando calmarse—. No, creo que os tiene miedo.

Ryzek nunca hacía nada en persona, ¿no? Ni siquiera había ido a buscar a su oráculo, ni a secuestrar a Akos. No quería poner un pie en Thuvhe.

Los ojos de Isae le habían resultado familiares cuando había visto el vídeo de las gemelas en Osoc, pero Ori jamás habría podido reproducir aquella mirada: asesina de principio a fin.

—Debería —dijo ella—. Esta conversación no ha terminado. Quiero saberlo todo sobre Ryzek Noavek. Volveré.

Se subió el velo y, al cabo de un segundo, Ori la imitó. Sin embargo, antes de irse, Ori apoyó la mano en la puerta y dijo:

—Akos, no pasa nada. Todo irá bien.

Él no estaba tan seguro.

CAPÍTULO 27 | AKOS

Un sueño:

Se golpeó las rodillas contra el suelo en la prisión subterránea. El don de Cyra se arrastraba por él como un gusano por las raíces de las flores del hielo. Y entonces, ella exhaló de golpe y las sombras estallaron en nubes oscuras a su alrededor. Nunca las había visto hacer nada semejante, separarse de su piel. Algo había cambiado.

Después de aquello, Cyra cayó de lado en un charco de sangre. Se aferraba el estómago con las manos, como su padre cuando Vas lo había matado ante él y sus hermanos. Cyra se sujetaba las entrañas con los dedos, rojos y engarfiados. La sangre se convirtió en pétalos de flor del silencio, y Akos despertó.

Estaba cansado de las esposas. O, para ser más exactos, de tener el brazo en aquel ángulo, de la sensación del metal en la piel y de jugar a fingir que estaba atrapado, cuando no lo estaba. Retorció la mano para tocar el cierre de las esposas. La corriente mantenía cerrados aquellos artilugios, así que si su piel los tocaba, se abrirían. Había descubierto aquel talento de camino a Shotet, justo antes de matar a Kalmev Radix; de hecho, para poder matar a Kalmev Radix.

Oyó el clic de las esposas al abrirse. Después le dio un tirón a la aguja para sacarla del otro brazo y se levantó. Le dolía el cuerpo, pero se sentía lo bastante estable como para acercarse a la ventana y observar las luces de los flotantes thuvhesitas al pasar. Rosa chillón, rojo vivo y verde grisáceo, como cinturones que rodeaban las achaparradas naves: no eran lo bastante potentes como para iluminar el camino, solo lo justo para que todos vieran dónde estaban.

Se quedó allí un buen rato, mientras la noche se hacía más profunda, el tráfico moría y Shissa entera se iba a dormir. Entonces, una forma oscura pasó por encima del brillo morado del edificio que se encontraba enfrente del hospital. Otra planeó por encima de los campos de flores del hielo que se hallaban más abajo. Y una tercera dejó atrás a toda velocidad el hospital, de tal modo que el cristal de la ventana tembló bajo sus manos. Reconoció el mosaico de metales: las naves shotet estaban por todas partes.

Una alarma sonó en la esquina del cuarto y, un instante después, se abrió la puerta. Isae Benesit, con sus zapatos relucientes, le lanzó una bolsa de lona a los pies.

—Está bien saber que nuestras esposas no sirven contigo —dijo—. Vamos, me vas a sacar de aquí.

Akos no se movió. Por los extraños bultos de la bolsa, estaba claro que dentro había una armadura rígida, supuso que la suya. Seguramente también contenía armas y venenos; si los que lo habían soltado en Shissa como si fuera una bolsa de basura se habían molestado en equiparlo con la armadura, seguro que habían arrojado todo lo demás.

—Si te digo la verdad, me encantaría ser la clase de persona a la que la gente hace caso y punto —dijo Isae tan frustrada que había perdido toda formalidad—. ¿Crees que funcionará si voy por ahí agitando un palo muy grande o algo así?

Akos se inclinó sobre la bolsa, sacó la armadura y se la metió por la cabeza. Con una mano se ajustó las duras correas que se la sujetaban a las costillas mientras que, con la otra, buscaba su cuchillo. Era el que le había comprado Cyra en la calle durante el festival. Una vez se lo devolvió a modo de disculpa, pero ella lo había dejado en la mesa de la nave de la travesía antes de marcharse y él se lo había llevado.

—¿Mi hermana? —preguntó.

—Aquí —respondió Cisi desde el pasillo—. Qué alto eres, Akos.

Isae lo agarró por el brazo. Él dejó que ella lo guiara de un lado a otro como una marioneta. Para alguien que le había pedido que la sacara de allí, la verdad es que se comportaba como si fuera ella la que lo estaba sacando a él.

Cuando salieron al pasillo, todas las luces se apagaron a la vez, dejando solo las franjas de emergencia del lazo izquierdo de los azulejos. Isae lo empujaba con mano de hierro por el pasillo y dobló con él la esquina. Oyó gritos procedentes del interior del edificio.

Alargó la mano para coger la de su hermana, que estaba detrás, y todos salieron corriendo, patinando al doblar la siguiente esquina en dirección a la salida de emergencia. Pero al final del pasillo se encontraron con dos figuras oscuras vestidas con armaduras shotet.

Akos frenó. Se zafó de los dedos de Isae y regresó a las sombras.

—¡Akos! —gritó Cisi horrorizada.

Al otro lado de la esquina, Isae desenvainó el arma que llevaba sujeta a la cadera. Era una hoja de corriente, no de las afiladas, pero sí de una potencia letal. Los soldados avanzaban lentamente hacia ella, como cuando alguien se acerca despacio a un animal para no asustarlo.

—¿Adónde te crees que vas? —preguntó uno de ellos. En shotet, por supuesto; seguramente no conocía ningún otro idioma.

Era más bajo que Isae y más fornido, por decirlo suavemente. Asomó la lengua para humedecerse los labios, que estaban hinchados de frío. Los soldados shotet nunca habían llegado tan al norte, por lo que Akos recordaba. Seguramente no estaban preparados para la bajada de la temperatura.

—Voy a salir de este hospital —respondió Isae en un shotet muy torpe.

Los dos soldados se rieron. El segundo era más joven, se le quebraba la voz.

—Bonito acento —dijo el mayor—. ¿Dónde has aprendido nuestro idioma, con la basura de la periferia?

Isae se abalanzó sobre él y, aunque Akos no veía mucho, sí que oyó el gemido cuando el hombre la hirió. Entonces fue cuando salió él, con su mejor cuchillo en la mano y la armadura bien ajustada.

—Para —dijo volviendo a doblar la esquina.

—¿Qué quieres? —preguntó el otro soldado.

Akos se acercó a la luz.

—Quiero que me la dejéis a mí. Ahora.

Como ninguno de los soldados se movía, siguió hablando:

—Soy mayordomo de la familia Noavek… —Era cierto y falso a la vez. Al fin y al cabo, nadie le había dado nunca ningún título—. Ryzek Noavek me ha enviado aquí a recogerla. Si os permito matarla, me lo vais a poner mucho más complicado.

Todos guardaron silencio, incluso Akos. Tenían el camino despejado hasta la salida de emergencia, y lo único que debían hacer era superar aquellos dos… obstáculos. El shotet mayor se volvió a humedecer los labios.

—¿Y si te mato y completo la misión en tu lugar? ¿Cómo me recompensaría el soberano de Shotet?

—No lo hagas —repuso el soldado joven abriendo mucho los ojos—. Lo reconozco, es…

El mayor atacó con la hoja, pero era más grande y lento, además de tener un rango bajo. Akos retrocedió de un salto y se encorvó para esquivarlo. Después golpeó con su cuchillo, aunque dio en armadura y saltaron chispas. Pero, con la otra mano, la derecha, ya estaba sacándose un cuchillo de la bota. Ese sí dio en carne.

El soldado cayó contra él, mojándole las manos de sangre caliente. Akos soportó su peso, pasmado no por lo que había hecho, sino por lo fácil que le había resultado.

—Puedes elegir —le dijo al soldado más joven, el que quedaba. Notaba la voz cansada, como si no fuera del todo suya—: o te quedas y mueres, o huyes y sigues con vida.

El joven soldado de risa chillona salió disparado por el pasillo y dobló la esquina tan deprisa que estuvo a punto de caer. Cisi estaba temblando y le brillaban los ojos, bañados en lágrimas. Isae lo apuntaba con su cuchillo.

Él bajó el soldado muerto al suelo. «No vomites —se dijo a sí mismo—. No, no vomites».

—¿Mayordomo de la familia Noavek? —preguntó Isae.

—No del todo.

—Sigo sin confiar en ti —respondió ella, pero bajó el cuchillo—. Vamos.

Subieron al tejado y corrieron por el aire salvaje y glacial. Para cuando llegaron al flotante (uno negro, cerca del borde de la pista de aterrizaje), les castañeteaban los dientes. La puerta se abrió al tocarla Cisi, y entraron los tres.

Los controles del vehículo se iluminaron cuando Cisi se sentó en el asiento del piloto; la pantalla de visión nocturna se extendió frente a ella en verde, mientras el sistema de navegación se iluminaba para darle la bienvenida. Metió la mano bajo el cuadro de mandos y apagó las luces exteriores del flotante antes de introducir la dirección de su casa y poner la nave en automático. Máxima velocidad.

El flotante se alzó de la pista de aterrizaje y aceleró con una sacudida que lanzó a Akos contra el cuadro de mandos. Se le había olvidado abrocharse el cinturón.

Se volvió para ver cómo Shissa menguaba detrás de ellos. Todos los edificios estaban iluminados de un color diferente: la biblioteca en morado, el hospital en amarillo, la tienda de comestibles en verde. Colgaban de un modo casi imposible, como gotas de lluvia congeladas en el aire. Se quedó mirándolas mientras la nave se alejaba cada vez más deprisa, hasta que los edificios no fueron más que un racimo de luces. Cuando todo estuvo sumido en una oscuridad casi absoluta, se volvió hacia Cisi.

—Lo… —empezó a decir su hermana.

Tragó saliva. Fuera lo que fuese lo que pretendía decir, no podía hacerlo por culpa del maldito don, así que la tocó en el brazo con un dedo limpio (los demás estaban rojos y pegajosos).

—Lo has matado —soltó ella de golpe.

Él le dio vueltas a unas cuantas respuestas distintas, que iban desde «Y no ha sido el primero» a «Lo siento». Ninguna parecía adecuada. No quería que su hermana lo odiara, pero tampoco que pensara que había salido de Shotet sin perder la inocencia. No quería hablar del tema, pero tampoco quería mentir.

—Nos ha salvado a las dos —concluyó Isae mientras encendía las noticias.

Una pantallita holográfica apareció sobre el mapa de navegación automática, y Akos leyó los titulares que giraban en círculo.

«La invasión shotet empieza en Shissa, dos horas después de la puesta de sol».

«Testigos afirman haber visto a los invasores shotet en el hospital de Shissa, donde se informa de ocho víctimas mortales».

—Le dije a Orieve que se marchara justo después de salir de tu cuarto —dijo Isae—. Debería haber salido sin problemas. Ahora no puedo enviarle un mensaje, por si lo interceptan.

Akos apoyó las manos en las piernas y deseó con todas sus fuerzas habérselas podido lavar.

Una noticia de última hora apareció en la pantalla holográfica cuando descendieron sobre Hessa, unas horas antes del alba.

«La policía de Shissa informa de que los shotet han capturado a dos thuvhesitas. Las grabaciones de la invasión muestran a unos soldados shotet sacando a una mujer a rastras del hospital de Shissa. Una identificación preliminar indica que podría tratarse de Isae o de Orieve Benesit».

Algo grande y feroz le desgarró las entrañas.

Orieve Benesit. Ori. Perdida.

Intentó no mirar a Isae, darle un momento para reaccionar, pero tampoco había mucho que ver. Cisi alargó la mano al instante para tocar la de la canciller, pero esta se limitó a darle al interruptor para apagar las noticias y se quedó mirando por la ventana.

—Bueno —dijo al fin—, pues tendré que ir a buscarla.

CAPÍTULO 28 | AKOS

Cuando llegaron a Hessa, el flotante dibujó un amplio arco alrededor de la montaña y planeó hacia la hierba pluma. Después se hundió en el suelo, frente a la casa de su familia, aplastando tallos y matojos. A Akos ya se le había secado la sangre en las manos.

Isae fue la primera en salir, seguida de Cisi. Cuando Akos bajó de un salto, las puertas se cerraron. Había un círculo de plantas aplanadas alrededor de la nave.

Cisi encabezó la marcha hacia la casa, lo que estaba bien, porque Akos no se veía con fuerzas para ello. Todas las ventanas eran oscuros recordatorios de la última vez que había estado allí. Cuando su hermana abrió la puerta y Akos percibió el olor a especias y fruta de sal picada, creyó por un momento que encontraría el cadáver de su padre en el suelo de la sala de estar, empapado de sangre.

Se detuvo. Respiró. Y siguió caminando.

Recorrió con los nudillos los paneles de madera de camino a la cocina. Dejó atrás la pared en la que antes colgaban las fotos de su familia. La sala de estar no era la misma en absoluto; ahora era más bien un estudio con dos escritorios, estanterías y ni un solo cojín blando a la vista. Sin embargo, la cocina, con su mesa arañada y su basto banco, era la misma.

Cisi sacudió la lámpara de araña que colgaba sobre la mesa de la cocina para encender las piedras de quemar. Su luz todavía estaba teñida de rojo.

—¿Dónde está mamá? —preguntó Akos mientras una imagen le venía a la cabeza: su madre de pie, subida a un taburete decrépito, espolvoreando la lámpara con flor del silencio.

—Reunión de oráculos —respondió Cisi—. Ahora se reúnen continuamente. Tardará unos días en volver.

«Unos días» era demasiado tiempo. Para entonces, Akos ya se habría ido.

El deseo de lavarse las manos se convirtió en necesidad, así que se acercó al fregadero. Al lado del grifo había un trozo de jabón casero con pequeños pétalos de pureza prensados para embellecerlo. Se enjabonó hasta formar una buena capa de espuma y después se enjuagó las manos una, dos, tres veces. Se metió las uñas en las líneas de la palma de la mano. Se limpió bien debajo de las uñas. Cuando terminó tenía las manos de un color rosa intenso y Cisi estaba sacando tazas para servir una infusión.

Vaciló con la mano sobre el cajón de los cuchillos. Quería marcarse en el brazo la pérdida del soldado shotet. Había un frasco de extracto de hierba pluma junto a los demás botes que llevaba consigo, y con él podría teñir la herida. Pero ¿de verdad había permitido que algo tan característico de los shotet se hubiera convertido en instinto? ¿Manos limpias, hoja limpia, nueva marca?

Cerró los ojos como si la oscuridad fuera lo único que necesitaba para aclararse las ideas. Allí fuera, en alguna parte, el soldado sin nombre al que había matado tenía una familia, amigos, y todos contaban con que alguien se marcara su pérdida. Akos sabía (aunque hacerlo lo inquietara) que no era capaz de fingir que aquella muerte no se había producido.

Así que sacó un cuchillo de trinchar y acercó la hoja a las llamas del horno para esterilizarla. Allí, al amor del fuego, se grabó una línea recta en el brazo con la hoja caliente, al lado de las otras marcas. Después vertió el extracto de hierba pluma en los dientes de un tenedor y lo arrastró en línea recta por encima del corte. Era un sistema algo torpe, pero tendría que bastar.

Después se sentó allí mismo, en el suelo, y se sostuvo la cabeza. Esperó a que terminara el dolor. La sangre le caía por el brazo y se le acumulaba en el pliegue del codo.

—Puede que los invasores entren en Hessa para buscarme —dijo Isae—. Deberíamos irnos lo antes posible y encontrar a Ori.

—¿Deberíamos? —preguntó él—. No pienso llevar a la canciller de Thuvhe hasta Ryzek Noavek, no siendo mi destino el que es. Eso sí que me convertiría en traidor.

Ella le miró el brazo marcado.

—Si es que no lo eres ya —comentó.

—Venga, cierra la boca —le espetó Akos, y siguió hablando, aunque ella arqueó una ceja—. ¿Crees que sabes con certeza cómo se cumplirá mi destino? ¿Crees que sabes mejor que yo lo que significa?

—¿Afirmas ser leal a Thuvhe, pero le sueltas a tu canciller que cierre la boca? —preguntó ella, no sin una chispa de humor.

—No, le he dicho que cierre la boca a la mujer que está en mi cocina pidiéndome un favor de tres pares de narices. Jamás le faltaría el respeto a mi canciller de ese modo, alteza.

Ella se inclinó sobre él.

—Entonces, lleva a la mujer que está en tu cocina hasta Shotet. —Se echó hacia atrás—. No soy idiota; sé que necesitaré tu ayuda para llegar allí.

—No confías en mí.

—No soy idiota, insisto —repuso ella—. Si me ayudas a sacar a mi hermana, yo te ayudaré a sacar a tu hermano. Aunque no garantizo nada, claro.

Akos estuvo a punto de soltar una palabrota. ¿Por qué todos parecían saber tan bien qué ofrecerle para que aceptara cualquier cosa? Tampoco era que estuviese convencido de que ella pudiera ayudarlo, pero, de todos modos, ya había estado a punto de aceptar antes de eso.

—Akos —dijo Isae, y el uso de su nombre, sin malicia, lo sorprendió un poco—, si alguien te dijera que no puedes ir a salvar a tu hermano, que tu vida es demasiado importante para arriesgarla por la suya, ¿le harías caso?

Isae estaba pálida, tenía el rostro perlado de sudor y la mejilla roja por el golpe del soldado. No era el aspecto de una canciller. Las cicatrices de su cara contaban una historia distinta sobre ella: que, como Cyra, sabía a lo que se arriesgaba cuando ponía su vida en peligro.

—De acuerdo —dijo Akos—. Te ayudaré.

Se oyó un fuerte golpe cuando Cisi dejó caer su taza sobre la mesa, salpicándose la mano de infusión caliente. Hizo una mueca y se la limpió en la camiseta antes de alargarla hacia Akos para que se la cogiera. Isae parecía desconcertada, pero Akos lo entendía: Cisi tenía algo que decir, y por mucho que él temiera oírlo, no podía decirle que no.

Así que le cogió la mano.

—Espero que los dos seáis conscientes de que iré con vosotros —dijo airada.

—No —respondió Akos—. No puedes correr tanto peligro. Ni hablar.

—¿No quieres que corra peligro? —preguntó ella con el tono de voz más duro que había empleado en su vida; estaba más tensa que un arco—. ¿Qué crees que me parece que vuelvas a ese sitio? Esta familia ya ha pasado por suficiente incertidumbre, ya ha sufrido pérdidas de sobra. —Tenía el ceño fruncido. Isae estaba perpleja, como si acabaran de abofetearla, y no era de extrañar: seguro que nunca había visto así a Cisi, libre para decir lo que deseara, libre para llorar, chillar y hacer que todo el mundo se sintiera incómodo—. Si nos matan a todos en Shotet, pues nos matarán juntos, pero…

—¡No hables así de la muerte, como si no fuera nada!

—Creo que no lo entiendes. —Un temblor le recorrió el brazo, la mano, la voz. Miró a su hermano a los ojos, y él se concentró en el lunar de su iris, el punto en que la pupila se abría—. Después de que os secuestraran y mamá regresara, se volvió… insensible. Así que fui yo la que tuvo que arrastrar el cadáver de papá hasta el campo para quemarlo. Fui yo la que limpió la sala de estar.

Akos no se podía imaginar ni de lejos el horror que tenía que haber supuesto para ella limpiar la sangre de su padre del suelo. Habría sido mejor prenderle fuego a la casa, mejor marcharse y no volver jamás.

—No te atrevas a decirme que no sé lo que es la muerte —añadió ella—. Lo sé.

Alarmado, Akos le tocó la mejilla a su hermana y se apoyó su cara en el hombro. Los rizos de Cisi le rozaban el mentón.

—De acuerdo —se limitó a responder. Era suficiente.

Acordaron dormir unas cuantas horas antes de marcharse, y Akos se dirigió solo a la planta de arriba. Sin pensarlo, se saltó el sexto escalón, ya que alguna parte de él recordaba que crujía más que el resto. El pasillo de arriba estaba un poco torcido; se desviaba a la derecha justo después del baño, y la curva estaba mal, de un modo difícil de explicar. La habitación que antes compartía con Eijeh estaba al final. Abrió la puerta con las puntas de los dedos.

Las sábanas de la cama de Eijeh estaban enrolladas como si todavía taparan un cuerpo dormido, y había unos calcetines sucios en la esquina, con unas manchas marrones en los talones por culpa de los zapatos. En el lado de Akos del cuarto, las sábanas estaban bien estiradas sobre el colchón, y había una almohada metida entre la pared y la cama. Akos nunca había podido aguantar las almohadas durante mucho tiempo.

A través de la gran ventana redonda veía la hierba pluma que se mecía en la oscuridad, y estrellas.

Se puso la almohada en el regazo al sentarse. Los zapatos alineados junto a la cama eran tan pequeños comparados con los que llevaba puestos que sonrió. Sonrió y después lloró mientras enterraba el rostro en la almohada para ahogar los sollozos. No estaba sucediendo. No podía estar allí. No estaba a punto de abandonar su hogar cuando acababa de volver a encontrarlo.

Las lágrimas cesaron al fin, y él se quedó dormido con los zapatos puestos.

Un rato después, al despertarse, se quedó bajo la ducha del baño del pasillo un poco más de lo habitual, con la esperanza de relajarse. No funcionó.

Cuando salió se encontró con una pila de ropa en la puerta: prendas de su padre. La camisa era demasiado grande de hombros y cintura, pero le apretaba el pecho; Aoseh y él tenían complexiones completamente distintas. Los pantalones estaban bien de largo, aunque apenas le llegaban al borde de las botas.

Cuando regresó al baño para colgar la toalla (aquello sería lo que vería su madre al volver, una toalla húmeda y sábanas arrugadas, pero no a sus hijos), Isae estaba allí, ya vestida con ropa de su madre, aunque los pantalones negros, sujetos con un cinturón, le quedaban grandes. Se tocó una de las cicatrices, frente al espejo, desde donde lo miró a los ojos.

—Si intentas decir algo profundo y elocuente sobre las cicatrices, te doy un puñetazo en la cabeza —dijo la canciller.

Él se encogió de hombros y giró el brazo izquierdo para que pudiera ver las marcas de sus víctimas.

—Te garantizo que las tuyas no son tan feas como las mías.

—Por lo menos, tú has elegido las tuyas.

Bueno, eso era cierto.

—¿Cómo acabaste marcada con una hoja shotet? —preguntó Akos.

Había oído a los soldados intercambiar las historias de sus cicatrices, no las de las marcas de sus víctimas, sino las de las otras: una línea blanca en la rodilla de un accidente de la infancia, un corte de un cuchillo de cocina durante una invasión de Hessa, un accidente en plena borrachera en el que habían intervenido una cabeza y el marco de una puerta. Todos se partían de risa, aunque estaba convencido de que no sería el caso con Isae.

—La búsqueda no siempre es tan pacífica como quizá te hayan hecho creer —respondió Isae—. Durante una búsqueda, mi nave tuvo que aterrizar en Othyr para hacer reparaciones, y mientras nos encontrábamos allí, uno de los miembros de la tripulación se puso enfermo. Cuando estábamos aparcados en el hospital nos atacaron los soldados shotet que estaban saqueando los almacenes de medicamentos. Uno de ellos me cortó la cara y me dio por muerta.

—Lo siento —respondió automáticamente.

Por algún motivo, quería contarle adónde iba la ayuda médica de Othyr (solo a los adeptos de Ryzek) y también que muy poca gente lo sabía. Sin embargo, en realidad no era un buen momento para explicarle cómo funcionaba Shotet, sobre todo porque ella podía pensar que Akos estaba excusando al soldado por robar medicinas y marcarle la cara.

—Yo no lo siento —respondió Isae. Cogió la pastilla de jabón que se encontraba junto al lavabo como si quisiera romperla por la mitad y empezó a lavarse las manos—. Cuesta olvidar quiénes son tus enemigos cuando tienes cicatrices como la mía. —Se aclaró la garganta—. Espero que no te importe, he tomado prestada la ropa de tu madre.

—Yo llevo los calzoncillos de un muerto —repuso Akos—, ¿por qué me iba a importar?

Ella sonrió un poco, lo que a Akos le pareció un gran avance.

Ninguno de los tres quería esperar más de lo necesario, Akos el primero. Sabía que, cuanto más tiempo pasaran allí, más le costaría marcharse. Era mejor volver a abrir la herida deprisa y acabar con ello lo antes posible para poder vendarla de nuevo.

Recogieron provisiones, comida, ropa y flores del hielo, y se metieron en el flotante. Tenía el combustible justo para llevarlos al otro lado de la hierba pluma, y eso era lo único que necesitaban. Cisi lo tocó, y el vehículo se elevó del suelo; Akos programó la navegación automática para que los llevara a un punto que parecía estar en medio de la nada. Irían primero a la casa de Jorek. Era el único lugar relativamente seguro que conocía fuera de Voa.

Mientras volaban, se quedó mirando la hierba pluma bajo ellos, que les mostraba el patrón del viento al mecerse.

—¿Qué dicen los shotet de la hierba pluma? —preguntó Isae de repente—. Es decir, nosotros afirmamos que los primeros thuvhesitas la plantaron para mantener alejados a los shotet, pero está claro que ellos tienen una perspectiva distinta, ¿no?

—Los shotet dicen que la plantaron ellos para mantener alejados a los forasteros thuvhesitas —respondió Akos—. Pero es originaria de Ogra.

—Todavía las oigo desde aquí —añadió Cisi—. Las voces en la hierba.

—¿Las voces de quién?

Cuando hablaba con Cisi, el tono de Isae dejaba de ser tan brusco.

—De mi padre, sobre todo —respondió Cisi.

—Yo oigo a mi madre —dijo Isae—. Me pregunto si solo oímos a los muertos.

—¿Cuánto hace que murió?

—Un par de estaciones. Cuando a mí me hicieron esta cicatriz.

Isae se había dejado llevar por otro acento más relajado. Incluso le había cambiado la postura y tenía la espalda encorvada.

Ellas siguieron hablando, pero Akos guardó silencio, ya que sus pensamientos habían regresado de nuevo junto a Cyra.

Si hubiera muerto, estaba seguro de que lo habría sentido como una puñalada en el esternón. No era posible perder a una amiga como ella sin saberlo, ¿verdad? Aunque la corriente no fluyera a través de él, la fuerza vital de Cyra sí que lo hacía. Lo había mantenido con vida durante demasiado tiempo. Quizá si se aferraba con la fuerza suficiente podría hacer lo mismo por ella, desde lejos.

A última hora de la tarde, cuando el sol ya se hinchaba con lo que quedaba del día, se les acabó el combustible. El flotante se estremeció. Bajo ellos, la hierba pluma empezaba a escasear: entre los tallos, divisaron unas hierbas bajas de un marrón grisáceo que se movían como cabello al viento.

Cisi dejó la nave junto a unas flores silvestres. Allí, más cerca del ecuador, hacía frío, pero del mar llegaban corrientes de aire cálido que cubrían el valle de Voa. Crecerían otros tipos de plantas, no solo flores del hielo.

Salieron y empezaron a caminar. A lo largo del horizonte se veía la curva morada del flujo de la corriente, un pequeño grupo de edificios y el reflejo de unas naves shotet. Jorek le había explicado cómo llegar a la casa de su familia, pero Akos no había estado por allí desde que matara a Kalmev Radix, y Vas y los demás le habían dado una paliza, así que no lo recordaba demasiado bien. La tierra era tan llana que no había muchos sitios en los que esconder una aldea, por suerte.

Oyó movimiento en la hierba, delante de él, y entre los tallos vio algo enorme. Agarró la mano de Isae, que estaba a su izquierda, y la de Cisi, a su derecha, para que las dos se quedaran quietas.

Un poco más adelante, una criatura se deslizaba por el suelo. El repiqueteo de sus pinzas parecía proceder de todas partes. Era grande (igualaba en altura a Akos, como mínimo) y tenía el cuerpo cubierto de placas azul oscuro. Tenía tantas piernas que Akos no fue capaz de contarlas, y solo le veía la cabeza gracias a los dientes que relucían dentro de su gran boca curva. Eran tan largos como dedos.

Un Blindado.

El rostro de Akos estaba a pocos centímetros del duro costado del animal, que exhalaba (como si suspirara) y tenía cerrados los negros ojillos, medio ocultos bajo una de sus placas. Cisi se estremeció de miedo.

—La corriente provoca ataques de ira demencial en los Blindados —susurró Akos justo al lado de la criatura, que se había quedado dormida, desafiando toda lógica. Dio un paso atrás—. Por eso atacan a los humanos, porque canalizamos demasiado bien la corriente.

Las manos le sudaban tanto que hacían ruiditos al deslizarse sobre las de Isae y Cisi.

—Pero tú no canalizas la corriente, así que… —dijo Isae tensa.

—Así que apenas se dan cuenta de que estoy al lado —completó él la frase—. Vamos.

Las apartó del animal soñoliento sin dejar de mirar atrás por si los seguía, pero el Blindado no se movió.

—Supongo que ahora sabemos cómo conseguiste tu armadura —comentó Isae.

—¿De ahí sale la armadura? —preguntó Cisi—. Creía que todo eso de matar animales era otro estúpido rumor thuvhesita.

—No es un rumor —dijo Akos—. Ni tampoco una historia triunfal, en mi caso. Se durmió y lo maté. Después me sentí tan mal que me lo marqué en el brazo.

—¿Por qué lo hiciste? —preguntó Isae—. Si no querías hacerlo, me refiero.

—Quería una armadura. No todos los shotet se ganan una de este tipo, así que es una especie de… símbolo de estatus. Quería que me vieran como a un igual y que dejaran de molestarme diciendo que tenía la piel fina de los thuvhesitas.

Cisi resopló.

—Está claro que nunca han tenido que soportar un invierno en Hessa.

Las condujo hacia los edificios que se veían a lo lejos, a través de campos de flores silvestres tan frágiles que se desmenuzaban bajo las botas.

—Entonces ¿nos vas a decir adónde vamos o esperas que nos metamos sin más en esas casas? —preguntó Isae una vez que estuvieron lo bastante cerca de ellas para ver de qué estaban hechas: piedra gris azulada con ventanitas de cristal de distintos colores.

No eran más que unas cuantas estructuras, apenas las suficientes para que pudiera considerarse una aldea. Con la puesta de sol que se reflejaba en los cristales y las flores silvestres que crecían contra la piedra, sin embargo, parecía un sitio realmente bonito.

Corría un riesgo yendo allí, pero, hiciera lo que hiciera, estaban en un lío, así que era tan buena opción como cualquier otra.

Estaba hecho un manojo de nervios. Aquellas casas estarían conectadas al agregador de noticias shotet. Allí sabrían qué le había sucedido a Cyra. Mantuvo la mano izquierda en alto mientras caminaba, junto al hombro derecho, para poder desenvainar el cuchillo en caso necesario. No sabía qué los esperaba al otro lado de aquellas relucientes ventanas. Sacó el arma cuando vio movimiento y una de las puertas se abrió. Por ella salió una mujer bajita y de rostro astuto, con las manos empapadas de agua. En una de ellas llevaba un paño. La reconoció: era Ara Kuzar, la viuda de Suzao y madre de Jorek.

Bueno, al menos estaban en el lugar correcto.

—Hola —lo saludó Ara.

Tenía una voz más grave de lo que esperaba. Solo la había visto una vez: al salir del anfiteatro en el que había matado a su marido. En aquel momento, ella sostenía la mano de Jorek.

—Hola —contestó él—. Soy…

—Sé quién eres, Akos —lo interrumpió ella—. Me llamo Ara, pero seguro que tú también me conoces a mí.

No tenía sentido negarlo, así que asintió.

—¿Por qué no entras? —preguntó Ara—. Y tus amigas también pueden entrar, siempre que no causen problemas.

Isae arqueó una ceja en dirección a Akos antes de subir los escalones y entrar la primera. Las manos se le iban a las piernas, como para subirse una tela que no estaba allí. Seguramente estaba acostumbrada a la ropa elegante, porque se movía como una mujer de clase alta: cabeza erguida y hombros hacia atrás. Ella tampoco había tenido que soportar nunca un invierno en Hessa, pero había cosas más duras que el invierno.

Siguieron a Ara por una escalera estrecha y chirriante hasta la cocina. Los suelos eran de losetas azules de color desigual y la pintura blanca se descascarillaba en las paredes. Sin embargo, era cálida, y había una gran mesa de aspecto robusto con todas las sillas hacia atrás, como si hubiera acogido a un grupo de gente sentada hasta hacía poco. En la pared opuesta estaba encendida la pantalla con el agregador de noticias: la luz sintética desentonaba mucho en la pared descascarillada: lo nuevo casado con lo viejo, como en todos los hogares de Shotet.

—Le envié una señal a Jorek para que regresara pronto —dijo Ara—. ¿Hablan shotet tus amigas?

—Una de nosotras —respondió Isae—, pero lo aprendí hace pocas estaciones, así que... hablad despacio.

—No, podemos seguir en thuvhesita —repuso Ara, que hablaba el idioma con poca naturalidad, pero se hacía entender.

—Esta es mi hermana, Cisi —la presentó Akos señalándola—. Y mi amiga...

—Badha —lo interrumpió Isae.

—Un placer conoceros a las dos —respondió Ara—. Debo confesar, Akos, que me ofende un poco que no aceptaras mi regalo. ¿El anillo?

Estaba mirándole las manos, que le temblaban un poco.

—Oh —dijo él, y se metió un pulgar bajo el cuello de la camiseta para sacar una cadena. Del extremo colgaba el anillo que Ara le había enviado a través de su hijo.

En realidad, su primer impulso había sido tirarlo a la basura, no ponérselo; la muerte de Suzao no era algo que deseara recordar. Pero sí que tenía que recordárselo.

Ara asintió para mostrarle su aprobación.

—¿Cómo os conocisteis? —preguntó Cisi.

Akos se preguntó si su hermana estaba dulcificando la voz para que aquella situación resultara más cómoda. «No merece la pena el esfuerzo», pensó.

—Mejor dejamos esa historia para otra ocasión —respondió Ara.

Akos no lo soportaba más.

—No quiero ser maleducado, pero necesito información sobre Cyra.

Ara cruzo las manos sobre el vientre.

—¿Qué información necesitas sobre la señorita Noavek?

—¿Está...? —Ni siquiera podía pronunciar aquella palabra en voz alta.

—Está viva.

Cerró los ojos un segundo antes de permitirse volver a pensar en ella. En sus recuerdos estaba llena de energía, luchando en la sala de entrenamiento como si la guerra fuera un baile, buscando ventanas en el negro espacio como si fueran cuadros. De algún modo, Cyra sabía convertir lo feo en bello, y él jamás lograría comprenderlo. Pero estaba viva.

—Yo no me apresuraría a celebrarlo —intervino una voz desde atrás.

Se volvió, y se encontró con una chica menuda de pelo rubio platino que llevaba un parche rosa sobre un ojo. La reconoció de la nave de la travesía, pero no recordaba su nombre.

Jorek estaba detrás, con su mata de pelo rizado sobre los ojos y la sombra de una barba en la mandíbula.

—¿Akos? —dijo—. ¿Qué estás...?

Dejó la frase en el aire al ver a Cisi e Isae.

—Cisi, Badha —dijo Akos—, estos son Jorek y...

—Teka —añadió la chica que le resultaba familiar.

Eso era, se trataba de la hija de aquella renegada a la que habían ejecutado antes de la travesía. Cyra había ido a hablar con ella antes de salir hacia Pitha.

—Eso —dijo Akos—. Bueno, Cisi es mi hermana, y Badha es mi... amiga. De Thuvhe. Cisi no habla shotet. —Esperó un momento—. ¿Qué quieres decir con lo de no celebrarlo?

Teka se sentó en una de las sillas vacías; bueno, más bien se retrepó en ella de lado, con las rodillas separadas y un brazo rodeando el respaldo.

—Tiene toda la pinta de que la pequeña Noavek no durará mucho —dijo—. Estamos intentando encontrar el modo de liberarla. Ahora que estás aquí, lo cual es una idea muy estúpida, por cierto, quizá puedas ayudarnos.

—¿Liberarla? —preguntó Akos volviéndose hacia Jorek—. ¿Por qué ibais a hacerlo?

Jorek se apoyó en la encimera, frente a Cisi, a la que lanzó una sonrisa y una mirada de ojos somnolientos, como solía hacer la gente cuando estaba cerca de su hermana. Akos se dio cuenta entonces de cuál era la parte buena de aquel don: no era solo una fuerza que estrangulaba a Cisi y le impedía llorar, sino que también le otorgaba poder sobre los demás.

—Bueno —dijo Jorek—, esto es un baluarte de los renegados, como ya habrás comprendido.

La verdad era que Akos no había pensado mucho en ello. Jorek parecía saber cosas que los demás no, pero eso no significaba que fuera un renegado. Y a Teka le faltaba un ojo, lo que quería decir que no era amiga de Ryzek, pero aquello tampoco era ninguna garantía.

—¿Y bien? —preguntó Akos.

—Pues... ¿No te lo contó ella? —preguntó Jorek desconcertado.

—¿El qué?

—Cyra trabajaba con nosotros —explicó Teka—. Durante el ataque en la nave de la travesía se suponía que yo debía acabar con ella, que debía matar al Azote de Ryzek mientras anunciaban su destino en el intercomunicador, ¿entiendes?

—No la llames así —respondió Akos.

Notó que Isae lo miraba y se ruborizó.

—Sí, sí —repuso Teka quitándole importancia con un gesto—. Bueno, ella me venció, pero me dejó marchar. Y después me encontró y solicitó una reunión. Se ofreció a darnos lo que quisiéramos: información, ayuda... Lo que fuera, a cambio de que hiciéramos algo por ella: sacarte de Shotet. —Teka miró a Jorek—. Por eso no se lo contó, porque quería sacarlo de allí, pero él no quería marcharse sin su hermano.

Jorek chasqueó la lengua.

Aquellas semanas, después de que Ryzek lo amenazara, después de que Cyra torturase a Zosita y guardara las apariencias en Pitha, Cyra había permitido que Akos pensara que no hacía más que lo que le ordenaba Ryzek. Había permitido que Akos pensara lo peor de ella. Y, mientras tanto, ella estaba colaborando con los renegados, haciendo todo lo posible por sacarlo a él de allí. Era como si se hubiera convertido en una persona nueva y él ni se hubiera enterado.

—Estaba ayudándonos a asesinar a Ryzek cuando la atraparon. Nos sacó de allí, pero era demasiado tarde para ella —dijo Teka—. Sin embargo, cumplimos nuestra parte del trato: volvimos a colarnos y ella ya no estaba. No sabemos dónde la metieron, pero tú sí estabas allí, incapacitado, encerrado de nuevo en tu cuarto. Medio muerto de hambre, cabe añadir. Así que te sacamos. Pensamos que podrías resultarnos útil para que Cyra siguiera estando de nuestra parte.

—Y yo quería ayudarte, además —añadió Jorek.

—Sí, eres un héroe, tomamos nota —dijo Teka.

—¿Por qué…? —Akos sacudió la cabeza—. ¿Por qué haría Cyra algo así?

—Ya lo sabes —respondió Teka—. ¿Qué es lo único que le importa a Cyra más que el miedo que le tiene a su hermano? —Como Akos no respondía, ella suspiró claramente exasperada—. Pues ese honor tan singular es todo tuyo, por supuesto.

Isae y Cisi seguían la escena, una suspicaz, la otra desconcertada. Akos ni siquiera sabía cómo empezar a explicarlo. Cyra Noavek era un nombre conocido por todos los thuvhesitas, una historia de terror que se contaban para asustarse. ¿Qué se podía decir al descubrir que el monstruo no se merecía tal nombre?

Nada. No se podía decir nada.

—¿Qué le ha hecho Ryzek? —preguntó en tono amenazante.

—Enséñaselo —le dijo Teka a Jorek.

Jorek tocó la pantalla de la pared para quitar el agregador de noticias. Tras pasear los dedos por ella unas cuantas veces, consiguió encontrar la grabación y activarla.

El objetivo se acercaba desde lejos y mostraba un anfiteatro con una jaula de luz blanca cruzando su techo descubierto. Los asientos del anfiteatro estaban llenos; los de las filas inferiores eran bancos de piedra, mientras que los de las superiores eran de metal, pero, por los rostros sombríos de sus ocupantes, quedaba claro que no se trataba de ninguna celebración.

El objetivo de la cámara se concentró en una plataforma suspendida sobre los asientos de madera y metal. Ryzek estaba encima, reluciente desde los zapatos negros hasta la armadura que le cubría el pecho. Se acababa de cortar el pelo: se le marcaban los huesos de la cabeza y le brillaba el cuero cabelludo. Cisi e Isae retrocedieron al verlo, las dos a la vez. Akos ya había dejado atrás la época en la que temía a Ryzek; hacía tiempo que solo le provocaba asco.

A la izquierda de Ryzek estaba Vas, y a su derecha...

—Eijeh —dijo Cisi en voz baja—. ¿Por qué?

—Le ha... lavado el cerebro. Más o menos —explicó Akos con cuidado, y Jorek resopló.

La cámara viró a la izquierda, al borde de la plataforma, donde los soldados rodeaban a una mujer arrodillada. Cyra. Llevaba la misma ropa que la última vez que la había visto, pero ahora estaba desgarrada y manchada de sangre. La densa melena le tapaba la cara y, por un segundo, no supo con certeza si Ryzek le había arrancado un ojo. Era lo que hacía a veces cuando una persona caía en desgracia, para que no pudiera ocultarlo.

Cyra alzó la cabeza, y dejó a la vista unos cuantos moratones azulados y una mirada (de dos ojos) completamente vacía.

Entonces habló Ryzek:

«Hoy os traigo noticias difíciles. Alguien a quien tomábamos por una de nuestras ciudadanas más fieles, mi hermana, Cyra Noavek, ha resultado ser la peor de las traidoras. Ha colaborado con el enemigo del otro lado de la División para proporcionarle datos sobre nuestra estrategia, nuestros recursos militares y nuestros movimientos».

—No quiere reconocer que existe un verdadero grupo de renegados —comentó Jorek por encima del rugido de descontento de la multitud—. Es mejor decir que está colaborando con los thuvhesitas.

—Sabe elegir bien sus mentiras —repuso Isae, aunque no sonaba como un cumplido.

«También he descubierto recientemente pruebas que demuestran que esta mujer —añadió Ryzek, señalando a su hermana, a la que habían descubierto el brazo para que se vieran bien las marcas de sus víctimas desde la muñeca hasta el codo— es la responsable de la muerte de mi madre, Ylira Noavek».

Akos se tapó la cara. Era el peor golpe que podría haberle propinado a Cyra. Ella siempre lo había sabido.

«Confieso que el parentesco familiar había nublado hasta ahora mi juicio en torno a este asunto —prosiguió Ryzek—, pero después de conocer su traición y... que había acabado con nuestra madre de la forma más cruel, me queda todo claro. He decidido que el castigo más adecuado para esta enemiga de Shotet es la ejecución por *nemhalzak*».

Cuando la grabación volvió a Cyra, Akos vio que le temblaban los hombros, aunque no había lágrimas en sus ojos. Estaba riéndose. Y, mientras se reía, las sombras de la corriente le bailaban no por la piel, como sangre que corre por las venas, sino por encima de ella, como humo alrededor de un incensario. Es lo mismo que habían hecho la noche que Ryzek la había obligado a herir a Akos: se habían alejado de ella, flotando como la niebla.

Su don había cambiado.

Ryzek asintió mirando a Vas. Vas cruzó la plataforma mientras desenvainaba el cuchillo que llevaba a la espalda. Los soldados que rodeaban a Cyra se apartaron; Cyra lo miró con una sonrisa despectiva y dijo algo inaudible. Ryzek respondió con algo también inaudible, dio un paso para acercarse y se inclinó sobre ella mientras movía deprisa los labios para pronunciar unas palabras que nadie más pudo escuchar. Vas la agarró por el pelo y la obligó a echar la cabeza atrás y a un lado. El cuello de Cyra estaba expuesto; Vas acercó la hoja y, cuando el cuchillo cortó, Akos apretó los dientes y apartó la vista.

—Ya te haces una idea —dijo Jorek.

Se hizo el silencio en el cuarto al detenerse el vídeo.

—¿Qué le hizo? —preguntó Akos con voz ronca.

—Una... cicatriz —respondió Teka—. Le arrancó la piel desde el cuello hasta el cuero cabelludo. No sé bien por qué. Lo único que requiere el rito es carne. A elección del mutilador.

Dibujó una línea desde el lateral de su cuello hasta el centro de la cabeza. Akos creyó que iba a vomitar.

—No conozco la palabra que han usado. *¿Nem... nemhalzet?* —dijo Isae.

—*Nemhalzak* —respondió Jorek—. Consiste en eliminar el estatus de alguien, ya sea real o percibido. Significa que cualquiera puede desafiarla en la arena, a luchar a muerte, y significa que ya no es considerada una shotet. Con todas las personas a las que ha hecho daño a petición de Ryzek, más todas las que amaban a su madre, bueno... Son muchos los que están deseando desafiarla. Ryzek permitirá todos los desafíos que hagan falta hasta que Cyra muera.

—Y con esa herida en la cabeza, pierde sangre muy deprisa —añadió Teka—. Se la vendaron, pero está claro que eso no basta para el destrozo que provocó.

—¿Todos esos duelos serán en el anfiteatro? —preguntó Akos.

—Seguramente —respondió Teka—. Se supone que es un acontecimiento público. Aunque el campo de fuerza fríe todo lo que toca...

—Está claro que tenéis una nave —la interrumpió Akos—. Si no, no habríais podido soltarme en la pista de aterrizaje del hospital.

—Sí —dijo Jorek—, y es una nave rápida y resistente.

—Entonces ya sé cómo rescatarla —repuso Akos.

—No recuerdo haber aceptado perder el tiempo en ninguna misión de rescate —soltó Isae—. Y menos para salvar a la pequeña asesina de Ryzek Noavek. ¿Crees que no sé las cosas que Cyra ha hecho, Kereseth? Al resto de la galaxia llegan rumores de sobra sobre Shotet.

—Me da igual lo que creas saber —repuso Akos—. ¿Quieres mi ayuda para seguir adelante? Pues tendrás que esperar a que primero haga esto.

Isae cruzó los brazos, pero Akos tenía las de ganar, y ella parecía saberlo.

Ara ofreció a Cisi e Isae el dormitorio libre de la planta de arriba, y un catre en el suelo de la habitación de Jorek para Akos. Sin embargo, a juzgar por la mirada que le echó Cisi a su hermano al terminar de subir la escalera, no pensaba dejarlo escapar sin más, así que Akos la siguió a un dormitorio pequeño con un gran colchón lleno de bultos y una estufa en un rincón. Una luz multicolor bañaba el suelo: la puesta de sol que entraba a través de las ventanas.

Akos se quitó allí la armadura, pero dejó el cuchillo dentro de la bota. Era imposible predecir lo que podía suceder en aquel lugar. Era como si Vas y Ryzek estuvieran a la vuelta de todas las esquinas.

—Is... Badha —dijo Cisi—, ¿por qué no te lavas tú primero? Tengo que hablar con Akos.

Isae asintió con la cabeza, cerró la puerta con el talón y se fue. Akos se sentó en la cama al lado de Cisi, mientras unos puntos de luz azul, verde y morada le salpicaban los zapatos. Ella le puso una mano en la muñeca.

—Eijeh —fue lo único que dijo.

Así que Akos se lo contó. Le contó lo de los recuerdos que Ryzek había vertido dentro de Eijeh y lo de los recuerdos que le había robado. Lo de las nuevas palabras que usaba Eijeh y lo del modo en que hacía girar un cuchillo en la palma de la mano, como hacía Ryzek. No le contó que Eijeh se había quedado mirando mientras Ryzek lo torturaba a él, no una, sino dos veces, ni le contó que Eijeh había usado sus visiones para ayudar a Ryzek. No había motivo para hacerla perder la esperanza.

—Por eso no intentaste huir —dijo Cisi en voz baja—, porque necesitabas secuestrarlo para hacerlo, y eso es... más complicado.

«Casi imposible, es lo que es», pensó Akos.

—Eso, y algo más: ¿qué clase de futuro tengo en Thuvhe, Cisi? ¿Crees que seré la primera persona de la galaxia que desafía su destino? —Negó con la cabeza—. Quizá sea mejor aceptar la verdad. Hemos dejado de ser una familia.

—No —repuso ella en tono decidido—. Creías que no volverías a verme y, sin embargo, aquí estoy, ¿no? No sabes cómo te encuentra el destino, ni yo tampoco, pero, hasta que lo haga, seremos todo lo que podamos ser.

Le cogió la mano entre las suyas y se la apretó. Akos creyó ver algo de su padre en las cejas arqueadas y compasivas de su hermana, y en los hoyuelos de las mejillas. Se quedaron sentados un rato, con los hombros pegados, oyendo de fondo el agua que caía de la ducha del baño, al otro lado del pasillo.

—¿Cómo es Cyra Noavek? —le preguntó Cisi.

—Es...

Sacudió la cabeza. ¿Cómo podía describir así a una persona? Era dura como la carne desecada; le encantaba el espacio; sabía bailar; se le daba bien hacerle daño a la gente; había convencido a unos cuantos renegados para que lo soltaran a él en Thuvhe sin Eijeh porque no había respetado sus puñeteras decisiones, y él se sentía agradecido por ello, como un estúpido. Era... Bueno, era Cyra.

Cisi sonreía.

—La conoces bien. Cuesta más describir a alguien en pocas palabras cuando lo conoces tan bien.

—Sí, supongo que sí.

—Si crees que merece la pena salvarla, imagino que tendremos que confiar en tu palabra. Aunque cueste.

Isae salió del baño con el cabello mojado, pero recogido en un apretado moño, como si se lo hubiera fijado con laca a la cabeza. Llevaba una camisa distinta, una de las de la madre de Cisi y Akos, con florecitas bordadas en el cuello. Sacudió la otra (que estaba mojada, como si la hubiera lavado a mano) y la colgó en una silla, al lado de la estufa.

—Tienes hierba en el pelo —le dijo Isae a Cisi sonriendo.

—Es mi nuevo estilo —respondió Cisi.

—Te queda muy bien —repuso Isae—. Aunque a ti todo te queda bien, ¿no?

Cisi se ruborizó. Isae evitó mirar a Akos a los ojos y se volvió hacia la estufa para calentarse las manos.

Había dos personas más en la abarrotada habitación en penumbra, la de las paredes descascarilladas, cuando Cisi, Isae y Akos bajaron las escaleras de nuevo. Jorek les presentó a Sovy, una de las amigas de su madre, que vivía calle abajo y llevaba un pañuelo bordado en el pelo; y a Jyo, que no era mucho mayor que ellos y tenía unos ojos muy parecidos a los de Isae, lo que indicaba un posible antepasado común. Tocaba un instrumento que reposaba en su regazo, pulsando teclas y punteando cuerdas tan deprisa que Akos no lograba seguirlo. Había comida en la gran mesa, a medio empezar.

Se sentó al lado de Cisi y se echó comida en el plato. No había demasiada carne (costaba encontrarla allí, fuera de Voa), pero sí fruta de sal en abundancia, que llenaba bastante. Jyo le ofreció a Isae un tallo frito de hierba pluma, acompañado de una amplia sonrisa, pero Akos se lo quitó antes de que pudiera aceptarlo.

—Mejor que no te lo comas —la avisó—. A no ser que quieras pasarte seis horas sufriendo alucinaciones.

—La última vez que Jyo ofreció uno de esos, me sé de alguien que se puso a dar vueltas por toda la casa hablando de bebés danzarines gigantes —dijo Jorek.

—Sí, sí —añadió Teka—. Ríete todo lo que quieras, pero tú también te habrías asustado si hubieras alucinado con bebés gigantes.

—Mereció la pena, me lo perdones algún día o no —respondió Jyo, guiñándole un ojo. Hablaba con una voz baja que no inspiraba mucha confianza.

—¿Funcionan contigo? —le preguntó Cisi a Akos señalando con la cabeza el tallo que tenía en la mano.

Akos lo mordió a modo de respuesta; estaba salado y agrio, y sabía a tierra.

—Tu don es muy raro —dijo Cisi—. Seguro que mamá tendría algo profundo y vago que decir al respecto.

—Oooh, ¿cómo era Akos de pequeño? —preguntó Jorek mientras entrelazaba las manos y se acercaba a Cisi—. ¿Fue niño alguna vez o apareció así, crecido del todo y lleno de angustia vital?

Akos le lanzó una mirada asesina.

—Era bajo y regordete, en realidad —respondió Cisi—. Irritable. Muy especialito con sus calcetines.

—¿Mis calcetines?

—¡Sí! Eijeh me contó que siempre los colocabas por orden de preferencia, de izquierda a derecha. Tus favoritos eran amarillos.

Los recordaba. Amarillo mostaza, con unas grandes fibras tejidas que les daban aspecto de bastos, aunque no lo eran. Sus calcetines más calentitos.

—¿Cómo os conocisteis entre vosotros? —preguntó Cisi.

La pregunta, formulada con delicadeza, bastó para acabar con la tensión que se había generado al pronunciar el nombre de Eijeh.

—Sovy hacía caramelos para todos los niños de la aldea cuando yo era pequeño —respondió Jorek—. Por desgracia, no habla thuvhesita demasiado bien. Si no, ella misma os contaría mis fechorías.

—Y yo conocí a Jorek en unos servicios públicos. Estaba silbando mientras… —Jyo hizo una pausa—. Bueno, mientras me aliviaba, y Jorek decidió que sería gracioso silbar en armonía.

—A él no le pareció tan divertido —dijo Jorek.

—Mi madre era como la… líder de la revuelta. Al menos, una de ellas —dijo Teka—. Regresó desde la colonia de exiliados del régimen de los Noavek hace una estación para ayudarnos a montar nuestra estrategia. Los exiliados nos apoyan en nuestro plan de acabar con la vida de Ryzek.

Isae tenía el ceño fruncido. La verdad es que lo fruncía casi todo el tiempo, como si no le gustara el espacio entre sus cejas y quisiera esconderlo; aunque, esta vez, Akos entendía por qué. A él, la diferencia entre los exiliados y los renegados, y la relación entre ellos, no le interesaba mucho: lo único que quería era asegurarse de que Cyra estaba a salvo y sacar a Eijeh de Shotet; por lo demás, le daba igual lo que sucediera allí. Sin embargo, para Isae, canciller de Thuvhe, estaba claro que era importante saber si había crecido el descontento contra Ryzek, tanto dentro de Shotet como fuera.

—¿Cuántos de esos… renegados hay? —preguntó Isae.

—¿De verdad crees que voy a responderte a eso? —repuso Teka.

La respuesta era obvia: no. Así que Isae siguió hablando.

—¿Es por tu participación en la revuelta lo del… —Isae agitó la mano para señalarse la cara— ojo?

—¿Esto? Oh, no, tengo dos ojos. Es que me gusta el parche —respondió Teka.

—¿En serio? —preguntó Cisi.

—No —contestó Teka, y todos se rieron.

La comida era sencilla, casi insípida, pero a Akos no le importaba. Se parecía más a estar en casa y menos a los lujos de los Noavek. Teka empezó a canturrear la canción que tocaba Jyo, y Sovy se puso a tamborilear en la mesa con los dedos con tanta fuerza que el tenedor de Akos tintineaba contra el plato cada vez que lo soltaba.

Entonces, Teka y Jorek se levantaron y se pusieron a bailar. Isae se inclinó hacia Jyo mientras él tocaba y le preguntó:

—Entonces, si este grupo de renegados está intentando liberar a Cyra… ¿Qué están haciendo los demás grupos de renegados? Hipotéticamente, quiero decir.

Jyo entornó un ojo para mirarla, pero respondió de todos modos.

—Hipotéticamente, los shotet de clase baja necesitamos cosas que no podemos obtener. Así que alguien nos las tiene que conseguir de contrabando.

—¿Te refieres a… armas hipotéticas?

—Posiblemente, pero no es nuestra prioridad —respondió Jyo mientras tocaba unas cuantas notas equivocadas, soltaba una palabrota y volvía a interpretarlas, correctamente esta vez—. Nuestra prioridad son las medicinas y la comida. Muchos viajes de ida y vuelta a Othyr. Si quieres que alguien luche a tu lado, primero hay que alimentarlo, ¿verdad? Y cuanto más te alejas del centro de Voa, más gente enferma y muerta de hambre te encuentras.

A Isae se le tensó el rostro, pero asintió.

Akos no se había parado mucho a pensar en lo que sucedía fuera del enredo Noavek en el que andaba metido, pero pensó en lo que le había contado Cyra de Ryzek, que se guardaba los suministros para él, de modo que luego pudiera distribuirlos entre sus fieles o almacenarlos para más adelante; le entraron náuseas.

Teka y Jorek daban vueltas el uno alrededor del otro, contoneándose, y resultó que Jorek bailaba con una elegancia sorprendente, a pesar de ser tan desgarbado. Cisi e Isae estaban sentadas hombro con hombro, con la espalda apoyada en la pared. De vez en cuando, Isae esbozaba una sonrisa cansada. No encajaba en su rostro; no era una de las sonrisas de Ori, y aquella era la cara de Ori, por mucha cicatriz que la marcara. Pero Akos supuso que tendría que acostumbrarse a ella.

Sovy cantó unos cuantos compases de la canción de Jyo, y comieron hasta saciarse, hasta que entraron en calor y los venció el cansancio.

CAPÍTULO 29 | CYRA

Costaba dormir cuando alguien te había arrancado la piel a tiras con un cuchillo, pero le puse todo mi empeño.

Cuando desperté aquella mañana, la almohada estaba empapada de sangre, a pesar de que, por supuesto, me había tumbado sobre el lado que Vas no me había despellejado desde el cuello hasta el cráneo. El único motivo por el que no había muerto desangrada todavía era que la herida abierta estaba tapada con tela cicatrizante, una innovación médica de Othyr que mantenía las heridas cerradas y se disolvía cuando estas se curaban. No estaba pensada para lesiones tan graves como la mía.

Le quité la funda a la almohada y la lancé a la esquina. Las sombras me bailaban por encima del brazo, pinchándome. Durante toda mi vida me habían corrido por las venas, visibles a través de la piel. Cuando me desperté después del interrogatorio (un soldado me contó que se me había parado el corazón y que después había vuelto a funcionar por iniciativa propia), las sombras viajaban sobre mi cuerpo, en vez de dentro de él. Seguían provocándome dolor, aunque era más soportable. No entendía por qué.

Pero entonces Ryzek había declarado la *nemhalzak* y Vas me había arrancado la piel como quien pela una fruta, y me había obligado a luchar en la arena, así que sentía el mismo dolor que de costumbre.

Me había preguntado dónde quería la cicatriz. Si es que podía llamarse así, claro, porque las cicatrices eran líneas negras en la piel de una persona, no... parches enteros. Pero la *nemhalzak* se pagaba con carne y debía estar a la vista de todo el mundo. Con la mente embotada de rabia, le había dicho que me marcara como había marcado a Akos cuando habían llegado los hermanos Kereseth: de la oreja a la mandíbula.

Y cuando Vas lo hizo, Ryzek le ordenó que siguiera.

«Quítale también parte del pelo».

Respiré por la nariz. No quería vomitar. No podía permitirme vomitar, de hecho, ya que necesitaba todas las fuerzas que me quedaban.

Igual que había hecho todos los días desde que me había revivido a mí misma, Eijeh Kereseth vino a verme desayunar. Me dejó una bandeja de comida a los pies y se apoyó en la pared que tenía enfrente, encorvado, con la misma mala postura de siempre. Aquel día tenía la mandíbula amoratada por el puñetazo que yo le había propinado el día anterior, cuando había intentado escapar de camino a la arena y había conseguido atizarle unos cuantos golpes antes de que los guardias del pasillo me apartaran de él a rastras.

—Creía que no volverías, después de lo de ayer —le dije.

—No me das miedo. No me matarás —contestó Eijeh.

Había sacado su arma y estaba dándole vueltas a la hoja en la palma de la mano, atrapándola cuando terminaba una rotación completa. Lo hacía sin tan siquiera mirar.

Resoplé.

—Soy capaz de matar a cualquiera, ¿no has oído los rumores?

—No me matarás —repitió Eijeh— porque amas al iluso de mi hermano más de lo que te conviene.

Tuve que reírme. No me había dado cuenta de que Eijeh Kereseth, el de la voz de seda, supiera interpretarme tan bien.

—Es como si te conociera —dijo Eijeh de repente—. Supongo que sí que te conozco, ¿no? Ahora sí.

—No estoy de humor para discusiones filosóficas sobre lo que convierte a una persona en lo que es. Pero aunque fueras más Ryzek que Eijeh llegados a este punto, seguirías sin conocerme. Seas quien seas, nunca te has molestado en hacerlo.

Eijeh levantó la mirada al techo durante un momento.

—Pobrecita privilegiada incomprendida.

—Dice el contenedor de basura con patas al que Ryzek tira todo lo que desea olvidar —le espeté—. ¿Por qué no me mata ya, por cierto? Todo este drama es demasiado elaborado, incluso para él.

Eijeh no respondió, lo que era una respuesta en sí misma: Ryzek no me había matado todavía porque necesitaba hacerlo así, en público. Quizá se había corrido la voz de que yo había participado en un intento de asesinato, y ahora tenía que destruir mi reputación antes de concederme el alivio de la muerte. O puede que solo quisiera verme sufrir.

Por alguna razón, dudaba que fuera esto último.

—¿De verdad que es necesario darme cubiertos inútiles? —pregunté mientras apuñalaba la tostada con el cuchillo, en vez de cortarla.

—Al soberano le preocupa que intentes acabar con tu vida antes del momento adecuado —respondió Eijeh.

«El momento adecuado», pensé. Me pregunté si habría sido Eijeh el que había decidido cómo moriría. El oráculo que escogía el futuro ideal entre un abanico de opciones.

—¿Acabar con mi vida… con esto? Hasta mis uñas están más afiladas.

Intenté clavar el cuchillo en el colchón con tanta fuerza que la estructura de la cama tembló y después lo solté. El cuchillo cayó de lado; ni siquiera valía para agujerear la tela. Hice una mueca sin saber muy bien qué parte del cuerpo era la que me dolía.

—Supongo que te considera lo bastante creativa como para encontrar el modo —respondió Eijeh en voz baja.

Me metí el último pedazo de tostada en la boca y apoyé la espalda en la pared, con los brazos cruzados. Estábamos en una de las relucientes celdas de las entrañas del anfiteatro, bajo los asientos del estadio que ya empezaban a llenarse de gente que deseaba verme morir. Había ganado el último desafío, pero me quedaba sin fuerzas. Aquella mañana había sido toda una hazaña caminar hasta el servicio.

—Qué encanto —repuse mientras extendía los brazos para enseñarle mis moratones—. ¿Has visto cuánto me quiere mi hermano?

—Estás bromeando —comentó Ryzek desde fuera de la celda. Lo oía, aunque medio amortiguado por la pared de cristal que nos separaba—. Debes de estar desesperada.

—No, el que está desesperado eres tú, para tener que jugar a esta estupidez antes de matarme con tal de no quedar mal. ¿Te da miedo que los shotet se pongan de mi lado? Lamentable.

—Intenta ponerte en pie y veremos quién es lamentable —repuso él—. Vamos, hora de salir.

—¿No me vas a decir, al menos, a quién me enfrento hoy? —pregunté.

Apoyé las manos en la cama, apreté los dientes y me impulsé para levantarme.

Necesité todas mis fuerzas para tragarme el grito de dolor que pugnaba por salirme de la garganta. Pero lo conseguí.

—Ya lo verás. Estoy deseando acabar con esto de una vez; seguro que a ti te pasa lo mismo. Así que he preparado una competición especial para hoy.

Llevaba puesta su armadura sintética, que era negro mate y más flexible que la tradicional de Shotet, a juego con unas botas negras abrillantadas que lo hacían parecer aún más alto de lo que era. El cuello de su camisa blanca, abotonada hasta arriba, le asomaba por encima del chaleco de la armadura. Era prácticamente el mismo traje que se había puesto en el funeral de mi madre. Muy adecuado, teniendo en cuenta que pretendía que aquel fuera el día de mi muerte.

—Es una pena que tu amado no esté aquí para mirar —comentó Ryzek—. Seguro que lo habría disfrutado.

Repasaba continuamente en mi cabeza lo que la madre de Teka,

Zosita, me había contado antes de dirigirse a su ejecución. Yo le había preguntado si merecía la pena perder la vida por retar a Ryzek, y ella me había respondido que sí. Ojalá hubiera podido decirle que por fin lo entendía.

Alcé la barbilla.

—Si te digo la verdad, estos días no logro descifrar cuánto queda de mi hermano dentro de ti. —Cuando pasé junto a Ryzek al salir de la celda, me incliné sobre él y añadí—: Pero estarías de mucho mejor humor si tu plan de robar el don de Eijeh hubiera funcionado.

Durante un momento, tuve la certeza de que la determinación de Ryzek titubeaba. Lo vi dirigir la mirada hacia Eijeh.

—Entiendo —comenté—. Sea lo que sea lo que intentaras, no ha funcionado. Sigues sin tener su don.

—Llévatela —ordenó Ryzek a Eijeh—. Se le hace tarde para morir.

Eijeh me empujó para que avanzara. Él llevaba puestos unos gruesos guantes, como si estuviera entrenando a un ave de presa.

Si me concentraba, podía caminar en línea recta, pero me costaba, con tanto latido desbocado en la cabeza y en el cuello. Un reguero de sangre (bueno, esperaba que fuera sangre) me caía por la clavícula.

Eijeh me urgió a atravesar la puerta que daba a la arena, y yo salí trastabillando. La luz del exterior era cegadora, no había nubes en el cielo, que lucía pálido alrededor del sol. El anfiteatro estaba abarrotado de espectadores que gritaban y vitoreaban, aunque no distinguía sus palabras.

Frente a mí esperaba Vas Kuzar. Me sonrió y después se mordió los labios. De seguir así, se haría sangre.

—¡Vas Kuzar! —anunció Ryzek, su voz amplificada por los diminutos dispositivos que flotaban sobre la arena.

Justo encima del borde de la pared del anfiteatro veía los edificios de Voa, la piedra parcheada con metal y cristal, parpadeando al sol. Uno de ellos, acabado en una aguja de cristal azul, casi se fundía con el cielo. Un campo de fuerza cubría la arena y protegía el lugar del mal tiempo... y de las fugas. A los shotet no les gustaba que las tormentas o los prisioneros huidos interrumpieran sus juegos de guerra.

—¡Has retado a la traidora Cyra Noavek a una lucha a muerte con hojas de corriente! —Como si aquella fuera la señal, todos los presentes rugieron al oír las palabras «la traidora Cyra Noavek», y yo levanté la mirada al cielo, aunque el corazón me latía deprisa—. Lo haces movido por su traición a la gente de Shotet. ¿Estás listo para comenzar?

—Lo estoy —respondió Vas con su habitual voz monótona.

—Tu arma, Cyra —dijo Ryzek.

Desenvainó una hoja de corriente de la funda que llevaba a la espalda y le dio la vuelta en la mano para que pudiera cogerla por la empuñadura. Tenía la camisa remangada.

Me acerqué a él y ordené a las sombras de la corriente que se acumularan dentro de mí, convoqué al dolor que traían consigo. Tenía la piel salpicada de líneas oscuras. Me acerqué a él como si me dispusiera a aceptar la empuñadura del cuchillo, pero lo que hice fue agarrar a Ryzek por el brazo.

Quería enseñarle a aquella gente quién era en realidad mi hermano, y el dolor siempre lo conseguía, lo sacaba todo fuera.

Ryzek gritó entre dientes y se revolvió intentando zafarse de mí. Con los demás, simplemente había dejado que mi don hiciera lo que deseara, y mi don siempre deseaba que lo compartiera. Con Akos lo había contenido, lo que casi me había costado la vida. Sin embargo, con Ryzek, lo empujé hacia él con todas las fuerzas que pude reunir.

Fue una lástima que Eijeh llegara tan pronto y me apartara a rastras.

Aun así, el daño estaba hecho. Todos los presentes habían oído cómo gritaba mi hermano al tocarlo. Guardaban silencio y observaban.

Eijeh me sujetó mientras Ryzek se recuperaba, se erguía y guardaba el cuchillo. Le puso una mano en el hombro a Vas y dijo, lo bastante alto para que Eijeh, Vas y yo lo oyéramos:

—Mátala.

—Qué pena, Cyra —me susurró Eijeh al oído—. No quería que llegáramos a esto.

Me zafé de Eijeh, que se alejó, y retrocedí con la respiración entrecortada. No tenía armas, pero así era mejor. Al no entregarme una hoja, Ryzek le acababa de dejar claro a toda la arena que no me daba una oportunidad justa. Cegado por la rabia, había demostrado miedo, y con eso me bastaba.

Vas se me acercó con movimientos seguros, de depredador. Siempre me había dado asco, desde que era niña, aunque no sabía bien por qué. Era tan alto y fuerte como los otros hombres que algún momento me habían resultado atractivos. Luchaba bien, y sus ojos eran de un color precioso, poco habitual. Sin embargo, siempre estaba cubierto de moratones y rasguños accidentales. Tenía las manos tan secas que se le resquebrajaba la fina piel entre los dedos, y nunca había conocido a una persona tan... vacía. Por desgracia, eso mismo es lo que lo convertía en un contrincante aterrador en la arena.

«Estrategia, ahora», pensé. Recordaba las grabaciones de Tepes que había visto en la sala de entrenamiento. Me había aprendido su extraña forma de combatir dando bandazos cuando todavía tenía la mente en plena forma. La clave para mantener el control de mi cuerpo era mantener fuerte mi centro de gravedad. Cuando Vas se acercó para atacar, me volví y tropecé hacia un lado, haciendo girar mis extremidades. Uno de mis brazos le dio en la oreja, con fuerza. El impacto hizo que me estremeciera, y el dolor me recorrió las costillas y la espalda.

Hice una mueca y, en el tiempo que tardé en recuperarme, Vas ya me había rajado. Su afilada hoja me grabó una línea en el brazo, y la sangre se derramó sobre el suelo de la arena mientras la multitud vitoreaba.

Intenté hacer caso omiso de la sangre, del escozor, del sufrimiento. El cuerpo me palpitaba de dolor, miedo y rabia. Me sostuve el brazo contra el pecho. Tenía que agarrar a Vas. Él no sentía el dolor, pero si canalizaba mi don en la cantidad suficiente podía matarlo.

Una nube ocultó el sol mientras Vas se abalanzaba de nuevo sobre mí. Esta vez me agaché y levanté una mano, con la que le rocé el interior de la muñeca. Las sombras bailaron hacia él, aunque no eran lo bastante potentes para afectarlo. Él volvió a atacar con el cuchillo, y la punta de la hoja se me clavó en el costado.

Gemí y caí contra la pared de la arena.

Entonces oí que alguien gritaba:

—¡Cyra!

Una figura negra pasó por encima del muro del estadio desde la primera fila de asientos y se dejó caer en el suelo con las rodillas dobladas. La oscuridad empezaba a nublarme la vista, pero supe quién era con tan solo verlo correr.

Una cuerda larga había caído en el centro de la arena. Levanté la mirada y vi que no era una nube lo que tapaba el sol, sino una vieja nave de transporte compuesta de una mezcolanza de metales de color amarillento, oxidados y brillantes como el sol, que flotaba sobre el campo de fuerza. Vas agarró a Akos con ambas manos y lo lanzó contra la pared de la arena. Akos apretó los dientes y cubrió las manos de Vas con las suyas.

Entonces sucedió algo extraño: Vas dio un respingo y lo soltó.

Akos corrió a mi lado, se agachó sobre mí y me rodeó la cintura con un brazo. Juntos nos dirigimos hacia la cuerda, que después él cogió con una mano. La cuerda salió disparada hacia arriba muy deprisa. Demasiado deprisa para que Vas pudiera agarrarla.

A nuestro alrededor, todos rugían. Él me gritó al oído:

—¡Necesito que te sujetes tú sola!

Lo maldije. Intenté no mirar abajo, a los abarrotados asientos, al frenesí que habíamos dejado atrás, al suelo lejano, pero me costaba, así que me concentré en la armadura de Akos. Le rodeé el pecho con los brazos y me sujeté con las manos al cuello de la armadura. Cuando él me soltó, apreté los dientes: estaba demasiado débil para sujetarme así, demasiado débil para sostener mi peso.

Akos levantó la mano que había estado usando para agarrarme y estiró los dedos hacia el campo de fuerza que cubría el anfiteatro. La luz del campo de fuerza ganó intensidad al tocarla, pero después vaciló y se apagó. La cuerda tiró de nosotros de nuevo, con fuerza, y yo dejé escapar un gemido, a punto de soltarme. Por suerte, en un segundo estábamos dentro de la nave de transporte.

Estábamos dentro y el silencio era sepulcral.

—Has conseguido que Vas sintiera dolor —dije sin aliento.

Después le toqué la cara y le recorrí la nariz con la punta del dedo hasta llegar a su labio superior.

No estaban tan magullado como la última vez que lo había visto, encogido en el suelo después de que lo tocara.

—Sí —respondió.

—Eijeh estaba en el anfiteatro, lo tenías justo ahí. Podrías haberlo recogido. ¿Por qué no…?

Akos torció los labios, todavía bajo mis dedos, en una sonrisa.

—Porque he venido a por ti, idiota.

Me reí y me dejé caer sobre él, ya sin fuerzas suficientes para permanecer de pie sin ayuda.

CAPÍTULO 30 | AKOS

Por un segundo solo existió su peso, su calor y el alivio.

Después llegó todo lo demás: la nave abarrotada, el silencio de sus ocupantes mientras los observaban, Isae y Cisi sujetas a sus asientos cerca de la cubierta de navegación. Cisi regaló una sonrisa a Akos mientras él sujetaba a Cyra por la cintura y la levantaba. Cyra era alta y fuerte, pero podía cargar con ella. Un rato, al menos.

—¿Dónde están vuestros suministros médicos? —preguntó a Teka y Jyo, que se acercaban a ellos.

—Jyo tiene formación médica; puede ocuparse de ella —respondió Teka.

Pero a Akos no le gustaba cómo Jyo miraba a Cyra, como si fuera algo valioso que pudiera comprar o intercambiar. Aquellos renegados no la habían rescatado por la bondad de su corazón; querían algo a cambio, y él no pensaba entregársela sin más.

Cyra aferró con los dedos la correa que sujetaba la armadura a la caja torácica de Akos, y él se estremeció un poco.

—No va a ninguna parte sin mí —dijo.

Teka arqueó una ceja por encima del parche. Antes de que pudiera espetarle algo a Akos (y tenía todo el aspecto de ir a hacerlo), Cisi se quitó el cinturón de seguridad y se acercó a ellos.

—Puedo hacerlo yo, también tengo formación —se ofreció—. Y Akos me ayudará.

Teka la miró un instante, pero después señaló hacia la cocina.

—Lo que usted diga, señorita Kereseth.

Akos llevó a Cyra hasta la cocina. La chica no estaba del todo inconsciente (seguía teniendo los ojos abiertos), aunque tampoco parecía estar del todo presente, y a Akos aquello no le gustó nada.

—Venga, Noavek, espabila —le dijo mientras se ponía de lado para pasar por la puerta. La nave no era demasiado estable, así que se tambaleó un poco—. Mi Cyra ya habría soltado por lo menos dos comentarios sarcásticos.

—Hmmm —repuso ella sonriendo un poco—. Tu Cyra.

La cocina era estrecha y estaba sucia, con el fregadero rodeado de platos y tazas usados que tintineaban cada vez que la nave viraba, y se iluminaba mediante unas tiras de luz blanca que no dejaban de parpadear como si estuvieran a punto de apagarse; todo estaba fabricado con el mismo metal mate, salpicado de pernos. Esperó a que Cisi restregara un poco una mesita colocada entre las dos encimeras y la secara con un trapo limpio. Cuando dejó a Cyra en ella, le dolían los brazos.

—Akos, no sé leer los caracteres shotet.

—Hm, la verdad es que yo tampoco.

El armario de suministros estaba organizado y todos los paquetes estaban perfectamente alineados. En orden alfabético. Reconocía algunos por su aspecto, pero no los suficientes.

—Cabría esperar que hubieras aprendido algo, después de todo el tiempo que has pasado en Shotet —dijo Cyra desde su sitio en la mesa, aunque arrastraba un poco las sílabas. Dejó caer un brazo junto al costado y señaló—: La piel de plata está ahí. El antiséptico, a la izquierda. Prepárame un analgésico.

—Oye, que he aprendido unas cuantas cosas —repuso él mientras le apretaba la mano antes de ponerse a trabajar—. La lección más difícil fue aprender a soportarte.

Llevaba un frasco de analgésico en la bolsa, así que volvió a la cubierta principal y la sacó de debajo de los asientos plegables, no sin una mirada de rabia a Jyo, que se tomó su tiempo para apartar las piernas. Encontró el rollo de cuero (de piel de Blindado, por lo que seguía estando duro y no era del todo un rollo) en el que guardaba sus frascos de reserva, y localizó el que contenía el líquido morado que ayudaría a Cyra con el dolor. Cuando regresó a la cocina, Cisi llevaba puestos unos guantes y estaba abriendo paquetes.

—¿Cómo vas de pulso, Akos? —preguntó Cisi.

—Bastante bien, ¿por?

—Sé cómo realizar el procedimiento, claro, pero el caso es que no puedo tocarla por el dolor, ¿recuerdas? Al menos, no con la precisión que necesitamos; es un trabajo delicado. Así que voy a tener que darte instrucciones para que lo hagas tú.

Las manchas oscuras viajaban por los brazos de Cyra y le rodeaban la cabeza, aunque eran distintas de la última vez que Akos las había visto, cuando bailaban por encima de ella formando líneas dentadas.

Cyra graznó desde la mesa.

—Akos, ¿esta es...?

—¿Mi hermana? Sí. Cyra, esta es Cisi.

—Encantada de conocerte —dijo Cyra mientras repasaba el rostro de Cisi. En busca de algún parecido físico, habría jurado Akos. No lo encontraría, puesto que Cisi y él nunca se habían parecido mucho.

—Igualmente —respondió Cisi sonriendo.

Si a Cisi le daba miedo la mujer que tenía al lado (la mujer sobre la que había oído tantos rumores durante toda su vida), no lo demostraba.

Akos acercó el analgésico a los labios de Cyra. Le costaba mirarla. La tela cicatrizante que le cubría el lado izquierdo del rostro y la cabeza estaba teñida de un rojo intenso y cubierta de sangre reseca. La chica estaba salpicada de moratones y rasguños.

—Recuérdame que te grite por haber regresado —dijo mientras el analgésico empezaba a hacer efecto.

—Lo que tú digas —respondió Akos.

Sin embargo, se sintió aliviado, porque aquella era Cyra, sutil como una hoja dentada, fuerte como el hielo adormecido.

—Se ha quedado dormida. En fin, eso es bueno —dijo Cisi—. Apártate un poco, por favor.

Akos le dejó espacio. Cisi era hábil, sin duda; pellizcó la tela cicatrizante con la delicadeza de quien enhebra una aguja, procurando no rozar la piel de Cyra, y tiró de ella. Se despegó fácilmente de la herida, ya que estaba mojada de sangre y pus. Dejó caer las tiras empapadas en una bandeja junto a la cabeza de Cyra, una a una.

—Así que has estado formándote para ser médico —comentó Akos mientras la observaba.

—Parecía lo más apropiado para mi don —respondió Cisi.

Su habilidad consistía en hacer que los demás se sintieran mejor. Y siempre había sido así, incluso antes de que se desarrollara su don de la corriente; pero no era su única virtud. Akos veía que tenía manos firmes, que no se alteraba fácilmente y que era muy avispada. No se trataba tan solo de una persona muy dulce con buen carácter... Como si alguien fuera solo eso.

Una vez que la herida estuvo limpia de la inservible tela cicatrizante, Cisi la roció con antiséptico y le dio unos toquecitos con algodón en los bordes para quitar la sangre seca.

—Creo que ha llegado el momento de aplicar la piel de plata —dijo Cisi tras erguirse—. Funciona como una criatura viva; solo tienes que colocarla correctamente y ella se adherirá a la piel de forma permanente. Irá todo bien, siempre que no te tiemblen las manos. ¿Vale? Voy a cortar las tiras.

La piel de plata era otra innovación de Othyr, una sustancia estéril y sintética que, como había dicho Cisi, casi parecía estar viva. Se usaba para sustituir la piel que era imposible de recuperar, sobre todo en quemaduras. Recibía su nombre por su color y textura: era suave y tenía un brillo plateado. Cuando se colocaba, era para siempre.

Cisi cortó las tiras con cuidado, una para la parte de piel que estaba justo por encima de la oreja de Cyra, otra para la de detrás de la oreja y otra para el cuello. Tras pensárselo unos segundos, las volvió a recortar para redondear los bordes. Como el viento sobre la nieve, como pétalos de flor del hielo.

Akos se puso los guantes para que la piel de plata no se le pegara a las manos en vez de a ella, y Cisi le pasó la primera tira. Era pesada y fría, no resbaladiza, como se había imaginado. Ella lo ayudó a colocar las manos sobre la cabeza de Cyra.

—Depositala directamente —dijo, y él lo hizo.

No tuvo que presionar una vez la tuvo en su sitio: la piel de plata se onduló como si fuera agua y se incrustó en el cuero cabelludo de Cyra en cuanto tocó carne.

Siguiendo las instrucciones de la clara voz de Cisi, Akos colocó el resto de la piel de plata. Las piezas se fundían directamente entre ellas, sin costuras ni marcas entre las diferentes tiras.

Siguió siendo las manos de Cisi con el resto de las heridas de Cyra: cubrió de tela cicatrizante los cortes del brazo y el costado y trató los moratones con un ungüento curativo. No tardó demasiado. En su mayor parte se curarían solas, y lo que de verdad le costaría sería olvidar cómo se las había hecho. No había ninguna tela cicatrizante para las heridas de la mente, por muy reales que fueran.

—Ya está —dijo Cisi mientras se quitaba los guantes de las diminutas manos—. Ahora tendrás que esperar a que despierte. Necesita descansar, pero ya ha dejado de perder sangre, así que creo que se pondrá bien.

—Gracias —respondió Akos.

—Jamás habría imaginado que acabaría intentando curar a Cyra Noavek —dijo Cisi—. Y en una nave de transporte llena de shotet, ni más ni menos. —Lo miró—. Ahora entiendo por qué te gusta, la verdad.

—Es como si… —Akos suspiró y se sentó a la mesa, al lado del rostro de Cyra—. Es como si me hubiera metido de cabeza en mi destino, sin pretenderlo.

—Bueno, si tu destino es servir a la familia Noavek, tampoco está tan mal que se cumpla a través de la mujer que estaba dispuesta a soportar todo esto por llevarte a casa.

—Entonces ¿no me crees un traidor?

—Eso depende mucho de qué defienda ella, ¿no te parece? —respondió Cisi, tocándole el hombro—. Voy a buscar a Isae, ¿vale?

—Claro.

—¿A qué viene esa cara?

Akos estaba reprimiendo una sonrisa.

—A nada.

Akos recordaba el interrogatorio como envuelto en bruma, y los bordes de los recuerdos que se le metían en la cabeza ya eran malos de por sí, no necesitaba detalle alguno para que le resultaran más reales. A pesar de todo, dejó entrar el recuerdo de Cyra.

Parecía un cadáver, las sombras de la corriente le pintaban el rostro de tal modo que se le veía hundido y podrido. Y gritaba con todas sus fuerzas, como si cada izit de ella se resistiera; no quería hacerle daño. Si Akos no le había contado a Ryzek lo que sabía de Isae y Ori, quizá ella sí lo hubiera hecho, solo para no tener que matar a Akos. Él no se lo habría reprochado.

Cyra se despertó sobre la mesa de la cocina con un estremecimiento y un gemido. Después fue a tocarlo, buscándole la mandíbula con la punta de los dedos.

—¿Ahora estoy grabada en tu memoria? —preguntó arrastrando las palabras—. ¿Como una de las personas que te han hecho daño? —Las palabras se le atascaron en la garganta, como si se ahogara con ellas—. Los sonidos que emitías, no puedo olvidar...

Estaba llorando. Medio borracha, por culpa del analgésico, pero llorando.

No recordaba los sonidos que había emitido cuando ella lo había tocado..., cuando Vas la había obligado a tocarlo, mejor dicho, torturándolos a los dos. Sin embargo, sabía que ella había sentido todo lo que había sentido él. Así funcionaba su don, enviando el dolor en ambas direcciones.

—No, no —dijo Akos—. Lo que hizo Vas, nos lo hizo a los dos.

Ella apoyó la mano de nuevo en su esternón, como si fuera a apartarlo, pero no lo hizo. Le rozó la clavícula e, incluso a través de la camiseta, Akos notó el calor que emanaba.

—Pero ahora ya sabes lo que he hecho —dijo ella mirándose las manos, mirándole el pecho, mirando a cualquier lado menos hacia su cara—. Antes solo me habías visto hacérselo a otras personas, pero ahora sabes el dolor que les he provocado a tantos por ser demasiado cobarde para enfrentarme a mi hermano. —Frunció el ceño y apartó la mano—. Liberarte ha sido lo mejor que he hecho en la vida, y ahora ni siquiera sirve de nada porque estás aquí otra vez, ¡pedazo de... idiota!

Después se sujetó el costado con una mueca. Estaba llorando otra vez.

Akos le tocó la cara. Cuando la había conocido, le había parecido una criatura temible, un monstruo del que necesitaba escapar. Sin embargo, Cyra se había abierto poco a poco. Le había enseñado su retorcido sentido del humor al despertarlo con un cuchillo al cuello; le había hablado sobre ella con una sinceridad inquebrantable, para bien o para mal; y había amado con pasión cada pequeño trocito de aquella galaxia, incluso las partes que se suponía que debía odiar.

No era un clavo oxidado, como una vez le había dicho ella misma, ni un atizador al rojo, ni un cuchillo en manos de Ryzek. Era una flor del silencio, todo poder y posibilidad. Capaz de hacer el bien y el mal a partes iguales.

—No es lo único bueno que has hecho en tu vida —dijo Akos en thuvhesita.

Le pareció el idioma adecuado para aquel momento, el idioma de su hogar, que Cyra comprendía pero no hablaba con él, como si temiera herir sus sentimientos.

—Lo que has hecho por mí… lo es todo —dijo todavía en thuvhesita—. Lo cambia todo.

Apoyó la frente en la de Cyra, de modo que compartieran el mismo aire.

—Me gusta cómo suenas en tu idioma —repuso ella en voz baja.

—¿Puedo besarte? —preguntó él—. ¿O te dolerá?

Ella abrió mucho los ojos y respondió sin aliento:

—¿Y qué si duele? —Entonces, esbozó una sonrisita—. De todos modos, la vida está llena de sufrimiento.

A Akos se le entrecortó la respiración al pegar sus labios a los de Cyra. No estaba seguro de cómo sería besarla así, no porque ella lo sorprendiera y a él no se le ocurriera apartarse, sino porque quería hacerlo. Cyra sabía a hierbas y especias, por el analgésico que se había tomado, y vacilaba un poco, como si temiera hacerle daño a él. Sin embargo, besarla fue como acercar una cerilla a la yesca. Ardía por ella.

La nave dio una sacudida que hizo tintinear todos los cuencos y tazas. Estaban aterrizando.

CAPÍTULO 31 | CYRA

Por fin me permití pensarlo: era bello. Sus ojos grises me recordaban a las aguas tormentosas de Pitha. Cuando me acercó la mano a la mejilla se le formó un pliegue en el brazo, justo donde sus tensos músculos se unían. Me recorrió el pómulo con sus dedos, hábiles y sensibles. Tenía las uñas manchadas de polvo amarillo, seguro que de flores de celos. Me quedé sin aliento al pensar que me besaba porque quería, sin más.

Me senté despacio y me llevé una mano a la piel de plata de detrás de la oreja. Pronto se pegaría a los nervios de lo que me quedaba de cuero cabelludo y podría sentirla como si fuera mi propia piel, aunque no volvería a crecerme el pelo. Me pregunté qué aspecto tendría con casi media cabeza calva. Tampoco importaba demasiado.

Él quería tocarme.

—¿Qué? —preguntó—. Me estás mirando raro.

—Nada. Es que estás… guapo.

Era un comentario estúpido. Estaba polvoriento, sudoroso y manchado de mi sangre. Tenía el pelo y la ropa alborotados. La palabra «guapo» no era la más adecuada, pero las otras que se me ocurrían eran demasiado fuertes, y era demasiado pronto.

De todos modos, él sonrió como si lo comprendiera.

—Tú también.

—Estoy asquerosa, pero gracias por mentir.

Me agarré al borde de la mesa y me impulsé para levantarme. Al principio, vacilé sin fiarme mucho de mis pies.

—¿Necesitas que te lleve en brazos otra vez? —me preguntó.

—Eso fue humillante y no volverá a repetirse.

—¿Humillante? Hay quien usaría otra palabra, como... galante.

—Vamos a hacer una cosa —respondí—: un día te llevo yo en brazos como si fueras un bebé delante de las personas cuyo respeto intentas ganarte y después me cuentas si te ha gustado.

Él sonrió.

—Trato hecho.

—Te permitiré que me ayudes a caminar. Y no creas que no me he fijado en que la canciller de Thuvhe está en la habitación de al lado. —Sacudí la cabeza—. Me encantaría conocer el principio de *elmetahak* que aprueba llevar a tu canciller al país de sus enemigos.

—Creo que entra dentro de la *hulyetahak* —respondió suspirando—: la escuela de los estúpidos.

Me aferré a su brazo y caminé (bueno, más bien arrastré los pies) hasta la cubierta principal. La nave de transporte era pequeña, con una amplia ventana de observación en un extremo. A través de ella se veía Voa desde arriba, rodeada de empinados riscos por tres de sus lados y de mar por otro; los bosques se extendían sobre las colinas lejanas hasta donde alcanzaba la vista. Los trenes, impulsados en su mayor parte por el viento que procedía del agua, rodeaban la circunferencia de la ciudad y viajaban hasta su centro como radios en una rueda. Nunca había montado en uno.

—¿Por qué no nos ha encontrado Ryzek? —pregunté.

—Velo holográfico —respondió Teka desde la silla del capitán—. Nos hace parecer un transporte del ejército de Shotet. Lo diseñé yo misma.

La nave descendió y se introdujo a través de un agujero en el tejado podrido de un edificio de las afueras de Voa. Ryzek no conocía aquella parte de la ciudad; en realidad, nadie se molestaba en conocerla. Estaba claro que aquel edificio en concreto había sido un edificio de viviendas vaciado por algún suceso destructivo, quizá una demolición que se había abandonado a la mitad. Mientras la nave aterrizaba, pudo contemplar las vidas de media docena de personas: una cama con fundas de almohada desparejadas en un dormitorio hecho pedazos; media encimera de una cocina colgada de un precipicio; cojines rojos cubiertos de polvo y restos de escombros en un salón destrozado.

Aterrizamos, y algunos de los otros usaron una cuerda atada a una polea cerca del techo para cubrir el agujero con un enorme pedazo de tela. La luz todavía pasaba a través de él, lo que hacía que la nave casi brillara por el calor que emitían sus metales parcheados, pero ahora costaba más ver el interior de los pisos. El espacio en el que nos encontrábamos era en parte de tierra compactada y en parte de losetas manchadas de polvo. En las grietas de los suelos rotos crecían las frágiles flores de Shotet, grises, azules y moradas.

Y al final de los escalones que se habían desplegado desde la bodega de la nave, con aquellos ojos ligeramente rasgados que recordaba de la grabación que Akos y yo habíamos visto juntos, estaba Isae Benesit. Tenía una cicatriz que no me esperaba, hecha con una hoja de Shotet.

—Hola —la saludé—. He oído hablar mucho de ti.

—Lo mismo digo.

No me cabía duda. Ella había oído que yo llevaba el dolor y la muerte a todo lo que tocaba. Y quizá hubiera oído rumores sobre mi supuesta demencia, que estaba demasiado loca para hablar, como si fuera un animal enfermo.

Tras asegurarme de que la mano de Akos seguía en mi brazo, le ofrecí la mía a Isae, ya que sentía curiosidad por ver si la aceptaría. Y lo hizo. Su mano me pareció delicada, pero la noté encallecida y me pregunté por qué sería.

—Creo que deberíamos intercambiar historias —dije con precaución. Si los renegados no sabían ya quién era Isae, lo mejor sería no contárselo, por la seguridad de la canciller—. En algún sitio privado.

Teka se nos acercó. Estuve a punto de reírme al ver su parche de color chillón; aunque no la conocía demasiado bien, me daba la impresión de que era muy propio de ella llamar la atención sobre su ojo tuerto en vez de tratar de disimularlo.

—Cyra —me dijo—, me alegra ver que te sientes mejor.

Me aparté de la mano de Akos de modo que las sombras de la corriente volvieran a extenderse por mi cuerpo. Ahora eran muy distintas, se me enroscaban en los dedos como tirabuzones de pelo, en vez de viajar por ellos como venas. Llevaba la camiseta manchada de sangre y abierta por la zona en la que me habían colocado la tela cicatrizante, y tenía más magulladuras de las que era capaz de contar. Aun así, intenté fingir que me quedaba algo de dignidad.

—Gracias por venir a buscarme —le dije a Teka—. Por la experiencia de nuestras interacciones anteriores, diría que queréis algo a cambio.

—Ya lo hablaremos más adelante —respondió ella sonriendo—. Sin embargo, creo poder afirmar que nuestros intereses coinciden. Si quieres lavarte, hay agua corriente en el edificio, agua caliente. Elige el piso que quieras.

—Lujo máximo —repuse, y miré a Isae—. Quizá quieras acompañarnos. Tenemos que ponernos al día.

Hice todo lo que pude por fingir que me encontraba bien hasta que llegamos a una de las escaleras, donde no nos veían. Entonces me detuve para apoyarme en una de las paredes, sin aliento. La piel me palpitaba alrededor de mi nueva piel de plata. El contacto de Akos me libraba del dolor del don, pero no había nada que él pudiera hacer para salvarme del resto, de mi piel rajada, de las batallas que había luchado por mi vida.

—Vale, esto es ridículo —dijo Akos.

Me puso una mano detrás de las rodillas y me levantó en brazos, no con toda la delicadeza que me habría gustado, pero estaba demasiado cansada para protestar. Las puntas de mis zapatos rozaban las paredes mientras me subía escalera arriba.

Encontramos un piso en la segunda planta que parecía relativamente intacto. Estaba cubierto de polvo y solo quedaba la mitad del salón, que daba a la zona vacía en la que estaba aparcada la nave, así que desde allí veíamos lo que hacían los renegados: sacaban jergones para dormir, clasificaban suministros y encendían un fuego en el pequeño horno que seguramente habrían sacado de uno de los pisos.

El cuarto de baño, que estaba junto a la sala de estar, era cómodo y amplio, con una bañera en el centro y un lavabo a un lado. El suelo era de losetas de cristal azul. Akos probó a abrir los grifos, que, al principio, petardearon un poco, pero después funcionaron, como había prometido Teka.

Por un momento me debatí entre lavarme o hablar con Isae Benesit.

—Puedo esperar —dijo ella al percibir mi vacilación—. De todos modos, no puedo concentrarme en mantener una conversación importante contigo si estás cubierta de sangre.

—Sí, la verdad es que no estoy presentable para hablar con una canciller —respondí con algo de ironía.

Como si fuera culpa mía estar cubierta de sangre. Como si hiciera falta que me lo recordara.

—Me pasé la mayor parte de mi vida en una navecita que olía a pies —contestó—. Según las definiciones habituales, yo tampoco podría presentarme ante mí misma.

Entonces recogió uno de los enormes cojines del salón y lo golpeó con la palma de la mano produciendo una nube de polvo. Después de sacudirlo, lo dejó en el suelo y se sentó encima, consiguiendo de algún modo parecer elegante mientras se acomodaba. Cisi se sentó a su lado, aunque con menos ceremonia, y me obsequió con una cálida sonrisa. Su don me desconcertaba, el modo en que frenaba las turbulencias de mi mente y alejaba mis peores recuerdos. Intuía que, si te sentías muy incómoda, estar con ella podía crear adicción.

Akos seguía en el baño. Había puesto el tapón en la bañera y abierto los grifos. Ahora estaba desabrochándose las correas de su armadura con dedos ágiles.

—No me digas que no necesitas mi ayuda —me dijo—. No te creeré.

Me aparté de la puerta para que no me vieran desde el salón e intenté sacarme la camiseta por la cabeza. Solo llegué hasta el estómago antes de tener que pararme a tomar aire. Akos dejó su armadura a un lado y me quitó el dobladillo de la camiseta de las manos. Me reí en voz baja mientras él me la sacaba por la cabeza y por los brazos, y le dije:

—Esto es incómodo.

—Sí que lo es —respondió sin apartar la mirada de mi rostro. Se estaba ruborizando.

No me había permitido nunca imaginarme una situación así, con sus dedos rozándome los brazos y el recuerdo de su boca en la mía, tan cerca que casi podía sentirla.

—Creo que puedo apañármelas con los pantalones —le dije.

No me importaba enseñar piel, ya que mi cuerpo tenía el aspecto que se suponía que debía tener. A pesar de ello, cuando Akos bajó la vista (solo un segundo) ahogué una risita nerviosa.

Me ayudó a meterme en la bañera, donde me senté y dejé que se me empapara la ropa interior. Él buscó en el armario que había debajo del lavabo, de donde sacó una cuchilla, un bote vacío con la etiqueta gastada y un peine de dientes rotos antes de encontrar un trozo de jabón y ofrecérmelo.

Akos guardó silencio, con una mano sobre mí para contener las sombras de la corriente mientras yo me restregaba las manchas rojas del cuerpo. La peor parte era tantear los bordes de la piel de plata para lavar varios días de sangre, así que fue lo primero que hice, aunque mordiéndome el labio para no gritar. Después, Akos empezó a presionar con el pulgar, a masajearme el hombro y el cuello. Se me erizó el vello de los brazos.

Revoloteó con los dedos por encima de mis hombros, en busca de zonas que calmar. Su mirada, cuando se encontraba con la mía, era amable, casi tímida, y yo deseé besarlo hasta que volviera a ruborizarse.

Después.

Tras un vistazo al salón para asegurarme de que Cisi e Isae no me veían, me solté la protección del brazo izquierdo y me la despegué de la piel.

—Tengo que grabar unas cuantas más —le dije a Akos en voz baja.

—Esas pérdidas pueden esperar. Ya has sangrado bastante.

Me quitó el jabón y le dio vueltas en las manos para hacer espuma. Después me recorrió con delicadeza el brazo de las cicatrices. En cierto modo, era incluso mejor que un beso. No se hacía frágiles ilusiones sobre mi benevolencia, porque su destino era acabar aplastadas cuando descubriera la verdad, pero me aceptaba de todos modos. Le importaba de todos modos.

—Vale —le dije—, creo que ya estoy.

Akos se levantó, me cogió de las manos y me ayudó a ponerme de pie. El agua me bajaba por las piernas y por la espalda. Mientras me volvía a cerrar la armadura en el antebrazo, él buscó una toalla en uno de los armarios y me consiguió algunas prendas de ropa: una de sus camisas y un par de sus calcetines, los pantalones de Isae y la ropa interior de Cisi, además de mis botas, todavía intactas. Miré la pila de ropa, consternada. Una cosa era que me viera en paños menores, pero que me ayudara a quitármelos...

Bueno, si alguna vez pasaba, sería en unas circunstancias distintas.

—Cisi —la llamó Akos, que también miraba la pila de ropa—, quizá sea mejor que tú la ayudes con esta parte.

—Gracias —dije.

—Me está costando una barbaridad seguir mirándote a la cara —respondió él sonriendo.

Le saqué la lengua mientras se iba.

Entonces entró Cisi, y la paz entró con ella. Me ayudó a quitarme la sujeción del pecho. Hasta donde yo sabía, era un diseño único de

Shotet pensado no para realzar mis formas, sino para mantener el pecho firme debajo de una armadura rígida. El sustituto que me entregó ella era más como una camiseta, diseñado para dar calor y resultar cómodo, con una tela suave. La versión thuvhesita. Me quedaba demasiado grande, pero tendría que bastar.

—Ese don tuyo —le dije mientras me ayudaba a abrochármelo—, ¿hace que te cueste confiar en los demás?

—¿A qué te refieres? —preguntó mientras sostenía en alto una toalla para que yo me pudiera cambiar de bragas con algo de intimidad.

—Quiero decir... —Después de ponérmelas, empecé a meter las piernas en los pantalones—. Nunca sabrás de verdad si a los demás les gusta que estés con ellos o solo es por tu don.

—El don forma parte de mí. Es una expresión de mi personalidad. Así que supongo que no encuentro ninguna diferencia.

Era, en esencia, lo que le había explicado el doctor Fadlan a mi madre en su despacho: que mi don surgía de lo más profundo de mi ser y que solo cambiaría si yo cambiaba. Mientras contemplaba las sombras que se me enroscaban en la muñeca como una pulsera, me pregunté si aquel cambio significaba que el interrogatorio había despertado en mí a una mujer distinta, quizá incluso mejor y más fuerte.

—Entonces ¿crees que provocar dolor a los demás forma parte de mi personalidad?

Ella frunció el ceño mientras me ayudaba a meter la cabeza y los brazos en la camiseta limpia. Las mangas cortas me quedaban demasiado anchas, así que las enrollé y dejé los brazos al aire.

—Quieres mantener alejada a la gente —respondió ella al fin—. No sé por qué tu don ha decidido lograrlo a través del dolor. No te conozco. —Frunció más el ceño—. Es curioso. No puedo hablar con tanta libertad con nadie, por no decir ya con una persona a la que acabo de conocer.

Nos sonreímos.

En la sala de estar, donde Isae estaba sentada con las piernas dobladas a un lado y los tobillos cruzados, había un pequeño montón de cojines esperándome. Me dejé caer en él, aliviada, y me eché el pelo mojado por encima de un hombro. A pesar de que la mesa que teníamos entre nosotras estaba rota (antes era de cristal, así que había guijarros de ese material por todo el suelo de madera) y de que los cojines estaban sucios y muy cerca del suelo, era como si Isae estuviera prestando audiencia y yo fuera su súbdita. Eso sí que era un talento.

—¿Cómo se te da el thuvhesita? —me preguntó.

—Muy bien —respondí cambiando de idioma.

Akos se puso en posición de firmes en cuanto oyó su lengua materna salir de mis labios. Me había oído hablarla antes, pero, al parecer, lo sorprendió de todos modos.

—Bueno, has venido a por tu hermana —le dije a Isae.

—Sí, ¿la has visto?

—No, no sé dónde la tienen, pero en algún momento mi hermano tendrá que trasladarla. En eso deberíais basar vuestro plan.

Akos me volvió a poner una mano en el hombro, esta vez quedándose detrás de mí. Tan distraída estaba por el resto del dolor, que ni siquiera me había dado cuenta de que las sombras de la corriente volvían a moverse.

—¿Le hará daño? —me preguntó Cisi en voz baja mientras tomaba asiento al lado de Isae.

—Mi hermano no inflige dolor sin motivo —respondí.

Isae resopló.

—Lo digo en serio —insistí—. Es un monstruo muy peculiar. Teme el dolor y nunca ha disfrutado observándolo. Le recuerda que él también puede sentirlo, creo. Puedes consolarte con eso: no es probable que le haga daño sin motivo, por placer.

Cisi buscó la mano de Isae y se la sostuvo con fuerza, sin mirarla. Sus manos unidas descansaban sobre el suelo, entre ellas, con los dedos entrelazados de tal modo que la única forma de distinguir la piel de Cisi de la de Isae era que la de la primera tenía un tono más oscuro.

—Diría que, sea lo que sea lo que pretende hacer con ella, y podemos estar razonablemente seguros de que será ejecutarla, lo hará en público y con la intención de atraerte a ti. Quiere matarte incluso más que a ella —dije— y quiere que sea según sus condiciones. Confía en mí, no es buena idea luchar contra él en esas circunstancias.

—Nos vendría bien tu ayuda —dijo Akos.

—Mi ayuda ya la tenéis —contesté.

Puse una mano sobre la suya y se la apreté, como para confirmarlo.

—Lo complicado será convencer a los renegados —repuso Akos—. No les hace gracia rescatar a una hija de la familia Benesit.

—Yo me encargo de ellos —me ofrecí—. Tengo una idea.

—¿Hasta qué punto son ciertas las historias que he oído sobre ti? —preguntó Isae—. Veo que te cubres el brazo y veo lo que puedes hacer con tu don, así que sé que parte de lo que me han contado debe ser cierto. ¿Cómo voy a confiar en ti, si tal es el caso?

Al mirarla, me dio la impresión de que quería que el mundo que la rodeaba fuera sencillo, incluidas las personas que habitaban en él. Quizá no le quedara más remedio, ya que cargaba sobre los hombros con el destino de un planeta nación. Sin embargo, yo había aprendido que el mundo no se convertía en algo solo porque uno lo deseara.

—Quieres que las personas sean una cosa u otra. Buenas o malas, de confianza o no —le dije—. Lo entiendo, es más fácil; pero las personas no funcionan así.

Ella se me quedó mirando un buen rato, tanto que incluso Cisi empezó a revolverse en su asiento.

—Además, confíes en mí o no, me da igual —añadí al fin—. Voy a hacer pedazos a mi hermano de un modo u otro.

Al pie de las escaleras, donde estábamos todos envueltos en la oscuridad del hueco, le di un pellizco a la manga de Akos para retenerlo. A pesar de la escasa luz, distinguí su cara de desconcierto. Esperé a que Isae y Cisi no pudieran oírnos antes de dar un paso atrás, soltarlo y permitir que las sombras de la corriente se acumularan entre nosotros como humo.

—¿Algún problema? —me preguntó.

—No, es que... Dame un momento.

Cerré los ojos. Desde que me había despertado después del interrogatorio, con las sombras por encima de la piel en vez de por debajo, había estado pensando en el despacho del doctor Fadlan, en cómo se había desarrollado mi don. Al parecer, como casi todas las cosas de mi vida, estaba relacionado con Ryzek. Ryzek temía el dolor, así que la corriente me había otorgado un don que él temiera, quizá el único que podía protegerme de verdad de mi hermano.

El don de la corriente no era una maldición, y yo me había fortalecido gracias a sus enseñanzas. Sin embargo, no se podía negar la otra afirmación del doctor Fadlan: que una parte de mí sentía que tanto yo como los demás merecíamos el dolor. En cualquier caso, si había algo de lo que estaba segura hasta los mismos huesos era de que Akos Kereseth no se lo merecía. Aferrándome a esa idea, le llevé la mano al pecho y acaricié la tela.

Abrí los ojos. Las sombras seguían viajando por encima de mi cuerpo, ya que no le tocaba la piel, pero todo mi brazo izquierdo, desde el hombro hasta la punta de los dedos, estaba limpio. Aunque Akos hubiera sido capaz de sentir mi don, no le habría hecho daño.

Los ojos de Akos, siempre tan cautelosos, se abrieron mucho por la sorpresa.

—Cuando mato a alguien al tocarlo, es porque decido transmitirle todo el dolor y no guardarme nada para mí. Es porque me canso tanto de soportarlo que deseo descansar de él un momento. Pero, durante el interrogatorio, se me ocurrió que quizá fuera lo bastante fuerte como para soportarlo yo sola. Que quizá nadie más que yo pudiera. Y nunca se me habría ocurrido algo así de no ser por ti. —Parpadeé para reprimir las lágrimas—. Tú me veías como alguien mejor de lo que era. Me dijiste que podía decidir ser otra persona, que mi condición no era permanente, y empecé a creerte. Absorber todo el dolor casi me mata, pero, cuando desperté, el don había cambiado. Ya no duele tanto. A veces puedo controlarlo. —Aparté la mano—. No sé cómo querrás llamar a lo que somos el uno para el otro, pero quería que supieras que tu amistad me ha… transformado, literalmente.

Se me quedó mirando unos segundos que se me hicieron eternos. Todavía descubría cosas nuevas en su cara, incluso después de haber pasado tanto tiempo juntos. Tenues sombras bajo los pómulos. La cicatriz que le cruzaba la ceja.

—¿No sabes cómo llamarlo? —preguntó cuando por fin volvió a hablar.

Su armadura golpeó el suelo con estrépito y levantó un brazo para rodearme la cintura y tirar de mí hacia él.

—*Sivbarat. Zethetet.*

Una palabra en thuvhesita y otra en shotet. *Sivbarat* se refería al amigo más querido de una persona, a alguien tan cercano que perderlo sería como perder una extremidad. La palabra thuvhesita no la había oído nunca.

No sabíamos bien cómo encajar, nuestros labios estaban demasiado húmedos y nuestros dientes parecían estorbar. Pero no pasaba nada; probamos otra vez, y el segundo beso fue como la chispa producida por la fricción, como una sacudida de energía que me recorrió el cuerpo.

Agarrado a mis caderas, se aferró a mi camiseta, que estrujó entre los puños. Era hábil con las manos, fruto del manejo de cuchillos de trinchar y hierbas en polvo, y olía a eso, a hierbas, pociones y vapor.

Me apreté contra él sintiendo la basta pared del hueco de las escaleras en las manos, y su aliento entrecortado y caliente en el cuello. Me había preguntado, me había preguntado más de una vez cómo sería ir por la vida sin sentir dolor, pero aquello no era la ausencia de dolor que siempre había anhelado, sino lo contrario, sensación pura. Suave, cálida, dolorosa, pesada, todo, todo.

Oí una especie de conmoción que retumbaba por el refugio, pero, antes de separarme de él para ver de qué se trataba, le pregunté en voz baja:

—¿Qué significa *zethetet*?

Él apartó la mirada, como si le diera vergüenza. Vi cómo el rubor le subía por debajo del cuello de la camiseta.

—Amada —respondió en voz baja.

Me besó de nuevo, recogió su armadura y abrió la marcha hacia los renegados.

Yo no podía dejar de sonreír.

La conmoción se debía a que alguien estaba haciendo aterrizar un flotante en nuestro refugio, atravesando y rompiendo en el proceso la tela que nos protegía. La cinta de luz que lo rodeaba por el centro era morado oscuro, y estaba salpicado de barro.

Me quedé paralizada, aterrado al ver la forma oscura que descendía, pero entonces distinguí unas palabras desconocidas en la parte de abajo de la robusta nave: «Nave de pasajeros n.º 6734».

Escrito en thuvhesita.

CAPÍTULO 32 | AKOS

La nave que había reventado la cubierta del techo era un vehículo flotante de pasajeros, del tamaño justo para transportar a un par de personas. Los pequeños jirones de la tela que había desgarrado bajaban flotando detrás de él, agitados por la brisa. El cielo, ahora visible, estaba azul oscuro, sin estrellas, y el flujo de la corriente que lo cruzaba era rojo púrpura.

Los renegados rodearon el flotante con las armas dispuestas. Entonces se abrió la escotilla del costado y una mujer descendió por ella, palmas en alto. Era mayor, con mechones grises en el pelo y una expresión que no indicaba en absoluto que pretendiera rendirse.

—¿Mamá? —dijo Cisi.

Después corrió hacia ella y la abrazó. Su madre le devolvió el abrazo, aunque estaba examinando a los renegados por encima del hombro de Cisi. Hasta que su mirada se clavó en Akos.

Akos se sentía incómodo en su propia piel. Había creído que, quizá, si alguna vez volvía a verla, ella lo haría sentirse como un niño, pero era justo lo contrario: se sentía viejo. Y enorme. Primero sostuvo su armadura frente a él, como si así pudiera protegerse de ella, y después deseó, desesperado, no tenerla en las manos para que su madre no supiera que se la había ganado. No quería escandalizarla ni decepcionarla, ni ser nada más que lo que ella esperara que fuera; el problema era que no sabía qué era eso.

—¿Quién eres? —preguntó Teka—. ¿Cómo nos has encontrado?

Su madre soltó a Cisi.

—Soy Sifa Kereseth. Siento haberos asustado, no pretendo haceros daño.

—No has respondido a mi pregunta.

—Sabía dónde encontraros porque soy el oráculo de Thuvhe —respondió su madre.

De repente, todos a una como si lo hubieran ensayado, los renegados bajaron las hojas de corriente. Ni siquiera los shotet que no veneraban la corriente se habrían atrevido a amenazar a un oráculo; tan fuerte era su historia religiosa. Por las venas de todos ellos, junto con la sangre, corría un temor reverencial por ella, por lo que podía hacer y ver.

—Akos —dijo su madre, casi como si fuera una pregunta; después añadió en thuvhesita—: ¿Hijo?

Había pensado mil veces en cómo sería volver a verla, en qué le diría, en qué haría, en cómo se sentiría. Sin embargo, en aquel momento, se sentía ante todo furioso. Su madre no había ido a buscarlo el día del secuestro. Ni siquiera les había advertido del horror que les esperaba a la puerta, ni se había despedido de un modo especial aquella mañana, cuando se habían marchado al colegio. Nada.

Ella le puso sus bastas manos en los hombros. La camiseta ajada que llevaba Sifa, parcheada en los hombros, era una de las de su padre. Olía a hojas de sende y fruta de sal, como su casa. La última vez que la había tenido enfrente, él le llegaba a los hombros; ahora, era una cabeza más alto que ella.

A Sifa le brillaban los ojos.

—Ojalá pudiera explicártelo —susurró.

Lo mismo deseaba él. Más que eso, deseaba que su madre pudiera olvidarse de la fe demencial que tenía en los destinos, en las convicciones a las que concedía más importancia que a sus propios hijos. Pero no era tan sencillo.

—¿Te he perdido, entonces?

A su madre se le rompió un poco la voz al hacer la pregunta, y eso fue lo único que necesitó Akos para apaciguar su rabia.

Se inclinó y la estrechó entre sus brazos, levantándola del suelo sin apenas darse cuenta.

Ella parecía todo huesos. ¿Había sido siempre tan delgada o solo le había parecido fuerte porque él era un crío y ella su madre? Le daba la impresión de que no le costaría nada aplastarla.

Ella se balanceó un poco de un lado a otro. Siempre lo había hecho, como si el abrazo no terminara hasta que ella hubiera comprobado su estabilidad.

—Hola —la saludó Akos, porque fue lo único que se le ocurrió.

—Has crecido —repuso su madre mientras lo soltaba—. He visto media docena de versiones de este momento y aun así no tenía ni idea de lo alto que eras.

—Y yo pensando que nunca conseguiría verte sorprendida por nada.

Se rio un poco.

No estaba todo olvidado, ni de lejos, pero si aquella iba a ser una de las últimas veces que podría verla, no quería desperdiciarla con un enfado. Sifa le acarició el pelo para peinárselo, y él se lo permitió, aunque sabía que su pelo estaba peinado de sobra.

La voz de Isae rompió el silencio.

—Hola, Sifa.

El oráculo inclinó la cabeza para saludarla. Akos no necesitaba avisarla de que los renegados desconocían la identidad de Isae; ella ya lo sabía, como siempre.

—Hola —respondió—. Me alegro de verte a ti también. En casa estábamos preocupados por ti. Y por tu hermana.

Palabras precavidas, llenas de significado oculto. Seguro que en Thuvhe reinaba el caos, que todo el mundo estaba buscando a la canciller perdida. Akos se preguntó entonces si Isae le habría contado a alguien adónde iba o que seguía con vida. Quizá no le importara lo suficiente. Al fin y al cabo, no había crecido en Thuvhe, ¿no? ¿Cuánta lealtad sentía en realidad por su helado país?

—Bueno —dijo Jorek tan afable como siempre—, es un honor contar con su presencia, oráculo. Por favor, coma con nosotros.

—Lo haré, pero debo advertiros que he venido armada con visiones —respondió Sifa—. Creo que nos interesarán a todos.

Alguien estaba mascullando, traduciendo las palabras del thuvhesita para aquellos renegados que no hablaban el idioma. A Akos todavía le costaba distinguir los dos idiomas, a no ser que prestara mucha atención. Era lo que ocurría cuando sabías algo con la sangre en vez de con el cerebro, suponía: estaba ahí, sin más.

Localizó a Cyra al fondo del grupo, a medio camino entre los renegados y las escaleras por las que habían salido. Parecía... Bueno, parecía asustada. ¿Por conocer al oráculo? No... Por conocer a su madre. Tenía que ser eso.

Si se le pedía a Cyra que asesinara a su hermano o que luchara a muerte contra alguien, ni siquiera pestañeaba, pero le daba miedo conocer a su madre. Sonrió.

Los demás retrocedían hacia la cocina baja en la que los renegados habían encendido una fogata para no pasar frío. Mientras Akos había estado arriba ayudando a Cyra, ellos habían sacado a rastras algunas mesas de los pisos, de media docena de estilos distintos: una cuadrada de metal, una estrecha de madera, otra de cristal, otra grabada. Encima de ellas había comida: fruta de sal asada, cecina, una rebanada de pan que se tostaba en un espetón y caparazones de fenzu quemados, una exquisitez que nunca había probado antes. Al lado de la comida había cuenquitos con flores del hielo a la espera de ser mezcladas y preparadas, seguramente por Akos, si es que conocía a Jorek tan bien como creía. No era una comida tan elaborada como la de la noche anterior, pero sí suficiente.

No tuvo que guiar a su madre hacia Cyra, porque ella misma la vio y se fue directa a por la chica. Eso no sirvió para que a Cyra se le pasara el miedo.

—Señorita Noavek —dijo su madre con un nudo en la garganta. Ladeó la cabeza para observar la piel de plata del cuello de Cyra.

—Oráculo —respondió Cyra inclinando la cabeza.

Akos nunca la había visto antes inclinarse de corazón ante nadie.

Una de las sombras floreció en la mejilla de Cyra y después se dividió en tres líneas de intensa oscuridad que le bajaron por el cuello como si se las bebiera. Akos le puso los dedos en el codo para que pudiera estrechar la mano de su madre cuando esta se la ofreció, y su madre se quedó mirando aquel ligero contacto con mucho interés.

—Mamá, Cyra se aseguró de que volviera a casa la semana pasada —dijo. No estaba seguro de qué más contarle sobre ella; bueno, ni de qué más contar, en general. El rubor que lo había perseguido durante toda su infancia regresó de golpe; lo sintió detrás de las orejas e intentó reprimirlo—. Y ha pagado un alto precio por ello, como ves.

Su madre volvió a mirar a Cyra.

—Gracias, señorita Noavek, por lo que ha hecho por mi hijo. Más adelante estaré encantada de conocer el porqué.

Sifa esbozó una sonrisa extraña, se dio media vuelta y buscó el brazo de Cisi. Cyra se quedó con Akos, arqueando las cejas.

—Esa es mi madre —dijo él.

—Me doy cuenta —respondió ella—. Te has... —Le rozó con los dedos la parte de atrás de la oreja, donde la piel le ardía—. Te has ruborizado.

De poco había servido intentar reprimirlo. El calor se extendió por todo el rostro de Akos, y estaba seguro de que se le veía de un rojo chillón. ¿No debería habérsele pasado ya, a su edad?

—No sabes cómo explicarme. Solo te ruborizas cuando no sabes qué palabra usar, me he dado cuenta —dijo Cyra mientras le recorría la mandíbula con un dedo—. No pasa nada, a mí también me costaría explicarle a tu madre quién soy.

Akos no sabría decir qué se había esperado; ¿que Cyra se metiera con él? Cyra estaba siempre más que dispuesta a eso, pero parecía entender, de algún modo, que con aquel tema no podía bromear.

Aquella comprensión muda y sencilla lo ablandó por dentro. Colocó una mano sobre la de Cyra y entrelazaron los dedos.

—Quizá no sea el mejor momento para decirte que no me va a resultar fácil ser encantadora con ella —dijo Cyra.

—Pues no lo seas. Te aseguro que ella tampoco lo será.

—Ten cuidado, tú no sabes lo poco encantadora que puedo ser si me lo propongo.

Cyra se llevó a la boca los dedos aún entrelazados de ambos y los mordió un poco.

Akos se sentó en un sitio a la mesa de metal, al lado de Sifa. Si había un uniforme en Hessa, ella lo llevaba: sus pantalones eran de una tela resistente, seguramente forrados de algo para conservar el calor, y sus botas tenían ganchitos en las suelas para aferrarse al hielo. Llevaba el pelo recogido atrás con una cinta roja. De Cisi, seguro. Ahora se le veían arrugas en la frente y alrededor de los ojos, como si las estaciones le hubieran arrebatado algo. Cosa que, por supuesto, habían hecho.

A su alrededor, los renegados se pasaban cuencos de comida, platos vacíos y cubiertos. Frente a ellos estaba Teka, que esta vez llevaba un parche con un dibujo de flores sobre el ojo; Jorek, con los rizos húmedos después de un baño; y Jyo, con su instrumento en vertical, sobre el regazo, y la barbilla apoyada en él.

—Primero, la comida —dijo Sifa cuando se dio cuenta de que los renegados la estaban esperando—. Después, la profecía.

—Por supuesto —dijo Jorek sonriendo—. Akos, ¿podrías prepararnos a todos una infusión para relajarnos un poco?

Tal como había supuesto. Akos ni siquiera se molestó en parecer enfadado por tener que encargarse de aquella tarea cuando su madre acababa de entrar por el techo en un flotante thuvhesita. Le venía bien tener las manos ocupadas.

—Sí.

Llenó de agua el hervidor y lo colgó de un gancho sobre la pequeña cocina; después se colocó al otro extremo del mosaico de sillas y se puso a mezclar hierbas para tantas tazas como pudo encontrar. La mayoría eran fórmulas estándar para desinhibir a la gente, diseñadas para levantar el ánimo y facilitar la conversación. Pero también preparó un analgésico para Cyra y algo para calmarse él. Mientras estaba con los dedos metidos en los cuencos de flores del hielo, oyó que Cyra y su madre hablaban.

—Mi hijo estaba deseando que te conociera, me di cuenta —dijo su madre—. Debes de ser una buena amiga.

—Pues..., sí —respondió Cyra—. Creo que sí.

«Crees que sí», pensó Akos, resistiendo el impulso de levantar la mirada al cielo. Le había dejado las cosas bastante claras a Cyra antes, en el hueco de las escaleras, pero ella no se lo terminaba de creer. Era el problema de estar tan convencida de lo horrible que eras: pensar que los demás mentían cuando no estaban de acuerdo.

—He oído que tienes talento para matar —dijo su madre.

Al menos, pensó Akos, había advertido a Cyra de la falta de tacto de Sifa. Miró a Cyra y vio que se apretaba el brazo tapado contra el vientre.

—Supongo que sí —respondió la chica—, pero no es que me apasione hacerlo.

Del hervidor de agua empezó a brotar el vapor, aunque todavía no era lo bastante denso como para servirla. El agua jamás había tardado tanto en hervir.

—Habéis pasado mucho tiempo juntos —comentó su madre.

—Sí.

—¿Es culpa tuya que haya sobrevivido a las últimas estaciones?

—No. Tu hijo sobrevive sin ayuda.

—Pareces a la defensiva —repuso su madre sonriendo.

—No me gusta adjudicarme méritos que no me corresponden —respondió Cyra—. Solo acepto los míos.

La sonrisa de Sifa se ensanchó más aún.

—Y un poco soberbia.

—Me han llamado cosas peores.

El vapor ya era lo bastante denso. Akos agarró el gancho de mango de madera que colgaba al lado de la cocina y consiguió pescar con él el hervidor. Ambos utensilios se quedaron bien encajados mientras servía el agua en cada una de las tazas. Isae se acercó a por una, de puntillas para poder susurrarle al oído.

—Por si no te habías dado cuenta antes, ahora es el momento de ser consciente de lo mucho que se parecen tu chica y tu madre —comentó—. Guardaré un momento de silencio para que ese hecho irrefutable te estremezca hasta la médula.

Akos la miró.

—¿Eso era humor, canciller?

—Es por todos conocido que, muy de vez en cuando, soy capaz de hacer un comentario humorístico.

Isae le dio un trago a la infusión, aunque todavía estaba hirviendo; no pareció quemarse. Después acunó la taza contra el pecho.

—¿Conocías bien a mi hermana cuando erais niños?

—No tan bien como Eijeh. No era fácil hablar conmigo.

—Hablaba mucho de él. Se le rompió el corazón cuando se lo llevaron. Abandonó Thuvhe una temporada para ayudarme a recuperarme del «incidente» —dijo señalándose las cicatrices de la cara—. No podría haberlo conseguido sin ella. Esos imbéciles de la sede de la Asamblea no sabían qué hacer conmigo.

La sede de la Asamblea era un lugar del que Akos solo había oído hablar de pasada. Se trataba de una nave gigantesca en órbita alrededor de su sol, en la que vivían un puñado de embajadores y políticos a la deriva.

—Diría que encajas bien con ellos —dijo Akos; no era lo que se dice un cumplido, y ella no se lo tomó como tal.

—No soy todo lo que parezco —respondió encogiéndose de hombros.

En el hospital de Shissa llevaba unos zapatos relucientes, sin duda, pero tampoco se había quejado en ningún momento por no contar con más comodidades. Si de verdad se había pasado casi toda su vida en una nave de pasajeros que vagaba por el espacio, no había vivido como la realeza, eso estaba claro. Sin embargo, costaba comprenderla. Era como si no perteneciese ni a nada ni a nadie.

—Bueno, da igual lo bien que la conocieras, el caso es que agradezco tu ayuda —dijo—. Y la de Cyra. No es lo que me esperaba. —Levantó la mirada hacia el agujero del techo—. Nada es como me lo esperaba.

—Conozco la sensación.

Ella hizo un ruidito con la garganta.

—Si consigues sacar a Eijeh y no mueres en el intento, ¿vendrás con nosotras? —preguntó—. Me vendrían bien tus conocimientos sobre la cultura shotet. Mi experiencia con ellos ha sido algo sesgada, como podrás imaginar.

—¿Crees que podrás poner a tu servicio a un traidor predestinado sin que nadie objete nada?

—Podrías cambiarte el nombre.

—No puedo ocultar quién soy. Y no puedo huir del hecho de que mi destino se encuentra al otro lado de la División. Ya no.

Ella volvió a beber de la taza. Parecía casi... triste.

—Lo llamas «la División» —dijo—. Como ellos.

Lo había hecho sin querer, sin tan siquiera pensar en ello. Los thuvhesitas lo llamaban simplemente hierba pluma. Hasta hacía muy poco, él también.

Isae apoyó una mano a un lado de la cabeza de Akos. Era raro que lo tocara; tenía la piel fría.

—Procura recordar que a estas personas les dan igual las vidas thuvhesitas —le dijo la canciller—. Y, lleves o no en la sangre los últimos vestigios de tus antepasados shotet, eres thuvhesita. Eres uno de los míos, no de los suyos.

Jamás se habría esperado que alguien de Thuvhe lo reclamase. Todo lo contrario, de hecho.

Ella dejó caer la mano y regresó con la taza a su silla, al lado de Cisi.

Jyo le tocaba una canción a Cisi con aquella expresión ensoñadora que empezaba a resultarle tan familiar a Akos. Lo sentía por él, ya que cualquiera con ojos en la cara veía que Cisi solo quería a Isae; y Akos estaba bastante seguro de que el sentimiento era mutuo.

Akos le llevó el analgésico a Cyra. Ella y su madre hablaban de otro tema. Su madre rebañaba el jugo de la fruta de sal con un trozo de pan hecho de semillas machacadas, cosechadas en los campos de las afueras de Voa. No era muy distinto a lo que comían en Hessa; una de las pocas cosas que los shotet y los thuvhesitas tenían en común.

—Mi madre nos llevó una vez —decía Cyra—. Es donde aprendí a nadar, con un traje especial que nos protegía del frío. Nos habría resultado útil en la última travesía.

—Sí, fuisteis a Pitha, ¿verdad? —repuso Sifa—. Tú estabas allí, ¿no, Akos?

—Sí, me pasé casi todo el tiempo metido en una isla de basura.

—Has visto la galaxia —dijo su madre con una extraña sonrisa.

Metió la mano bajo la manga izquierda de Akos para tocar cada una de las marcas. Perdió la sonrisa al contarlas.

—¿Quiénes eran? —preguntó en voz baja.

—Dos de los hombres que atacaron nuestra casa —respondió él en el mismo tono—. Y el Blindado que me dio su piel.

Su madre desvió la mirada hacia Cyra.

—¿Lo conocen aquí?

—Según tengo entendido —dijo Cyra—, circulan sobre él unos cuantos rumores, la mayoría de ellos falsos. Saben que puede tocarme, que es capaz de destilar potentes venenos y que se trata de un prisionero thuvhesita que, de alguna manera, ha conseguido ganar su armadura.

Sifa tenía esa expresión en los ojos, la que adoptaba cuando cobraban vida sus profecías. A Akos le daba miedo.

—Siempre he sabido en qué te convertirías, ¿recuerdas? —musitó Sifa—. En alguien que atraería todas las miradas. Eres lo que es necesario que seas. En cualquier caso, amo tanto a la persona que fuiste como a la que eres y a la que serás. ¿Entendido?

Se sentía cautivado por su mirada, por su voz. Como si estuviese de pie en el templo, rodeado de flores del hielo secas que ardían, observándola a través del humo. Como si estuviese sentado en el suelo del hogar del cuentacuentos, viéndole tejer el pasado con hilos de vapor. Era fácil sucumbir a esa clase de fervor, pero Akos había pasado demasiado tiempo sufriendo bajo el peso de su destino como para permitir que ocurriera tal cosa.

—Respóndeme sin rodeos —le dijo—, tan solo esta vez. ¿Salvaré a Eijeh o no?

—He visto futuros en los que lo haces, y futuros en los que no —respondió ella. Con una sonrisa, añadió—: Pero siempre, siempre lo intentas.

Los renegados aguardaban sentados con la espalda recta, amontonados sus platos en un extremo de la enorme mesa de madera, vacías casi por completo sus tazas. La manta en la que se arrebujaba Teka la había bordado Sovy para ella, le oyó decir Akos, y Jyo había guardado su instrumento. Incluso Jorek disimulaba el nervioso movimiento de sus dedos bajo la mesa mientras el oráculo describía sus visiones. Desde pequeño, Akos había visto a todo el mundo adoptar una actitud respetuosa en presencia de su madre, pero en aquella ocasión parecía tratarse de algo distinto. Otra razón para sentirse fuera de lugar, como si necesitara alguna más.

—Tres visiones —empezó a decir Sifa—. En la primera salimos de aquí antes del amanecer, por lo que nadie nos ve a través de ese boquete en el techo.

—Pero... si ese boquete lo has practicado tú misma —la interrumpió Teka. Era de esperar que el alcance de su reverencia fuese tan limitado, pensó Akos. No daba la impresión de que le gustara andarse por las ramas—. Si sabías que acabaríamos teniéndonos que marchar por culpa del agujero, podrías haber empezado por no hacerlo, ¿no?

—Me alegra que estés siguiendo el hilo con tanta atención —repuso Sifa serena.

Akos se esforzó por reprimir una carcajada. A unos pocos asientos de distancia, Cisi parecía estar haciendo lo mismo.

—En la segunda visión, Ryzek Noavek se yergue ante una multitud inmensa con el sol en lo alto. —Apuntó con el dedo hacia arriba. Un sol a mediodía, en Voa, que estaba más cerca del ecuador del planeta—. En un anfiteatro. Hay pantallas y amplificadores por todas partes. Un acto público..., una ceremonia, tal vez.

—Mañana honrarán a un pelotón de soldados —intervino Jorek—. Quizá se trate de eso, porque no hay más ceremonias previstas hasta el próximo Festival de la Travesía.

—Es posible —continuó Sifa—. En la tercera visión aparece Orieve Benesit, forcejeando para zafarse de la presa de Vas Kuzar. Se encuentran en una celda. Grande, de cristal. Sin ventanas. Huele a... —Aspiró por la nariz, como si el rastro todavía flotase en el aire—. Humedad. Creo que podría estar bajo tierra.

—Forcejeando —repitió Isae—. ¿Está lastimada? ¿Está...? ¿Está bien?

—Le queda vida de sobra —respondió Sifa—. O eso parece.

—Esa celda de cristal —balbuceó Cyra— está debajo del anfiteatro. Fue allí donde me retuvieron antes..., antes de que... —Dejó la frase inacabada, flotando en el aire, mientras le aleteaban los dedos sobre el cuello—. La segunda y la tercera visiones comparten el mismo escenario. ¿Ocurren también a la vez?

—Me da la impresión de que se superponen —respondió Sifa—. Pero mi sentido de la ubicación en el tiempo no siempre es fiable.

Dejó caer las manos en el regazo y las introdujo en el bolsillo, de donde Akos vio que extraía algo, un objeto pequeño y reluciente que le llamó la atención: el botón de una chaqueta. Estaba teñido de amarillo en los bordes, donde el uso frecuente había desgastado el acabado. Se imaginó los dedos de su padre toqueteándolo mientras refunfuñaba por tener que asistir a otra de las cenas militares de su hermana en Shissa, en representación de los campos de flores del hielo de Hessa. «Como si esta chaqueta pudiera engañar a nadie», le había dicho a su madre en cierta ocasión, cuando ambos terminaban de arreglarse en el cuarto de baño del pasillo. «Les bastará con echar un vistazo a las rozaduras de mis botas para saber que soy un paleto que se dedica a cultivar flores del hielo». Su madre se había limitado a reírse.

Quizá en otro futuro, Aoseh Kereseth habría estado sentado junto a Sifa en este extraño círculo de personas, proporcionándole a Akos con su presencia una estabilidad que su madre jamás había podido inspirarle, como buena profetisa excéntrica que era. Quizá llevara encima ese botón para recordarle que, por culpa de Vas, su padre no estaba en el lugar que le correspondía. Aún no había terminado de gestarse el pensamiento en su cabeza cuando supo que estaba en lo cierto, que ese y no otro era el motivo por el que Sifa había sacado el botón.

—Pretendes manipularme con eso —saltó interrumpiendo lo que fuera que estuviese diciendo Teka. Le traía sin cuidado. Toda la atención de Sifa estaba puesta en él—. Guárdalo. Me basto y me sobro yo solo para acordarme de él.

«Al fin y al cabo —pensó—, soy yo el que lo vio morir, no tú».

Un destello feroz iluminó los ojos de su madre, casi como si estuviera escuchando sus pensamientos. Pero se volvió a meter el botón en el bolsillo.

El botón era un excelente recordatorio, sí, pero no de su padre, sino de lo manipuladora que podía llegar a ser Sifa. Si los informaba de sus visiones no era porque estas fuesen definitivas, fijadas en el tiempo como ocurría con el destino; era porque había escogido la versión del futuro que ella quería e intentaba empujarlos a todos hacia ella. De niño se habría fiado de su criterio, habría confiado en que el futuro que ella eligiese sería el mejor. Ahora, con un secuestro a sus espaldas y después de todo lo que le había tocado sufrir, ya no estaba tan seguro.

—Como Teka iba diciendo —intervino Jorek rompiendo el incómodo silencio—, lo siento, sé que es la hermana de vuestra canciller, pero la suerte de Orieve Benesit no es relevante para nuestros intereses. Lo único que nos interesa es derrocar a Ryzek Noavek.

—Matándolo —añadió Teka—. Por si no había quedado claro.

—¿Rescatar a la hermana de una canciller os parece irrelevante? —preguntó Isae impasible.

—No es nuestra canciller —replicó Teka—. Además, tampoco es que seamos un grupo de héroes ni nada por el estilo. No vamos a jugarnos la vida por unos thuvhesitas a los que no conocemos de nada.

Isae frunció los labios.

—Es relevante para vuestros intereses porque constituye una oportunidad —dijo Cyra levantando la cabeza—. ¿Desde cuándo organiza Ryzek Noavek ceremonias oficiales en honor de pelotones de soldados que han participado en la travesía? Si lo hace es tan solo para asesinar a Orieve Benesit ante un público que no podrá apartar la mirada, para demostrarles a todos que puede desafiar al destino. Quiere asegurarse de que todos en Shotet lo vean. Si vais a actuar contra él, hacedlo entonces. Hacedlo a la vista de todos y arrebatadle así la victoria.

Los ojos de Akos recorrieron la hilera de mujeres que se extendía a su lado. Isae, sobresaltada y quizá algo agradecida por el hecho de que Cyra hubiera hablado en defensa de Ori, sujetaba su taza con aire distraído. Cisi se enroscaba un mechón de cabello en el dedo, como si ni siquiera estuviese escuchando. Y Cyra, que hablaba con voz brusca mientras la suave luz se reflejaba en la pátina que le cubría un lado de la cabeza.

—Ryzek estará en medio de una multitud enorme —intervino Teka—, compuesta por muchos de sus partidarios más incondicionales y sus soldados más feroces. ¿Cómo nos sugieres que «actuemos»?

—Tú misma lo has dicho, ¿verdad? —contestó Cyra—. Matándolo.

—¡Ah, claro! —Teka descargó una palmada sobre la mesa, visiblemente enfadada—. ¿Cómo no se me habrá ocurrido antes? ¡Qué fácil!

Cyra puso los ojos en blanco.

—Esta vez no hará falta colarse en su casa mientras duerme. Esta vez lo desafiaré en la arena.

Todos volvieron a quedarse callados. Akos estaba seguro de que cada uno de los presentes tenía sus propios motivos para guardar silencio. Cyra era buena luchadora, todo el mundo lo sabía, pero nadie sabía lo bueno que era Ryzek; no lo habían visto en acción. Por no mencionar la cuestión de cómo llegar adonde Cyra pudiera lanzarle su reto. Y conseguir que él lo aceptara, en vez de limitarse a ordenar que la encarcelaran.

—Cyra —dijo Akos.

—Declaró la *nemhalzak*… Ha eliminado tu estatus, tu ciudadanía —intervino Teka interrumpiéndolo—. No tiene ningún motivo para aceptar un desafío.

—Pues claro que sí. —Isae había fruncido el ceño—. Se podría haber librado de ella sin despertar sospechas tras descubrir que era una renegada, pero no lo ha hecho. Quería que su humillación y su muerte fuesen públicas. Eso significa que la teme, que le da miedo el poder que pueda tener sobre Shotet. No se podrá negar si lo reta a la vista de todos. Quedaría como un cobarde.

—Cyra —repitió Akos, bajando la voz.

—Akos —replicó Cyra, con un atisbo de la delicadeza que le había demostrado en el hueco de las escaleras—. No es rival para mí.

La primera vez que Akos había visto luchar a Cyra (luchar de verdad) fue en la sala de entrenamiento de la mansión de los Noavek. Se había frustrado con él (después de todo, no era una maestra que se caracterizara por su paciencia) y se había contenido menos que de costumbre, hasta tumbarlo. Tan solo contaba quince estaciones por aquel entonces, pero ya se movía como una mujer adulta. Y desde entonces no había hecho sino mejorar. En todo el tiempo que había pasado entrenando con ella, no la había superado nunca. Ni una sola vez.

—Lo sé. Pero distraigámoslo, por si acaso.

—Que lo distraigamos —repitió Cyra.

—Ve tú al anfiteatro. Desafíalo —sugirió Akos—. Y yo iré a la prisión. Badha y yo, quiero decir. Rescataremos a Orieve Benesit... Le arrebataremos el triunfo. Mientras tú le arrebatas la vida.

Expresado en esos términos, parecía casi poético, que era lo que él pretendía. Sin embargo, costaba pensar en poesía cuando Cyra se acarició el brazo cubierto, como si estuviera imaginándose la marca que dejaría allí Ryzek. No vacilaría. Pero Cyra sabía cuál era el precio de esas marcas; lo sabía mejor que nadie.

—Decidido, entonces —cortó el silencio la voz de Isae—. Ryzek muere. Orieve vive. La justicia está servida.

Justicia, venganza. Ya era demasiado tarde para establecer en qué estribaba la diferencia.

CAPÍTULO 33 | CYRA

En cuanto me hube ofrecido para enfrentarme a mi hermano en la arena, noté en la boca el sabor del ambiente cargado de polvo del anfiteatro en la boca. Aún podía olerlo: los cuerpos empapados de sudor, comprimidos; la pestilencia química del desinfectante de la prisión, procedente de abajo; el hedor acre del campo de fuerza que zumbaba sobre nuestras cabezas. Me había esforzado por apartarlo todo de mi pensamiento mientras hablaba con los renegados, exhibiendo una seguridad fingida, pero estaba ahí, al acecho.

Las salpicaduras de sangre. Los gritos.

La madre de Akos no dejaba de fijarse en la protección de mi brazo, cubierto ahora por la manta de una de las renegadas. Debía de preguntarse cuántas cicatrices se ocultaban debajo.

Qué buena pareja formábamos su hijo y yo. Él, angustiado por cada una de las vidas que se cobraba. Yo, incapaz de recordar la cantidad exacta de marcas que lucía en el brazo.

Me escabullí cuando la mayoría de las piedras de quemar de la estufa habían adquirido ya un tinte blanquecino. Dejé atrás la sombra del vehículo flotante de Sifa y subí por las escaleras hasta el escenario en ruinas donde me había lavado la sangre que me teñía la piel. Desde abajo me llegaban las voces de Jorek y Jyo cantando al unísono (no siempre afinados), y el ocasional coro de risas en las que estallaban los otros. Me acerqué al espejo a la tenue luz del cuarto de baño; el cristal me mostró tan solo una silueta oscura, al principio, y después…

«Esto no es ninguna crisis —me dije—. Estás viva».

Tanteé la piel de plata que me cubría la cabeza y el cuello. Notaba un hormigueo allí donde había empezado a enraizarse en mis terminaciones nerviosas. Llevaba el cabello amontonado a un lado, la película plateada lisa al otro, y la piel enrojecida e hinchada mientras se adaptaba a aquel material extraño. Mujer por una cara, máquina por la otra.

Me apoyé en el lavabo y lloré. Las costillas me torturaban, pero ya no podía seguir conteniendo las lágrimas. No dejaban de fluir, insensibles a mi dolor, y dejé de oponer resistencia.

Ryzek me había mutilado. Mi propio hermano.

—Cyra —dijo Akos.

Nunca antes había deseado que estuviera lejos de mí. Me tocó los hombros, con delicadeza, ahuyentando las sombras. Tenía las manos heladas. Apenas un roce.

—Estoy bien —dije pasándome los dedos por la garganta plateada.

—No hace falta que lo estés ahora mismo.

La piel de plata reflejaba la luz apagada que lograba llegar hasta aquel lugar semiderruido.

Con un hilo de voz, casi un susurro, formulé la pregunta que yacía enterrada en lo más hondo de mi ser.

—¿Soy fea ahora?

—¿Tú qué crees? —replicó.

No era una pregunta retórica, sino todo lo contrario. Con ella, Akos me estaba diciendo que sabía que yo no buscaba su compasión, por lo que me pedía que reflexionase al respecto. Volví a mirarme en el espejo.

Mi cabeza ofrecía un aspecto extraño sin la mitad del cabello, pero en Shotet había quienes lo llevaban así por gusto, rasurado a un lado y largo en el otro. Y la piel de plata parecía una pieza de las armaduras que mi madre se había dedicado a coleccionar en sus años de travesía. Siempre la llevaría puesta, al igual que la protección de la muñeca, y su presencia me infundiría fortaleza.

Contemplé mis propios ojos en el cristal.

—No —contesté—. No lo soy.

Aún no lo decía convencida del todo, pero pensé que tal vez, con el paso del tiempo, conseguiría empezar a convencerme.

—Estoy de acuerdo —dijo—. Por si acaso no había quedado claro después de tanto besuqueo.

Sonreí y me di la vuelta, apoyada en el borde del lavabo. Akos también sonreía, aunque las arrugas que se le insinuaban alrededor de los ojos denotaban preocupación. Tenía esa cara desde que habíamos hablado de nuestro plan con los renegados.

—¿Qué ocurre, Akos? ¿Tanto te preocupa que no sea capaz de derrotar a Ryzek?

—No, no es eso. —Parecía tan nervioso como me sentía yo—. Es solo que... ¿Lo vas a matar de verdad?

No era la pregunta que me esperaba.

—Sí —dije—. Lo voy a matar. —Las palabras me dejaron un regusto a óxido, como la sangre—. Creía que había quedado claro.

Asintió con la cabeza. Lanzó un vistazo por encima del hombro, hacia los renegados que todavía estaban reunidos en la planta de abajo. Seguí la dirección de su mirada hasta su madre, que conversaba cara a cara con Teka mientras sujetaba una taza de infusión con ambas manos. No muy lejos de ellas, Cisi contemplaba el horno sin pestañear, inexpresiva. No había despegado los labios ni había movido un solo dedo desde la sesión de planificación. Varios de los otros se habían acercado a la nave de transporte y se arrebujaban ya entre las mantas, con las bolsas que habían llevado hasta allí enrolladas bajo la cabeza a modo de almohada. Nos levantaríamos al alba.

—Tengo que pedirte una cosa —dijo Akos, cuya atención volvía a estar puesta en mí. Me sujetó el rostro entre las manos, con delicadeza—. Sé que no es justo por mi parte, pero quiero que le perdones la vida a Ryzek.

Aguardé antes de contestar, convencida por un momento de que intentaba tomarme el pelo. Llegué a reírme, incluso. Pero no daba la impresión de estar bromeando.

—¿Por qué me pides algo así?

—Ya sabes por qué —respondió dejando caer las manos.

—Eijeh —musité.

Siempre Eijeh.

—Si mañana acabas con Ryzek —dijo Akos—, estarás condenando a Eijeh a convivir con sus peores recuerdos para siempre. Su estado será irreversible.

En cierta ocasión le había contado que la única forma de recuperar a Eijeh dependía de Ryzek. Si mi hermano era capaz de intercambiar recuerdos a voluntad, no debería costarle nada devolver todos los de Eijeh a su punto de origen y recuperar los suyos. Se me ocurrían un par de formas de conseguir que lo hiciera.

Para Akos, ya hacía tiempo que Eijeh era un tenue resplandor lejano, una diminuta llama de esperanza. Sabía que le sería imposible renunciar a algo así, pero yo tampoco podía arriesgarlo todo por eso.

—No —repliqué con firmeza—. Para empezar, ignoramos cómo habrá afectado a sus dones todo este intercambio de recuerdos. Ni siquiera sabemos si ya es demasiado tarde para recuperar a Eijeh.

—Mientras quepa al menos una posibilidad —insistió Akos—, por pequeña que sea, de salvar a mi hermano, tendré que…

—¡No! —Lo aparté de un empujón—. Mira lo que me ha hecho a mí. ¡Fíjate bien!

—Cyra…

—¡Esto…! —Me señalé el costado de la cabeza—. ¡Todas mis marcas…! Años de tortura y montañas de cadáveres, ¿y quieres que le perdone la vida? ¿Te has vuelto loco?

—No lo entiendes —protestó desesperado. Apoyó su frente en la mía—. Eijeh está como está por mi culpa. Si no hubiera intentado escapar de Voa... Si me hubiera rendido antes a mi destino...

Se me partió el corazón.

De alguna manera, nunca se me había ocurrido que Akos pudiera sentirse culpable por el hecho de que Ryzek hubiese volcado sus recuerdos en Eijeh. Siempre había tenido muy claro que mi hermano habría encontrado una excusa para hacerlo tarde o temprano, pero lo único que sabía Akos era que Ryzek le había infligido ese castigo en particular a Eijeh por culpa de su intento de fuga frustrado.

—Ryzek planeaba hacer lo que le hizo a Eijeh desde el principio, que intentases huir o no es irrelevante —le dije—. No eres responsable de Eijeh. Todo cuanto le ha ocurrido es por culpa de Ryzek, no tuya.

—No se trata solo de eso —replicó Akos—. Cuando nos sacaron de nuestro hogar... Supieron por mi culpa a qué niño debían llevarse, si a Cisi o a él. Porque le ordené que corriera. ¡Fui yo! Por eso le prometí a mi padre, le prometí...

—Insisto —lo interrumpí más enfadada que antes—. ¡El responsable es Ryzek! ¡No tú! Estoy segura de que tu padre lo comprendería.

—No puedo abandonarlo. —A Akos se le rompió la voz—. No puedo.

—Ni yo puedo embarcarme en esta absurda aventura tuya, ya no —le espeté—. No puedo seguir viendo cómo te destruyes, cómo destrozas tu vida, por rescatar a alguien que no quiere que lo salven. ¡Alguien que se ha ido y ya no volverá nunca!

—¿Que se ha ido? —La mirada de Akos se había tornado febril—. ¿Y si yo te hubiera dicho lo mismo, eh? Que no había esperanza alguna para ti.

Conocía la respuesta a esa pregunta: nunca me habría enamorado de él; nunca habría acudido a los renegados en busca de ayuda; mi don de la corriente nunca habría cambiado.

—Escucha —le dije—. Esto es algo que tengo que hacer. Sé que lo entiendes, aunque ahora mismo no quieras reconocerlo. Necesito…, necesito que Ryzek desaparezca del mapa. No sé qué más podría añadir.

Cerró los ojos durante unos instantes, giró sobre los talones y se alejó.

Todos los demás estaban dormidos, incluso Akos, tendido en el suelo a escasos palmos de mí, junto a las naves. Yo, sin embargo, tenía los ojos abiertos de par en par, con la tormenta de pensamientos que me rugía en la cabeza como única compañía. Me incorporé sobre un codo y contemplé las siluetas de los renegados bajo las mantas y la luz ya mortecina del horno. Jorek estaba hecho un apretado ovillo, tapado hasta la cabeza. Sobre Teka caía un rayo de luz de luna que teñía de blanco plateado sus rubios cabellos.

Fruncí el ceño. Justo cuando empezaba a aflorar un puñado de recuerdos dispersos, vi a Sifa Kereseth cruzar la sala. Se escabulló por la puerta de atrás, y sin darme cuenta de lo que hacía ni saber por qué lo hacía, embutí los pies en las botas y me levanté para seguirla.

Se había quedado en la entrada, con las manos entrelazadas apoyadas a la espalda, a la altura de los riñones.

—Hola —me saludó.

Nos encontrábamos en una de las zonas más inhóspitas de Voa. A nuestro alrededor solo se veían edificios bajos con la pintura desportillada, ventanas con los barrotes retorcidos en figuras decorativas para disimular su verdadera función y puertas que colgaban de sus goznes. Las calles no eran de piedra, sino de tierra compactada. Flotaban entre las construcciones, sin embargo, docenas de fenzu silvestres que relucían con el azul característico de Shotet. La cría selectiva se había encargado de eliminar los demás colores hacía décadas.

—De todos los futuros que he visto, este es uno de los más extraños —continuó Sifa—. Y el que tiene un mayor potencial tanto para el bien como para el mal, a partes iguales.

—¿Sabes? —repuse—, sería de gran ayuda que te limitaras a decirme qué tengo que hacer.

—No puedo. Porque, sinceramente, tampoco lo sé. Este sitio es muy turbio. Está repleto de visiones confusas. Cientos de futuros incomprensibles se extienden hasta donde alcanza la vista, por así decirlo. Solo los destinos están claros.

—¿Cuál es la diferencia? —quise saber—. Destinos, futuros...

—Un destino es algo que sucede con independencia de la versión del futuro que vea —me explicó—. Si tu hermano hubiera conocido esa verdad, es indudable que no habría perdido el tiempo esforzándose por escapar del suyo. Pero preferimos envolver nuestra labor en un halo de misterio, para que no la sometan a un control demasiado estricto.

Intenté imaginármelo. Cientos de sendas tortuosas extendidas ante mí, al final de cada cual aguardaba el mismo destino. Aquello hacía que mi propia suerte me pareciera aún más extraña; daba igual adónde fuera, daba igual lo que hiciera, estaba escrito que cruzaría la División. ¿Y qué? ¿Qué importancia tenía?

No se lo pregunté. Por mucho que yo creyera que Sifa tal vez estuviera dispuesta a decírmelo, y no era ese el caso, en realidad tampoco quería saberlo.

—Los oráculos de los distintos planetas nos reunimos todos los años para comentar nuestras visiones —prosiguió Sifa—. Convenimos de mutuo acuerdo qué futuro es el más crucial para cada mundo. Por lo que a este planeta respecta, mi cometido..., el único, aparte de registrar las visiones..., consiste en garantizar que Ryzek gobierne Shotet durante el menor tiempo posible.

—¿Aunque sea a costa de tu hijo? —pregunté.

Ni siquiera estaba segura de a quién me refería, si a Akos o a Eijeh. A ambos, quizá.

—Sirvo al destino —respondió—. No puedo permitirme el lujo de ser parcial.

Aquella idea me dejó helada hasta la médula. Comprendía el concepto del «bien común», al menos en teoría; pero, en la práctica, no me interesaba en absoluto. Siempre había cuidado de mí misma, y ahora cuidaba de Akos, cuando podía. Aparte de eso, no había muchas personas a las que no estuviera dispuesta a apartar de mi camino. Quizá eso me convirtiera en malvada, pero no dejaba de ser la verdad.

—No resulta sencillo ser madre y oráculo a la vez, o esposa y oráculo. —Su voz no sonaba tan firme ahora como hacía apenas unos instantes—. Me ha asaltado la… tentación muchas veces. Proteger a mi familia a costa del bien común, pero… —Sacudió la cabeza—. Debo mantener el rumbo. Debo tener fe.

«¿O de lo contrario?», me dieron ganas de preguntarle. ¿Qué tenía de malo coger a los seres queridos y huir, negarse a cargar con una responsabilidad que nunca se había querido?

—Tengo una duda que quizá tú puedas despejar —dije—. ¿Te suena de algo el nombre de Yma Zetsyvis?

Sifa ladeó la cabeza, dejando que su tupida melena se derramara como una cascada sobre su hombro.

—Sí.

—¿Sabes cómo se llamaba antes de casarse con Uzul Zetsyvis? ¿Era una de las agraciadas con un destino?

—No. —Sifa aspiró una bocanada del frío aire nocturno—. Su matrimonio fue una especie de aberración, demasiado improbable como para manifestarse en las visiones sobre Shotet de los oráculos. Uzul se casó con alguien que no era de su condición, al parecer por amor. Una mujer corriente, con un apellido en consonancia. Yma Surukta.

Surukta. El apellido de Teka, y el de Zosita. Todas ellas mujeres de ojos claros y rubios cabellos.

—Me lo imaginaba —dije—. Me encantaría quedarme a charlar, pero tengo algo que hacer.

Sifa meneó la cabeza.

—Me resulta extraño desconocer cuáles son las decisiones de alguien —murmuró.

—Acepta la incertidumbre.

Si Voa era una rueda, yo caminaba por su circunferencia. La familia Zetsyvis vivía al otro lado de la ciudad, en una casa construida en lo alto de un acantilado con vistas a Voa. Incluso a lo lejos, mientras aún caminaban sobre calles rotas, pude ver el resplandor que iluminaba el interior de su hacienda.

El flujo de la corriente que se enroscaba en el cielo, sobre mi cabeza, era de un morado intenso, en transición hacia el rojo. Casi parecía sangre. Apropiado, dados nuestros planes para el día siguiente.

Me sentía cómoda en el distrito pobre y abandonado que los renegados habían elegido para establecer su base de operaciones. La mayoría de las ventanas se veían a oscuras, pero en unas pocas distinguí siluetas en sombra encorvadas sobre pequeños faroles. En una de las casas llegué a divisar a los cuatro miembros de una familia, reunidos en torno a un juego de cartas rescatadas de Zold. Se reían. Hubo un tiempo en el que no me habría atrevido a recorrer aquellas calles, por ser la hermana de Ryzek, pero ahora que había caído en desgracia y no simpatizaba con el régimen, en pocos sitios podría correr menos peligro que en ese.

Menos cómoda me sentí al internarme en territorio privilegiado. En Voa, todo el mundo profesaba lealtad al régimen de los Noavek (no era una opción), pero Ryzek aglutinaba a las familias más antiguas y fieles de Shotet en un círculo a su alrededor. Bastaba con echar un vistazo a los edificios para saber que me encontraba ya dentro de ese perímetro: eran más nuevos, o exhibían reparaciones y manos de pintura recientes. La calle se había vuelto de piedra bajo mis pies. Había farolas distribuidas a lo largo de la calzada. Las ventanas iluminadas me permitían ver a los ocupantes de aquellas viviendas, personas vestidas con ropa limpia y elegante que leían en sus pantallas sentadas a la mesa de la cocina o veían el agregador de noticias.

Me encaminé al acantilado en cuanto me fue posible, buscando uno de los senderos que ascendían por su cara escarpada. Tiempo atrás, los shotet habían labrado escalones en aquellas paredes, tan empinados, estrechos y mal conservados que no resultaban aptos para corazones sensibles. Pero nadie me había acusado nunca de tener un corazón así.

Dolorida por culpa de las heridas del día anterior y de mi don, caminaba deslizando una mano por la pared de mi izquierda, pegándome a ella. Al marcharme, no me había percatado de lo magullado y exhausto que seguía estando mi cuerpo, de cómo retumbaba cada paso que daba en mi garganta y mi cuero cabelludo, que aún se estaban recuperando. Me detuve y saqué el paquete de frascos que había cogido de entre las pertenencias de Akos antes de partir.

Ante mis ojos se desplegó una ristra de botecitos de distintos colores. Reconocí la mayoría a simple vista: una poción para el sueño, un analgésico y, al final de la hilera, sellado el tapón de corcho con dos capas de cera derretida, el rojo intenso del extracto de flor del silencio. Dado lo potente que era, aquella cantidad bastaría para matar a un hombre.

Me bebí la mitad del analgésico y volví a guardar el paquete en mi pequeña bolsa.

Tardé una hora en llegar a la cima, tras hacer varios altos en el camino para descansar. La ciudad se veía cada vez más pequeña, reducidas sus ventanas iluminadas a meras luces titilantes desde allí arriba. La mansión de los Noavek siempre era fácil de divisar, un resplandor blanco cerca del centro, al igual que el anfiteatro, protegido ahora por una telaraña de luz. Debajo de él, en alguna parte, Orieve Benesit aguardaba su muerte.

Me apresuré a apartarme del borde una vez arriba. Que no sufriera del corazón no significaba que me gustase coquetear con la muerte.

Seguí el camino hasta la casa de los Zetsyvis, que se encontraba en los bosques en los que se criaban los fenzu para su exportación. La senda por la que caminaba estaba protegida por rejas metálicas, diseñadas para evitar que la gente robase los valiosos insectos. Las redes que cubrían los árboles —más por precaución que otra cosa— impedían que los fenzu escaparan. Los fenzu construían sus nidos alrededor de las delicadas ramas que estaban más cerca del cielo. Los árboles en sí eran altos y esbeltos, tan oscuros sus troncos que parecían negros, adornados con nervudos racimos de color verde oscuro en vez de las hojas más flexibles que había visto en otros planetas.

La casa de los Zetsyvis por fin apareció ante mí. Había un guardia en la verja, pero le pegué un puñetazo en la barbilla antes de que le diera tiempo a pensar siquiera en defenderse. Utilicé su mano inerte para desbloquear la verja e hice una pausa, recordando que mi mano no había conseguido franquearme el acceso al cuarto de Ryzek en la mansión de los Noavek. Que mi sangre, mis genes, no habían desbloqueado la puerta. Seguía sin entender por qué.

«Ahora no es el momento», pensé. Sacudí la cabeza para salir de mi ensimismamiento y reanudé la marcha. No temía encontrar más medidas de seguridad; Yma era la única que vivía allí ahora.

Yo me había encargado de eso, ¿verdad?

La casa era moderna, renovada recientemente a partir del castillo de piedra surcado por corrientes de aire que se erigía en su lugar. Grandes secciones del muro se habían reemplazado por paneles de vidrio, y los árboles de delante estaban envueltos en pequeños orbes repletos de resplandecientes insectos azules, formando un brillante dosel que se reflejaba en las ventanas. Delante de la casa crecía una maraña de extrañas plantas, algunas de las cuales trepaban por los restos de piedra. Había grandes flores también, originarias de mundos distintos, cuyos colores rara vez se encontraban en el nuestro: sonrosadas como una lengua, de un lustroso verde azulado o negras como el espacio.

Al llegar a la puerta principal, desenvainé la pequeña hoja de corriente que llevaba enfundada en la cadera, por si acaso. Casi temía perturbar el silencio que me rodeaba, aunque eso no me impidió usar el mango del cuchillo para llamar, con fuerza, hasta que me abrió Yma Zetsyvis.

—Señorita Noavek —dijo.

Sin sonreír, para variar. Tenía la mirada clavada en el arma que empuñaba mi mano derecha.

—Hola. ¿Te importa que pase?

Entré en el recibidor sin esperar respuesta. El suelo era de madera, procedente tal vez de los mismos árboles oscuros que rodeaban la mansión de los Zetsyvis; el mismo material que abundaba en la de los Noavek. Había pocas paredes aquí: la planta baja se exhibía al completo, ante mí, y todo el mobiliario era de un blanco deslumbrante.

Yma se cubría con una túnica de pálido brillo y el pelo, suelto, le caía sobre los hombros.

—¿Has venido a matarme? —preguntó con expresión plácida—. Supongo que era de esperar que quisieras terminar lo que empezaste. Primero mi marido, después mi hija...

Pensé en explicarle que nunca había querido quitarle la vida a ninguno de ellos, que sus muertes me perseguían incluso en sueños. Que oía los latidos del corazón de Uzul antes de despertarme y veía a Lety en rincones en los que ella nunca había estado. Sin embargo, ¿para qué se lo iba a contar?

—He venido para hablar contigo —contesté—, solo eso. El cuchillo es por protección.

—Creía que no necesitabas armas.

—A veces resultan más eficaces. Sutil intimidación y todo eso.

—Ah. —Yma se dio la vuelta—. Adelante, entonces, sentémonos.

Me condujo hasta la sala de estar que podía verse desde la entrada, donde unos divanes bajos formaban un cuadrado. Encendió unas pocas luces con un suave toque, de modo que los divanes se iluminaran desde abajo; un enjambre de fenzu se congregó en la lámpara de la mesita de cristal que se alzaba entre ellos. No me senté hasta que lo hubo hecho ella, recogiéndose la túnica sobre las piernas para que no quedaran expuestas. Era una mujer refinada.

—Tienes mejor aspecto que la última vez que te vi —observó—. Aunque mentiría si dijera que me desagradó verte sangrar.

—Ya, estoy segura de que fue muy entretenido para muchas personas —repuse con aspereza—. Aunque debe de costarte presumir de superioridad moral cuando tienes tanta sed de sangre, ¿no?

—Tú cometiste antes tu crimen.

—Nunca he pretendido estar por encima de ti en lo que a integridad se refiere —le dije—. Solo que quizá ambas nos encontremos en el último escalafón.

Yma se echó a reír. No me cupo duda de que se disponía a lanzarme otro insulto, pero me adelanté.

—Sé que mi hermano te repugna tanto como yo. Lo sé desde hace tiempo. Antes me compadecía de ti, lamentaba que tuvieras que quedarte a su lado para sobrevivir, pero me consolaba pensando que estabas desesperada y no te quedaba otra elección.

Yma hizo una mueca. Giró la cabeza para contemplar Voa al otro lado de uno de los grandes ventanales; desde aquella altura el océano resultaba visible tras la ciudad, aunque su aspecto no era más que el de un vacío inmenso, como los límites del espacio.

—¿«Antes»? —repuso al cabo de un momento.

—Hoy he empezado a entender que no estás nada desesperada... No como yo me imaginaba, al menos. En realidad lo tienes todo bajo control, ¿no es así?

Volvió a mirarme de repente, sombría. Había conseguido llamar su atención.

—Has perdido muchas más cosas de lo que pensaba. Las perdiste antes de que yo le pusiera la mano encima a tu marido. Te apellidas Surukta —le dije—. Tu hermana, Zosita Surukta, huyó del planeta después de que la descubrieran enseñando idiomas a sus vecinos. Acabaron ejecutándola por participar en una revuelta. Antes de que la apresaran, sin embargo, sus crímenes le costaron la vida a tu sobrino; y tu sobrina, Teka, perdió un ojo a manos de mi hermano.

—Los errores de mi familia no me conciernen —contestó Yma, aunque con voz algo temblorosa—. No puedes responsabilizarme de ellos.

—No era esa mi intención —dije con una risita—. Me limitaba a informarte de que sé que formas parte de la revuelta, y desde hace algún tiempo.

—Vaya, menuda teoría te has inventado, ¿no? —La enigmática sonrisa de Yma había regresado a sus labios—. Estoy a un paso de contraer matrimonio con tu hermano y consolidarme como una de las personas más influyentes de Shotet. Me casé con Uzul Zetsyvis con un objetivo en mente: este. Ascender en la escala social. Tengo un don para ello. Algo que a ti, que naciste rodeada de privilegios, te costaría entender.

—¿Sabes qué es lo que te ha delatado al final? —pregunté haciendo oídos sordos a su explicación—. Para empezar, fuiste tú la que denunció a Uzul. Sabías lo que iba a hacerle mi hermano. Las personas desesperadas no ejecutan movimientos tan calculados como ese.

—Te... —intentó interrumpirme, pero me apresuré a continuar.

—En segundo lugar, me advertiste de que iban a inculpar a un inocente por el ataque de los renegados, sabiendo que yo intentaría evitarlo.

Frunció el ceño.

—Primero me hablas de las personas que he perdido, ¿y después me acusas de provocar la ejecución de mi propia hermana? Eso no tiene sentido.

—Por último —concluí—, todos esos golpecitos que das. ¿Qué os pasa a Teka y a ti con los golpecitos? Ni siquiera es un patrón demasiado bueno.

Yma rehuyó mi mirada.

—Eres una renegada —le dije—. Por eso todavía eres capaz de soportar la presencia de mi hermano, después de todo lo que te ha arrebatado: porque sabes que necesitas estar cerca de él para consumar tu venganza.

La túnica ondeó a su espalda cuando se incorporó y se dirigió a la ventana. Permaneció inmóvil durante largo rato, como una columna blanca a la luz de la luna. De pronto utilizó el índice para darse unos golpecitos en el pulgar, junto al costado: uno, tres, uno; uno, tres, uno.

—Es un mensaje —confesó sin volverse—. Una vez, mi hermana y yo nos aprendimos una canción para recordar los destinos de la familia Noavek. Ella, a su vez, se la enseñó a su hija Teka. —Con la voz rota, entonó—: «El primer descendiente de la familia Noavek caerá derrotado ante la familia Benesit». —Seguí sus dedos mientras reanudaban el compás; había empezado a mecer el cuerpo—. El ritmo era uno, tres, uno, tres...

Como un baile.

—Lo hago —dijo despacio— cuando necesito armarme de valor para afrontar mi deber. Recito esa canción en mi cabeza y marco el ritmo con los dedos.

Al igual que durante la ejecución de su hermana, cuando tamborileaba sobre la barandilla. Como en la cena con mi hermano, con la mano contra la rodilla.

Se volvió hacia mí.

—¿Y qué? ¿Has venido para obtener alguna ventaja? ¿Pretendes entregarme a cambio de tu libertad? ¿Qué es lo que quieres?

—Debo reconocer que te entregas con una pasión admirable a esta farsa —observé—. Renunciaste a tu marido...

—Uzul estaba enfermo de Q900X. Varios ingredientes en el protocolo del tratamiento contravienen nuestros principios religiosos —me espetó Yma—. De modo que se sacrificó por la causa. No era lo que yo quería, te lo aseguro, pero gracias a su generosidad..., algo de lo que tú es evidente que no sabes nada..., me gané un sitio junto a Ryzek.

Mis sombras se aceleraron, espoleadas todavía por mis emociones contradictorias.

—Deduzco que no has hablado mucho con los demás renegados —le dije—. ¿Sabes que son los responsables de que yo siga con vida? Llevo un tiempo colaborando con ellos.

—¿Ah, sí? —repuso Yma lacónica, observándome con el ceño fruncido.

—No te habrás creído la excusa que alegó Ryzek, fuera cual fuera, para marcarme la cara, ¿verdad? Ayudé a los renegados a colarse en la mansión de los Noavek para asesinarlo, y cuando el plan fracasó, los saqué de allí sanos y salvos. Por eso me detuvieron. Teka, tu sobrina, estaba presente.

Las sombras que poblaban el ceño de Yma se multiplicaron. Bajo aquella luz, las arrugas de su rostro se veían más pronunciadas. No eran fruto de la edad (todavía era demasiado joven para eso, aunque sus cabellos se hubieran vuelto prematuramente blancos), sino del dolor que la apesadumbraba. Ahora entendía el porqué de su sempiterna sonrisa: era una máscara.

—La mayoría de los otros... —Yma exhaló un suspiro—. No saben lo que soy. Zosita y Teka son..., eran las únicas. De todas formas, y estando tan cerca de completar mi misión, habría sido demasiado arriesgado contactar con nadie más.

Me puse de pie y me reuní con ella frente a la ventana. El flujo de la corriente había adquirido ya un rojo más oscuro.

—Mañana —le dije—, los renegados actuarán contra Ryzek. Justo antes de que ejecute a Orieve Benesit lo desafiaré a combatir en la arena de tal manera que no pueda negarse.

—¿Cómo? —preguntó sorprendida—. ¿Mañana?

Asentí con la cabeza.

Cruzó los brazos mientras soltaba una risita.

—Chiquilla insensata, ¿te crees capaz de derrotar a Ryzek Noavek en la arena? Está claro que solo piensas en una cosa, como la asesina adiestrada que eres.

—No —repliqué—. Acudo a ti con un plan. Tu papel en él sería muy simple. —Metí la mano en la bolsa que colgaba de mi costado y saqué uno de los frascos que había traído conmigo—. Lo único que tienes que hacer es verter su contenido en el tónico calmante que se beberá Ryzek por la mañana. Supongo que estarás a su lado cuando se lo tome.

Yma contempló el recipiente con el ceño fruncido.

—¿Cómo sabes que se va a beber un tónico calmante?

—Lo hace siempre antes de matar a alguien —respondí—. Para evitar que se le revuelva el estómago.

Se le escapó un resoplido.

—Piensa lo que quieras sobre su personalidad, me trae sin cuidado —le dije—. Pero se tomó ese brebaje el día que ordenó cortarme en pedazos para que el público se divirtiera, y te prometo que se lo volverá a tomar antes de intentar acabar con Orieve Benesit. Lo único que te pido es que le eches esto dentro, nada más. Si fracaso, tu lugar a su lado seguirá siendo seguro. No tiene ningún motivo para sospechar de ti. Pero si lo haces y mi plan tiene éxito, ni siquiera tendré que ponerle las manos encima; y tú habrás obtenido tu venganza sin necesidad de casarte con él.

Cogió el frasco y lo examinó. Estaba sellado con la cera que Akos había encontrado en mi mesa; yo la utilizaba para estampar el símbolo de los Noavek en los sobres, al igual que mis padres antes que yo.

—Lo haré —dijo Yma.

—Vale. Confío en que serás precavida. No puedo permitirme el lujo de que te pillen.

—Llevo midiendo cada una de mis palabras y cada uno de mis gestos, desde que tú no eras más que una cría. Espero sinceramente, señorita Noavek, que no estés haciendo esto para expiar tus pecados, porque no vas a obtener perdón alguno. No por mi parte. No después de todos los crímenes que has cometido.

—Bah, no soy tan noble como para aspirar a algo así —repuse—. Mi único y mezquino objetivo es la venganza, te lo garantizo.

Yma le sonrió con desprecio al reflejo de mi imagen en la ventana. Salí de su casa. Debía darme prisa si quería volver al refugio antes de que se despertaran los demás.

CAPÍTULO 34 | AKOS

Cyra se había situado delante de Akos, de pie bajo el sol, con la capucha subida para ocultar sus facciones. Una recia capa disimulaba las sombras de la corriente, y llevaba las manos enterradas en sus largas mangas. A su espalda se erguía el anfiteatro en el que había estado a punto de perder la vida, pero viéndola caminar, con la espalda tan recta, nadie sospecharía siquiera que habían intentado descuartizarla.

Había un grupo de soldados shotet junto a las grandes puertas de doble hoja que comunicaban directamente con la planta baja del anfiteatro. Según se rumoreaba en las calles (Sovy, que según Jorek «conocía a todo el mundo», era quien se había hecho eco de los rumores), los soldados a los que rendirían homenaje en el anfiteatro estaban siendo recompensados por su gran trabajo durante la búsqueda. Akos ignoraba qué podrían haber traído que valiera tanto como para merecer tal honor, pero en realidad carecía de importancia; de todas formas, no eran más que un señuelo. Ryzek quería una multitud para que esta fuese testigo de la ejecución de Ori.

Las inmensas puertas se abrieron. Akos entornó los párpados ante el resplandor, al tiempo que el rugido de la multitud le inundaba los oídos. Había tantos rostros allí dentro que daba la impresión de que la ciudad entera se había dado cita en el anfiteatro, aunque debía de tratarse de una quinta parte, más bien; las otras cuatro quintas partes lo verían en vivo gracias a las pantallas repartidas por toda Voa. Si es que se molestaban en mirarlas, claro.

Cuando Cyra se dio la vuelta, con un destello plateado, el sol le iluminó el cuello, ya recuperado. Su barbilla osciló arriba y abajo, en un discreto gesto de asentimiento, justo antes de que la marea de gente comenzase a arrastrarla, alejándola de él. Hora de ponerse en marcha.

—Bueno —dijo Isae, que acababa de colocarse a su lado—. No hemos hablado de lo que vamos a hacer para sortear la primera puerta.

—La verdad, había pensado, no sé..., estamparle la cabeza al guardia contra la pared —replicó Akos.

—Seguro que así no llamamos la atención ni un poquito, qué va. Mira, ahí está Parche en el Ojo. Vamos.

Isae había empezado a ponerles motes a los renegados en vez de referirse a ellos por su nombre real. «Parche en el Ojo» era Teka, evidentemente; Jorek era «el Nervios»; Jyo, «la Coqueta»; y Sovy era «la que no habla thuvhesita», apelativo que resultaba muy largo, pero tampoco lo empleaba demasiado a menudo. Tampoco ella se libraba, no obstante: aquella mañana, mientras todos se llenaban la boca de comida y observaban de reojo el agujero que había practicado en el techo el vehículo flotante de la madre de Akos, este había escuchado a Teka referirse a Isae como «la Altanera».

Divisó a Teka y a Cisi junto a las puertas del anfiteatro, y encaminó sus pasos hacia ellas, sin perder de vista a Isae con el rabillo del ojo. Teka los había sorprendido a todos con su ofrecimiento de ayudarles a acceder a la prisión subterránea. Estaba claro que salvar la vida de Ori no era una prioridad para ella, pero quizá le hubiera afectado lo que había dicho Cyra acerca del triunfo de Ryzek sobre su destino.

—¿Qué opinas del guardia? —le preguntó Teka cuando se hubo acercado lo suficiente.

Iba vestida de gris y llevaba el pelo peinado como una cortina dorada sobre el ojo que le faltaba. Akos se asomó por encima del hombro de la muchacha para observar al guardia apostado frente a la puerta que Cyra les había indicado que usaran. La puerta era del mismo color que la pared, con una cerradura de aspecto anticuado que debía de abrirse con una llave metálica. Enterrada, lo más probable, en el fondo de alguno de los bolsillos del guardia.

Sin embargo, Akos no debería estar analizando la puerta, sino al hombre. No parecía ni cinco estaciones mayor que él, era de hombros anchos y vestía una armadura de Blindado. El pulpejo de su mano descansaba en la empuñadura de la hoja de corriente que llevaba enfundada a la altura de la cadera. Diestro, pensó Akos, y difícil de incapacitar de un solo porrazo.

—Podría reducirlo, pero no de forma discreta. Seguramente acabaría consiguiendo que me arrestaran.

—Bueno, dejaremos ese plan como último recurso —dijo Isae—. ¿Y si lo distrajéramos?

—Sí, claro. —Teka cruzó los brazos sobre el pecho—. Al hombre lo han contratado para vigilar una puerta de seguridad que lleva a la prisión subterránea secreta de Ryzek Noavek, y la recompensa por faltar a su deber probablemente sea la muerte, pero seguro que abandona su puesto en cuanto agites cualquier fruslería delante de sus narices.

—¿Por qué no repites «prisión subterránea secreta» un poquito más fuerte? —dijo Isae.

La respuesta de Teka fue airada, pero Akos ya había dejado de prestar atención porque Cisi estaba tirándole de la manga.

—Déjame ver esos frascos que llevas encima —le dijo—. Se me ha ocurrido una idea.

Akos no iba a ninguna parte sin sus pociones, entre ellas un elixir para el sueño, un tónico calmante y una mezcla para infundir fortaleza. No sabía qué era lo que buscaba Cisi, exactamente, pero desabrochó la correa que le sujetaba los frascos al brazo y le entregó el pequeño paquete rígido. Los envases de vidrio tintinearon mientras la muchacha rebuscaba entre ellos hasta quedarse con el elixir para el sueño. Le quitó el tapón de corcho y lo olisqueó.

—Esto sí que es potente —dijo.

Isae y Teka todavía no habían terminado de discutir. Akos ignoraba por qué, pero no pensaba meterse entre ellas a menos que llegaran a las manos.

—Resulta práctico en según qué situaciones —musitó sin entrar en detalles.

—Ve a comprarme algo de beber a esa carreta de ahí, ¿quieres? —le pidió Cisi inclinando la cabeza en dirección al gran puesto ambulante de la otra punta de la plaza.

Parecía muy confiada, de modo que Akos se abstuvo de preguntar nada y se zambulló en el gentío, con la nuca surcada de regueros de sudor. Al igual que Teka, llevaba una túnica gris encima de la armadura; aunque no contribuyera a hacerle pasar inadvertido (seguía siendo el individuo más alto de los alrededores), por lo menos no se parecía tanto a la persona que había rescatado a Cyra Noavek del anfiteatro el día antes.

La carreta, que se combaba sobre los ejes de las ruedas, estaba tan inclinada que a Akos le extrañó que ninguna de todas aquellas jarras (repletas de algún tipo de deliciosa bebida especiada procedente de Othyr y, si había que creerse los gritos del vendedor, capaz de levantarle el ánimo a cualquiera) resbalara y saltase en pedazos contra la calle. El othyrio le dijo lo que costaba, en un shotet lamentable, y Akos le lanzó una moneda. Cyra había dejado un montón de dinero en sus aposentos, a bordo de la nave de la travesía; se lo había enseñado sin la menor ceremonia una mañana, mientras se lavaba los dientes, y Akos se había quedado una parte por si acaso.

Le llevó la taza caliente, que entre sus manos parecía diminuta, a Cisi. La joven vertió el elixir para el sueño en su interior y se acercó al guardia contoneando las caderas. Sin darle explicaciones a nadie.

—Me extrañaría que hablara thuvhesita —murmuró Teka.

Cisi ensayó una postura más relajada al tiempo que saludaba al guardia con una sonrisa radiante. El hombre puso al principio cara de querer mandarla a paseo, pero no tardó en adoptar una expresión somnolienta; la misma que habían lucido Jorek y Jyo el día anterior, en presencia de Cisi.

—Como si le habla en ograno —dijo Akos—. Le daría exactamente lo mismo.

No era la primera vez que veía el don de Cisi en acción, pero hasta entonces la muchacha nunca se había esforzado de veras. Akos nunca había sospechado siquiera lo potente que podía llegar a ser el efecto cuando Cisi se empleaba a fondo. El guardia apoyó la espalda en el muro del anfiteatro, con los labios curvados en una sonrisa bobalicona, y cuando Cisi le ofreció la taza, el hombre extendió ambas manos para aceptarla. Y bebió.

Akos se apresuró a abrirse paso entre la multitud. Si el guardia iba a desplomarse, les convenía que ocurriera de la forma más discreta posible. Como cabía esperar, para cuando hubo llegado a la altura de su hermana, el guardia se tambaleaba ya en el sitio, derramando el resto de la bebida othyria sobre la tierra compactada. Akos lo agarró por los hombros y lo depositó en el suelo, despacio. Teka se puso en cuclillas y registró los bolsillos del hombre. Encontró la llave enseguida, echó un vistazo por encima del hombro y la introdujo en la cerradura.

—Vale —musitó Isae para Cisi—. Eso ha sido muy inquietante.

Cisi se limitó a sonreír.

Akos se llevó a rastras al guardia dormido, lo dejó junto al edificio y corrió para reunirse con los demás en la puerta, ya abierta. El túnel de mantenimiento que se extendía al otro lado olía a moho y basura caliente, una peste que, por algún motivo, le produjo una sensación punzante en el vientre, como un alfilerazo. El exceso de humedad volvía el aire viscoso. Teka usó la llave de nuevo para cerrar la puerta a su espalda y se la guardó en el bolsillo.

Ahora que estaban dentro cesaron las riñas, las bromas y la improvisación. Reinaba el silencio en el túnel, perturbado tan solo por un goteo lejano; era más angustioso así, sin poder oír el bullicio del gentío en el exterior ni los vítores procedentes de la arena sobre sus cabezas. Sin saber si Cyra había conseguido pasar, si habría anunciado ya su desafío, o si lograrían escapar de allí alguna vez en compañía de Ori. Más que un pasadizo subterráneo, ahora el túnel parecía una tumba.

—Cyra ha dicho que avanzásemos hacia el centro —murmuró Isae—. No recordaba el camino exacto. Me ha contado que estaba inconsciente la última vez que la trajeron por aquí.

Sin embargo, Cyra no era la única persona que había pisado alguna vez aquel túnel. Akos cerró los ojos mientras rememoraba la noche en que Vas lo había sacado por las malas de la cama, tras varios días de ayuno forzoso; ignoraba cuántos, lo único que sabía era que su puerta estaba cerrada con llave, que nadie quería explicarle lo que ocurría y que el estómago le había dolido durante muchas horas seguidas. Hasta que el dolor se esfumó sin más, como si se hubiera dado por vencido.

Vas le había pegado una buena paliza en el pasillo, lo había arrojado al interior de un vehículo flotante y lo había mandado volando hasta allí. Hasta aquel mismo túnel, con su oscuridad y su olor a basura y a moho.

—Yo sí lo recuerdo —dijo, y adelantó a Isae para encabezar la comitiva.

Todavía estaba sudando, por lo que se desabrochó la recia tela que cubría su armadura y la dejó tirada en el suelo. El recuerdo de aquel camino era algo borroso, y lo que menos le apetecía era regresar a ese momento en el que le dolía todo y se sentía tan débil que apenas si lograba mantenerse de pie. Eijeh se había reunido con Vas y con él en la puerta de atrás, y había apoyado los dedos en la armadura que cubría el hombro de Akos. Por un momento se había sentido reconfortado, como si su hermano estuviera intentando prestarle su apoyo. Después Eijeh se lo había llevado a rastras a la prisión. Para que lo torturaran.

Akos apretó los dientes, se aferró al mango del cuchillo y avivó el paso. Cuando dobló una esquina y se encontró con el primer guardia que se cruzaba en su camino, estalló sin pensárselo siquiera. Empujó al hombre, más bajo y corpulento que él, contra la pared, y le levantó la barbilla para incrustarle la cabeza en la piedra. Un filo arañó su armadura y una lengua de fuego brotó de la palma de la mano del guardia, pero Akos la apagó de inmediato de un golpe.

Estrelló la cabeza del guardia contra la pared una y otra vez, hasta que el hombre puso los ojos en blanco y se desplomó, inerte. Un estremecimiento recorrió a Akos de arriba abajo, erizándole el vello sobre la nuca. No se molestó en comprobar si su rival había muerto. No quería saberlo.

Pero sí que lanzó una mirada de soslayo a Cisi, cuyos labios se habían deformado en una mueca de repugnancia.

—Vaya —dijo, o más bien trinó, Isae—. Menuda eficiencia.

—Pues sí. —Teka pisó la pierna del guardia mientras reanudaba la marcha para internarse en el siguiente pasillo—. Aquí solo encontraremos partidarios de los Noavek, Kereseth. Indignos de que se derrame ni una sola lágrima por ellos.

—¿Te da la impresión de que vaya a echarme a llorar? —preguntó él, esforzándose por imitar la bravuconería de Cyra y fracasando estrepitosamente cuando se le rompió la voz.

Siguió caminando, pese a ello. No podía preocuparse por lo que opinara Cisi de él. Allí abajo, no.

Unos cuantos recodos más, y Akos dejó de sudar; ahora estaba tiritando. Todos los pasadizos parecían iguales: el mismo suelo de piedra irregular, las mismas paredes polvorientas de piedra, el mismo techo bajo de piedra. Cada vez que descendían, Akos tenía que agacharse para no golpearse la cabeza. El olor a basura se había esfumado, pero el tufo a moho se había recrudecido, asfixiante. Recordó haber contemplado fijamente el costado de la cabeza de Eijeh mientras su hermano tiraba de él por aquellos mismos pasillos y haberse fijado en que ahora llevaba el pelo corto, igual que Ryzek.

«No puedo seguir viendo cómo te destruyes por alguien que no quiere que lo salven», había dicho Cyra la noche anterior. Él le había demostrado el verdadero alcance de su locura, y ella se había negado a seguirle el juego. Costaba culparla por ello. Solo que Akos lo hacía. Tenía que hacerlo.

La puerta que había aparecido ante ellos desentonaba en su marco de piedra y madera. La hoja era de cristal, negra y opaca, y el mecanismo de la cerradura estaba en un lateral. Un teclado. Cyra les había proporcionado una lista de posibles combinaciones, todas ellas, según sus propias palabras, relacionadas con su madre de alguna manera. Cumpleaños, fecha de defunción, aniversario, números de la suerte. A Akos seguía costándole imaginar que a Ryzek pudiera importarle tanto su madre como para asegurar las puertas con la fecha de cumpleaños de esta.

En lugar de probar alguna de las combinaciones, sin embargo, Teka se limitó a desatornillar la placa que cubría el teclado. Utilizó para ello una herramienta tan fina como una aguja, reluciente y pulida, manejándola como si de un sexto dedo se tratara. Dejó la placa en el suelo y luego, con los ojos cerrados, sujetó uno de los cables que habían quedado al descubierto.

—Esto… ¿Teka?

Se acercaban pasos tras ellos, por alguna parte.

—Silencio —le espetó la muchacha mientras sujetaba otro cable. Esbozó una sonrisa—. Ah —murmuró. Era evidente que no estaba hablando con ellos—. Ya veo. De acuerdo, a ver si…

Se apagaron todas las luces de improviso, salvo la de emergencia, que continuaba bañándolos con su luz desde un rincón, tan deslumbrante que a Akos se le llenaron los párpados de motitas. Al abrirse, la puerta desveló el suelo de cristal que aparecía en el peor de los recuerdos de Akos: su hermano, obligándole a ponerse de rodillas ante Cyra Noavek. Las mortecinas luces de emergencia que brillaban en el pasillo dividían la prisión en cuadrículas.

Isae cruzó el umbral a la carrera y, sin frenar, recorrió el pasadizo mirando a derecha e izquierda cada vez que llegaba a una nueva celda. Akos entró detrás de ella, explorando su entorno, pero sintiéndose aislado de él al mismo tiempo. Isae regresaba ya, todavía corriendo; sabía lo que iba a decir antes incluso de que abriera la boca.

De alguna manera era como si lo hubiera sabido desde el principio, desde que había visto a su madre jugueteando con aquel botón entre los dedos; desde que había comprendido lo fácil que le resultaría a Sifa manipularlos y empujarlos en la dirección del futuro que ella quería, a cualquier precio.

—No está aquí —anunció Isae. Desde que la conocía, siempre había hecho gala de un control absoluto, ni siquiera había parpadeado al enterarse de que habían raptado a Ori. No le había temblado el pulso nunca, ni una sola vez. Y ahora estaba prácticamente chillando. Desesperada—. ¡Ori no está, no está aquí!

Akos parpadeó, despacio, como si el aire que rodeaba su cabeza acabase de transformarse en melaza. Todas las celdas estaban vacías: se habían llevado a Ori.

CAPÍTULO 35 | CYRA

Supe que había llegado el momento de actuar en cuanto se abrieron las puertas del anfiteatro. Al lanzarle una última mirada a Akos reparé en las manchas rojas de la punta de sus dedos, teñidas por las mezclas de flor del silencio que había preparado la noche anterior; en la línea blanca que le recorría el mentón, la de su cicatriz; y en los pliegues naturales de su ceño, que le daban aspecto de estar siempre preocupado. A continuación, me colé entre las dos personas que tenía delante y me infiltré en el grupo de soldados que se disponían a recibir sus honores de manos de mi hermano.

Para cuando el primero de ellos se hubo percatado de mi presencia, caminábamos ya por el túnel que conducía a la planta baja del anfiteatro y yo había desenfundado la hoja de corriente, por lo que no me importó.

—¡Eh, oye! —exclamó uno de los soldados—. No deberías estar a…

Lo agarré por el codo, lo atraje hacia mí y apoyé la punta del cuchillo en el borde inferior de su armadura, justo por encima de la cadera. Presioné lo justo para que notara un suave pinchazo.

—Dejadme pasar —dije levantando la voz para que todos me oyeran—. Lo soltaré en cuanto estemos dentro.

—Pero ¿tú no eres...? —empezó a preguntar uno de los otros, inclinándose sobre mí para verme la cara.

No respondí. Con la mano apoyada en su armadura, no en su piel, empujé a mi soldado cautivo hacia el fondo del túnel. Ninguno de sus compañeros hizo el menor ademán de ayudarlo, lo que atribuí a mi reputación; a mi reputación y a las sombras que, como si fueran cuerdas, se me enroscaban alrededor de las muñecas y del cuello.

Entorné los párpados frente al resplandor que inundaba el final del pasillo; el clamor de un gentío inmenso me inundó los oídos. Las grandes y pesadas puertas se cerraron a mi espalda y se bloquearon, dejándonos solos a mi rehén y a mí en la arena. Los demás soldados se habían quedado atrás. El campo de fuerza zumbaba sobre nuestras cabezas. Su olor era tan agrio como la fruta de sal, y tan familiar como el polvo que se elevaba por los aires a cada paso que daba.

Había derramado mucha sangre en aquel lugar, tanto propia como ajena.

Mi hermano se encontraba en una amplia plataforma, hacia la mitad del lateral del estadio. Un amplificador apareció volando y se quedó suspendido sobre su cabeza. Ryzek tenía la boca abierta, como si se dispusiera a decir algo, pero lo único que podía hacer era observarme fijamente, sin parpadear.

Aparté a mi rehén de un empujón, enfundé la hoja de corriente y me quité la capucha que me ocultaba el rostro.

Ryzek solo tardó un momento en esbozar una sonrisita burlona.

—Vaya. Fijaos en esto. Cyra Noavek, qué pronto has vuelto. ¿Nos echabas de menos? ¿O es que es así como os suicidáis los shotet caídos en desgracia?

Un coro de carcajadas se elevó de la multitud. El estadio estaba repleto de sus seguidores más leales, los habitantes más privilegiados, acaudalados y mejor alimentados de Shotet. Se reirían de cualquier cosa que se pareciese siquiera remotamente a un chiste.

Uno de los amplificadores (controlado a distancia por alguno de los presentes en el anfiteatro) me sobrevoló la cabeza para capturar mi respuesta. Lo vi oscilar arriba y abajo en el aire, flotando como una golondrina. No disponía de mucho tiempo antes de que Ryzek le ordenase a alguien que me apresara; tenía que ser directa.

Me quité los guantes con parsimonia y me desabroché los botones de la gruesa capa, que estaba haciéndome sudar a mares. Llevaba la armadura puesta debajo. Tenía los brazos desnudos, y una capa de maquillaje (que me había aplicado Teka esa mañana) disimulaba las magulladuras de mis facciones, dando la impresión de que habían desaparecido de un día para otro. La piel de plata me resplandecía en la cabeza y en el cuello. Ahora que empezaba a fundirse con mi cuero cabelludo, el picor era más intenso que nunca.

Si me dolía el cuerpo, sin embargo, no lo notaba. Aunque me había tomado el analgésico de Akos, era la adrenalina lo que realmente me aislaba del dolor.

—He venido para desafiarte a luchar en la arena —anuncié.

Se oyeron unas cuantas risas desperdigadas entre el público, vacilantes, como si los espectadores no estuvieran seguros de cuál debería ser su reacción. Ryzek, sin embargo, no se reía.

—No sabía que fueses tan melodramática —dijo al final. Tenía el rostro perlado de sudor; se secó el labio superior con el dorso de la mano—. Irrumpir aquí valiéndote de un rehén para atentar contra la vida de tu hermano es..., en fin, otro de tus gestos crueles, a los que ya deberíamos estar acostumbrados, supongo.

—Menos cruel que ordenar que maten a golpes a tu hermana y grabarlo para que todo el mundo lo pueda ver —repliqué.

—Tú no eres mi hermana —escupió Ryzek—. Eres la asesina de mi madre.

—En tal caso —fue mi apasionada respuesta—, baja aquí a vengar su muerte.

El anfiteatro volvió a llenarse de cuchicheos, como si alguien vertiera en las gradas un bisbiseo clamoroso igual que se vierte en un vaso.

—¿Confiesas haberle quitado la vida? —me preguntó.

Ni siquiera tenía sentido negarlo. Incluso después de todo este tiempo, conservaba el recuerdo nítidamente almacenado en mi memoria. Estaba en plena pataleta en aquellos momentos, lanzándole un grito tras otro: «¡No quiero ir a ver a otro médico! ¡No!». La había agarrado del brazo y había empujado mi dolor contra ella, como una niña que intenta apartar lo más lejos posible el plato que no se quiere comer. Solo que empujé con demasiada fuerza y se desplomó a mis pies. Lo que mejor recordaba eran sus manos, recogidas sobre el estómago. Siempre tan elegante. Perfecta. Incluso después de muerta.

—No he venido para cruzar acusaciones contigo —repuse—, sino para hacer lo que debería haber hecho muchas estaciones atrás. Enfréntate a mí en la arena. —Desenvainé el cuchillo y lo empuñé, con el brazo extendido a un costado—. Antes de que me informes de que carezco del rango necesario para desafiarte, permíteme decirte que eso no es más que una excusa.

Ryzek estaba apretando las mandíbulas. De niño había perdido un diente porque los rechinaba mientras dormía. Lo hacía con tanta fuerza que una pieza se había roto y le habían puesto un implante recubierto de metal. A veces lo veía destellar cuando hablaba, como un recordatorio de la presión que había creado el hombre que ahora se erguía ante mí.

—Me despojaste de mi rango —continué— para que nadie pudiera comprobar nunca con sus propios ojos que soy más fuerte que tú. Ahora te escondes detrás de tu trono, como un niño asustado, apelando a la ley. —Ladeé la cabeza—. Pero a nadie se le olvida cuál es tu destino, ¿verdad? Caer derrotado ante la familia Benesit. —Esbocé una sonrisa—. Negándote a luchar conmigo solo confirmarás lo que ya todos sospechan de ti: que eres débil.

Oí murmullos procedentes de la multitud. Nadie había repetido nunca el destino de Ryzek con tanto atrevimiento, tan a la vista de todos, sin sufrir las consecuencias. La última en intentarlo había sido la madre de Teka, por el intercomunicador de la nave de la travesía, y ahora estaba muerta. Los soldados se movieron incómodos junto a las puertas, aguardando la orden de abatirme, pero esta seguía sin llegar.

Ryzek se limitó a sonreír por toda respuesta, enseñándome los dientes. No era el gesto de alguien que estuviera a punto de batirse en retirada.

—De acuerdo, pequeña Cyra. Me enfrentaré a ti —anunció—, puesto que esa parece ser la única conducta que entiendes.

No podía permitir que me sacara de mis casillas, pero estaba consiguiéndolo. Aquella sonrisa me helaba la sangre en las venas y provocaba que las sombras de la corriente, mis inseparables adornos, me corrieran, veloces, por los brazos y el cuello. Cada vez más densas, espoleadas por la voz de mi hermano.

—Sí, ejecutaré a esta traidora personalmente —dijo—. Abridme paso.

Conocía esa sonrisa y sabía lo que se ocultaba tras ella. Tenía un plan. Pero el mío, con suerte, sería mejor.

Ryzek descendió al suelo de la arena despacio y con gracia, recorriendo el pasillo que la multitud había abierto para él. Al llegar a la barrera se detuvo para que un sirviente comprobara que las correas de su armadura estaban lo bastante tensas y que sus hojas de corriente estaban lo bastante afiladas.

En una pelea justa, yo era capaz de derrotar a mi hermano en cuestión de minutos. Mi padre le había enseñado a Ryzek el arte de la crueldad, y de mi madre había aprendido a urdir sus conspiraciones políticas, pero nadie se había preocupado nunca de controlar a qué dedicaba yo mis horas de estudio. Gracias a mi aislamiento, era mejor que él en combate. Ryzek lo sabía y, precisamente por eso, jamás permitiría que fuera una pelea justa. Lo cual significaba que yo todavía ignoraba qué arma había elegido realmente.

Estaba tomándose su tiempo en bajar a la arena, como si estuviese esperando a algo. No tenía la menor intención de batirse conmigo, eso era evidente, del mismo modo que yo tampoco pensaba medirme con él.

Si el plan se había llevado a cabo según lo acordado, Yma habría añadido el contenido del frasco en el tónico calmante que Ryzek tomaba con el desayuno y el extracto de flores del hielo estaría corriendo ya por sus venas. El momento exacto en que surtiría efecto era impredecible, pues dependía de cada persona. Tendría que estar preparada para que la poción me sorprendiera, o fracasaría estrepitosamente.

—Estás tardando demasiado —dije, con la esperanza de que se apresurase un poco para no quedar en evidencia ante todos—. ¿A qué viene tanta demora?

—Esperaba la hoja adecuada —dijo Ryzek, tras lo cual bajó de un salto a la arena y levantó una nube de polvo alrededor de sus pies.

Las marcas de sus víctimas quedaron al descubierto cuando se enrolló la manga izquierda. Se había quedado sin sitio en el brazo y había empezado una segunda fila junto a la primera, cerca del codo. Se adjudicaba como propias todas las muertes que había ordenado, aunque no hubiera sido él personalmente quien las ejecutara.

Ryzek desenvainó muy despacio la hoja y, cuando levantó el brazo, la multitud prorrumpió en gritos de júbilo a nuestro alrededor. El clamor enturbiaba mis pensamientos. Me costaba respirar.

No parecía ni pálido ni desorientado, como cabría esperar si de veras hubiese ingerido el veneno. Al contrario, se mostraba más concentrado que nunca.

Me sobrevino el impulso de abalanzarme sobre él con la hoja extendida, como una flecha liberada del arco o una nave de transporte que surcase la atmósfera. Pero no lo hice. Ni él. Los dos nos quedamos inmóviles en la arena, expectantes.

—¿A qué esperas, hermana? —preguntó Ryzek—. ¿Has perdido tu temple?

—No —dije—. Estoy esperando a que surta efecto el veneno que has ingerido esta mañana.

Los espectadores contuvieron la respiración, y por una vez —la primera— las facciones de Ryzek se quedaron demudadas de asombro. Por fin había conseguido sorprenderlo realmente.

—Llevas toda la vida diciéndome que no tengo nada que ofrecer salvo el poder que habita mi cuerpo —declaré—. Sin embargo, no soy ningún instrumento de tortura y ejecución, sino la única persona que conoce al auténtico Ryzek Noavek. —Di un paso hacia él—. Sé que no hay nada en este mundo que te asuste más que el dolor. Sé que hoy has reunido aquí a todas estas personas, no para celebrar el éxito de ninguna operación de salvamento, sino para presenciar el asesinato de Orieve Benesit.

Enfundé la hoja y extendí las manos a los costados, para que los asistentes pudieran comprobar que estaban vacías.

—Y lo más importante de todo, Ryzek: sé que eres incapaz de matar a nadie sin haberte drogado antes. Motivo por el cual he envenenado el tónico calmante que te has tomado esta mañana.

Ryzek se llevó una mano al estómago, como si a través de la armadura pudiera sentir la flor del silencio que debía de estar corroyéndole las entrañas.

—Has cometido el error de valorarme exclusivamente por mi don de la corriente y mi destreza con el cuchillo —sentencié.

Y, por una vez, lo creí de veras así.

CAPÍTULO 36 | AKOS

Hacía frío en la cárcel subterránea, pero Akos sabía que no era ese el motivo de que Isae estuviera temblando cuando balbuceó:

—Tu madre dijo que Ori estaría aquí.

—Tiene que ser un error —murmuró Cisi—. Se le habrá pasado algún detalle por alto…

Akos estaba prácticamente seguro de que no se trataba de ningún error, pero no pensaba ofrecer su opinión en aquel preciso momento. Tenían que encontrar a Ori. Si no estaba en la prisión, la habrían llevado más cerca del anfiteatro; quizá se hallara encima de ellos, en la arena, o en la plataforma en la que Ryzek había mutilado a su propia hermana.

—Estamos perdiendo el tiempo. Deberíamos ir arriba y buscarla —dijo sorprendido por la vehemencia de su propia voz—. Ahora.

Al parecer, el tono empleado había conseguido ahuyentar el pánico de Isae, que respiró hondo y se volvió hacia la puerta, donde los pasos lejanos de hacía unos instantes se habían materializado en la amenazadora figura de Vas Kuzar.

—Surukta. Kereseth. Ah…, Benesit —señaló Vas observando a Isae con una sutil curva en los labios—. Tengo que decir que no eres tan guapa como tu gemela. ¿Esa cicatriz no será de una hoja shotet, por casualidad?

—¿Benesit? —se extrañó Teka mirando a Isae sin parpadear—. ¿Se refiere a…?

Isae asintió con la cabeza.

Cisi había retrocedido hasta apoyar la espalda en la pared de una de las celdas, con las manos aplastadas contra el cristal. Akos se preguntó si su hermana se sentiría como si volviera a estar de nuevo en su salón, viendo cómo Vas Kuzar asesinaba a su padre. Así se había sentido él al principio, después del secuestro, cada vez que se encontraba con Vas; como si todo se desmadejara a la vez dentro de él. Pero ya no.

Vas tenía la mirada hueca, como de costumbre. Había sido decepcionante descubrir que Vas estaba vacío de ira, que era tan insensible por dentro como por fuera. Habría resultado más sencillo pensar en él como en alguien perverso, pero en realidad no era más que una mascota que se limitaba a cumplir con la voluntad de su amo.

El recuerdo de la muerte del padre de Akos afloró de nuevo a la superficie: su piel rasgada, el brillante color de su sangre, como el flujo de la corriente sobre sus cabezas; la hoja goteante que Vas se había limpiado en la pernera del pantalón antes de abandonar la casa. El hombre de bruñida armadura shotet y oscuros ojos dorados que era insensible al dolor. A menos…, a menos.

A menos que Akos lo tocara.

No iba a molestarse en intentar razonar con Vas. Habría sido una pérdida de tiempo. En vez de eso, Akos se limitó a acercarse a él, acompañado por el rechinar de sus botas sobre la grava que ellos mismos habían arrastrado hasta el suelo de cristal. Por culpa de la luz que lo iluminaba desde abajo, los ojos de Vas parecían aún más fríos, pese a su cálido tono castaño.

Akos poseía el corazón de una presa; su instinto le pedía correr, o cuando menos conservar la distancia que mediaba entre ellos, pero se obligó a acortarla. Respiró con la boca abierta y las aletas de la nariz dilatadas; todo el aire era poco.

Vas se abalanzó sobre él; Akos se permitió entonces ser la presa y se alejó de un salto. No lo bastante deprisa, sin embargo, pues el cuchillo de Vas le arañó la armadura. Akos hizo una mueca al escuchar aquel sonido y se giró de nuevo para encararse con él.

Quería que Vas consiguiera conectar un par de golpes certeros, que se confiara. El exceso de confianza conducía al descuido, y un descuido era todo cuanto Akos necesitaba para sobrevivir.

Los ojos de Vas eran dos discos de metal prensado y sus brazos, irrompibles cuerdas trenzadas. Se abalanzó de nuevo, pero en lugar de intentar apuñalar a Akos, le agarró el brazo con la mano libre y lo estampó, con todas sus fuerzas, contra la pared de la celda. Akos dejó caer bruscamente la cabeza hacia atrás y se golpeó contra el cristal. Vio un estallido de colores y el resplandor del suelo reflejado en el techo liso. La mano de Vas lo atenazaba con la violencia necesaria para dejarle magulladuras.

Y estaba lo suficientemente cerca como para apresarla. Akos consiguió aferrarla con los dedos antes de que su agresor, que ya había levantado el brazo del cuchillo para coger todo el impulso posible, tuviera tiempo de intentar asestarle otro golpe. Vas abrió desorbitadamente los ojos de súbito, sobresaltado por el contacto. Dolorido, quizá. Akos intentó estrellar la cabeza contra su nariz, pero Vas lo arrojó a un lado antes de que pudiera lograrlo.

Se desplomó. La grava que habían arrastrado desde el exterior se le adhirió a los brazos. Vio cómo Teka se llevaba a Isae y a Cisi, tirando de ellas con ambas manos, y se sintió aliviado a pesar de los regueros de sangre (o de sudor, no estaba seguro) que le bajaban por la nuca. Le palpitaban las sienes tras el impacto con la pared. Vas era muy fuerte, a diferencia de él.

El hombretón se pasó la lengua por los labios mientras volvía a abalanzarse sobre Akos. Le pegó una patada en el costado, protegido por la armadura. Y otra, clavándole la puntera de la bota en la barbilla. Lo dejó tendido de espaldas y Akos se cubrió la cara con las manos, gimoteando. El dolor era tan intenso que le costaba pensar, incluso respirar.

Vas se carcajeó. Se agachó sobre Akos, lo agarró por la pechera de la armadura y, de un tirón, lo incorporó a medias del suelo.

—En cualquiera que sea la vida que te aguarda —masculló salpicando de saliva el rostro del muchacho—, dale recuerdos de mi parte a tu padre.

Akos sabía que era su última oportunidad. Apoyó la mano en la garganta de Vas. Sin cerrarla siquiera, tan solo tocándola, lo máximo que le permitían sus fuerzas. Vas adoptó la misma expresión sorprendida de antes, el mismo gesto de dolor. Agachado como estaba, dejaba una franja de piel expuesta bajo la armadura, justo sobre la cinturilla de los pantalones. Sin dejar de tocarlo, obligándole a experimentar el dolor otra vez, Akos desenvainó el cuchillo que guardaba en la caña de la bota y apuñaló a su contrincante con la mano izquierda en una trayectoria ascendente. Bajo la armadura. En las entrañas.

Vas tenía los ojos tan abiertos que Akos pudo ver el blanco que le rodeaba los brillantes iris. Entonces gritó. Gritó, y se le llenaron los ojos de lágrimas. Su sangre, caliente, cayó sobre la mano de Akos. Estaban entrelazados, la hoja de Akos en la carne de Vas, las manos de Vas sobre los hombros del muchacho, sosteniéndose la mirada. Cayeron juntos al suelo, y Vas emitió un hondo sollozo.

Akos tardó un buen rato en soltarlo. Necesitaba cerciorarse de que Vas estuviera muerto.

Mientras extraía el cuchillo, pensó en el botón de su padre que había visto en la mano de su madre, desgastado su lustre por el roce de los dedos.

Cuántas veces había soñado con matar a Vas. La necesidad de hacerlo había sido como un segundo corazón que le latiera en el pecho. En sus sueños, sin embargo, se erguía sobre el cadáver, levantaba el cuchillo hacia el cielo y dejaba que la sangre se derramara por su brazo como si de un jirón del flujo de la corriente se tratara. En sus sueños se sentía victorioso y triunfal, resarcido por la venganza; capaz de despedirse por fin de su padre.

En sus sueños, no estaba hecho un ovillo contra la pared de ninguna celda, restregándose la palma de la mano con un pañuelo, estremecido por unos temblores tan violentos que el trozo de tela se le acababa cayendo al reluciente suelo.

La figura de Vas parecía mucho más pequeña ahora que lo había abandonado la vida. Aún tenía los ojos entreabiertos, al igual que la boca; Akos podía ver sus dientes torcidos. La imagen le dejó un regusto a bilis en la garganta y tragó saliva con dificultad, decidido a no vomitar.

«Ori», pensó. Encaminó sus pasos hacia la puerta, tambaleándose, y echó a correr.

CAPÍTULO 37 | CYRA

Ryzek retiró la mano de su estómago. Tenía la frente perlada de gotitas de sudor, justo en la línea del pelo. Sus ojos, tan penetrantes por lo general, se veían desenfocados. Pero entonces sus labios se curvaron hacia abajo, en un gesto que resultaba extrañamente… vulnerable.

—Eres tú la que ha cometido un error —dijo con el timbre más delicado y melifluo que Cyra le había escuchado jamás. Era una voz memorable, inconfundible: la voz de Eijeh. ¿Cómo podían cohabitar Ryzek y Eijeh en el mismo cuerpo, turnándose para salir a la superficie?—. No dejándole otro remedio.

«No dejándole otro remedio»… ¿a quién?

El sonido de la multitud había cambiado a nuestro alrededor. Ya nadie miraba a Ryzek. Todas las cabezas se habían vuelto hacia la plataforma elevada desde la que acababa de descender, donde Eijeh Kereseth se erguía ahora en solitario, apoyando un cuchillo en la garganta de la mujer que tenía ante él.

La reconocí. No solo gracias a la grabación del secuestro que todas las pantallas de la ciudad habían reproducido el día en que se la habían llevado, sino porque había visto hablar, reír y comer a Isae Benesit el día anterior. Y allí estaba su doble, Orieve Benesit, sin una sola cicatriz en el rostro.

—Ah, sí, esta es la hoja que estaba esperando —sonrió entonces Ryzek, recuperada ya su voz natural—. Cyra, te presento a Orieve Benesit, canciller de Thuvhe.

Tenía la garganta amoratada, cubierta de magulladuras. Presentaba un profundo corte en la frente. Pero cuando nuestras miradas se cruzaron a través de aquella considerable distancia, no me dio la impresión de ser alguien que temiera por su vida. Al contrario, más bien parecía alguien que sabía lo que le deparaba el futuro y se disponía a afrontarlo con la espalda recta y la cabeza bien alta.

¿Sabría Ryzek que aquella no era la auténtica canciller? ¿O le habría convencido ella de que lo era? Ya era tarde, en cualquier caso. Demasiado tarde.

—Ori —la llamé. Y en thuvhesita, añadí—: Intentó venir a por ti.

Estaba tan inmóvil que yo no sabía si me había escuchado o no.

—Thuvhe no es más que un patio de recreo para los shotet —declaró Ryzek—. Para mis fieles sirvientes fue un juego de niños traspasar sus defensas y llevarse a su canciller. Pronto, ella no será lo único que les hayamos arrebatado. ¡Su planeta será nuestro!

Estaba enardeciendo a sus partidarios. El clamor era ensordecedor. El fervor deformaba sus rostros. El delirio colectivo provocó que las sombras de la corriente se me enroscaran alrededor del cuerpo, tan tirantes como las ligaduras de un prisionero; hice una mueca de dolor.

—¿Qué me decís, shotet? —preguntó Ryzek paseando la mirada por la muchedumbre—. ¿Debería morir la canciller a manos de uno de sus antiguos súbditos?

Ori, mirándome aún, no emitió el menor sonido, aunque el amplificador sobrevolaba su cabeza a tan baja altura que a punto estuvo de chocar con Eijeh, el joven que portaba los horrores de mi hermano en la cabeza.

El canto no se hizo esperar.

—¡Que muera!

—¡Que muera!

—¡Que muera!

Ryzek extendió los brazos en cruz, regodeándose en el coro de voces. Giró sobre sí mismo una vez, muy despacio, incitando a los espectadores a continuar, hasta que su sed por la sangre de Ori se convirtió en algo prácticamente tangible, como un peso que flotara en el aire. Sonriendo de oreja a oreja, levantó las manos para apaciguarlos.

—Creo que le corresponde a Cyra decidir el instante de su muerte. —Bajó la voz ligeramente para añadir—: Si caigo, si no me proporcionas algún tipo de antídoto..., también ella sucumbirá.

—No hay ningún antídoto —fue mi respuesta apenas audible.

Podría haberla salvado. Podría haberle contado la verdad a Ryzek (la verdad que no le había contado a nadie, ni siquiera a Akos, cuando me imploró que conservara el ápice de esperanza que aún le reservaba a su hermano) y aplazar su ejecución. Abrí la boca de todos modos para ver si la verdad brotaba por sí sola, pese a la parálisis que me atenazaba.

Si le contaba la verdad a Ryzek (si salvaba la vida de Ori), nos quedaríamos todos atrapados en aquel anfiteatro, rodeados por una marea de partidarios de Ryzek, sin victoria alguna que conseguir para los renegados.

Tenía la garganta seca. No podía ni tragar saliva. No, ya era demasiado tarde para Orieve Benesit. No podía hacerlo. No podía salvarla sin sacrificarnos a todos los demás. Incluida la auténtica canciller de Thuvhe.

Ryzek se tambaleó y yo di un paso al frente, estirada el arma ante mí, para atraparlo mientras caía. Impulsé el cuchillo hacia delante mientras su peso nos derribaba a ambos al suelo.

Muy por encima de nosotros, Eijeh Kereseth (enjuto, con el pelo ensortijado y la mirada desorbitada) hundió la hoja de corriente en el vientre de Orieve Benesit.

Y la retorció.

CAPÍTULO 38 | AKOS

Mientras Ori se desplomaba, Akos oyó un alarido que le heló la sangre en las venas. Ryzek cayó de costado, con los brazos cruzados frente al cuerpo y quedó con la cabeza inerte apoyada en la tierra. Cyra se puso en pie, empuñando todavía el cuchillo. Lo había hecho. Había matado a su hermano, aniquilando así la última esperanza de salvación que le quedaba a Eijeh.

Isae estaba abriéndose paso a empujones entre la multitud cuando se desató el caos. Apretó los dientes y convirtió sus manos en zarpas para luchar por llegar hasta la plataforma. Akos se impulsó por encima de la barrera de la arena y corrió por el suelo de tierra, pasó junto a Cyra y Ryzek, sorteó la otra barrera y se zambulló en la marea de espectadores. La gente le daba codazos, patadas y empujones, pero Akos ni siquiera se inmutó al descubrir que tenía las uñas manchadas con la sangre de alguien.

En lo alto de la plataforma, Ori se aferraba a los brazos de Eijeh. Un nuevo borbotón de sangre afloraba a sus labios cada vez que tentaba respirar. Eijeh estaba encorvado sobre ella, sujetándola por los codos; cayeron juntos al suelo. Ori frunció el ceño y Akos se quedó observando la escena inmóvil, resistiéndose a interrumpir.

—Adiós, Eij —dijo la mujer, capturada su voz por el amplificador que los sobrevolaba.

Akos agachó la cabeza y embistió contra la última línea de espectadores. Unos niños gritaban en algún lugar, a lo lejos. Una mujer gimió de dolor cuando la arrollaron. Fue incapaz de incorporarse y la gente se limitó a pisotearla.

Cuando Isae llegó a la altura de Eijeh y Ori, empujó al hermano de Akos hacia atrás con un rugido. Se abalanzó sobre él en un abrir y cerrar de ojos, y le aferró la garganta con ambas manos. Eijeh no ofreció resistencia, a pesar de que Isae estaba estrangulándolo.

Akos no reaccionó de inmediato, sino que se quedó viendo cómo ocurría. Eijeh había matado a Ori. Quizá mereciera morir.

—Isae —dijo, al cabo, con voz ronca—. Para.

Ori buscaba a su hermana, con los dedos tensos y extendidos en el vacío. Al verla, Isae soltó a Eijeh y se arrodilló junto a ella. Ori sostuvo la mano de Isae contra su pecho, con fuerza, mirándola a los ojos.

El atisbo de una sonrisa. Y después, se apagó.

Abriéndose paso a empujones, Akos llegó a la plataforma; Isae estaba encorvada sobre el cuerpo de Ori, cuya vestimenta oscura estaba empapada de sangre. Isae no lloraba, ni gritaba, ni se estremecía. Detrás de ella, Eijeh estaba (por alguna razón) tendido de espaldas aún, inmóvil, con los ojos cerrados.

Una sombra pasó sobre ellos. La nave de los renegados, de relucientes tonos naranja, rojo y amarillo, acudía al rescate, tripulada por Jyo y Sifa.

Teka se había agachado ya sobre el cuadro de mandos del lateral derecho de la plataforma. Intentaba desmontar la pantalla del resto del mecanismo, pero le temblaba la mano y no lograba encajar el destornillador en su sitio. Al final, Akos desenvainó el cuchillo, lo encajó entre la pantalla y el mecanismo, e hizo presión para separarlos. Teka asintió con la cabeza en señal de agradecimiento e introdujo los dedos en el aparato para desactivar el campo de fuerza.

Se produjo un parpadeo de brillante luz blanca cuando el campo de fuerza se apagó. La nave de transporte descendió sobre el anfiteatro, flotando a la menor altura posible sin aplastar los asientos. La trampilla de su vientre se abrió y se descolgó la escalera.

—¡Isae! —exclamó Akos—. ¡Tenemos que irnos!

La mirada que le lanzó Isae destilaba veneno. Encajó las manos bajo los brazos de Ori e intentó arrastrarla hacia la nave. Akos quiso ayudar levantando las piernas de Ori, pero Isae le gritó que le quitara las manos de encima, de modo que dio un paso atrás. Para entonces, Cisi había llegado ya a la plataforma; Isae no le gritó nada a ella. Entre las dos subieron el cadáver de Ori a la nave.

Akos se volvió hacia Eijeh, que no se había movido del lugar donde lo había derribado Isae. Tampoco reaccionó cuando su hermano pequeño le sacudió el hombro, por lo que Akos apoyó los dedos en la garganta de Eijeh para cerciorarse de que seguía con vida. Así era. Su pulso era fuerte. Respiraba acompasadamente.

—¡Akos! —exclamó Cyra desde el suelo de la arena.

Aún estaba junto al cuerpo de Ryzek, con el cuchillo en la mano.

—¡Déjalo! —gritó él a su vez.

¿Por qué no abandonar el cadáver a las aves carroñeras y los partidarios de los Noavek?

—¡No! —Un destello apremiante iluminaba los ojos de Cyra—. ¡No puedo!

Levantó el arma. Akos no se había fijado bien antes; tan solo había visto el cuerpo de Ryzek, inerte, y a Cyra erguida sobre él con el cuchillo en la mano. Sin embargo, cuando la muchacha indicó la hoja con un ademán, Akos se fijó en que estaba limpia. Cyra no había apuñalado a Ryzek. ¿Por qué se habría desplomado este, entonces, si no estaba herido?

Akos recordó el rostro de Suzao hundido en la sopa, en la cafetería; y al guardia frente a la puerta del anfiteatro, quedándose inerte de golpe. La respuesta era obvia: Cyra había drogado a Ryzek.

Aunque sabía que Cyra era algo más que el Azote de Ryzek, más incluso que el Verdugo de Ryzek (aunque había sido testigo de su faceta más amable, de cómo se fortalecía incluso en el entorno más adverso posible, como la flor del silencio que eclosionaba en la hora adormecida), de alguna manera, no se le había ocurrido nunca esta posibilidad.

Que Cyra le perdonase la vida a Ryzek. Por él.

CAPÍTULO 39 | CYRA

La escotilla de la nave de los renegados se cerró a nuestra espalda. Comprobé el pulso de Ryzek antes de desatarle la cuerda del pecho. Era débil, pero constante, tal y como cabía esperar. A juzgar por el momento en que había caído y la potencia de las mezclas para el sueño de Akos, tardaría bastante en despertar. No lo había apuñalado, aunque me tomé la molestia de fingir que sí lo había hecho, por si acaso había alguien atento a las pantallas.

Yma Zetsyvis se había desvanecido con una pálida floritura azul tras el caótico desenlace del desafío. Deseé haber tenido ocasión de darle las gracias, pero, por otra parte, tampoco había envenenado a Ryzek por mí; creía que iba a matarlo, como yo la había inducido a pensar. Seguramente habría despreciado mi gratitud. Y cuando descubriese que la había engañado, me odiaría aún más que antes.

Isae y Cisi, en cuclillas, flanqueaban el cuerpo de Ori. Akos estaba de pie, detrás de su hermana. Cuando esta estiró el brazo hacia atrás, buscándolo, él ya le había tendido la mano a su vez; entrelazaron los dedos, y el don de Akos liberó las lágrimas de Cisi.

—Que la corriente que fluye a través y alrededor de todos y cada uno de nosotros, vivos y difuntos por igual, guíe a Orieve Benesit hasta su lugar de descanso —recitó Cisi cubriendo las manos ensangrentadas de Cisi con las suyas—. Que su consuelo llegue con nitidez a los oídos de los que aún respiramos y nos inspire a esforzarnos para que nuestros actos estén a la altura de la senda que se extiende ante nosotros.

Los cabellos de Isae, convertidos en una apelmazada maraña húmeda de saliva, se le pegaban a los labios. Cisi le apartó el pelo del rostro y se lo recogió detrás de las orejas. Sentí la calidez y el peso de su don de la corriente, devolviéndome la compostura.

—Que así sea —murmuró Isae al cabo de un momento, concluyendo al parecer la plegaria.

No había escuchado nunca ninguna oración thuvhesita, pero sabía que iban dirigidas a la corriente en sí, más que al ser superior que la controlara, como los líderes de las sectas shotet más pequeñas. Las plegarias de estas eran enumeraciones de certezas en lugar de súplicas, y me gustaba la franqueza de la incertidumbre thuvhesita, el reconocimiento implícito de que nadie sabía si sus ruegos obtendrían respuesta.

Isae se incorporó y dejó las manos inertes a los costados. La nave dio un brinco, desequilibrándonos a todos. No me preocupaba que nos persiguieran por los cielos de Voa; no quedaba nadie para dar esa orden.

—Lo sabías —dijo Isae mirando a Akos—. Sabías que Ryzek le había lavado el cerebro, que era peligroso… —Señaló con un gesto a Eijeh, tendido aún en el suelo de metal, inconsciente—. Desde el principio.

—No lo creía capaz de… —A Akos se le quebró la voz—. La quería como a una hermana…

—No te atrevas a decirme eso a mí. —Isae apretó los dedos hasta cerrar el puño, con tanta fuerza que se le pusieron blancos los nudillos—. Era mi hermana. ¡No le pertenece a él, ni a ti ni a nadie más!

Estaba demasiado distraída con su conversación como para evitar que Teka se arrodillara junto a Ryzek. Apoyó una mano en su garganta, primero, y después en su pecho, deslizándola bajo la armadura.

—Cyra —dijo en voz baja—. ¿Por qué está vivo?

Todo el mundo (Isae, Cisi, Akos) se giró hacia Teka, disuelto el momento de tensión. La mirada de Isae saltó del cuerpo de Ryzek a mí. Me puse rígido. Había algo amenazador en el modo en que se movía y hablaba, como una criatura enroscada que se dispusiera a atacar.

—La última esperanza de recuperar a Eijeh reside en Ryzek —dije con toda la serenidad que fui capaz de reunir—. Le he perdonado la vida por ahora. Cuando le haya devuelto sus recuerdos a Eijeh, estaré encantada de arrancarle el corazón con mis propias manos.

—Eijeh —se carcajeó Isae. Y se volvió a reír, desquiciada, con la mirada vuelta hacia el techo—. La droga que le administraste a Ryzek lo dejó dormido..., pero ¿decidiste omitir esa información cuando estaba en juego la vida de mi hermana?

Dio un paso hacia mí, aplastando los dedos de Ryzek bajo la suela de su zapato.

—Antepusiste la exigua esperanza de la salvación de un traidor —murmuró sin el menor atisbo de temblor en la voz— a la vida de la hermana de una canciller.

—Si le hubiera desvelado la verdad sobre la droga a Ryzek nos habríamos quedado atrapados en el anfiteatro, sin ninguna ventaja a nuestro favor ni la menor oportunidad de escapar, y habría asesinado a tu hermana de todas maneras —contesté—. Elegí la opción que garantizaba nuestra supervivencia.

—No dices más que mentiras. —Isae se inclinó sobre mi cara—. Elegiste a Akos. No te atrevas a fingir lo contrario.

—De acuerdo —dije con la misma frialdad—. Era Akos o tú. Lo elegí a él. Y no me arrepiento.

No era toda la verdad, pero sin duda era cierto. Si era el odio sin más lo que buscaba, estaba dispuesta a facilitárselo. Estaba acostumbrada a que me odiaran, sobre todo los thuvhesitas.

Isae asintió con la cabeza.

—Isae... —empezó a decir Cisi, pero Isae ya había empezado a alejarse. Se metió en la cocina y cerró la puerta tras ella.

Cisi se secó las mejillas con el dorso de la mano.

—No me lo puedo creer —murmuró Teka—. Vas ha muerto y Ryzek está vivo.

¿Vas había muerto? Me volví hacia Akos, pero este rehuyó mi mirada.

—Dame alguna razón para no matar a Ryzek ahora mismo, Noavek —dijo Teka girándose hacia mí—. Pero como esa razón tenga algo que ver con Kereseth, te pego.

—Si lo matas, os quedaréis sin mi colaboración para llevar a cabo el próximo plan que urdan los renegados —dije impasible, sin mirarla siquiera—. Si me ayudáis a mantenerlo con vida, en cambio, os apoyaré en la conquista de Shotet.

—¿Ah, sí? ¿Y cómo piensas apoyarnos, exactamente?

—Ay, pues no sé, Teka —salté abandonando mi impasibilidad para fulminarla con la mirada—. Ayer los renegados estabais en Voa, escondidos en un refugio, sin saber qué paso dar a continuación, y ahora, gracias a mí, tenéis el cuerpo inconsciente de Ryzek a vuestros pies mientras Voa se sume en el caos a vuestras espaldas. Creo que eso es prueba de que mi capacidad para contribuir a la causa de los renegados es más que considerable, ¿no te parece?

Se pasó unos segundos mordiéndose el interior de la mejilla antes de replicar:

—Hay una zona de carga abajo, en la bodega, con una puerta robusta. Lo dejaré allí para que no nos sorprenda cuando despierte. —Meneó la cabeza—. ¿Sabes?, se han declarado guerras por menos de esto. No es que la hayas hecho enfadar, sino que has enfurecido a toda una nación.

Se me formó un nudo en la garganta.

—Sabes que no podría haber hecho nada por Ori —dije—, aunque hubiera matado a Ryzek. Estábamos atrapados.

—Lo sé. —Teka exhaló un suspiro—. Pero estoy bastante segura de que Isae Benesit no se lo cree.

—Hablaré con ella —intervino Cisi—. Intentaré explicárselo. En estos momentos solo busca echarle las culpas a alguien.

Se quitó la chaqueta que llevaba puesta y arropó a Ori con ella; con los brazos al aire, se le puso la carne de gallina. Akos la ayudó a recoger los bordes de la chaqueta bajo los hombros y las caderas de la muchacha, para ocultar su herida. Cisi le arregló el pelo con los dedos.

Luego se marcharon los dos —Cisi a la cocina y Akos a la bodega de carga— con el paso apesadumbrado y las manos temblorosas.

Me volví hacia Teka.

—Vamos a encerrar a mi hermano.

Teka y yo arrastramos a Ryzek y a Eijeh a dos zonas de almacenamiento distintas, por turnos. Busqué hasta dar con más elixir del sueño para drogar a Eijeh. Ignoraba qué le ocurría (todavía estaba inconsciente y seguía sin responder a ningún estímulo), pero, si seguía siendo el mismo individuo perverso que había asesinado a Ori Benesit, no me apetecía tener que lidiar con ese problema en aquellos momentos.

Después me dirigí a la cubierta de navegación, donde Sifa Kereseth se había sentado en la silla del capitán y estaba al mando de los controles. Jyo se encontraba cerca, utilizando su pantalla para contactar con Jorek, que había regresado a casa tras la caída de Ryzek para recoger a su madre. Me instalé en el asiento vacío que quedaba junto a la madre de Akos. Surcábamos la atmósfera a gran altura, al límite de la barrera azul que nos separaba del espacio.

—¿Adónde vamos? —pregunté.

—Entraremos en órbita hasta que hayamos trazado un plan —dijo Sifa—. No podemos volver a Shotet, por motivos obvios, y Thuvhe sigue sin ser un destino seguro.

—¿Sabes qué pasa con Eijeh? Está catatónico.

—No —contestó Sifa—. Todavía no.

Cerró los ojos. Me pregunté si el futuro sería algo que se podía rastrear, como las estrellas. Algunas personas dominaban sus dones, mientras que otras eran meros instrumentos de ellos; nunca antes me había parado a reflexionar sobre la categoría en la que encajaba el oráculo de Hessa.

—Creo que sabías que íbamos a fracasar —dije en voz baja—. Le contaste a Akos que tus visiones se superponían unas encima de otras, que Ori estaría en la celda al tiempo que Ryzek luchaba conmigo en la arena. Pero sabías que no sería así, ¿cierto? —Hice una pausa—. Como sabías también que Akos debería enfrentarse a Vas. Querías que no le quedase más remedio que matar al hombre que había asesinado a tu marido.

Sifa tocó el mapa de navegación automática para invertir los colores (negro para la inmensidad del espacio, blanco para la ruta por la que la surcábamos) y se reclinó en la silla, con las manos recogidas en el regazo. Al principio pensé que estaba meditando su respuesta, pero cuando pasó el tiempo y ella seguía sin decir nada, comprendí que no tenía la menor intención de hacerlo. No la presioné. Mi madre también había sido una persona intratable, y sabía cuándo me convenía desistir de mi empeño.

Por eso me llevé una ligera sorpresa cuando habló.

—Mi marido necesitaba que lo vengaran —dijo—. Akos lo entenderá algún día.

—No —respondí—. Solo entenderá que su propia madre lo manipuló para que hiciera lo que más odia en el mundo.

—Es posible.

La oscuridad del espacio nos envolvía como una mortaja, y me sentí más tranquila, reconfortada por el vacío. Esta travesía era distinta. Nos alejábamos del pasado, en vez del lugar que supuestamente era mi hogar. Aquí, las diferencias que separaban a los shotet y a los thuvhesitas eran más difíciles de ver, y casi volvía a sentirme segura.

—Debería ir a ver cómo está Akos —dije.

Antes de que pudiera incorporarme, ella ya me había sujetado un brazo con la mano; se inclinó sobre mí, tan cerca que distinguí las cálidas franjas castañas que veteaban sus ojos oscuros. Hizo una mueca, pero no se apartó.

—Gracias —me dijo—. Estoy segura de que no debió de ser fácil para ti anteponer la misericordia para mi hijo a la venganza contra tu hermano.

Me encogí de hombros, incómoda.

—No podía liberarme de mis pesadillas haciendo realidad las de Akos —contesté—. Además, sé que podré vivir con ellas.

CAPÍTULO 40 | AKOS

Después de que los shotet sacaran de su hogar a Akos y a Eijeh y los arrastraran por toda la División; después de que Akos se liberara de sus grilletes, robara el cuchillo de Kalmev Radix y lo apuñalara con él; después de que molieran a golpes a Akos y lo dejaran casi sin poder caminar, se llevaron a los hermanos Kereseth a Voa para presentarlos ante Ryzek Noavek. Risco abajo y a través de tortuosas calles cubiertas de polvo, convencidos ambos de que iban a matarlos, o algo peor. El estruendo era excesivo, al igual que el bullicio; todo era demasiado distinto a su hogar.

Mientras recorrían el pequeño túnel que comunicaba con la reja de la mansión de los Noavek, Eijeh había susurrado:

—Tengo muchísimo miedo.

La muerte de su padre y su secuestro lo habían roto como si fuera un cascarón. Incluso parecía estar supurando, siempre con los ojos anegados de lágrimas. A Akos le había ocurrido todo lo contrario.

Nadie podía romperlo.

—Le prometí a papá que te sacaría de aquí —le había dicho a Eijeh—. Así que eso es lo que pienso hacer, ¿entendido? Saldremos de esta. Te lo prometo, aquí y ahora.

Había rodeado los hombros de su hermano con un brazo, atrayéndolo hacia su costado. Y habían entrado juntos.

Ahora volvían a estar fuera, pero no habían salido juntos. Akos había tenido que llevárselo a rastras.

Los confines de la bodega eran lóbregos y reducidos, pero había un lavabo, y Akos no necesitaba mucho más en aquellos precisos instantes. Se desnudó de cintura para arriba, demasiado sucia su camisa como para tener ya solución, graduó el agua tan caliente como se vio capaz de soportar y utilizó el grasiento jabón para cubrirse las manos de espuma. A continuación, metió la cabeza debajo del grifo. El agua salada se le introdujo en la boca. Mientras se restregaba los brazos y las manos, frotándose la sangre seca bajo las uñas, se permitió bajar la guardia por fin.

Lloró bajo el chorro de agua, sucumbiendo al mismo tiempo al horror y al alivio. Dejó que el sonido de las salpicaduras ahogara los extraños sollozos entrecortados que se le escapaban de la boca entreabierta; que sus músculos doloridos se estremecieran con el calor.

Aún no se había recompuesto del todo cuando Cyra bajó por la escalerilla. Estaba colgado del borde del lavabo, apoyado en las axilas, con los brazos doblados sin fuerza alrededor de la cabeza. Cyra pronunció su nombre, y él se obligó a ponerse de pie y a buscar los ojos de ella en el espejo surcado de grietas que había encima del grifo. Regueros de agua se le escurrían por el cuello y la espalda, hasta empaparle la cinturilla de los pantalones. Cerró el grifo.

Cyra se llevó una mano a la cabeza para apartarse los cabellos a un lado. Se le enternecieron los ojos, tan negros como el espacio, mientras lo observaba. Las sombras de la corriente que flotaban sobre sus brazos se le enroscaron alrededor de las clavículas. Sus movimientos eran lánguidos.

—¿Vas? —preguntó.

Akos asintió con la cabeza.

En aquel momento, a Akos le gustó más todo lo que ella estaba callándose que lo que decía. Nada de «con viento fresco», ni «has hecho lo que tenías que hacer», ni siquiera un simple «no pasa nada». Cyra no tenía paciencia para ese tipo de cosas. Lo suyo era la verdad sin disimulos, descarnada; era lo que elegía una y otra vez, como una mujer que estuviera empeñada en romperse los huesos, sabiendo que al sanar se fortalecerían.

—En marcha —fue lo único que dijo—. Vamos a buscarte algo limpio que ponerte.

Parecía cansada, pero no más de lo que cabría esperar en cualquiera tras una intensa jornada de trabajo. Era otra de sus peculiaridades: como gran parte de su vida había sido tan difícil, se mostraba más firme que los demás cuando se torcían las cosas. Quizá no para bien, en ocasiones.

Akos quitó el tapón del desagüe para dejar que el agua rojiza desapareciera, izit a izit. Se secó con la toalla que colgaba junto al lavabo. Cuando se volvió hacia ella, las sombras de la corriente enloquecieron, danzando sobre sus brazos y surcándole el pecho. Cyra hizo un pequeño gesto de dolor, pero ahora era distinto, menos agonizante que antes. La Cyra que tenía enfrente había conseguido interponer un resquicio de distancia entre el dolor y ella.

La siguió escalera arriba, primero, y después por el estrecho pasillo que conducía al armario de almacenaje. Estaba repleto de tela: sábanas, toallas y, al fondo, ropa de sobra. Akos se puso una camisa holgada. Se sintió mejor llevando encima algo limpio.

Para entonces Cyra ya se había dirigido a la cubierta de navegación, desierta ahora que la nave de transporte había entrado en órbita. Junto a la escotilla de salida, la madre de Akos y Teka estaban envolviendo el cuerpo de Ori en sábanas blancas. La puerta de la cocina todavía estaba cerrada; Isae y Cisi seguían dentro.

Se quedó junto a Cyra, ante la ventana de observación. Ella siempre se había sentido atraída por ese tipo de vistas, tan inabarcables como vacías. Él no las soportaba, aunque disfrutaba con el titilar de las estrellas, el resplandor de los planetas lejanos, el oscuro rojo púrpura del flujo de la corriente.

—Hay un poema shotet que me gusta —dijo Cyra de repente en un perfecto thuvhesita.

En todo el tiempo que llevaban juntos, Akos solo la había oído pronunciar un puñado de palabras en ese idioma. Que lo eligiera ahora significaba algo: hablaban de igual a igual, de un modo que antes no habría sido posible. Había estado a punto de morir para ello.

Akos frunció el ceño mientras recapacitaba al respecto. Lo que hacía una persona cuando la asaltaba el dolor decía mucho de ella, y Cyra, torturada constantemente, había estado dispuesta a entregar su vida por liberarlo de la prisión de Shotet. No lo olvidaría jamás.

—La traducción es complicada —continuó—, pero, a grandes rasgos, uno de los versos diría algo así: «El corazón apesadumbrado sabe cuándo se ha hecho justicia».

—Tu acento es muy bueno.

—Me gusta la sensación que me producen las palabras —dijo ella acariciándose el cuello—. Me recuerda a ti.

Akos tomó la mano que Cyra tenía apoyada en el cuello y entrelazó los dedos con ella. Las sombras se desvanecieron. Su piel morena había adquirido un tinte apagado, pero sus ojos se veían más vivos que nunca. Quizá pudiera aprender a encariñarse con la desierta inmensidad del espacio si pensaba en ella como si fueran los ojos de Cyra: de una oscuridad suave, con la pincelada justa de calidez.

—Se ha hecho justicia —repitió el muchacho—. Es una forma de verlo, supongo.

—Es la forma en que lo veo yo. A juzgar por tu expresión, sospecho que prefieres elegir la senda de la culpa y los reproches contra ti mismo.

—Quería matarlo. Odio haber deseado hacer algo así.

Se estremeció de nuevo y se contempló las manos, agrietadas tras haber repartido tantos golpes. Así las tenía Vas siempre.

Cyra tardó unos instantes en responder.

—Cuesta saber qué es lo correcto y qué no lo es en esta vida —dijo—. Hacemos lo que podemos, pero lo que de verdad necesitamos es compasión. ¿Sabes quién me enseñó eso? —Su sonrisa se ensanchó—. Tú.

Akos ignoraba qué clase de compasión podría haberle enseñado él, pero sabía cuál había sido el precio de la lección para ella: perdonar a Eijeh (y perdonarle la vida a Ryzek, por ahora) significaba que debía seguir aferrándose a su dolor más intenso. Significaba renunciar a la victoria que llevaba tanto tiempo esperando a cambio de la ira de Isae y el rechazo de los renegados. A pesar de todo, sin embargo, parecía conforme con ello. Nadie sabía encajar el odio de los demás mejor que Cyra Noavek. A veces lo fomentaba, incluso, pero eso a él no le molestaba en exceso. Lo entendía. Opinaba que a la gente le iría mejor manteniéndose alejada de ella, eso era todo.

—¿Qué? —preguntó Cyra.

—Me gustas, ¿sabes?

—Lo sé, sí.

—No, me refiero a que me gusta cómo eres, no necesito que cambies. —Akos esbozó una sonrisa—. Nunca te he tenido por un monstruo, ni un arma ni... ¿Cómo te llamaste a ti misma? Un clavo...

«Oxidado», lo interrumpió la muchacha, capturando la palabra con los labios. Recorrió con las puntas de los dedos, cautas y heladas, las cicatrices y las magulladuras que lucía Akos, como si pretendiera arrebatárselas. Sabía a hoja de sendes y a flor del silencio, a fruta de sal. A su hogar.

Akos apoyó las manos en ella, suspirando contra su piel. Envalentonados, entrelazaron los dedos, se acariciaron el pelo, se tiraron de la camisa y encontraron delicados rincones que nadie había tocado jamás, como la curva de la cintura de ella o el contorno del mentón de él. Presionaron sus cuerpos, cadera contra estómago, rodilla contra muslo...

—¡Oye! —exclamó Teka desde la otra punta de la nave—. ¡Vosotros dos, que esto es un espacio público!

Cyra le lanzó una mirada asesina mientras apoyaba los talones en el suelo de nuevo.

Akos sabía cómo se sentía. También él quería más. Lo quería todo.

CAPÍTULO 41 | CYRA

Bajé las escaleras que conducían a la bodega, en el vientre de la nave de los renegados, donde mi hermano estaba encerrado en una de las salas de almacenaje. Las puertas eran de metal macizo, pero cada una de ellas disponía de una rejilla de ventilación cerca del techo bajo, para facilitar la circulación del aire por toda la nave. Me acerqué despacio a su celda, deslizando un dedo por la pared lisa. Un vaivén sacudió la nave e hizo que las luces parpadearan sobre mi cabeza.

La rejilla de ventilación me quedaba a la altura de los ojos, de modo que pude asomarme al interior. Esperaba ver el cuerpo de Ryzek tirado en el suelo, inerte junto a los botes de disolvente o las bombonas de oxígeno, pero no estaba allí. Al principio no lo vi en absoluto y aspiré una bocanada de aire, frenética, dispuesta a desgañitarme pidiendo ayuda. Pero entonces entró en mi campo de visión y vi su cuerpo fragmentado por las rendijas de la rejilla.

Pude distinguir sus ojos, no obstante, desenfocados pero rebosantes de desdén.

—Eres más cobarde de lo que me imaginaba —gruñó arrastrando las palabras.

—Resulta interesante estar a este lado de la pared, para variar

—repuse—. Ten cuidado, si no quieres que te trate con tan poca delicadeza como me trataste tú a mí.

Levanté una mano, dejando que la humeante corriente la rodeara. Jirones de oscuridad, tan negros como la tinta, se me enroscaron en los dedos como si fueran mechones de pelo. Deslicé las uñas por la rejilla de ventilación, con suavidad, maravillada por lo fácil que sería atacarlo ahora, sin que hubiera nadie presente para impedírmelo. Solo tenía que abrir la puerta.

—¿Quién ha sido? —preguntó Ryzek—. ¿Quién me envenenó?

—Ya te lo he dicho. Fui yo.

Ryzek sacudió la cabeza.

—No, guardo mis mezclas de flor del hielo bajo llave desde el primer intento de asesinato en el que participaste. —En sus labios aleteaba la sombra de una sonrisa desprovista de humor—. Y por «bajo llave» me refiero a una cerradura genética, accesible tan solo para la sangre Noavek. —Aguardó un latido antes de concluir—: Cerradura que, como tú y yo bien sabemos, eras y eres incapaz de forzar.

Me quedé mirándolo fijamente a través de las rendijas, con la boca seca. Disponía de las grabaciones de seguridad del primer intento de asesinato, por supuesto, por lo que casi con toda probabilidad me había visto intentando forzar la cerradura de su puerta, sin éxito. No parecía sorprendido.

—¿A qué te refieres? —pregunté con un hilo de voz.

—No compartimos la misma sangre —dijo enunciando con claridad cada una de las palabras—. No eres Noavek. ¿Por qué crees que empecé a utilizar esas cerraduras? Porque sabía que solo podría abrirlas una persona: yo.

Y yo nunca había intentado sortear ninguna antes del atentado, porque siempre había guardado las distancias con él. Aunque lo hubiera hecho, estaba segura de que Ryzek habría tenido alguna explicación convincente lista para la ocasión. Siempre estaba preparado para mentir.

—Si no soy Noavek, ¿qué soy? —le espeté.

—¿Cómo quieres que yo lo sepa? —se carcajeó—. Me alegra haber podido verte la cara al decírtelo. Mi Cyra, siempre tan volátil y emocional. ¿Cuándo aprenderás a controlar tus reacciones?

—Podría decirte lo mismo. Tus sonrisas resultan cada vez menos convincentes, Ryz.

—«Ryz». —Se volvió a reír—. Te crees que has ganado, pero no es así. Hay muchas cosas que aún no te he contado, aparte de tu verdadero linaje.

En mi interior se había desatado una tormenta, pero me obligué a quedarme lo más inmóvil posible, atenta a sus labios entreabiertos en una sonrisa; a sus ojos, cercados de arrugas. Escudriñé sus facciones en busca del menor indicio de sangre compartida, pero no pude encontrar ni rastro. No nos parecíamos, aunque eso de por sí no significaba nada; a veces los hermanos manifestaban rasgos de uno u otro progenitor, o de parientes lejanos, devolviendo a la vida características genéticas olvidadas desde hacía tiempo. Quizá estuviera contándome la verdad o quizá estuviera jugando conmigo, pero, en cualquier caso, no pensaba darle la satisfacción de arrancarme ni una sola reacción más.

—Esta desesperación no te pega, Ryzek —dije bajando la voz—. Resulta casi… indecente.

Levanté las manos y usé la yema de los dedos para tapar las rendijas de la rejilla.

Pero aún podía oírlo.

—Nuestro padre… —Dejó la frase inacabada, flotando en el aire, y se corrigió—: Lazmet Noavek todavía sigue con vida.

CAPÍTULO 42 | AKOS

Miraba por la ventana de observación, contemplando el cielo oscuro. A la izquierda se divisaba una franja de Thuvhe, blanqueada por la nieve y un manto de nubes. No era de extrañar que los shotet llamaran a ese planeta Urek, que significaba «vacío». Desde allí arriba, su característica más notable era la ausencia de todo.

Cisi le ofreció una taza de infusión, de un amarillo verdoso. Una mezcla para otorgar fortaleza, a juzgar por el tono. A él no se le daba bien preparar esa mezcla, puesto que había dedicado la mayor parte del tiempo a trabajar con flor del silencio, con el objetivo de facilitar el sueño y mitigar el dolor. Su sabor no era gran cosa (algo amargo, como un tallo joven recién cortado), pero le infundió valor y estabilidad, como cabía esperar.

—¿Qué tal está Isae? —le preguntó a Cisi.

—Isae está... —La muchacha frunció el ceño—. Creo que me ha escuchado, en cierto modo, a pesar del dolor que la aflige. Pero ya lo comprobaremos.

De eso a Akos no le cabía la menor duda, aunque el resultado probablemente no iba a gustarles. Había visto el odio en las facciones de Isae cuando miró con rabia a Cyra junto a la escotilla, con el cuerpo de su hermana tendido tras ella. Ninguna charla con Cisi podría haber rebajado la intensidad de ese resentimiento, por mucho cariño que ambas se tuvieran.

—Seguiré intentándolo —le prometió Cisi.

—Ese es el rasgo que comparten todos mis hijos —los interrumpió de repente su madre, subiendo los escalones metálicos que comunicaban con la cubierta de navegación—. Son muy obstinados. Podría pensarse que hasta el punto de engañarse a sí mismos.

Lo dijo con una sonrisa. Tenía una forma curiosa de hacer cumplidos, su madre. Se preguntó si habría contado con la ferviente tenacidad de Akos al organizarlo todo para que llegaran demasiado tarde a la prisión. O quizá no hubiera previsto que Eijeh se entrometiera en sus planes valiéndose de una maniobra de oráculo de su propia cosecha. Nunca lo sabría.

—¿Se ha despertado Eijeh? —le preguntó.

—Se ha despertado, sí. —Sifa exhaló un suspiro—. Pero se limita a contemplar fijamente el vacío, por ahora. No da muestras de oírme. No sé qué le haría Ori antes de… En fin.

Akos los recordó a ambos, Eijeh y Ori, en la plataforma, abrazados. Recordó cómo le había dicho adiós ella, como si fuese él quien se marchaba. Y así había ocurrido a continuación, se había desvanecido tan solo porque ella lo había tocado. ¿De qué era capaz el contacto de Ori? No se lo había preguntado nunca.

—Habrá que esperar —dijo Sifa—, a ver si podemos usar a Ryzek para recuperarlo. Creo que Cyra tenía un par de ideas al respecto.

—Seguro que sí —murmuró Cisi en un tono algo lúgubre.

Akos probó un sorbo de infusión y se permitió sentir algo parecido al alivio. Eijeh había escapado de Shotet, Cisi y Sifa estaban con vida. Resultaba tranquilizador saber que todas las personas que habían irrumpido en su hogar y asesinado a su padre ya no existían. Tenía marcas de víctimas en el brazo. O las tendría, cuando encontrase tiempo para grabar la de Vas.

La pequeña nave viró, mostrando ahora menos de Thuvhe y más del espacio que se extendía ante ellos, oscuro salvo por las estrellas dispersas y el resplandor de un planeta lejano. Zold, si no le fallaba la memoria y se acordaba bien de sus mapas, lo cual no era garantía de nada. Nunca había sido buen estudiante.

Fue Isae la que rompió el silencio al salir por fin de la cocina. Tenía mejor aspecto que un par de horas antes: se había recogido el pelo en una apretada coleta y había sustituido su jersey manchado de sangre por una camisa. Tenía las manos limpias, incluso debajo de las uñas. Cruzó los brazos sobre el pecho, separó las piernas y se plantó en la plataforma de la cubierta de navegación.

—Sifa —dijo—, sácanos de la órbita y programa el navegador automático con rumbo a la sede de la Asamblea.

—¿Por qué nos dirigimos allí? —preguntó Sifa mientras ocupaba la silla de mando.

Pese a su intento de aparentar naturalidad, sonaba nerviosa.

—Porque necesitan ver con sus propios ojos que sigo con vida. —Isae le lanzó una mirada fría y calculadora—. Y porque dispondrán de una celda capaz de contener a Ryzek y Eijeh hasta que decida qué hacer con ellos.

—Isae… —empezó a decir Akos, pero no le quedaba por decir nada que no hubiera dicho ya.

—No pongas a prueba mi paciencia, o descubrirás que es limitada. —Isae volvía a ser la misma canciller implacable de siempre. De la mujer que le había apoyado una mano en la cabeza mientras lo llamaba thuvhesita ahora no quedaba ni rastro—. Eijeh es ciudadano thuvhesita. Se le tratará como a tal, igual que al resto de vosotros. A no ser, Akos, que decidas declararte ciudadano de Shotet y recibir el mismo trato que la señorita Noavek.

No era ciudadano de Shotet, pero sabía que discutir con ella no serviría de nada. La cegaba el dolor.

—No —dijo—. Preferiría no hacerlo.

—Muy bien. ¿Está programado el navegador automático?

Sifa había activado ya la pantalla, que flotaba salpicada de diminutos caracteres verdes delante de ella, y estaba introduciendo las coordenadas. Se reclinó en la silla.

—Sí. Llegaremos dentro de unas horas.

—Hasta entonces, asegúrate de que Ryzek Noavek y Eijeh estén controlados —le ordenó Isae a Akos—. No tengo el menor interés en saber nada de ellos, ¿entendido?

El muchacho asintió con la cabeza.

—Bien. Estaré en la cocina. Avísame cuando iniciemos la maniobra de acercamiento, Sifa.

Volvió a marcharse, sin aguardar respuesta. Akos sintió la vibración de sus pasos en el suelo metálico.

—En todos los futuros que he visto —dijo su madre, como si acabara de aparecer de la nada—, hay guerra. La corriente nos guía hacia allí. Los actores cambian, pero el resultado siempre es el mismo.

Cisi tomó la mano de su madre, primero, y después la de Akos.

—Pero ahora estamos juntos.

Una sonrisa aligeró la preocupación de las facciones de Sifa.

—Sí, ahora estamos juntos.

Ahora. Duraría tan solo un suspiro, el chico estaba seguro de ello, pero al menos era algo. Cisi apoyó la cabeza en el hombro de Akos, y su madre le dedicó una sonrisa. Casi podía oír los arañazos de la hierba pluma mecida por el viento contra las ventanas de su casa. Sin embargo, no fue capaz de sonreír a su vez.

La nave de los renegados trazó un arco mientras se alejaba de Thuvhe. Frente a ellos se divisaba el pulso nebuloso de la corriente, cuya senda atravesaba la galaxia. Unía todos los planetas, y aunque no pareciera moverse, cada persona podía sentirla cantando en su sangre. Los shotet le atribuían incluso el origen de su idioma, como si se tratase de una melodía que únicamente ellos conocían, y no andaban desencaminados. Él era la prueba viviente de ello.

Por lo demás, lo único que sentía y que oía era el silencio.

Rodeó los hombros de Cisi con un brazo y reparó en sus marcas, vueltas hacia la luz. Quizá simbolizaran aquello que se había perdido, como decía Cyra; allí en pie con su familia, sin embargo, comprendió algo más. Lo que uno había perdido, también podía recuperarlo.

AGRADECIMIENTOS

GRACIAS, GRACIAS, GRACIAS:

A Nelson, marido y amigo, por participar en mis tormentas de ideas, leer mis primeros borradores y compartir conmigo esta vida tan maravillosa y extraña.

A Katherine Tegen, mi editora, por esas notas tan esenciales, su insistencia en llevar el libro a buen término, sus certeros instintos y su amable corazón.

A Joanna Volpe, mi agente, por saber que esta era la idea correcta, por ser mi timón y por darme la charla que necesitaba en el momento más oportuno. Y por intercambiar regalos raros conmigo. No sabes cuánto los aprecio.

A Danielle Bathelle, por emplear toda su paciencia en mantenerme centrada, por sus comentarios y por nuestras locas llamadas de teléfono de los viernes. A Kathleen Ortiz, por trabajar sin descanso y de buen humor para asegurarse de que este libro encontrara el mejor hogar posible en tantos países. A Pouya Shahbazian, por ser una bella persona, por las fotos de niños adorables y por sus increíbles conocimientos. A todo el personal de New Leaf Literary, por su apoyo y su gran trabajo en el mundo de los libros (y de las películas).

A Rosanne Romanello, por calmarme, planificar y darme esos empujoncitos tan necesarios para ayudarme a crecer. A Nellie Kurtzman, Cindy Hamilton, Bess Braswell, Sabrina Abballe, Jenn Shaw, Lauren Flower, Margot Wood y Patti Rosati, de marketing, por su paciencia y flexibilidad (¡un agradecimiento especial a la tabla de Bess!). A Josh Weiss, Gwen Morton, Alexandra Rakaczki, Brenna Franzitta y Valerie Shea, por sus habilidades sin parangón como correctoras, sobre todo en el tema de las incoherencias y la lógica en la creación de este mundo. A Andrea Pappenheimer, Kathy Faber, Kerry Moynagh, Heather Doss, Jenn Wygand, Fran Olson, Deb Murphy, Jenny Sheridan, Jessica Abel, Susan Yeager, de ventas; a Jean McGinley, de derechos subsidiarios; a Randy Rosema y Pam Moore, magos de las finanzas; a Caitlin Garing, artista del audio; a Lillian Sun, de producción; y a Kelsey Horton, del departamento editorial, por todo su trabajo (¡impresionante!), su amabilidad y su apoyo. A Joel Tippie, Amy Ryan, Barbara Fitzsimmons y Jeff Huang, por haber conseguido un libro maravilloso. No se puede pedir más. Y, por supuesto, a Brian Murray, Susanne Murphy y Kate Jackson, por convertir Harper en mi segundo hogar.

A Margaret Stohl, Jedi Knight y la mujer en la que me gustaría convertirme cuando sea mayor, por cuidar tan bien de mi cerebro. A Sarah Enni, por ser mi colega, mi lectora beta y la tía más chula del mundo. A Courtney Summers, Kate Hart, Debra Driza, Somaiya Daud, Kody Keplinger, Amy Lukavics, Phoebe North, Michelle Krys, Lindsey Roth Culli, Maurene Goo, Kara Thomas, Samantha Mabry, Kaitlin Ward, Stephanie Kuehn, Kirsten Hubbard, Laurie Devore, Alexis Bass, Kristin Halbrook, Leila Austin y Steph Sinkhorn, por su incansable apoyo, humor y sinceridad. Jo, chicos, os <3 de verdad. A Tori Hill, por su experiencia en el cuidado y la nutrición de autores (neuróticos). A Brendan Reichs, co-conspirador de diabluras en Charleston, por tener tanta clase. A toda la gente de YALL por permitirme hacerles mis demenciales hojas de cálculo dos veces al año. A los locos de mi bandeja de entrada, por demostrarme que no estoy sola.

A Alice, MK, Carly y todas las demás personas de mi vida que no escriben y que aguantan mis inclinaciones ermitañas, y me recuerdan que el trabajo no es vida y que la vida no es trabajo.

A mamá, Frank III, Ingrid, Karl, Frank IV, Candice, Dave; Beth, Roger, Tyler, Rachel, Trevor, Tera, Darby, Andrew, Billie y Fred: si me obsesiona la importancia de la familia en mi escritura es por vosotros, chicos.

A Katalin, por enseñarme a dar un puñetazo... Ahora mis escenas de entrenamiento son mucho más precisas. A Paula, por decir las palabras mágicas que consiguieron que me cuidara más.

A todas las mujeres que conozco y que sufren dolor crónico, por ayudarme a encontrar a Cyra.

A las chicas adolescentes, porque sois asombrosas, inspiradoras y encomiables.

GLOSARIO

ALTETAHAK. Estilo de combate shotet que resulta adecuado para estudiantes de constitución fuerte y que se traduce como «escuela del brazo».

BENESIT. Una de las tres familias agraciadas con destinos en el planeta nación de Thuvhe. Uno de los miembros de la generación actual está destinado a ser canciller de Thuvhe.

CORRIENTE. Considerada tanto un fenómeno natural como, en algunos casos, un símbolo religioso, la corriente es un poder invisible que otorga habilidades y puede canalizarse hasta el interior de naves, máquinas, armas, etcétera.

DON DE LA CORRIENTE. Los dones son habilidades únicas en cada persona que se desarrollan en la pubertad. Se cree que son resultado de la corriente que fluye por el cuerpo de todos los seres vivos. No siempre son positivos.

ELMETAHAK. Estilo de combate shotet que ha pasado de moda, en el que se enfatiza el pensamiento estratégico. Se traduce como «escuela de la mente».

ESTACIÓN. Unidad de tiempo originaria de Pitha, donde a un giro alrededor del sol lo llaman, irónicamente, «la estación de las lluvias» (porque allí nunca para de llover).

FLOR DEL HIELO. Las flores del hielo son la única cosecha que se produce en Thuvhe. Se trata de plantas resistentes, de tallo grueso y flores de distintos colores. Cada una de ellas cuenta con características únicas para la preparación de medicinas y otras sustancias en todo el sistema solar.

FLOR DEL SILENCIO. La más importante de las flores del hielo de los thuvhesitas. La flor del silencio tiene un color rojo intenso y es venenosa si no se diluye. Diluida, se emplea tanto como analgésico como con fines recreativos.

FLUJO DE LA CORRIENTE. Representación visual de la corriente en el cielo: el colorido flujo de la corriente circula entre los planetas del sistema solar y alrededor de cada uno de ellos.

HESSA. Una de las tres ciudades más importantes del planeta nación de Thuvhe: tiene fama de ser más dura y pobre que las otras dos.

HIERBA PLUMA. Poderosa planta originaria de Ogra. Provoca alucinaciones, sobre todo si se ingiere.

IZIT. Unidad de medida que corresponde, aproximadamente, al ancho del meñique de una persona de tamaño medio.

KERESETH. Una de las tres familias agraciadas con un destino en el planeta nación de Thuvhe; reside en Hessa.

NOAVEK. La única familia agraciada con un destino en Shotet, conocida por la personalidad inestable y brutal de sus miembros.

OGRA. Planeta oscuro y misterioso que se encuentra en los límites del sistema solar.

OSOC. La más fría de las tres ciudades más importantes de Thuvhe. Es, también, la que se encuentra más al norte.

OTHYR. Planeta cercano al centro del sistema solar, conocido por su riqueza y su contribución a la tecnología, sobre todo en el campo de la medicina.

PITHA. También conocido como «el planeta de agua», se trata de un planeta nación cuyos habitantes destacan por su mentalidad práctica y, sobre todo, por su industria orientada a la creación de materiales sintéticos.

SHISSA. La ciudad más rica de las tres de Thuvhe. Los edificios de Shissa cuelgan por encima del suelo «como gotas de lluvia congeladas en el aire».

TEPES. También conocido como «el planeta desértico», es el más cercano al sol. Sus habitantes son muy religiosos.

THUVHE. Nombre reconocido por la Asamblea tanto para la nación como para el planeta en sí, también conocido como «el planeta de hielo». En él se encuentran los thuvhesitas y los shotet.

TRAVESÍA. Viaje que los shotet realizan periódicamente a bordo de una nave de grandes dimensiones. Incluye una vuelta alrededor del sistema solar y la búsqueda de los materiales más valiosos, aunque desechados, de un planeta «elegido por la corriente».

UREK. Nombre shotet para el planeta Thuvhe (aunque ellos se refieren a la nación de Thuvhe por su nombre oficial), que significa «vacío».

VOA. Capital de Shotet, donde vive la mayor parte de la población.

ZIVATAHAK. Estilo de combate shotet que resulta adecuado para los estudiantes ágiles de cuerpo y mente. Se traduce como «escuela del corazón».